AGATHA CHRISTIE COMPLETE COLLECTION

THE MYSTERIOUS MR. QUIN

AGATHA CHRISTIE COMPLETE COLLECTION

THE MYSTERIOUS MR. QUIN

신비의 사나이 할리 퀸 애거서 크리스티 단편집 | 나중길 옮김

황금가지

THE MYSTERIOUS MR. QUIN
by Agatha Christie

정식 한국어 판 출간에 부쳐

나는 한국에서 우리 할머니의 작품을 정식으로 출간한다는 소식을 듣고 무척 기뻤다. 할머니가 1920년부터 1970년 무렵까지 오랜 세월에 걸쳐 집필한 작품들은 21세기인 지금 읽어도 신선하고 재미있다. 등장 인물들이 워낙 자연스러워서 요즘 사람들과 다를 바 없고 이들이 등장하는 상황과 장소가 전 세계 사람들의 애정과 향수를 자극하기 때문이다. 한국 독자들은 이번에 새로 나온 정식 한국어 판을 통해 그 동안 접하지 못했던 애거서 크리스티의 일부 작품들을 읽을 수 있을 것이다. 덕분에 한국에 새로운 세대의 애거서 크리스티 팬들이 탄생할지도 모르겠다는 생각을 하면 가슴이 벅차다.

애거서 크리스티는 대표적인 두 명의 주인공으로 기억되는 작가이다. 14권의 작품에 등장하는 마플 양은 영국의 작은 시골 마을에서 평온한 나날을 보내며 뜨개질과 수다로 소일하는 미혼의 할머니이지만, 놀라운 기억력과 날카로운 두뇌 회전으로 주변에서 벌어진 살인 사건을 해결한다.

그리고 마플 양과 상반되는 성격을 지닌 에르퀼 푸아로는 자신만 만하고 콧수염을 포함한 자신의 외모와 벨기에라는 국적에 대한 자부심이 상당하다. 그는 이집트와 이라크를 비롯한 세계 각지에서 수수께끼를 해결하며 『오리엔트 특급 살인 *Murder On The Orient Express*』, 『나일 강의 죽음 *Death On The Nile*』, 『애크로이드 살인 사건 *The Murder Of Roger Ackroyd*』 등 애거서 크리스티의 여러 대표작에 모습을 드러낸다.

황금가지의 대담하고 참신한 표지와 전반적인 디자인 덕분에 작품의 성격이 잘 살아난 것 같아 기쁘다. 또한 한국 독자들이 할머니의 원작이 지닌 참된 묘미를 느낄 수 있도록 충실한 번역을 위해 애써 준 점도 높이 사고 싶다.

할머니의 작품이 20세기의 그 어떤 작가들보다 많이 팔리고 있는 이유는 나이와 국적에 상관없이 읽을 수 있는 재미와 감동을 갖추었기 때문이다. 모쪼록 한국 독자들도 황금가지에서 선보이는 애거서 크리스티 작품들을 즐겁게 감상하기를 바란다.

매튜 프리처드
애거서 크리스티의 손자
ACL 이사장

보이지 않는 할리 퀸에게

차례

퀸의 방문

한 해의 마지막 날 밤이었다.

로이스턴 저택에서 열린 파티에는 이제 나이 많은 사람들만 넓은 거실에 남게 되었다.

시끄럽게 떠들던 아이들이 모두 자러 가고 없어서 새터스웨이트는 마음이 홀가분했다. 그는 아이들이 몰려다니는 꼴이 보기 싫었다. 녀석들은 재미도 없고 무례했기 때문이다. 새터스웨이트는 나이가 들면서 아이들에게는 찾아볼 수 없는 세심함을 가진 사람들이 점점 더 좋아 보였다.

새터스웨이트는 올해 예순두 살로 등이 약간 굽었고, 주름진 얼굴은 괴상한 요정을 떠올리게 했다. 그는 남들의 사생활에 예민하고 관심이 많았다. 말하자면 그는 한평생 관람석 맨 앞줄에 앉아서 눈앞에서 펼쳐지는 여러 드라마를 관람해 온 것이다. 그가 맡은 역할은 언제나 구경꾼이었다. 늙어 버린 지금에서야 느끼는 거지만 그는 그 드라마에 대해 점점 더 비판적인 시각을 갖게 되었다. 이제는 약간 유별난 구경거리를 찾게 된 것이다.

그는 분명 이런 분야에 천부적인 재능이 있었다. 드라마의 요소가 될 만한 것들이 주변에 있으면 본능적으로 알아차렸다. 그는 사냥개처럼 예리하게 냄새를 맡았다. 오늘 오후 로이스턴 저택에 도착한 뒤로 그 이상한 감각이 내부에서 꿈틀거리면서 그에게 준비를 갖추도록 일렀다. 무언가 재미있는 일이 지금 일어나고 있거나 이제 막 일어나려 하고 있었다.

저택에서 열린 파티는 규모가 그다지 크지 않았다. 집주인 톰 이브샴은 온화하고 쾌활한 사람이었고, 안주인은 진지하고 정치에 관심이 많은 여자로 결혼 전에는 레이디 로라 킨으로 불렸다고 한다. 손님은 군인으로 여행과 운동을 좋아하는 리처드 콘웨이 경, 새터스웨이트가 이름조차 모르는 예닐곱 명의 젊은이, 그리고 포털 씨 부부였다.

새터스웨이트의 관심을 끈 것은 이 포털 씨 부부였다.

새터스웨이트는 예전에 알렉스 포털을 만난 적이 한 번도 없지만 그에 대해서라면 모르는 게 없었다. 심지어 그의 아버지와 할아버지에 대해서까지 알고 있었다. 알렉스 포털은 그 집안의 전형적인 인물이었다. 나이는 마흔 살 정도였고, 금발에다 집안사람들처럼 눈이 새파랬다. 그리고 운동을 좋아했고 게임에 능했지만 상상력은 다소 부족했다. 알렉스 포털에게 특이한 점이라고는 조금도 없었다.

그는 착하고 건전한, 지극히 평범한 영국인이었다.

하지만 그의 아내는 달랐다. 새터스웨이트도 알고 있듯이 그녀는 호주 출신이었다. 포털은 2년 전에 호주에 있었는데 거기에서 그녀를 만나 결혼한 뒤, 영국으로 데려왔다. 결혼 전에는 영국에 와 본 적이 한 번도 없다는 그녀는, 새터스웨이트가 여태껏 만난 호주 여자들과는 전혀 달랐다.

새터스웨이트는 지금 그녀를 은밀히 관찰하는 중이었다. 정말 흥미로운 여자였다. 조용하면서도 활력이 넘쳤다. 활력! 확실히 그랬다. 엄밀히 따지면 미인은 아니었다. 결코 미인이라고는 할 수 없지만 뭔가 놓칠 수 없는 매력이 있었다. 그것은 남자라면 누구나 느낄 수 있는 점이었다. 새터스웨이트는 자신의 남성적인 면으로 그것을 간파했다. 한편 그에게 다분한 여성적인 기질에 '왜 저 여자는 머리를 염색했을까?' 하는 의문이 들었다

보통 남자들 같으면 그녀가 머리를 염색한 사실을 눈치 채지 못했겠지만 그는 달랐다. 그는 그러한 모든 것을 알고 있었다. 그래서 혼란스러웠다. 머리카락이 검은 여자들이 금발로 염색하는 경우는 흔하지만 금발머리를 검게 염색한 여자는 아직 한 번도 보지 못했던 것이다.

모든 면에서 흥미를 불러일으키는 여자였다. 이상하지만 그는 직관적으로 그녀가 매우 행복하든지, 아니면 매우 불행하든지 둘 중 하나일 거라고 확신했다. 하지만 그중 어느 쪽인지는 알 수가 없었다. 그래서 초조했다. 게다가 묘하게도 그녀는 자기 남편에게 특별

한 영향력을 행사하고 있었다.

새터스웨이트는 마음속으로 이렇게 생각했다.

'포털이 자기 아내를 끔찍이도 아끼는군. 그런데 가끔, 맞아, 가끔 자기 아내를 두려워하고 있어! 정말 재미있군. 보기 드물게 흥미로운 일이야.'

포털은 지나치게 술을 마셔 댔다. 분명히 그랬다. 그리고 자기 아내가 보지 않을 때 이상한 눈빛으로 그녀를 건너다보곤 했다.

'겁쟁이군, 저 친구는 순 겁쟁이야. 아내 쪽도 남편이 쳐다보는 걸 뻔히 알면서도 모른 체하고 있군.'

그는 이 부부에게 대단한 호기심을 느꼈다. 그로서는 가늠할 수 없는 어떤 일이 이 부부에게 일어나고 있었다.

그때 구석에 있던 커다란 시계에서 종소리가 엄숙하게 울려퍼지는 바람에 그는 상념에서 깨어났다.

"12시군요."

이브샴이 말했다.

"새해가 밝았습니다. 여러분, 새해 복 많이 받으십시오. 사실 저 시계는 5분이 빠릅니다. 애들도 기다렸다가 새해가 밝는 걸 봤으면 좋았을 텐데."

그는 거실을 가로질러 가서 시계 바늘을 제대로 맞추었다.

"애들이 자고 있을 리가 없어요."

그의 부인이 차분한 목소리로 말했다.

"분명히 머리솔이나 뭐 그딴 걸 우리 침대 속에 넣고 있을 거예요. 그런 장난을 매우 재미있어 하더라고요. 왜 그런지 모르겠지만. 우리가 어렸을 땐 그런 장난은 생각도 못했는데."

"시대가 변하면 풍속도 변하는 법 아닙니까."

콘웨이가 웃으며 말했다.

콘웨이는 키가 크고 외모가 군인다웠다. 그와 이브샴은 거의 비슷한 타입으로 겸손하고 솔직한 성격에, 올바르고 친절했다.

"제가 어렸을 땐 서로 손을 잡고 원을 그리면서 '올드 랭 사인'을 불렀어요. '오래된 친구 잊혀지면…….' 이 노래 가사만 들으면 가슴이 찡한 게 마치 미어지는 것 같아요."

안주인 레이디 로라가 말을 이었다.

이브샴은 불편한 듯 자리에서 몸을 움직이더니 투덜거렸다.

"어허! 그만둬요, 로라. 이런 곳에서!"

그러더니 그는 사람들이 앉아 있는 넓은 거실을 성큼성큼 가로질러 가서 전등을 하나 더 켰다.

"어머, 내가 미쳤나 봐."

레이디 로라가 작은 소리로 말했다.

"불쌍한 케이플 씨를 떠올리게 만들었네요. 근데 포털 부인, 난롯불이 너무 뜨겁지 않아요?"

엘리노어 포털은 뒤뚱거리며 몸을 움직였다.

"고마워요. 의자를 뒤로 좀 뺄게요."

정말 아름다운 목소리였다. 낮게 중얼거리는 그 목소리는 기억에서 도저히 지워지지 않을 것 같았다. 그런데 자리를 옮기는 바람에 아쉽게도 그녀의 얼굴이 그림자 속에 가려져 버렸다.

그림자에 가린 그녀가 말했다.

"케이플 씨라고요?"

"예, 원래 이 집의 주인 말이에요. 권총 자살을 했잖아요. 어머! 여보, 당신이 싫어하시면 그 얘긴 안 할게요. 물론 그 일은 우리 남편한테도 큰 충격이었죠. 사고가 났을 때 여기 있었으니까요. 리처드 경도 그때 여기 계시지 않았던가요?"

"예, 저도 있었죠."

그때 구석에 있던 괘종시계가 고양이처럼 가르릉거리다가 씩씩 대더니 천식 환자처럼 콧김을 내뿜고 나서 12시를 알렸다.

"다들 새해 복 많이 받으십시오."

이브샴이 맥없이 중얼거렸다.

레이디 로라는 다소 꼼꼼한 손길로 뜨개질을 마쳤다.

"이제 정말 새해가 밝았네요."

그녀는 이렇게 말하고 나서 포털 부인 쪽을 바라보며 덧붙였다.

"새해를 맞는 기분이 어때요?"

엘리노어 포털은 대꾸도 없이 자리에서 급히 일어나며 말했다.

"전 이제 그만 들어가서 자야겠어요."

새터스웨이트는 '안색이 몹시 창백하군. 저렇게 창백한 적은 별로 없었는데.' 하고 생각하면서 자리에서 일어나 서둘러 촛대를 준비했다.

그는 촛대에 불을 붙여 구식으로 가볍게 머리를 숙이며 엘리노어에게 건넸다. 그녀는 짤막하게 고맙다고 말하면서 촛대를 받아들고는 천천히 계단을 올라갔다.

그때 갑자기 새터스웨이트는 이상한 충동에 사로잡혔다. 그는 그녀의 뒤를 따라가서 안심시켜 주고 싶었다. 그녀가 어떤 위험에 빠져 있다는 매우 이상한 느낌이 들었던 것이다. 그러나 그런 충동이 가라앉자 부끄러워졌다. 자신까지 안절부절못하고 있었던 것이다.

엘리노어는 계단을 오르면서 남편을 바라보지 않았지만 이제 고개를 돌려 어깨너머로 무언가가 담긴 강렬한 눈길로 남편을 한참 살피듯 내려다보았다. 새터스웨이트에게는 그 모습이 이상하게 생각되었다.

새터스웨이트는 혼란스러운 상태로 안주인에게 잘 자라는 인사를 했다.

"정말 행복한 새해가 되면 좋겠어요. 하지만 정세는 상당히 불안해 보여요."

레이디 로라가 말을 받았다.

"예. 확실히 그런 것 같습니다."

새터스웨이트가 진지하게 말했다.

레이디 로라가 조금의 태도 변화도 없이 말을 이었다.

"첫 방문객이 머리카락이 검은 사람이길 바랄 뿐이에요. 그 미신 아시죠, 새터스웨이트 씨? 어머, 모르세요? 놀랍군요. 새해 첫날에 머리카락이 검은 사람이 맨 먼저 들어선 집에 복이 온다잖아요. 침대 속에 기분 나쁜 물건이 없었으면 좋겠는데. 아이들은 도무지 믿을 수가 없다니까요. 워낙 개구쟁이들이라서."

레이디 로라는 불길한 예감에 고개를 저으며 당당하게 계단을 올라갔다.

여자들이 올라가 버리자 남자들은 통나무가 활활 타오르는 커다란 벽난로 쪽으로 의자를 끌어당기며 모여들었다.

집주인 이브샴이 위스키가 담긴 병을 치켜들며 싹싹하게 말했다.

"자, 한 잔 합시다."

각자에게 술이 다 돌아가자 지금까지 금기시하던 화제를 꺼냈다.

"새터스웨이트 씨, 데릭 케이플이라는 친구 아시죠?"

콘웨이가 물었다.

"예, 약간."

"포털, 자네는 알아?"

"아니. 난 한 번도 그 친구를 만난 적이 없어."

포털의 대답이 하도 강하고 방어적이어서 새터스웨이트는 깜짝 놀라며 그를 바라보았다.

"나는 우리 집사람이 그 얘길 꺼낼 때마다 질색을 해."

이브샴이 천천히 말했다.

"그 비극적인 일이 있고 나서 이 집은 큰 공장을 운영하는 어떤 사람한테 팔렸지. 그런데 1년 만에 그 양반은 다시 집을 내놓았어. 자기한테 맞지 않았거나 무슨 사정이 있었겠지. 물론 이 집에 대한 헛소문이 많이 나돌았기 때문에 이 집의 평판은 아주 나빠졌어. 그런데 로라가 부추기는 바람에 내가 웨스트 키들비에서 입후보하게 되어 이 근처로 이사를 와야 했지. 적당한 집을 구하기가 쉽지 않았어. 로이스턴 저택이 싸게 나왔길래 결국 산 거야. 유령 따위는 모두 헛소문이겠지만, 친구가 권총 자살을 한 집에서 살고 있다고 생각하면 아무래도 기분이 좋지는 않아. 불쌍한 데릭 녀석, 왜 그런 짓을 했을까? 풀리지 않는 수수께끼야.”

“이렇다 할 이유 없이 권총 자살을 한 사람이 어디 한둘인가?”

알렉스 포털이 무겁게 말했다. 그는 일어나서 또 한 잔을 따르더니 한쪽 손으로 위스키를 흔들었다.

'저 친구는 아주 이상한 구석이 있군. 정말 그래. 그게 뭔지 알았으면 좋겠는데.'

새터스웨이트는 속으로 생각했다.

그때 콘웨이가 말했다.

“저런! 저 바람 소리 한번 들어 보게. 몹시도 거친 밤이군.”

“유령들이 돌아다니기에 딱 좋은 밤이지. 오늘 밤엔 지옥의 악마들이 모두 외국에 나갔나 봐.”

포털이 거침없이 웃으며 말했다.

“레이디 로라의 말에 따르면, 그들 가운데 제일 머리칼이 검은 놈이 복을 가져다준다네.”

콘웨이가 웃으며 말했다.

“저 소리 좀 들어 봐!”

바람이 다시금 큰 소리로 흐느끼듯 일다가 서서히 잦아든 순간, 대못이 박힌 현관문을 세 번 크게 두드리는 소리가 들려왔다.

그 소리에 모두들 움찔했다.

"이 한밤중에 누구지?"

이브샴이 외쳤다.

모두 서로의 얼굴만 바라보고 있었다.

"내가 나가 보지. 하인들은 모두 자고 있을 테니까."

이브샴은 현관 쪽으로 성큼성큼 걸어가더니 무거운 빗장을 잠시 더듬다가 문을 활짝 열어젖혔다. 그 순간 얼음같이 차가운 바람이 거실로 세차게 밀려 들어왔다.

밖에는 키가 크고 홀쭉한 사내가 마치 현관문의 틀에 짜 맞춘 듯 서 있었다. 그 모습을 지켜보던 새터스웨이트에게는 문 위에 장식된 색유리의 묘한 작용 때문에 사내가 마치 일곱 빛깔 무지개 옷을 입고 있는 것 같았다. 그런데 사내가 집 안으로 한발짝 들어서자 운전용 복장에 체구가 마르고 머리카락이 검은 사람이라는 것을 알 수 있었다.

"이렇게 불쑥 찾아와서 죄송합니다."

낯선 사내는 부드럽고 높낮이 없는 목소리로 말했다.

"차가 고장이 났습니다. 대단치는 않고 지금 제 운전사가 고치는 중입니다. 그렇지만 한 30분은 걸릴 것 같고, 밖은 지독히 추워서……."

사내가 말을 멈추자 이브샴이 얼른 말을 이어 받았다.

"많이 추우시죠? 이리 들어와서 한잔하시죠. 차에 관해서는 저희가 도와드릴 만한 게 없을 것 같은데……?"

"아, 차는 신경 쓰지 마십시오. 운전사가 다 알아서 할 겁니다. 그건 그렇고, 저는 퀸이라고 합니다, 할리 퀸."

"우선 이리 와서 앉으시죠."

이브샴이 말했다.

"그럼 저희도 소개를 하겠습니다. 이분은 새터스웨이트 씨이고, 이쪽은 리처드 콘웨이 경, 알렉스 포털, 그리고 저는 이브샴이라고 합니다."

퀸은 소개를 받자 가볍게 고개를 숙이고는 이브샴이 친절하게 꺼내어 준 의자에 털썩 앉았다. 퀸이 자리에 앉자 벽난로 불빛 때문에 얼굴에 한 줄기 그림자가 드리워지면서 그는 마치 가면을 쓴 것처럼 보였다.

이브샴이 벽난로에 장작 서너 개를 던져 넣으며 퀸에게 말했다.

"한잔하시겠습니까?"

"예, 고맙습니다."

이브샴이 술을 따르며 물었다.

"퀸 씨는 이 지역을 잘 아십니까?"

"몇 년 전에 이곳을 지나친 적이 있습니다."

"아, 그래요?"

"예, 당시 이 집은 케이플이라는 분의 집이었지요."

"예! 맞습니다. 가엾은 녀석이죠. 그러면 데릭을 그전부터 알고 계셨습니까?"

"예."

그러자 이브샴의 태도가 약간 변했다. 그것은 영국인의 기질을 연구해 보지 않은 사람은 거의 느끼지 못할 정도의 미세한 변화였다. 아까는 어딘지 모르게 삼가는 태도였는데, 이제 그런 모습은 그에게서 사라졌다. 퀸이 데릭을 알고 있다니 말하자면 그는 친구의 친구인 셈이다. 그렇기 때문에 이제 믿을 수 있고 신분은 확실해진 것이다.

"정말 끔찍한 사건이었죠."

이브샴은 터놓고 말했다.

"마침 그 얘기를 하던 참이었습니다. 이 집을 살 땐 영 마음이 내키지 않았지요. 다른 적당한 집이 있었으면 좋았을 텐데 없었거든요. 친구가 권총으로 자살하던 날 밤, 저는 이 집에 있었습니다. 콘웨이도 있었고요. 전 분명히 그 친구가 유령이 되어 돌아다닐 것 같은 생각이 듭니다."

"정말 이해할 수 없는 사건입니다."

퀸은 조심스럽게 말하고 나서 방금 중요한 대사를 마친 배우처럼 더 이상 입을 열지 않았다.

그러자 콘웨이가 갑자기 끼어들었다.

"그렇습니다. 완전한 수수께끼죠. 영원히 풀리지 않을……."

"글쎄요."

퀸은 애매하게 대꾸하며 다시 물었다.

"구체적으로 무슨 뜻이죠?"

"깜짝 놀랄 일이죠. 사실이 그랬습니다. 그 친구는 밝고 쾌활하며,

세상에 근심 걱정 하나 없는 데다 한창 나이였거든요. 그때 친구 대여섯 명이 이 집에 있었습니다. 식사 때는 기분이 한껏 고조되어 앞으로의 계획을 주절주절 늘어놓더군요. 그러던 친구가 식당을 나가서 곧장 2층의 자기 방에 올라가 서랍에서 권총을 꺼내 들고 머리통에 갈겨 버렸지 뭡니까. 왜 그런 짓을 했을까요? 그야 아무도 모르죠. 앞으로도 모를 겁니다."

"그건 좀 성급한 결론이 아닐까요?"

퀸이 빙그레 웃으며 말했다.

콘웨이가 퀸을 유심히 바라보다가 말했다.

"무슨 뜻이신지……."

"지금까지 안 풀렸다고 해서 해결할 수 없는 문제라고 단정할 수는 없습니다."

"그때 아무런 단서도 안 나왔는데 지금이라고 해서 나올 리가 없죠. 또 10년 뒤엔들 뭐가 달라지겠습니까?"

퀸은 부드럽게 고개를 저으며 말했다.

"죄송하지만 그 의견에는 동의할 수 없군요. 역사의 흐름에 비춰 보더라도 당신의 의견은 옳지 않습니다. 오늘날의 역사가는 결코 후세의 역사가만큼 진실한 역사를 쓸 수 없지요. 사물을 어떻게 관찰하며 판단하느냐에 따라 문제는 달라집니다. 모든 세상일이 그렇듯이 소위 상대성 원리가 작용하거든요."

알렉스 포틸은 괴로운 표정을 지으며 몸을 앞으로 내밀었다.

"옳으신 말씀입니다, 퀸 씨. 시간이 문제를 해결해 주지는 않습니다. 단지 문제를 다른 형태로 다시 제시할 뿐이죠."

이브샴은 너그러운 표정으로 웃고 있었다.

"그렇다면 퀸 씨의 말씀은 이런 거군요. 만일 우리가 오늘 밤에 데릭 케이플의 사망 경위에 대해 조사를 벌인다면 그 당시에 밝히지 못한 진실을 이 자리에서 밝혀낼 수도 있다는 말씀이네요, 맞습니까?"

"그보다 더 많은 진실을 밝혀낼 수도 있습니다, 이브샴 씨. 여러분은 개인적인 의견 차가 대부분 없어진 상태니까 자신의 해석을 덧붙이지 않고 사실을 사실로서만 기억할 겁니다."

이브샴은 미심쩍은 듯 눈살을 찌푸렸다.

퀸은 조용하고 차분하게 말했다.

"물론 무슨 일이든 출발점이 있어야겠죠. 대개는 가설이 출발점이 됩니다. 여러분 가운데 한 사람은 분명 가설을 갖고 있을 텐데요. 콘웨이 경, 당신 생각은 어떻습니까?"

콘웨이는 생각에 잠긴 듯 눈살을 찌푸리다가 변명하듯 말했다.

"예, 물론 우리는, 당연히 우리 모두는 이 사건에 틀림없이 여자가 관련되었다고 생각했습니다. 대개 여자 아니면 돈 문제잖습니까. 그런데 돈 문제는 분명 아니었습니다. 확실합니다. 그러면 달리 무슨 문제겠습니까?"

그 순간 새터스웨이트가 몸을 움찔했다. 그가 의견을 한마디 내놓으려고 몸을 앞으로 내민 순간, 2층의 복도 난간에 몸을 기댄 채 웅크리고 있는 어떤 여자의 모습이 눈에 들어왔던 것이다. 여자는 난간에 몸을 기대고 있었는데, 그 모습은 그가 앉아 있는 곳에서만 볼 수 있었다. 여자는 분명히 아래쪽 거실에서 들려오는 소리에 귀를 바짝 기울이고 있었다. 여자가 미동조차 하지 않아 눈으로 보고서도 제대로 본 것인지 확신이 가지 않을 정도였다.

그러나 옷차림은 금방 알아볼 수 있었다. 여자는 고풍스러운 무늬가 도드라진 옷을 입은 엘리노어 포털이었다.

그러자 갑자기 그날 밤의 사건이 모두 하나로 딱 들어맞는 것 같았다. 퀸이 이 집에 들른 것은 결코 우연이 아니었다. 그는 연극에서 등장 지시를 받은 배우처럼 무대에 나타난 것이다. 오늘 밤, 로이스턴의 넓은 거실에서는 연극이 펼쳐지고 있는 것이다. 이미 죽은 배우가 한 사람 끼어 있다고 해서 연극의 사실감이 떨어지진 않는다. 아! 그렇다. 데릭 케이플도 이 연극에서 한 역할을 당당히 맡은 것이다. 새터스웨이트는 그렇게 확신했다.

그리고 갑자기 어떤 새로운 생각이 그의 뇌리를 스쳤다. 이 연극은 퀸의 작품이다. 그가 이 연극의 연출가로 배우들에게 일일이 큐 사인을 보내고 있다. 그는 이 수수께끼의 중심에서 실을 조종하고, 인형들은 그의 손놀림에 따라 춤추고 있다. 퀸은 모든 걸 알고 있다. 심지어 2층의 목재 난간에 어떤 여자가 웅크리고 앉아 있다는 사실까지도. 그렇다. 그는 모든 것을 알고 있다.

새터스웨이트는 의자에 깊숙이 앉아서 관객으로서의 입장을 고수한 채 눈앞에서 펼쳐지는 드라마를 유심히 지켜보았다. 퀸은 조용하고 자연스럽게 실을 당겨 인형들을 움직이고 있었다.

"여자 문제란 말이죠? 그럼, 식사하실 때 여자에 관한 얘기는 전혀 없었습니까?"

퀸이 생각에 잠겨 중얼거리자 이브샴이 큰 소리로 답했다.

"물론 있었죠. 그때 그 친구는 약혼 발표를 했습니다. 그러니까 자살을 한 게 미친 짓 같단 말입니다. 얼마나 뽐냈는지 모릅니다. 아직 공식적으로 발표할 수는 없다면서도 곧 독신 생활을 청산할 거라는 암시를 주더군요."

콘웨이가 이어 말했다.

"물론 우리는 신부가 누구일지 예측할 수 있었지요. 마저리 딜크였을 겁니다. 멋진 여자죠."

이때 퀸이 무언가 말해야 할 차례인 것 같은데 아무 말도 없었다. 그가 그렇게 아무 말도 없으니 이상하게도 대드는 듯한 느낌을 주었다. 그것은 마치 지금 한 말을 의심하는 표정이었다. 퀸의 그런 행동에 콘웨이는 방어적인 입장을 취하게 되었다.

"이브샴, 그 아가씨 말고 누가 또 있을까?"

그 질문에 톰 이브샴이 느리게 대답했다.

"글쎄, 모르겠는데. 그때 그 친구가 정확히 뭐라고 했지? 독신 생활은 청산하겠지만 상대편 여자가 허락하기 전까지는 그녀의 이름이나 결혼 계획을 공식적으로 밝힐 단계가 아니라고 했지. 내 기억에 그 친구는 자기가 정말 운이 좋은 놈이라고 했어. 이듬해에 아내와 행복하게 살고 있을 거라는 사실을 친구들에게 알리고 싶다고도 했고. 물론 우리는 틀림없이 상대가 마저리 딜크일 거라고 생각했

지. 두 사람은 매우 친하게 지냈고 케이플이 그녀를 꽤 쫓아다녔
거든."

"단지……."

콘웨이는 얘기를 하려다가 그만두었다.

"뭔가? 왜 말을 꺼내려다 말지?"

"음……. 좀 이상한 구석이 있어서. 상대가 마저리였다면 왜 약혼
계획을 알리지 않으려 했을까? 내 말은, 그런 걸 왜 비밀로 하느냐
는 거지. 혹시 상대가 유부녀가 아니었을까? 가령 막 사별한 여자라
든가, 아니면 곧 이혼할 여자라든가."

그러자 이브샴이 말했다.

"그럴듯하군. 만약 그랬다면 약혼 발표를 당장 할 수 없었겠지.
그리고 지금 생각해 보니 그 친구가 마저리를 자주 만났던 것 같지
도 않아. 사고가 있기 1년 전부터 말이야. 나는 두 사람의 사랑이 식
어 가고 있다는 느낌을 받았거든."

퀸이 말했다.

"이상하군요."

"그래요. 마치 두 사람 사이에 누군가 끼어들어 방해하고 있는 것
같았습니다."

"다른 여자라……."

콘웨이가 심각하게 말했다.

"분명해! 확실히 데릭은 그날 밤, 보기에 민망할 정도로 들떠 있
었어. 행복에 취한 듯이 말이야. 그리고 이런 식으로는 설명이 충분

하지 않겠지만 이상하게 반항적으로 보이기도 했고."

이브샴이 말했다.

"운명의 신에게 도전이라도 하는 사람처럼 말이지."

알렉스 포털이 무겁게 말했다.

포털은 지금 데릭 케이플을 두고 한 말일까, 아니면 자신을 두고 한 말일까? 그를 응시하던 새터스웨이트는 후자의 견해로 기울었다. 그렇다. 알렉스 포털은 그런 인간이다. 운명의 신에게 도전하는 남자.

술에 취한 포털은 자신만의 은밀한 생각에 몰두하다가 이야기의 어떤 부분을 듣고 갑자기 반응을 보인 것이다.

새터스웨이트는 위쪽을 쳐다보았다. 여자는 아직도 그 자리에 있었다. 얼어 버린 것처럼 전혀 미동도 없이 아래에서 들려오는 소리에 귀를 기울이고 있었다.

"맞아, 그랬어. 케이플은 분명히 흥분하고 있었어. 이상하게도 말이야. 뭐 굳이 표현하자면 큰 도박에서 뜻밖의 횡재를 한 사람 같았다고나 할까."

콘웨이가 말했다.

"결심한 바를 이루려고 괜히 용기를 낸 건 아닐까?"

포털이 넌지시 말했다. 그러면서 마치 생각이 이어진 것처럼 움직여, 자리에서 일어나 잔에 술을 한 잔 더 따랐다.

이브샴이 날카롭게 말했다.

"그런 낌새는 전혀 없었어. 결코 그렇지 않았다는 건 내가 장담하지. 콘웨이의 말이 옳아. 모험을 건 도박에서 성공을 거두고서 자신의 행운을 도저히 못 믿는 듯한 태도였어."

콘웨이는 기가 죽은 몸짓을 해 보이며 말했다.

"그렇지만 10분 뒤에는……."

모두 아무 말 없이 앉아 있었다. 이브샴이 손으로 탁자를 탕 하고 내리치며 외쳤다.

"그 10분 사이에 틀림없이 무슨 일이 있었던 거야. 틀림없어! 근데 그게 뭘까? 우리, 다시 한 번 신중히 생각해 보세. 그때 우리는 얘기를 나누고 있었지. 그런데 도중에 갑자기 케이플이 자리에서 일어나더니 식당을 나가 버렸어."

"왜 그랬을까요?"

퀸이 말했다.

얘기 중간에 던진 퀸의 질문에 이브샴은 당황하는 눈치였다.

"예?"

"왜 그랬을 것 같습니까?"

이브샴은 기억을 더듬는 듯 인상을 찌푸렸다.

"그 당시에는 대수롭지 않아 보였는데. 아! 맞아. 우편물이 왔었어요. 초인종이 울렸을 때 우리가 매우 들떠 있었던 일 기억나? 사흘 동안이나 줄기차게 눈이 내렸어요. 수십 년만에 찾아온 굉장한 폭설이었죠. 길이란 길은 모두 막혀 버렸고 신문이나 편지도 받아 볼 수 없었습니다. 케이플은 이제야 뭐가 온 모양이라면서 나가더니 우편물을 잔뜩 받아들고 들어오더군요. 신문이랑 편지를 말입니다. 그는 무슨 소식이라도 있는지 살펴보려고 신문을 뒤적이더니 편지를 가지고 2층의 자기 방으로 가더라고요. 그리고 3분쯤 뒤에 총소리가 났습니다. 모를 일입니다. 정말 알 수 없는 일이었죠."

포털이 말했다.

"모를 일도 아니지. 편지에 뭔가 뜻밖의 내용이 있었을지도 모르잖아. 분명히 그랬을 거야."

"아니! 그건 아니야. 설마 우리가 그처럼 명백한 가능성을 확인도 안 해 봤겠나. 그리고 검시관도 맨 먼저 그 점을 물었고. 하지만 케이플은 편지에는 손도 안 댔어. 편지 뭉치는 뜯지도 않은 채 경대 위에 놓여 있었어."

포털은 풀이 죽어서 말했다.

"전혀 안 뜯어 본 거 확실해? 읽고 태워 버렸을지도 모르잖나?"

"아니. 확실해. 물론 그렇게 생각하는 게 자연스러울 테지. 하지만 봉투가 뜯긴 편지는 하나도 없었어. 태우거나 찢어 버린 흔적도 전혀 없었고. 방에는 불기운도 없었다니까."

"이상하군."

포털은 고개를 저으며 말했다.

이브샴이 낮은 소리로 말했다.

"전체적으로 좀 소름끼치는 사건이었지. 콘웨이와 내가 총소리를 듣고 2층으로 달려가니까 방에 녀석이 쓰러져 있었어. 얼마나 충격적이던지."

퀸이 말했다.

"전화로 경찰에 알리는 수밖에 없었겠군요."

"아, 그때는 로이스턴에 전화가 들어오지 않았습니다. 이 집을 살때 제가 전화를 놓았죠. 그런데 다행히도 그때 마침 이 지역의 순경이 부엌에 와 있었습니다. 왜냐하면 케이플은 개를 한 마리 키웠는데 그 전날에 잃어버렸거든요. 콘웨이, 로버라는 늙은 개 기억하지? 그때 지나가던 짐수레꾼이 눈 더미에 반쯤 묻힌 개를 발견하고 경찰서에 데려다 준 겁니다. 경찰은 그 개가 케이플이 유난히 아끼던 개라는 걸 알아보고 이리로 데려온 거죠. 순경은 총소리가 나기 1분전에 여기에 도착했어요. 덕분에 우리는 그나마 수고를 덜었고요."

"말도 마세요, 정말 대단한 눈사태였습니다. 아마 이맘때였지? 1월초였을 거야."

콘웨이가 당시를 회상하며 말했다.

"2월이었던 것 같은데. 그 뒤에 우리는 곧바로 외국으로 나갔으니까."

"아니야, 분명히 1월이었어. 우리집 사냥개 네드 기억하지? 그 녀석이 1월 말에 다리를 절게 되었거든. 그게 이 사건이 일어난 직후였어."

"그럼 틀림없이 1월 말쯤이겠군. 참 이상하지. 몇 년이 지나긴 했지만 날짜를 기억하기가 이렇게 힘이 드니."

퀸이 무심하게 말했다.

"이 세상에서 가장 어려운 일 가운데 하나죠. 어떤 큰 사건이 아닌 이상은 날짜를 일일이 기억하기란 힘들죠. 가령 왕의 암살이라든가, 유명한 살인 사건 재판 같은 떠들썩한 사건이 그 무렵에 있었다면 또 몰라도."

그때 갑자기 콘웨이가 외쳤다.

"맞아, 그래. 애플턴 사건이 있기 직전이었어."

"직후인 것 같은데?"

"아니야, 기억 안 나? 케이플은 애플턴 부부와 아는 사이였어. 케이플은 그해 봄에 그 늙은이 집에서 묵기도 했잖아. 노인이 죽기 바로 일주일 전에 말이야. 어느 날 밤, 케이플이 노인에 대해 얘기한 적이 있어. 정말 구두쇠 영감이라고 했고, 애플턴 부인처럼 젊고 아름다운 여자가 그런 늙은이한테 매여 살다니 끔찍한 일 아니냐고 말했어. 그때는 그녀가 노인을 살해했다는 혐의가 없던 때지."

"그래, 자네 말이 맞아. 법원이 사체 발굴 명령을 내렸다는 신문 기사를 읽은 기억이 나네. 같은 날이었지. 나는 그때 신문 기사를 그냥 건성으로 읽었어. 2층에 불쌍한 데릭 녀석이 죽어서 누워 있는 데에 신경이 쓰여서 말이야."

퀸이 말했다.

"그런 경우는 흔하지만 매우 신기한 현상이죠. 몹시 긴장한 순간에는 뭔가 그다지 중요하지 않은 일에 정신을 집중하게 됩니다. 그리고 그 기억은 나중에까지 역력히 남고요. 말하자면, 순간의 정신적 긴장 때문에 그런 현상이 벌어집니다. 벽지의 무늬 같은, 사건과 무관한 자질구레한 기억이 결코 잊혀지지 않고 남게 됩니다."

콘웨이가 말했다.

"약간 특이한 생각이시네요, 퀸 씨. 그렇게 말씀하시니까 마치 데 릭이 쓰러져 있는 방에 다시 들어온 것 같은 느낌이 갑자기 듭니다. 저는 창밖의 커다란 나무와 하얀 눈에 비친 나무의 그림자를 또렷 이 보았습니다. 그래요. 달빛, 눈, 그리고 나무의 그림자, 지금 이 순 간에 그것들을 다시 보고 있는 것 같습니다. 지금 그것들을 그리라 면 그릴 수도 있을 정도인데, 그때는 그런 것들을 보고 있다는 사실 을 전혀 깨닫지 못했습니다."

"그 사람의 방이 현관 위쪽에 있는 큰 방이었죠?"

퀸이 물었다.

"맞습니다. 그리고 그 나무는 길모퉁이 쪽에 있는 커다란 밤나무 였습니다."

퀸은 만족스러운 듯 고개를 끄덕였다. 새터스웨이트는 묘한 긴장 감을 느꼈다. 그는 퀸의 모든 말과 억양이 어떤 의도를 담고 있다는 확신이 들었다. 퀸은 새터스웨이트가 정확히 알지 못하는 어떤 쪽 으로 사람들을 내몰고 있었다. 하지만 새터스웨이트는 모든 것을 조종하는 사람이 누구인지 이제 확신할 수 있었다.

잠시 침묵이 흐른 뒤, 이브샴은 조금 전의 화제로 되돌아갔다.

"그 애플턴 사건은 지금도 생생히 기억합니다. 꽤 떠들썩한 사건 이었죠. 그 여자는 아마 무죄로 풀려났죠? 정말 매력 있고 아름다운 여자였죠."

새터스웨이트의 눈은 무의식중에 위층에서 웅크리고 앉아 있는 모습을 찾고 있었다. 그의 환상이었을까? 아니면 실제 모습이었을까? 그림자는 마치 무언가에 일격을 맞고 조금 오그라든 것 같았다. 거실에 놓인 탁자 위로 누군가의 손 하나가 미끄러지듯 올라가다가 멈추었는데 새터스웨이트는 그걸 실제로 보았는지 확신할 수 없었다.

그때 쨍그랑 하고 유리병이 깨지는 소리가 났다. 알렉스 포털이 위스키를 따르다가 술병을 놓쳐 버린 것이다.

"아, 이런, 정말 죄송합니다. 엉뚱한 생각을 하다가 그만……."

이브샴이 그의 말을 자르며 말했다.

"괜찮네, 괜찮아. 근데 이상하군. 유리가 깨지는 소리를 들으니 얼핏 생각이 나는데, 애플턴 부인도 포도주 병을 깨뜨리지 않았나?"

"맞아. 애플턴 영감은 밤마다 포도주를 한 잔씩 했어. 노인이 죽은 다음 날, 그 여자가 포도주 병을 가지고 나가서 일부러 깨뜨리는 모습을 하인 하나가 봤고 하인들은 그 일을 두고 자기들끼리 수군거렸지. 그녀가 남편 밑에서 비참한 생활을 했던 건 하인들 모두가 알고 있었어. 소문이 점점 커져서 결국 몇 달 뒤에 친척들 몇 명이 사체 발굴 허가를 법원에 신청한 거야. 결과는 독살된 걸로 나왔는데, 비소로 독살되었지. 아마?"

"아냐, 스트리크닌이었던 것 같아. 아무튼 독살되었다는 사실 자체가 중요하지. 그런 짓을 저지를 만한 사람은 한 사람밖에 없었어. 애플턴 부인이 결국 재판을 받았지. 그녀가 석방된 건 결백을 밝힐 증거가 많아서가 아니라 유죄를 입증할 증거가 부족했기 때문이야. 한마디로 운이 좋았던 거지. 하지만 그녀가 범인이라는 건 의심할 여지가 없었어. 그 뒤에 그 여자는 어떻게 됐지?"

"캐나다로 갔던 것 같은데. 호주였나? 그쪽에 삼촌인가 누가 있어서 거처를 마련해 준 모양이야. 그 상황에서는 그게 그녀가 취할 수 있는 최선의 길이었지."

새터스웨이트는 알렉스 포털이 오른손으로 술잔을 감싸 쥐는 모습에 신경이 쏠렸다. 포털은 지나치다 싶을 정도로 잔을 꽉 움켜쥐고 있었다.

'조심하지 않으면 저러다가 잔이 박살나겠는걸. 햐, 이거 정말 재미있군.'

새터스웨이트는 생각했다.

이브샴은 자리에서 일어나 술잔에 술을 따르며 말했다.

"그런데 데릭 케이플이 권총 자살을 한 이유를 밝히는 일에는 별로 진전이 없었군요. 사고 원인 조사단이 별 성과를 거둔 게 없죠, 그렇지 않습니까, 퀸 씨?"

퀸은 소리 내어 웃었다.

그것은 비웃음 같기도 하고, 구슬픈 울음소리 같기도 한 묘한 소리였다. 그 소리에 모두들 깜짝 놀랐다.

"죄송합니다만 당신은 아직 과거 속에 살고 계십니다, 이브샴 씨. 그리고 아직 선입견에서 벗어나지 못하셨습니다. 하지만 길 가다가 우연히 들른 저 같은 사람은 있는 그대로의 사실들만 바라볼 수 있습니다. 사실들 말입니다!"

"사실들?"

"그렇습니다."

"무슨 말씀이신지……?"

이브샴이 말했다.

"저는 이어지는 사실들을 명확히 바라볼 수 있습니다. 당신이 미처 의미를 캐지 못한 채 설명했던 사실들 말입니다. 10년 전으로 돌아 가서, 눈에 보이는 것들만 한번 생각해 보지요. 선입견이나 감정에 전혀 구애받지 말고서 말입니다."

퀸은 자리에서 일어섰다. 그는 키가 상당히 커 보였다. 갑자기 벽난로의 불꽃이 그의 뒤에서 크게 일었다. 퀸은 낮으면서도 설득력 있는 목소리로 말했다.

"당신은 저녁 식사를 하고 계셨습니다. 데릭 케이플이 약혼 발표를 합니다. 그때 당신은 그의 약혼 상대가 마저리 딜크일 거라고 생각합니다. 하지만 지금은 그 정도로 확신하지 못합니다. 케이플은 운명의 신에게 도전해서 승리를 거둔 사람처럼 한껏 들떠 있습니다. 당신의 말대로 그는 철저히 불리한 상황에서 뜻밖의 횡재를 거둔 사람 같습니다. 그러다가 초인종이 울립니다. 케이플은 나가서 오랫동안 받아 보지 못한 우편물을 가지고 들어옵니다. 그는 편지를 뜯지 않습니다. 하지만 당신은 그가 새로운 소식을 살펴보려고 신문을 펼쳤다고 했습니다. 10년 전이니까 그날 신문에 어떤 기사가 실렸는지 알 수 없습니다. 멀리서 지진이 일어났다는 내용이 실렸는지, 아니면 가까운 어느 곳에서 정치적 위기 상황을 맞았다는 내용이 실렸는지 모르죠. 하지만 우리는 그날 신문에 실린 내용 가운데 적어도 한 가지는 분명히 알고 있습니다. 그것은 내무성이 사흘 전에 애플턴 노인의 사체 발굴 허가를 내렸다는 조그마한 기사 내용입니다."

"무슨 뜻이죠?"

퀸은 계속해서 말했다.

"데릭 케이플은 방으로 올라가서 창밖으로 무언가를 목격했습니다. 콘웨이 경은 창문에 커튼이 쳐 있지 않았고, 게다가 그 창은 차도 쪽으로 나 있었다고 말씀하셨습니다. 그는 무엇을 봤을까요? 도대체 무엇을 봤기에 자살을 하기로 결심했을까요?"

"무슨 뜻이죠? 무엇을 본 거죠?"

"저는 그가 경찰을 봤다고 생각합니다. 개를 데리고 온 경찰 말입니다. 하지만 데릭 케이플은 경찰이 개 때문에 오고 있다는 건 몰랐습니다. 단지 경찰이 자기 집을 향해 걸어오는 것만 본 것입니다."

한동안 침묵이 흘렀다. 모두들 추론을 하는 데에 약간의 시간이 필요한 듯 보였다.

이윽고 이브샴이 속삭이듯 말했다.

"설마, 데릭이 애플턴을? 하지만 애플턴이 죽었을 때 케이플은 거기에 없었는데. 애플턴 영감은 자기 아내하고 둘이서만 있었습니다."

"하지만 케이플은 사건이 발생하기 일주일 전에는 거기 있었을 겁니다. 스트리크닌은 염산염의 형태가 아니면 잘 안 녹습니다. 포도주에 넣으면 가라앉아서 대부분의 분량이 마지막 한 잔 속에 남게 되죠. 아마 케이플이 떠난 지 일주일 정도 지나고 나서 그 마지막 한 잔을 애플턴이 마셨을 겁니다."

포털이 갑자기 자리를 박차고 일어섰다. 그의 목소리는 탁했고
두 눈은 충혈되어 있었다.

"왜 그 여자가 포도주 병을 깬 겁니까? 왜 깬 거죠? 그 이유를 한
번 말해 보시죠!"

그는 울부짖듯 소리쳤다.

그러자 퀸은 처음으로 새터스웨이트에게 말을 걸었다.

"새터스웨이트 씨, 당신은 인생 경험이 많으신 분입니다. 당신이
라면 그 이유를 말씀하실 수 있을 것 같군요."

새터스웨이트의 목소리는 약간 떨렸다. 드디어 그의 차례가 온
것이다. 그는 이 연극에서 가장 중요한 대사를 하기로 되어 있었다.
그는 이제 관객이 아니라 배우였다.

그는 조심스럽게 중얼거렸다.

"제가 보기에는 애플턴 부인이 데릭 케이플을 좋아했던 것 같습
니다. 그녀는 착한 여자였을 겁니다. 케이플을 떠나보내고 남편이
죽었을 때 그녀는 사건의 진상을 깨달았습니다. 그래서 사랑하는
남자를 구하기 위해 그에게 불리한 증거를 없애려고 했지요. 제 생
각에는 나중에 케이플이 근거 없는 의심이라면서 그녀를 설득한 것
같습니다. 그리고 그녀는 케이플과 결혼하는 데 동의했습니다. 하지
만 그때도 그녀는 망설였습니다. 여자의 육감 같은 거였겠죠."

새터스웨이트는 자기 몫의 대사를 끝마쳤다.

갑자기 떨리는 듯한 긴 한숨이 거실 안을 가득 채웠다.

그때 이브샴이 깜짝 놀라 소리쳤다.

"아니! 저게 뭐지?"

새터스웨이트는 이브샴에게 위층 난간에 있는 사람은 다름 아닌 엘리노어 포털이라고 말할 수도 있었지만, 예술적 기질이 다분한 그로서는 굳이 극적인 효과를 깨트리고 싶지 않았다.

퀸은 빙그레 웃고 있었다.

"이제 차를 다 고쳤을 것 같군요. 이렇게 후하게 대접해 주셔서 고맙습니다. 이브샴 씨, 조금이나마 죽은 친구를 이해할 수 있게 되었으면 좋겠습니다."

그들은 멍하니 퀸을 바라보았다.

"그런 생각은 들지 않던가요? 케이플은 그 여자를 사랑했습니다. 그녀를 위해 살인까지 저지를 정도로 말이죠. 죄의 대가를 치를 때가 되었다고 착각하고서 자살을 택한 겁니다. 하지만 그는 그녀가 당하게 될 어려움은 미처 생각지 못했습니다."

"그 여자는 무죄 석방이 되었잖습니까?"

이브샴이 말했다.

"유죄가 입증되지 않았기 때문이죠. 단지 추측이지만 그녀는 아직도 괴로워하고 있을 겁니다."

포털은 양손에 얼굴을 파묻고서 의자 깊숙이 앉아 있었다.

퀸은 새터스웨이트를 돌아보았다.

"안녕히 계십시오, 새터스웨이트 씨. 당신은 연극을 좋아하시는 군요. 그렇지 않습니까?"

새터스웨이트는 놀라며 고개를 끄덕였다.

"꼭 어릿광대 연극을 보시도록 권하고 싶군요. 지금은 쇠퇴하고 있지만 한번 볼 만합니다. 그 상징성을 이해하기는 좀 어렵지만, 시대가 변한다고 상징성까지 변하는 것은 아니니까요. 그럼, 모두들 안녕히 주무십시오."

그들은 어둠 속으로 성큼성큼 사라지는 퀸의 뒷모습을 바라보았다. 아까도 그랬듯이 색유리 때문에 얼룩덜룩한 옷을 입은 것처럼 보였다.

새터스웨이트는 2층으로 올라갔다. 공기가 쌀쌀했기 때문에 창문을 닫으러 창으로 다가갔다. 퀸이 차도로 내려가고 있었다. 그리고 옆문으로 한 여자가 달려 나가는 모습이 보였다. 두 사람은 잠시 얘기를 주고받더니 여자는 왔던 길을 되짚어 집 쪽으로 걸어왔다. 새터스웨이트는 그녀가 창문 바로 아래를 지날 때 얼굴에 생기가 도는 것을 보고 다시금 놀랐다. 그녀는 이제 행복한 꿈을 꾸는 것처럼 행동했다.

"엘리노어!"

알렉스 포털이 그녀에게 다가갔다.

"엘리노어, 용서해 줘. 당신이 한 말은 사실이었어. 그런데도 난 믿지 않고……. 아, 내가 정말 나빴어."

새터스웨이트는 남들의 사생활에 관심이 많았다. 하지만 그는 신사이기도 했다. 그는 창문을 닫아야겠다는 생각이 들어 그렇게 했다. 하지만 그 속도는 아주 느렸다.

여자의 목소리가 들려왔다. 말로 표현하기 어려울 정도로 아름다운 목소리였다.

"알고 있어요, 알아요. 당신은 지금까지 지옥에 계셨던 거예요. 저도 한때는 그랬어요. 사랑하면서도 신뢰와 의심이 번갈아 나타나는 것, 저도 알아요. 의심을 떨쳐 버리려고 해도 어느 순간에 의심은 비웃는 얼굴로 불쑥불쑥 솟아나죠. 알렉스, 알고 있어요. 하지만 그보다 더한 지옥도 있어요. 지금까지 저와 당신이 함께 살아온 지옥 말이에요. 당신이 의심하고 있다는 거, 당신이 절 두려워한다는 거 알고 있었어요. 그래서 우리의 사랑은 엉망이 되어 버린 거예요. 그분, 우연히 이곳을 지나던 그분이 절 구해 주셨어요. 전 더 이상 참을 수 없었어요. 사실 오늘 밤, 오늘 밤에, 전 자살하기로 마음먹고 있었어요. 알렉스, 알렉스!"

유리창에 비친 그림자

"이 얘기 좀 들어 보세요."

레이디 신시아 드레이지가 말했다.

그녀는 손에 든 신문을 큰 소리로 읽었다.

"언커턴 부부가 이번 주에 그린웨이스 저택에서 파티를 열 예정이다. 초대 손님 중에는 레이디 신시아 드레이지, 리처드 스콧 부부, 훈장 수훈자인 포터 소령, 스태버턴 부인, 앨런슨 대위, 그리고 새터스웨이트 씨가 포함되어 있다."

신문을 던지며 레이디 신시아가 말했다.

"우리가 어떤 상황인지 알게 되니 그나마 다행이네요. 초청자가 일을 완전히 망쳐 놨지만요."

초대 손님 명단의 끄트머리에 이름이 실린 새터스웨이트는 묻듯이 그녀를 바라보았다. 벼락부자가 된 집안에 새터스웨이트가 모습을 드러내는 것은 그 집의 요리 솜씨가 매우 뛰어나든가, 재미있는 인생 드라마가 거기서 연출되려는 징조가 보인다는 사실을 의미했다. 새터스웨이트는 사람들의 희비극에 비정상적일 정도로 강한 흥미를 느꼈다.

차가워 보이는 얼굴에 화장을 짙게 한 중년의 레이디 신시아는 무릎에 아무렇게나 놓여 있던 최신형 양산으로 새터스웨이트를 따끔하게 찔렀다.

"다 아시면서 시치미 떼지 마세요. 제 말 완벽히 이해하셨으면서. 한바탕 소동이 벌어질 걸 알고 일부러 오신 거잖아요."

새터스웨이트는 강하게 부인했다. 그는 그녀가 도대체 무슨 말을 하는지 이해가 가시 않았다.

"리처드 스콧 말이에요. 그 사람 얘기를 한 번도 못 들은 척 하시려는 건 아니시겠죠?"

"예, 물론 알고 있죠. 큰 짐승을 잡는 사냥꾼이잖습니까, 그렇죠?"

"맞아요. 곰이나 호랑이 같은 큰 동물을 잡는 사람이죠. 물론 지금은 그 사람 자신이 큰 인물이지만요. 언커턴 부부가 그를 사로잡는 일에 열심인 것도 당연해요. 그 사람과 그의 아내를 말예요! 귀여운 여자예요. 정말 얼마나 귀여운지 몰라요. 스무 살이나 되었는데도 아주 순진해요. 남편은 적어도 마흔다섯 살은 된 것 같던데."

"스콧 부인은 정말 매력적이던데요."

새터스웨이트가 차분하게 말했다.

"예, 가여운 여자예요."

"어째서 가엾다는 겁니까?"

레이디 신시아는 힐난하는 눈길로 그를 바라보고는 자기 방식대로 문제의 요점에 접근해 갔다.

"포터 씨는 머리가 둔하긴 해도 괜찮은 사람이에요. 햇볕에 온통 그을린 피부에 말수가 적고, 아프리카로 사냥을 자주 가는 사람들 가운데 하나죠. 리처드 스콧을 보좌하면서 한평생 친구처럼 지냈죠. 지금 생각해 보니 그 두 사람은 함께 그 여행을 떠났군요."

"무슨 여행 말입니까?"

"그 여행 말이에요. 스태버턴 부인과 함께 떠난 여행. 이번에는 스태버턴이라는 이름도 못 들어 봤다고 할 참이세요?"

"스태버턴 부인에 대해선 들었습니다."

새터스웨이트는 마지못해 말했다.

그와 레이디 신시아는 눈길을 주고받았다.

그녀가 탄식하듯 말했다.

"정말 언커턴 부부답네요. 그 사람들은 다른 건 몰라도 사교 생활은 정말 꽝이에요. 그 두 사람을 함께 초대할 생각을 하다니! 물론 그 사람들도 스태버턴 부인이 운동과 여행을 좋아한다는 사실, 그 밖의 사실들, 그리고 그 부인의 저서에 관해서 들어는 봤겠죠. 언커턴 부부 같은 사람들은 어떤 함정이 기다리는지 깨닫지도 못한다니까요! 제가 작년에 그 사람들한테 참견할 일이 좀 있었는데 어떤 일들을 겪었는지 아무도 모를 거예요. 누군가 반드시 그 사람들 가까이에 붙어 있어야만 했죠. '그러면 안 됩니다! 이러면 곤란하죠!' 이제 그런 꼴을 당하지 않아도 되니 얼마나 다행인지 몰라요. 싸운 건 아니에요. 예, 저는 절대 싸움 같은 건 안 해요. 하지만 이제 다른 사람이 그 일을 맡게 되겠죠. 항상 하는 말이지만, 저는 천한 행동이나 말은 참을 수 있어도 비열한 건 절대 못 참아요!"

레이디 신시아는 이처럼 다소 아리송한 말을 하고 나서 말없이 언키턴 부부가 보인 비열한 행동을 잠시 돌이켜 보았다.

이윽고 그녀는 말을 이었다.

"제가 아직 그 사람들한테 참견해야 한다면 단호하고 분명하게 이렇게 말했을 거예요. 스태버턴 부인과 리처드 스콧 부부를 함께 초대해선 안 됩니다. 그 부인과 리처드 씨는 한때……."

그녀는 의미심장하게 말을 멈췄다.

"그 두 사람이 한때?"

새터스웨이트가 물었다.

"정말 어이가 없군요! 유명한 얘기잖아요. 오지로 여행 갔던 일! 이번 초대를 받아들이는 걸 보면 그 여자도 참 뻔뻔스러워요."

"초대받은 사람들이 누구누구인지 아마 몰랐던 게 아닐까요?"

새터스웨이트가 넌지시 말했다.

"알았을 거예요. 그럴 가능성이 훨씬 더 커요."

"정말 그렇게 생각해요?"

"그 여자는 이른바 위험인물이에요. 마음먹은 일은 뭐든 하는 성격이라니까요. 리처드 스콧은 이번 주말에 큰일을 당할 거예요. 두고 보세요."

"그 사람 아내는 아무것도 모르고 있습니까?"

"그건 분명해요. 하지만 머지않아 어떤 친절한 친구가 그녀에게 알려 주겠죠. 저기 지미 앨런슨이 오네요. 정말 좋은 사람이에요. 저 사람 덕분에 작년 겨울 이집트에서 살아서 돌아왔죠. 얼마나 지루했는지 몰라요. 지미, 어서 와요."

앨런슨 대위는 시키는 대로 그녀의 옆 잔디밭에 털썩 주저앉았다. 그는 서른 살쯤 된 미남으로 치아가 새하얗고 사람들을 절로 빙긋 웃게 만드는 미소를 지었다.

앨런슨이 말했다.

"저를 찾는 사람이 있다니 좋군요. 스콧 부부는 비둘기 한 쌍처럼 굴고 있어서 제가 낄 수가 없더군요. 포터는 《필드》를 집어 삼킬 듯이 읽고 있는 중이고요. 저는 하마터면 언커턴 부인의 접대를 받는 처지가 될 뻔했습니다."

그는 소리 내어 웃었다. 레이디 신시아도 따라 웃었지만 약간 고지식한 새터스웨이트는 초대받은 집을 떠날 때까지는 주인 부부를 웃음거리로 만들 수 없다는 생각에 줄곧 신중한 태도를 잃지 않았다.

"저런, 가엾은 지미."

레이디 신시아가 말했다.

"이유를 밝히기보다는 재빨리 도망가는 게 급선무죠. 이 집의 유령 이야기를 듣지 않고 간신히 도망쳐 나왔답니다."

"언커턴 집안의 유령? 정말 소름 끼쳐요."

레이디 신시아가 외치자 새터스웨이트가 말했다.

"언커턴 집안이 아니라 그린웨이스 저택의 유령이죠. 언커턴 부부는 집과 함께 유령도 사들인 셈이죠."

레이디 신시아가 말했다.

"그렇군요. 이제 생각났어요. 그 유령은 쇠사슬 소리를 내지는 않겠죠? 유리창과 관련된 거니까요."

지미 앨런슨은 얼른 고개를 들었다.

"유리창이라고요?"

그러나 새터스웨이트는 곧바로 대답하지 않았다. 그는 앨런슨의 머리 너머로 집 쪽으로 다가오는 세 사람을 바라보았다. 어떤 날씬한 여자가 양옆에 두 남자를 거느리고 다가오고 있었다. 두 남자는 언뜻 보기에 닮은 구석이 있었다. 둘 다 키가 크고, 머리칼이 검었으며, 구릿빛 얼굴에 눈매가 날카로웠다. 하지만 찬찬히 뜯어보니 많이 달라 보였다. 사냥꾼이자 탐험가인 리처드 스콧은 보기 드물 정도로 활달한 사람이었다. 그의 태도에는 사람을 매료시키는 어떤 힘이 있었다. 그의 친구로 함께 사냥을 다니는 존 포터는 다부진 몸매에, 감각이 둔해 보이는 무표정한 얼굴과 생각이 깊어 보이는 회색 눈을 갖고 있었다. 그는 말이 없었고 항상 친구를 보조하는 일에 만족했다.

그리고 석 달 전까지만 해도 모이라 오코넬이었던 스콧 부인이 두 남자 사이에 끼어 걸어오고 있었다. 날씬한 몸매에 생각에 잠긴 커다란 갈색 눈, 붉은 색을 띤 금발이 작은 얼굴을 배경으로 성인의 후광처럼 두드러져 보였다.

'저 여자에게 상처를 입혀선 안 돼. 저런 여자가 상처를 입으면 절대 안 되지.'

새터스웨이트는 되뇌었다.

레이디 신시아는 최신형 양산을 흔들며 새로 온 사람들을 맞이했다.

"앉으세요. 그리고 방해하지 말아 주세요. 새터스웨이트 씨가 유령 이야기를 해 주신대요."

"그래요? 저도 유령 이야기 정말 좋아하는데."

스콧 부인이 이렇게 말하며 잔디밭에 풀썩 주저앉았다.

"그린웨이스 저택의 유령 말입니까?"

리처드 스콧이 물었다.

"예, 아십니까?"

리처드 스콧은 고개를 끄덕였다.

"옛날에 여기에 자주 묵었지요. 엘리엇 집안에서 이 집을 팔기 전에 말입니다. 주목받는 왕당파(17세기 영국 청교도 혁명 때의 국왕 지지파—옮긴이) 사람이었죠."

스콧의 아내가 작은 목소리로 말했다.

"주목받는 왕당파라…… 마음에 들어요. 재미있겠는데요. 어서 해 주세요."

하지만 새터스웨이트는 별로 얘기하고 싶지 않은 눈치였다. 그는 솔직히 재미없는 이야기라고 그녀에게 말했다.

리처드 스콧이 비꼬듯 말했다.

"꽁무니를 빼시는군요, 새터스웨이트 씨. 그렇게 찌푸린 얼굴을 하시는 걸 보니."

사람들이 하도 졸라대는 바람에 새터스웨이트는 할 수 없이 얘기를 시작했다.

"정말 별로 재미없는 얘깁니다."

그는 변명하듯 말했다.

"이 얘기는 원래 엘리엇 집안의 조상으로 왕당파였던 사람에게서 비롯된 것 같습니다. 그 사람의 부인에게 의회파(왕당파에 저항하던 의원들로 이루어짐 ─ 옮긴이) 애인이 있었죠. 그 애인이 2층 방에서 남편을 살해하고 두 사람은 도망을 갔는데, 가다가 집을 돌아다보니 창문으로 둘을 내려다보고 있는 죽은 남편의 얼굴이 보였답니다. 그저 이런 전설이 전해질 뿐입니다. 어쨌든 유령 이야기와 관계된 것은 단지 그 특정한 방의 창문 한 장뿐이고요. 그 유리창에는 이상한 모양의 얼룩이 묻어 있다더군요. 가까이에서 볼 때는 거의 형태를 알아볼 수 없는데 멀리서 보면 분명히 밖을 내다보는 남자의 얼굴 같다나요."

"그 창문이 어느 것이죠?"

스콧 부인이 집을 올려다보며 물었다.

"여기서는 안 보입니다. 저쪽으로 돌아가야 보이지요. 하지만 여러 해 전, 아니 정확히 말해 40년 전에 안에서 판자로 막아 버렸습니다."

"왜 그랬을까요? 그 유령은 밖으로 나다니지 않는다고 말씀하셨잖아요."

"돌아다니지는 않아요. 아마, 그래요, 미신 같은 기분이 든 거겠죠. 그게 전부였을 겁니다."

새터스웨이트는 스콧 부인을 안심시켰다.

이렇게 말하고 나서 새터스웨이트는 능숙하게 화제를 돌렸다. 앨 런슨은 기다렸다는 듯 이집트의 모래 점쟁이들에 대해 떠들어대기 시작했다.

"대부분이 속임수예요. 과거에 대해서는 막연하게 대충 말할 수 있지만 미래에 관해서는 확실한 말을 안 하죠."

"저는 대개가 그 반대라고 생각하는데요."

존 포터가 말했다.

"이 나라에서는 미래를 알려 주는 게 불법이라도 됩니까? 모이라 가 집시를 설득해서 운세를 점쳐 달라고 했는데 그 여자는 돈을 돌 려 주면서 해 줄 말이 없다고 하더군요."

리처드 스콧이 말했다.

"아마 뭔가 좋지 않은 점괘가 나와서 말하기가 거북했던 거겠죠."

모이라 스콧이 말했다.

"일부러 고통을 배가시킬 필요는 없잖습니까, 스콧 부인. 당신에 게 불행이 닥치고 있다고는 믿기지 않는군요."

앨런슨이 밝은 목소리로 말했다.

'저 말은 무슨 뜻일까? 정말 뭘까?'

새터스웨이트는 그런 생각을 하다가 날카롭게 고개를 돌렸다. 집 쪽에서 두 여자가 다가왔는데 한 사람은 검은 머리에 검고 땅딸막

했고 어울리지 않는 비취색 옷을 입었으며, 다른 사람은 키가 크고 늘씬한 몸매에 유백색 옷을 입고 있었다. 첫 번째 여자는 이 집 안 주인 언커턴 부인이었고, 두 번째 여자는 자주 얘기는 들었지만 한 번도 만난 적이 없는 사람이었다.

"이쪽은 스태버턴 부인입니다. 이제 모두 모이신 것 같네요."

언커턴 부인이 만족스러운 어조로 말했다.

"이 사람들은 으스스한 얘기를 하는 별난 재능이 있어요. 정말 무서운 얘기들만 해요."

레이디 신시아가 말했지만 새터스웨이트는 듣고 있지 않았다. 그는 스태버턴 부인을 지켜보고 있었다.

매우 침착하고 너무나 자연스러웠다.

"어머, 리처드 씨! 무척 오랜만이네요. 결혼식에 못 가 봐서 죄송해요. 이분이 부인이세요? 바깥 분의 오랜 친구들을 모두 만나자면 피곤하실 거예요."

스콧 부인은 적절하면서도 수줍게 대꾸했다. 스태버턴 부인은 그녀를 평가하는 듯한 눈길로 힐끗 보더니 존 포터에게로 가볍게 시선을 옮겼다.

"안녕하세요, 존!"

그녀는 먼저와 다름없이 느긋한 목소리였지만 거기에는 뭔가 미세한 차이가 있었다. 아까는 없던 따스함이 목소리에 묻어 있었다.

그리고 갑작스럽게 활짝 미소를 지었다. 그것이 그녀를 달라 보이게 만들었다. 정말 레이디 신시아가 말한 그대로였다. 위험한 여자! 멋진 금발, 깊고 파란 눈, 요부의 전통적인 색깔은 아니다. 그리고 말없이 가만히 있을 때는 야위어 보이는 얼굴이다. 느리게 끄는 목소리와 갑자기 사람을 아찔하게 만드는 미소를 짓는 여자.

스태버턴 부인이 자리에 앉았다. 그녀는 자연스럽게, 그리고 불가피하게 모임의 중심인물이 되었다. 언제나 이런 식일 거라는 느낌이 들었다.

포터 소령이 산책이나 하자고 제안하는 바람에 새터스웨이트는 생각에 잠겨 있다가 깨어났다. 새터스웨이트는 산책을 별로 좋아하지는 않았지만 잠자코 그를 따라나섰다. 두 사람은 잔디밭을 가로질러 천천히 걸어갔다.

"조금 전에 들려주신 이야기는 무척 재미있었습니다."

소령의 얘기에 새터스웨이트가 말했다.

"그 창문이 어떤 것인지 알려드리죠."

새터스웨이트는 앞장서서 집의 서쪽으로 돌아갔다. 거기에는 작지만 형식을 갖춘 정원이 있었다. 그것은 항상 '비밀 정원'이라고 불렸는데 그 이름에는 그만한 이유가 있었다. 그 정원은 높다란 호랑가시나무 울타리로 둘러싸여 있었고 그 입구조차 높은 가시덤불 울타리 사이로 꼬불꼬불하게 나 있었기 때문이다.

일단 안으로 들어가 보니 정원은 정말 매력적이었다. 정식 화단, 판석을 깐 길, 정교하게 조각한 낮은 돌의자 등에서 고풍스러운 멋이 물씬 풍겼다. 정원의 중앙에 이르렀을 때, 새터스웨이트는 뒤돌아서서 집 쪽을 손가락으로 가리켰다. 그린웨이스 저택은 남북으로 뻗어 있었고 좁은 서쪽 벽에는 창문이 2층에 하나밖에 없었는데 그것도 거의 담쟁이로 뒤덮여 있었다. 유리창은 더러워서 안에서 막아 놓은 판자만 겨우 보일 정도였다.

"바로 저겁니다."

새터스웨이트가 말했다.

포터는 약간 고개를 빼면서 올려다보았다.

"음…… 유리창 하나에 변색된 부위밖에 안 보이는군요."

"거리가 너무 가까워서 그렇습니다. 조금 더 가서 숲 속에 있는 공터에서 보면 잘 보일 겁니다."

앞장서서 정원을 나온 새터스웨이트는 갑자기 왼쪽으로 돌아서 숲으로 들어갔다. 그는 어딘지 연예인 같은 열정에 도취되어 옆의 사람이 아무 생각 없이 따라오고 있다는 사실을 좀체 깨닫지 못했다.

"저 창문을 판자로 막아 버려서 다른 창문을 하나 더 만들어야 했지요."

새터스웨이트는 설명했다.

"새로 만든 창문은 남향인데 우리가 아까 앉아 있던 잔디밭 쪽으로 나 있지요. 어쩐지 스콧 부부가 문제의 그 방에서 묵을 것 같은 예감이 드는데요. 그래서 아까는 얘기를 계속하기가 꺼려졌던 겁니다. 유령이 나온다는 방에서 자는 걸 알게 되면 스콧 부인이 안절부절못했을지도 모릅니다."

"예, 이해가 갑니다."

포터가 말했다.

새터스웨이트는 날카롭게 그를 바라보고는 자기 말을 한 마디도 듣지 않았다는 사실을 깨달았다.

"정말 재미있군요."

포터가 말했다. 그리고 막대기로 키가 큰 디기탈리스 몇 포기를 건드리더니 인상을 찡그리며 말했다.

"그 여자는 오지 말았어야 하는데. 절대로 여기는 그 여자가 올 곳이 못 돼요."

사람들은 종종 이런 식으로 새터스웨이트에게 말하곤 했다. 그는 무엇이든 대수롭지 않게 생각하는 사람이라서 그다지 부정적으로 생각하지 않았다. 그는 단지 열심히 귀 기울여 얘기를 듣는 사람이었다.

"맞아요. 그 여자는 절대 이곳에 오지 말았어야 해요."

포터가 말했다.

새터스웨이트는 그가 지금 스콧 부인 얘기를 하는 게 아니라는 것을 직감적으로 알았다.

"그렇게 생각하세요?"

새터스웨이트가 물었다.

어떤 예감이 드는지 포터는 고개를 저으며 불쑥 말했다.

"저도 그때 같이 여행을 떠났습니다. 스콧과 나, 그리고 스태버턴 부인 셋이서요. 그녀는 멋진 여자입니다. 사격 솜씨도 대단하고요."

포터는 잠시 말을 멈추었다가 "그런데 대체 왜 그 여자를 초대했을까요?"라고 묻더니 입을 다물었다.

새터스웨이트는 어깨를 으쓱하며 말했다.

"몰랐겠죠."

"문제가 터질 겁니다. 우리는 기다리다가 일이 터지면 수습해야 합니다."

"하지만 분명히 스태버턴 부인은······."

"제가 지금 얘기하고 있는 건 스콧 쪽입니다."

포터가 이렇게 말하고 말을 멈췄다.

"아시겠지만 스콧 부인에 대해 생각해 봐야 합니다."

새터스웨이트는 지금까지 줄곧 그녀에 관해 생각했지만 그것을 입 밖으로 꺼낼 필요는 없다고 생각했다. 왜냐하면 상대편은 지금 이 순간까지 그녀에 관한 것을 깨끗이 잊고 있었기 때문이다.

"스콧 씨는 어떻게 부인을 만난 겁니까?"

새터스웨이트가 물었다.

"작년 겨울에 카이로에서 만났죠. 일은 일사천리로 진행되었습니다. 만난 지 3주 만에 약혼하고 6주 만에 결혼했으니까요."

"부인이 정말 매력적이던데요."

"예, 확실히 그렇죠. 그 친구도 자기 부인한테 완전히 빠져 있어요. 하지만 그렇다고 해서 사정이 달라지지는 않습니다."

포터는 자기에게만 의미 있는 말을 혼자 구시렁거렸다.

"빌어먹을, 그 여자가 여기 오면 안 되는데······."

바로 그때, 그들은 집에서 약간 떨어진, 풀이 무성한 언덕까지 나왔다. 다시 한 번 곡예사처럼 뽐내면서 새터스웨이트는 팔을 뻗었다.

"보십시오."

그는 창문을 가리켰다.

주위는 빠르게 어두워지고 있었지만 창문은 아직도 또렷이 보였다. 그리고 유리창에 바싹 붙어 서 있는, 왕당파 당원의 깃털 모자를 쓴 어떤 남자의 얼굴이 확실히 보였다.

포터가 말했다.

"신기하군요. 정말 신기해요. 만일 저 유리창이 어느 날 갑자기 깨지기라도 하면 어떻게 될까요?"

새터스웨이트는 미소를 지었다.

"그 점이 이 얘기에서 가장 재미있는 부분 가운데 하나입니다. 저 유리창은 확실히 기억하건대 적어도 열한 번, 아니 아마 그보다 더 많이 갈아 끼웠습니다. 마지막으로 갈아 끼운 때는 12년 전인데 당시 집주인은 미신 따위를 없애 버리려고 작정했지요. 하지만 아무리 갈아 끼워도 마찬가지였습니다. 얼룩이 다시 생기는 겁니다. 금방 생기지는 않지만 서서히 변색되는 부위가 커졌습니다. 보통 한두 달이 걸리죠."

포터는 처음으로 관심이 있는 기색을 보였다. 그는 갑자기 부르르 몸을 떨었다.

"이상한 일이군요. 도저히 설명할 수 없는……. 그런데 저 방 창문을 안에서 판자로 막아 버린 진짜 이유는 뭘까요?"

"글쎄요. 저 방은 이를테면 재수가 없는 곳이라고 생각했기 때문이겠죠. 이브샴 부부가 이혼 직전에 저 방에 묵었고, 또 스탠리와 그의 아내가 여기로 이사를 와서 저 방을 썼는데, 그때 남편이 뮤지컬 배우와 달아났거든요."

포터는 눈썹을 치켜 올렸다.

"아 예, 생명이 아니라 도덕상 위험하다는 말씀이군요."

새터스웨이트는 속으로 생각했다.

'이번에 스콧 부부가 묵게 되면…… 어떤 일이 벌어질까?'

그들은 말없이 왔던 길을 되짚어 저택으로 돌아왔다. 부드러운 잔디밭 위를 거의 소리도 내지 않고 걸으면서 생각에 잠겨 있던 두 사람은 우연히 엿듣는 입장이 되었다.

호랑가시나무 울타리의 모퉁이를 도는데, 스태버턴 부인의 거친 목소리가 비밀 정원 안쪽에서 또렷하게 들려왔다.

"이런 짓을 한 걸 몹시 후회할 거예요!"

리처드 스콧의 목소리는 낮고 불분명해서 무슨 말인지 알아들을 수 없었는데, 다시 그녀의 높아진 목소리가 들렸다. 그녀가 내뱉는 말은 나중에까지 기억에 남았다.

"질투심은 사람을 미치도록 만들어요. 질투는 악마 같은 거란 말이에요! 그래서 흉악한 살인도 저지르게 되는 거예요. 제발 정신 차려요, 리처드. 부탁이니 정신 차리세요!"

그녀는 비밀 정원에서 나와 그들을 눈치 채지 못하고 모퉁이를 돌더니 거의 뛰다시피 종종걸음으로 사라졌다. 그 모습은 마치 악마한테 쫓기는 것 같았다.

새터스웨이트는 레이디 신시아가 했던 말을 다시 생각했다. 위험한 여자. 처음으로 그는 비극을 예감했다. 부인할 수 없는 비극이 거침없이 빠르게 다가오는 것을 느꼈다.

하지만 그날 저녁, 새터스웨이트는 두려움을 느낀 자신이 부끄럽게 생각되었다. 모든 일이 정상적이고 즐거웠기 때문이다. 스태버턴 부인은 시종 자연스러운 태도였으며, 긴장하는 기색은 전혀 없었다. 스콧 부인은 매력적이었고 가식이라곤 모르는 성격이었다. 두 사람은 아주 잘 어울렸다. 리처드 스콧도 기분이 한껏 들떠 있는 듯 보였다.

제일 걱정스러운 표정을 짓고 있는 사람은 풍채가 좋은 언커턴 부인이었다. 그녀는 새터스웨이트에게 쉴 새 없이 얘기를 늘어놓았다.

"바보스럽다고 생각하실지 모르지만, 어쩐지 소름이 끼치네요. 솔직히 말씀드리자면 남편 몰래 유리장이를 불렀어요."

"유리 갈아 끼우는 사람을요?"

"그 창살에 새로 유리를 끼우려고요. 남편은 그 창문을 자랑거리로 생각해요. 그것 때문에 이 집에 산다나요. 하지만 저는 싫어요. 솔직히 말씀드리는 거예요. 요즘에 나온 멋지고 평범한 유리로 갈아 끼울래요. 괴상한 얘기가 붙어 다니지 않을 유리로 말이에요."

"잊으셨군요. 아니면 모르고 계시던지. 그 얼룩은 다시 생겨난답니다."

"그럴지도 모르죠. 아무튼 제가 할 수 있는 말은 이것뿐이에요. 만일 그 얼룩이 또 생기면, 그건 자연의 이치에 어긋난 거라고요!"

새터스웨이트는 눈썹을 치켜 올렸지만 대꾸는 하지 않았다.

"그리고 만일 또 생기더라도 그게 무슨 대수죠?"

언커턴 부인이 대들듯이 말했다.

"우리 부부는 매월, 필요하다면 매주라도 새 유리를 갈아 끼울 돈은 있으니까요."

새터스웨이트는 상대의 도전적인 말투에 아무런 대꾸도 하지 않았다. 대부분의 사람들이 재력 앞에서는 꼼짝 못하듯이, 아무리 왕당파 당원의 유령이라도 재력과 싸워서 당당하게 이길 수 있을 거라는 확신이 없었기 때문이다. 아무튼 그는 언커턴 부인의 역력하게 불안한 태도에 흥미가 생겼다. 그녀조차도 긴장된 분위기에서 자유롭지 못했다. 그러나 그녀는 자신의 불안을 단지 유령 이야기 때문이지, 초대한 사람들 사이의 성격 충돌 때문이라고는 생각지 않았다.

그러다가 새터스웨이트는 이런 상황을 환히 밝혀 주는 짧은 대화를 우연히 듣게 되었다. 그는 자러 가려고 폭이 넓은 계단을 오르고 있었다. 널따란 거실의 한쪽 구석에 포터와 스태버턴 부인이 함께 앉아 있었다. 그녀의 부드러운 목소리에는 초조함이 희미하게 묻어 있었다.

"스콧 부부가 여기 올 줄은 생각도 못했어요. 만일 알았다면 전 분명히 오지 않았을 거예요. 하지만 존, 이미 여기에 온 이상 달아나진 않을래요."

계단을 좀 더 올라가자 사람들의 목소리는 들리지 않았다. 새터스웨이트는 속으로 생각했다.

'어디까지가 사실일까? 그녀는 아는 걸까? 이제 어떻게 될까?'

그는 고개를 저었다.

밝은 아침 햇살 속에서 그는 어쩌면 어젯밤에 일시적인 긴장 상태에서 공상한 것은 아닐까 하고 생각했다. 그렇다. 상황이 그렇다 보니 모두들 일시적으로 긴장을 느꼈지만 이제 안정을 되찾았다. 대단한 재앙이 닥칠 거라고 상상한 것은 신경이 예민한 탓일 것이다. 아니면 겁이 났거나. 그렇다. 겁이 났기 때문이다. 그는 보름 뒤에 칼스바트(체코슬로바키아 서부의 도시로서 광천지(鑛泉地) ― 옮긴이)에 가기로 되어 있었다.

그날 저녁 땅거미가 질 무렵, 새터스웨이트는 포터 소령에게 좀 거닐자고 제안했다. 포터 소령에게 언커턴 부인이 새 유리를 갈아 끼웠는지 어쨌는지 언덕으로 올라가서 보자고 했다. 그리고 스스로에게 이렇게 말했다.

'운동, 난 운동이 필요해. 운동이.'

두 사람은 숲 속을 천천히 걸어갔다. 포터는 늘 그렇듯이 말이 없었다.

새터스웨이트는 좀 수다스럽게 말했다.

"어제는 아무래도 우리가 좀 어리석은 공상을 한 것 같습니다. 무슨 소동이라도 일어날 듯이 말입니다. 사람은 감정이나 뭐 그런 걸 억누르고 느긋하게 처신해야 하는데 말입니다."

"그건……."

포터가 말했다. 잠시 뒤, 그는 다음과 같이 덧붙였다.

"문명인이라면 가능한 일이겠죠."

"무슨 뜻이죠?"

"문명권 밖에서 오래 생활한 사람들은 가끔 과거로 되돌아가죠. 옛날 옛적의 생활로 회귀하는 거 말입니다."

그들은 풀이 나 있는 언덕에 도착했다. 새터스웨이트는 숨을 약간 가쁘게 몰아쉬었다. 그는 언덕 따위를 오르는 일을 결코 좋아하지 않았다.

그는 창문 쪽을 바라보았다. 그 얼굴은 여전히 거기에 있었는데, 어느 때보다 살아 있는 것 같았다.

"언커턴 부인이 생각을 바꾼 모양이군요."

포터는 창문 쪽을 힐끗 한 번 쳐다볼 뿐이었다. 그가 무심하게 말했다.

"언커턴이 발끈했나 봅니다. 그 사람은 유령 이야기를 자랑거리로 생각하니까요. 게다가 돈을 주고 샀는데, 유령을 쫓아내는 게 아깝지 않겠습니까? 그는 그런 사람입니다."

포터는 집이 아니라 주위에 무성하게 자란 덤불을 바라보며 잠시 말이 없었다.

이윽고 포터가 말했다.

"문명의 위험에 대해 생각해 보셨습니까?"

"위험이라고요?"

뜻밖의 질문을 받은 새터스웨이트는 속으로 섬뜩했다.

"예. 안전장치가 없기 때문이죠."

포터는 몸을 홱 돌렸다. 두 사람은 왔던 길을 도로 내려갔다.

새터스웨이트는 보폭이 넓은 포터에게 뒤지지 않으려고 열심히 종종걸음을 치면서 말했다.

"당신이 하는 말은 아무래도 이해가 안 되는군요. 상식적인 사람들은……."

포터가 껄껄 웃었다. 사람을 당황하게 만드는 웃음이었다. 그는 고개를 돌려 작지만 빈틈이라곤 찾아볼 수 없는 새터스웨이트를 바라보았다.

"새터스웨이트 씨, 저를 실없는 사람으로 생각하고 계시죠? 하지만 폭풍이 몰려올 때 그것을 예견하는 사람들도 있습니다. 그들은 공기 중에서 폭풍을 미리 느낍니다. 마찬가지로 재난을 예언할 수 있는 사람들도 있습니다. 지금 재난이 닥치려 합니다, 새터스웨이트 씨. 그것도 큰 재난이 말입니다. 당장이라도 닥칠 수 있습니다. 어쩌면……."

그는 느닷없이 새터스웨이트의 팔을 붙잡더니 얼어붙은 듯 가만히 있었다. 그리고 긴장감이 감도는 침묵을 깨고 두 발의 총성, 뒤이어 울부짖는 소리, 여자의 울부짖는 목소리가 들려왔다.

"이럴 수가! 올 것이 왔군요."

포터가 소리쳤다.

포터는 샛길을 달려 내려갔고, 새터스웨이트는 숨을 헐떡이며 그를 뒤따랐다. 1분도 안 되어 그들은 비밀 정원의 울타리 가까이에 있는 잔디밭으로 나왔다. 그와 동시에 리처드 스콧과 언커턴이 집 반대편 모퉁이를 돌아서 달려왔다. 그들은 비밀 정원 입구의 좌우에서 서로 마주 보고 멈춰 섰다.

"저기, 저 안에서 소리가 났습니다."

언커턴이 맥없는 손으로 정원을 가리키며 말했다.

"가 봐야죠."

포터가 이렇게 말하면서 앞장서서 정원 안으로 들어갔다. 그는 호랑가시나무 울타리의 마지막 모퉁이를 돌았을 때 발걸음을 우뚝 멈췄다. 새터스웨이트는 그의 어깨너머로 앞쪽을 건너다보았다. 갑자기 리처드 스콧이 큰 소리로 비명을 질렀다.

정원 안에는 세 사람이 있었다. 두 사람은 돌의자 근처의 잔디밭에 쓰러져 있었다. 남자와 여자였다. 나머지 한 사람은 스태버턴 부인이었다. 그녀는 울타리 옆, 두 사람과 제법 가까운 거리에서 공포에 질린 눈으로 그 광경을 바라보고 있었고 오른손에는 무언가를 들고 있었다.

포터가 소리쳤다.

"스태버턴 부인! 이런! 지금 손에 들고 있는 게 뭡니까?"

그제야 여자는 고개를 숙여 그것을 내려다보았다. 신기하다는 듯이, 믿기지 않을 정도로 태연한 눈빛으로.

"권총이에요."

그녀는 이상하다는 듯 말했다. 그리고 시간이 꽤 흐른 듯 느껴졌지만 실제로는 불과 몇 초 뒤에 말했다.

"제가, 제가 주웠어요."

새터스웨이트는 언커턴과 리처드 스콧이 무릎을 꿇고 있는 잔디밭으로 다가갔다.

"의사, 의사를 불러야 해요."

스콧이 말했다.

하지만 의사를 부르기에는 이미 때가 늦었다. 모래 점쟁이 얘기를 했던 지미 앨런슨과 집시한테서 돈을 되돌려 받았다던 스콧 부인이 아주 고요한 가운데 누워 있었다.

간단한 조사를 마친 사람은 리처드 스콧이었다. 그는 이런 상황에서도 대담하게 행동했다. 처음에 고통스런 비명을 내지른 뒤, 곧바로 안정을 되찾은 것이다.

그는 자기 아내를 조심스럽게 내려놓고는 짧게 말했다.

"뒤에서 쏘았어요. 총알이 완전히 관통했어요."

그런 다음 그는 지미 앨런슨을 조사했다. 앨런슨은 가슴에 상처를 입었고 총알은 몸에 박혀 있었다.

존 포터가 그들에게 다가와서는 엄격한 목소리로 말했다.

"아무 데도 건드리면 안 돼. 지금 상태 그대로 경찰이 살펴보게 해야 하네."

"경찰이라고?"

리처드 스콧이 말했다. 울타리 옆에 서 있는 여자를 바라보는 그의 눈은 갑자기 증오로 불타올랐다. 그는 그쪽으로 한 발짝 내딛었다. 하지만 그 순간, 포터가 그를 가로막았다. 잠시 동안, 두 사람은 눈싸움을 벌이는 것 같았다.

포터는 조용히 고개를 젓고는 말했다.

"안 돼, 스콧. 자네는 착각하고 있어."

리처드 스콧은 마른 입술에 침을 바르며 간신히 입을 열었다.

"그럼, 왜 저 여자가 저걸 손에 들고 있는 거지?"

스태버턴 부인은 여전히 맥이 풀린 목소리로 다시 말했다.

"전 이걸 그냥 주웠을 뿐이에요."

언커턴이 자리에서 일어서며 말했다.

"경찰, 경찰을 불러야 합니다, 당장요. 스콧 씨, 전화를 걸어 줄 수 있죠? 누가 여기 남아 있어야 하는데……. 맞아요, 한 사람은 여기 있어야 해요."

조용하고 신사다운 태도로 지켜보던 새터스웨이트가 자신이 남겠다고 했다. 언커턴은 눈에 띄게 안도하는 빛으로 제안을 받아들였다. 그러고는 설명을 덧붙였다.

"전 이 일을 여자들에게, 그러니까 레이디 신시아와 집사람에게 알려야겠습니다."

새터스웨이트는 정원에 남아서 스콧 부인의 시체를 내려다보고 있었다.

"불쌍한 여자, 불쌍한……."

그는 혼잣말을 하며 '죄악은 영원히 남는다.'는 속담을 마음속에 떠올렸다. 리처드 스콧은 어떤 면에서 순진한 아내의 죽음에 책임이 있지 않을까? 새터스웨이트는 스태버턴 부인이 교수형에 처해질 것이라고 생각했지만 그런 생각이 마음에 들지는 않았다. 적어도 리처드 스콧에게도 책임이 있었다. 인간이 저지르는 죄악은…….

그리고 이 젊은 부인, 죄 없는 이 젊은 여자가 그 대가를 지불한 것이다.

그는 깊은 연민의 정을 가지고 그녀를 내려다보았다. 그녀의 새하얗고 생각에 잠긴 듯한 작은 얼굴에는 희미한 미소가 굳어 버린 입술에 남아 있었다. 헝클어진 금발머리와 앙증맞은 귀. 귓불에는 핏자국이 있었다. 새터스웨이트는 마치 형사가 된 듯한 기분으로, 쓰러질 때 한쪽 귀고리가 떨어져 나간 것으로 추정했다. 그는 고개를 빼서 다른 쪽 귀를 살펴보았다. 그렇다. 그의 생각이 옳았다. 다른 쪽 귀에는 작은 진주 귀고리가 달려 있었다.

가엾은 여자…….

"그런데 말입니다……."

윙크필드 경감이 말했다.

그들은 서재에 모여 있었다. 마흔 살 남짓 된 빈틈없고 강인해 보이는 경감은 조사를 마치려는 참이었다. 그는 초대 손님 모두를 심문한 뒤 지금은 이 사건의 결론을 내리고 있었다. 그는 포터 소령과 새터스웨이트의 말에 귀를 기울였다. 언커턴은 튀어나온 눈으로 맞은편 벽을 바라보며 무겁게 의자에 앉아 있었다.

경감이 말했다.

"제가 알기로는 두 분은 산책을 나갔다가 비밀 정원이라고 부르는 정원의 왼쪽에 나 있는 샛길을 통해 집으로 돌아오고 있었습니다. 맞습니까?"

"예, 그렇습니다."

"그때 두 발의 총성과 여자의 비명 소리를 들으셨죠?"

"예."

"그리고 전속력으로 숲을 달려 나와 정원의 입구 쪽으로 갔죠? 만일 누군가가 그 정원에서 달려 나왔다면 하나뿐인 입구로 나왔겠죠. 호랑가시나무 울타리를 뚫고 나가기는 불가능했을 테니까요. 만일 누가 정원에서 달려 나와 오른쪽으로 돌아갔다면 언커턴 씨와 스콧 씨를 만났겠죠. 그리고 왼쪽으로 돌아갔다면 틀림없이 포터 씨와 새터스웨이트 씨를 만났을 겁니다. 그렇겠죠?"

"맞습니다."

포터 소령이 말했다. 그의 얼굴은 매우 창백했다.

경감이 다시 말했다.

"이제 사건이 해결될 기미가 보이는군요. 언커턴 부부와 레이디 신시아 드레이지는 잔디밭에 앉아 있었습니다. 리처드 스콧 씨는 잔디밭이 내다보이는 당구실에 있었습니다. 6시 10분경에 스태버턴 부인이 집에서 나와 잔디밭에 앉아 있는 사람들과 한두 마디 얘기를 나누고는 집 모퉁이를 돌아 정원 쪽으로 갔습니다. 2분 뒤에 총소리가 났고요. 스콧 씨는 집에서 뛰어나와 언커턴 씨와 함께 정원으로 달려갔습니다. 동시에 포터 씨와 음…… 저기…… 새터스웨이트 씨가 반대편에서 뛰어왔습니다. 스태버턴 부인은 정원 안에서 총알 두 발이 발사된 권총을 손에 들고 있었습니다. 제가 보기에는 부인은 먼저 의자에 앉아 있는 스콧 부인을 등 뒤에서 쏘았습니다. 그러자 앨런슨 대위가 자리에서 벌떡 일어나 그녀를 향해 달려왔습니다. 그리고 부인은 달려오는 대위의 가슴 부위를 쏘았습니다. 제가 알기로는 스태버턴 부인과 리처드 스콧 씨 사이에는 그 뭐랄까…… 과거에 어떤 관계가…….”

“터무니없는 소리입니다.”

포터가 소리쳤다. 그가 내뱉은 목소리는 거칠고 상당히 도전적이었다. 경감은 아무 말 없이 고개만 흔들었다.

“그 부인은 뭐라고 합니까?”

새터스웨이트가 물었다.

“잠시 조용히 혼자 있고 싶어서 정원으로 들어갔답니다. 마지막 울타리를 돌기 직전에 총소리를 들었다더군요. 모퉁이를 돌자 발밑에 권총이 떨어져 있는 걸 보았고 무심코 그것을 주워 들었답니다. 자기를 스쳐 지나간 사람은 아무도 없었고 죽은 두 사람 말고는 정원에 아무도 없었다고 했습니다.”

경감은 의미심장하게 말을 멈추었다.

“이것이 그녀의 진술입니다. 그녀에게 주의를 주었지만 그렇게 진술하겠다고 우기더군요.”

“그녀가 그렇게 말했다면 모두 진실일 겁니다. 저는 스태버턴 부인이 어떤 사람인지 잘 압니다.”

포터 소령은 이렇게 말했지만 얼굴은 죽은 사람처럼 아직도 창백했다.

경감이 말했다.

"예, 알겠습니다. 그 부분은 나중에 충분히 조사할 시간이 있을 겁니다. 근데 제가 지금 따로 할 일이 있어서요."

포터는 갑자기 새터스웨이트 쪽으로 몸을 돌리며 말했다.

"선생님! 선생님께서 좀 도와주시면 안 되겠습니까?"

순간 새터스웨이트는 우쭐한 기분이 들었다. 자신이 이제 가장 중요한 인물이 된 데다 존 포터 같은 사람한테서 간곡한 부탁을 받은 것이다.

새터스웨이트가 별로 할 말이 없어 유감스럽다고 대답하려는데 집사인 톰슨이 명함이 얹힌 쟁반을 들고 들어오더니 헛기침을 하면서 집주인한테 가져다주었다. 언커턴은 얘기에 끼어들지 않고 아직 의자에 웅크리고 앉아 있었다.

"아마 만날 수 없을 거라고 손님께 말씀드렸습니다만 약속을 했고 매우 다급한 일이라며 우기셨습니다."

톰슨이 말했다.

언커턴은 명함을 손에 들고 읽었다.

"할리 퀸 씨, 생각나는군. 그림에 관한 일로 만나기로 했지. 약속을 하긴 했지만 이런 상황에서는……."

그러자 새터스웨이트가 벌떡 일어서며 소리쳤다.

"할리 퀸이라고 하셨습니까? 정말 묘한 일이군요. 이 얼마나 묘한 일인지. 포터 소령, 제게 도움을 청하셨죠. 이제 도와드릴 수 있을 겁니다. 이 퀸이라는 사람을 제가 좀 아는데 정말 뛰어난 사람입니다."

"뭐 그래 봐야 아마추어 탐정 가운데 한 사람이겠죠."

경감이 얕보듯 말했다.

"아, 아닙니다. 이 양반은 그런 류의 사람이 아닙니다. 이 양반은 신비한 능력이 있는데 우리가 눈으로 보고 귀로 들은 것을 명확히 전해 줍니다. 아무튼 이 사람한테 사건의 경위를 설명해 주고 무슨 말을 하는지 한번 들어 봅시다."

언커턴은 경감을 힐끗 건너다보았는데 경감은 코웃음을 치며 천장만 쳐다보았다. 언커턴은 톰슨에게 고개를 약간 끄덕여 보였다. 그러자 톰슨은 방을 나가더니 키가 크고 호리호리한 사내를 데리고 들어왔다.

"언커턴 씨 되시죠?"

낯선 사내는 언커턴과 악수를 했다.

"이런 때에 불쑥 찾아와서 죄송합니다. 그럼 얘기는 아무래도 다음에 해야겠군요. 아, 새터스웨이트 씨! 변함없이 연극을 즐기고 계시죠?"

마지막 말을 하면서 낯선 사내의 입가에는 희미한 미소가 잠시 떠올랐다.

새터스웨이트가 의미심장한 목소리로 말했다.

"퀸 씨. 지금이 그 순간입니다. 지금 여기에서는 연극이 한창 진행 중입니다. 저와 여기 있는 포터 소령은 이 연극에 대한 당신의 견해를 듣고 싶습니다."

퀸은 자리에 앉았다. 빨간 갓의 전등은 그의 격자무늬 외투를 물들였고 그의 얼굴은 그림자가 져서 마치 가면을 쓴 것 같았다.

새터스웨이트는 이 끔찍한 사건의 요점을 간략하게 설명한 다음, 입을 다물고 숨을 죽인 채 퀸의 대답을 기다렸다.

그러나 퀸은 고개만 젓다가 마침내 말했다.

"정말 안타깝고 충격적인 사건입니다. 동기가 없다는 점이 퍽 흥미롭군요."

언커턴은 퀸을 유심히 바라보더니 말했다.

"그건 모르시는 말씀입니다. 스태버턴 부인이 리처드 스콧을 위협했다고 합니다. 스태버턴 부인은 스콧 부인을 심하게 질투했습니다. 질투가……."

퀸이 말했다.

"그렇습니다, 질투는 악령에게 사로잡히는 것과 같죠. 그렇지만 당신은 오해하고 계십니다. 저는 스콧 부인이 아니라 앨런슨 대위가 살해된 것에 대해 말씀드린 겁니다."

포터가 갑자기 앞쪽으로 몸을 내밀며 소리쳤다.

"맞아요. 거기에 허점이 있습니다. 스태버턴 부인이 스콧 부인을 쏘아 죽일 생각이었다면 스콧 부인만 어딘가로 조용히 불러냈을 겁니다. 우리는 지금 엉뚱한 방향으로 가고 있습니다. 저는 다른 곳에 해결책이 있다고 봅니다. 정원에 들어간 사람은 그 세 사람뿐입니다. 그 점은 확실하고 이의를 제기할 생각은 없습니다. 하지만 저는 이 비극을 다르게 재구성해 보았습니다. 지미 앨런슨이 스콧 부인을 쏘고 나서 자신을 쏘았다고 생각해 볼 수도 있습니다. 가능한 일 아닙니까? 그가 쓰러지면서 권총을 떨어뜨렸고 스태버턴 부인은 자기 말대로 땅에 떨어진 권총을 주워 들었던 겁니다. 어떻습니까?"

경감은 고개를 흔들었다.

"그건 불가능합니다, 포터 씨. 앨런슨 대위가 자기 몸에 총을 대고 쏘았다면 옷이 그을렸을 겁니다."

"팔을 뻗어서 총을 들고 있었는지도 모르죠."

"그럴 필요가 있었을까요? 그래야 할 이유가 없죠. 게다가 자살 동기가 없습니다."

"갑자기 미쳐 버렸는지도 모르죠."

포터는 말했지만 그다지 확신은 못하는 듯했다. 그는 다시금 침묵을 지켰다. 그러더니 갑자기 몸을 일으키며 도전적으로 말했다.

"그런데 퀸 씨의 생각은 어떻습니까?"

퀸은 고개를 저었다.

"저는 마술사가 아닙니다. 범죄학자도 아니고요. 그렇지만 한 가지 말씀드리겠습니다. 저는 인상을 중요하게 생각하는 사람입니다. 어떤 위기의 순간이든 마음에 두드러지게 새겨지는 한순간이 있습니다. 다른 모든 것이 사라져 버려도 그 순간은 잊혀지지 않고 마음에 남죠. 새터스웨이트 씨는 사건 현장에 계셨던 분들 가운데 가장 편견 없이 사물을 관찰하셨을 겁니다. 새터스웨이트 씨, 기억을 더듬어서 제일 강한 인상을 받은 순간을 설명해 주시겠습니까? 총소리를 들은 순간이었습니까? 처음 시체를 본 순간이었습니까? 아니면 권총을 들고 있는 스태버턴 부인을 본 순간이었습니까? 선입견을 완전히 떨쳐 버리고 말씀해 주시죠."

새터스웨이트는 마치 학생이 자신 없는 과목을 반복해서 공부하듯이 퀸의 얼굴을 빤히 바라보다가 천천히 말했다.

"아니, 그런 순간들은 아니었습니다. 제가 결코 잊지 못할 거라고 생각되는 순간은 혼자 시체들 옆에 서 있다가 스콧 부인을 내려다본 때입니다. 그녀는 옆으로 쓰러져 있었습니다. 머리카락은 헝클어지고 자그마한 귀에는 피가 한 방울 묻어 있었습니다."

이 말을 내뱉은 순간, 새터스웨이트는 자신이 뭔가 대단하고 의미심장한 말을 한 느낌이 들었다.

"귀에 피가 묻어 있었다고요? 맞아요. 나도 기억나요."

언커턴이 느리게 말했다.

"쓰러질 때 귀고리가 떨어져 나가면서 생긴 상처일 겁니다."

새터스웨이트가 설명했다.

그러나 막상 그렇게 말해 놓고 보니 어딘가 앞뒤가 안 맞는 것 같았다.

"왼쪽으로 쓰러져 있었으니까 그쪽 귀였겠군요?"

포터가 말했다.

"아닙니다. 오른쪽 귀였어요."

새터스웨이트가 재빨리 말했다.

경감이 기침을 했다.

"이것을 잔디밭에서 발견했습니다."

그는 금 귀고리를 집어 들어 건넸다.

포터가 소리쳤다.

"맙소사, 보세요, 그것은 쓰러진다고 떨어져 나갈 물건이 아니잖습니까? 총알에 맞아 떨어져 나갔다면 또 모를까."

"그렇습니다. 총알입니다. 총알에 맞은 게 틀림없어요."

새터스웨이트가 흥분해서 외치자 경감이 말했다.

"쏜 것은 두 발뿐입니다. 총알 하나가 귀를 스쳐서 등으로 갈 수는 없습니다. 그리고 한 발이 귀고리를 떨어뜨리고 두 번째 총알이 그녀의 등을 관통했다 해도 앨런슨 대위를 동시에 죽일 수는 없었겠죠. 앨런슨 대위가 그녀의 바로 앞, 지극히 가까운 곳에, 말하자면 그녀와 마주 보고 있지 않았다면 말입니다. 아! 아니, 그것도 불가능합니다. 그, 그러니까……."

퀸이 약간 묘한 미소를 띠면서 말했다.

"그러니까 그녀가 대위의 품에 안겨 있지 않았다면 불가능하다는 말씀이시죠? 음, 그렇다면 그렇게 생각하면 되지 않겠습니까?"

모두 서로의 얼굴을 바라보았다. 퀸의 생각은 그들에게 정말 뜻밖일 수밖에 없었다. 앨런슨과 스콧 부인이 그럴 리가……. 언커턴도 같은 느낌을 털어놓았다.

"하지만 두 사람은 서로 잘 모르고 있었잖습니까?"

언커턴의 말에 새터스웨이트가 심각한 표정으로 말했다.

"글쎄요, 혹시 또 모르죠. 우리가 생각하는 것보다 서로를 훨씬 더 잘 알고 있었는지도. 레이디 신시아의 말로는 작년 겨울에 이집

트에 갔을 때 자기와 포터 씨 당신이 지겨워서 치를 떨 때 당신들을
재미있게 해 준 사람이 앨런슨이었다고 했습니다. 그리고 포터 씨,
당신은 리처드 스콧이 작년 겨울에 카이로에서 그의 아내를 만났다
고 했지요. 그렇다면 두 사람은 그곳에서 서로를 잘 알고 지냈을 수
도……."

"자주 어울려서 얘기를 나누지도 않던데요."

언커턴이 말했다.

"그렇습니다. 오히려 서로 피했습니다. 지금 생각해 보면 부자연
스러울 정도로……."

그들은 예기치 않게 이런 결론에 도달하자 약간 놀란 표정을 지
으며 퀸을 바라보았다.

퀸은 자리에서 일어섰다.

"결국 새터스웨이트 씨의 인상으로 이런 결론을 얻어 냈군요."

그는 언커턴 쪽을 바라보며 말했다.

"이제 당신 차례입니다."

"예? 무슨 말씀이신지?"

"제가 이 방에 들어왔을 때 당신은 깊은 생각에 잠겨 있었습니다.
어떤 생각을 그토록 골똘히 하셨는지 알고 싶습니다. 이 비극과 무
관한 생각이어도 상관없습니다. 설령 미신 같은 생각이라 해도 괜
찮습니다. 말씀해 주시죠."

언커턴은 약간 놀란 표정을 지었다.

"까짓것 말씀드리죠. 이 사건과는 관계없는 일입니다. 아니 오히

려 웃음거리가 될지도 모르겠습니다. 저는 아내가 그 방의 유리창을 괜히 갈아 끼웠다고 생각했습니다. 마치 그 일이 불행을 초래한 것 같아서요."

언커턴은 맞은편에 앉아 있는 두 남자가 왜 그렇게 자신을 뚫어지게 바라보는지 이해할 수 없었다.

새터스웨이트가 마침내 말했다.

"하지만 부인께서는 아직 그 유리를 갈지 않았습니다."

"아닙니다. 갈아 끼웠습니다. 오늘 아침 일찍 사람이 왔던데요."

"빌어먹을! 이제야 알겠군. 그 방의 벽엔 종이가 아니라 판자가 붙어 있죠? 벽에 판자를 댄 거죠?"

포터가 말했다.

"예. 그런데 그게 무슨……."

포터는 갑자기 방을 달려 나갔다. 다른 사람들이 그 뒤를 따랐다. 그는 곧바로 2층에 있는 스콧 부부의 침실로 갔다. 방은 우아했고 벽이 크림색 널빤지로 둘러싸여 있었다. 창문이 남쪽으로 두 개 나 있었다. 포터는 서쪽 벽의 널빤지를 두 손으로 더듬었다.

"어딘가에 분명 스프링 장치가 있을 텐데, 틀림없이. 아!"

찰칵 하는 소리가 나면서 널빤지의 일부가 뒤로 쑥 물러났다. 그러자 얼룩진 유리가 모습을 드러냈다. 유리 한 장은 깨끗한 새 것이었다. 포터는 재빨리 몸을 굽혀 무언가를 주워 들었다. 그는 그것을 손바닥에 얹어서 내밀었다. 타조의 깃털이었다. 그리고 그는 퀸을 바라보았다. 그러자 퀸이 고개를 끄덕였다.

포터는 침실을 가로질러 모자를 올려 둔 벽장으로 갔다. 벽장에는 모자가 여러 개 있었다. 죽은 스콧 부인의 모자였다. 그는 챙이 넓고 구부러진 깃털이 달린 모자를 집었다. 정교하게 만든 애스콧 모자(상류층 부인이 애스콧 경마 등에 구경 갈 때 쓰던 모자—옮긴이)였다.

퀸은 부드럽고 신중한 목소리로 말하기 시작했다.

"천성적으로 질투심이 강한 남자가 있다고 가정해 봅시다. 오랫동안 이곳에 묵었고 판자 속에 숨겨진 스프링 장치를 아는 남자입니다. 어느 날, 그는 재미 삼아 그 널빤지를 열고 정원을 내려다봅니다. 그런데 아무도 볼 수 없는 곳이라 안심했는지 자기 아내가 다른 남자와 같이 정원에 있는 모습을 보게 됩니다. 그로서는 두 사람의 관계를 의심할 여지가 없습니다. 그는 분노로 이성을 잃어버립니다. 그 사람이 어떻게 할까요? 그때 한 가지 생각이 떠오릅니다. 그는 벽장으로 가서 깃털 장식이 달린 모자를 씁니다. 땅거미가 지고 있고, 그는 유리창의 얼룩 이야기를 머리에 떠올립니다. 창문을 올려다본 사람은 누구라도 왕당파 당원의 모습이 보였다고 생각하겠죠. 그는 이처럼 안전하게 몸을 숨기고 두 사람을 감시하는 겁니다. 그리고 두 사람이 포옹한 순간, 권총의 방아쇠를 당겼지요. 그는 사격의 명수입니다. 두 사람이 쓰러질 때, 다시 한 번 쏩니다. 그 총알이 귀고리를 맞힌 거지요. 그는 창을 통해 권총을 정원에다 던져 버리고 계단을 달려 내려가 당구실을 거쳐 뛰어나갑니다."

포터는 퀸에게로 한 걸음 다가섰다. 그러고는 외쳤다.

"그런데 왜 그는 스태버턴 부인이 죄를 뒤집어쓰게 내버려 두었죠? 그는 그녀가 살인자로 몰리는데도 보고만 있었잖습니까? 왜죠? 왜 그랬을까요?"

"그 이유는 충분합니다. 추측하자면 이렇습니다. 리처드 스콧은 한때 아이리스 스태버턴을 열렬히 사랑했습니다. 너무나 사랑한 나머지 몇 년이 지나 그녀를 만났을 때까지도 질투의 불씨가 타오를 정도였습니다. 스태버턴이 자기를 사랑하게 될 거라고 생각했습니다. 그러다가 그녀는 스콧과 다른 한 남자와 함께 셋이서 사냥 여행을 떠납니다. 그런데 여행에서 돌아왔을 때 그녀는 이미 그 다른 남자를 사랑하고 있었습니다."

"다른 남자라면…… 누구?"

포터가 당황하며 말했다.

퀸은 희미한 미소를 지으며 대답했다.

"그렇습니다. 바로 당신을 사랑한 겁니다."

퀸은 잠시 말을 멈추더니 다시 말했다.

"만일 제가 당신이라면 지금 그녀에게 달려가겠습니다."

포터는 한동안 멍하니 그 자리에 서 있었다.

"알겠습니다."

마침내 그렇게 말하고 나서 그는 몸을 돌려 황급히 방을 나갔다.

어릿광대 여관

새터스웨이트는 기분이 별로 좋지 않았다. 한마디로 운이 없는 하루였다. 늦게 출발한 데다가 벌써 두 번이나 바퀴에 펑크가 났고, 나중에는 엉뚱한 길로 접어드는 바람에 솔즈베리 평원(영국 남부의 스톤헨지가 있는 고원 지대—옮긴이)의 황량한 들판 한가운데서 길까지 잃었다. 이제 저녁 8시가 다 되어 가는데, 목적지인 마즈윅 저택까지는 아직 65킬로미터 가량이나 남았고, 설상가상으로 자동차가 세 번째 펑크까지 나서 사정은 더욱 나빠졌다.

새터스웨이트는 깃털이 헝클어진 작은 새 같은 몰골이 되어 시골 마을의 차량 정비소 앞을 왔다갔다 했고, 그의 운전사는 탁한 목소리로 정비사와 소곤소곤 얘기를 나누고 있었다.

"적어도 30분은 걸리겠습니다."

정비사는 판결을 내리듯 말했다.

"그것도 운이 좋아야 30분이랍니다."

운전사인 마스터스가 새터스웨이트를 보며 덧붙였다.

"넉넉하게 45분 정도는 잡아야 될 것 같은데요."

"그건 그렇고, 이곳은 대체 어디지?"

새터스웨이트가 짜증을 내며 물었다. 그는 다른 사람들의 기분을 잘 헤아릴 줄 아는 신사라서 목구멍까지 올라온 '빌어먹을 구석'이라는 말 대신에 '곳'이라는 정중한 표현을 사용했다.

"커틀링턴 말렛이라는 곳입니다."

새터스웨이트는 기억력이 그다지 좋지 않았지만 그 지명은 언젠가 들어본 것 같았다. 그는 거만한 눈길로 주위를 둘러보았다. 커틀링턴 말렛은 구불구불한 도로 하나를 가운데에 두고 길 이쪽 편에는 차량 정비소와 우체국이 있고, 길 맞은편에는 마치 균형을 맞추기라도 하듯 무엇을 파는지 모를 상점 세 채가 나란히 서 있었다. 하지만 길 저쪽에 뭔가 바람에 삐걱거리며 흔들리고 있는 것을 보고서 새터스웨이트는 그나마 기분이 좀 나아졌다.

"여관이 하나 있는 것 같군."

"'어릿광대'라는 여관이 있습니다. 저쪽에 있는데 보이시죠?"

정비사가 말했다.

"어떠십니까. 한번 가 보시는 게 좋을 것 같습니다. 간단히 식사 정도는 할 수 있지 않을까요? 물론 평소의 식사와는 비교도 안 되겠지만."

마스터스는 송구스러워하면서 말을 멈췄다. 새터스웨이트는 유럽 출신의 요리사가 만드는 최고급 요리에 입맛이 길들여져 있었고 엄청난 급료를 지불하면서까지 일류 요리사를 고용하고 있었기 때문이다.

"주인님, 앞으로 45분은 기다리셔야 할 겁니다. 확실합니다. 게다가 벌써 8시가 지났습니다. 여관에서 조지 포스터 경에게 전화를 걸어 늦는 까닭을 알리시는 게 좋지 않을까요?"

"마스터스, 자네는 뭐든 멋대로 결정하는 고얀 버릇이 있군."

새터스웨이트가 재빨리 말했다.

마스터스는 자기가 생각해도 그런 경향이 있는 것 같아 공손한 자세로 침묵을 지켰다.

새터스웨이트는 운전사의 건의에 기분이 상해 무안을 주긴 했지만 길 저쪽에 흔들리고 있는 여관 간판을 내심 만족스럽게 바라보았다. 그는 입맛이 까다로운 미식가였지만 어쨌든 시장기를 느꼈다.

그는 생각에 잠긴 듯 말했다.

"어릿광대…… 여관 이름 치고는 좀 괴상하군. 한 번도 못 들어본 이름 같은데."

"사람들의 말로는 이상한 사람들이 저 여관을 찾는답니다."

정비사가 말했지만 그가 타이어 위로 몸을 굽히고 있어서 말소리가 또렷하지 않았다.

"이상한 사람들? 그게 무슨 말인가?"

새터스웨이트가 물었다.

정비사는 아무래도 새터스웨이트가 묻는 말의 뜻을 모르는 것 같왔다.

"왔다가는 곧 훌쩍 가 버리는 그런 사람들이죠."

정비사가 모호하게 말했다.

새터스웨이트는 여관에 오는 사람들이라면 당연히 왔다가 곧 가 버리는 사람들이 대부분이라고 생각했다. 그러한 정의는 아무래도 정확하지 못한 느낌이 들었다. 그럼에도 불구하고 호기심이 발동했다. 아무튼 그는 45분이란 시간을 어디서 때워야 했다. 어릿광대 여관은 그저 평범한 여관일 것이란 생각이 들었다.

그는 늘 그렇듯이 종종걸음으로 여관을 향해 걸어갔다. 멀리서 콰르릉 하고 천둥소리가 한 차례 들렸다. 정비사는 고개를 들고 마스터스에게 말했다.

"공기를 보아하니 폭풍이 몰려올 것 같은데요."

"이런 젠장! 아직 65킬로나 더 가야 하는데요."

"아, 그러면 이렇게 서두를 필요도 없습니다. 폭풍이 지나가기 전에 설마 운전을 하진 않으시겠죠? 저 짜리몽땅한 주인 양반은 천둥과 번개를 뚫고 차를 몰고 가는 걸 별로 좋아하지 않을 것 같은데."

"여관이 괜찮아야 할 텐데요. 나도 저기 가서 뭐라도 좀 먹어야겠군요."

운전사가 중얼거렸다.

"빌리 존스의 솜씨 정도면 괜찮을 겁니다. 음식도 그런대로 잘 나옵니다."

정비사가 말했다.

어릿광대 여관의 주인인 윌리엄 존스는 몸집이 건장한 사나이로 올해 나이가 쉰 살이었다. 그는 땅딸막한 새터스웨이트를 싹싹하게 맞이했다.

"고급 스테이크가 준비되어 있습니다. 그리고 감자튀김과 어떤 신사 분이라도 만족시킬 만한 치즈도 있어요. 손님, 이쪽 식당으로 가실까요? 낚시하는 손님들이 방금 전에 떠나셨기 때문에 지금은 별로 복잡하지 않습니다. 그렇지만 조금 있으면 사냥꾼들로 다시 붐빌 겁니다. 지금은 퀸이라는 신사 분만……."

새터스웨이트는 갑자기 우뚝 멈춰 섰다.

"퀸? 퀸이라고 했습니까?"

그는 흥분해서 말했다.

"예, 그런 분이 계시지만…… 혹시 친구 분입니까?"

"음…… 그렇습니다. 그렇지, 친구라고도 할 수 있지."

새터스웨이트는 흥분으로 횡설수설하면서 세상에는 퀸이라는 이름의 사람이 한 사람만이 아니라는 사실을 좀체 생각지 못했다. 그는 전혀 의심하지 않았다. 좀 이상하지만 퀸이 와 있다는 말을 들으니 아까 정비사가 한 말이 맞아 들어가는 것 같았다. '왔다가 훌쩍 가 버리는 사람들…….' 퀸에게는 딱 들어맞는 표현 같았다. 그리고 여관 이름도 신기하게도 그럴 듯하게 잘 어울려 보였다.

"여기가 식당입니다. 아! 저기 그 손님이 계시네요."

여관 주인이 말했다.

"아니, 이게 누구십니까? 할리 퀸 씨 아닙니까? 정말 신기한 일이군요. 여기서 이렇게 뵙다니!"

새터스웨이트가 말했다.

키가 크고 피부가 가무잡잡한 낯익은 사내가 웃음을 지으며 자리에서 일어서더니 친숙한 음성으로 말했다.

"아, 새터스웨이트 씨! 또 뵙는군요. 허허, 여기서 뵙게 될 줄이야."

새터스웨이트는 퀸과 반갑게 악수를 나눴다.

"정말 반갑습니다. 제 차가 고장이 나길 잘했군요. 여기서 오래 묵으실 예정입니까?"

"하룻밤만 묵을 겁니다."

"그럼 제가 정말 운이 좋았군요."

새터스웨이트는 만족스러운 한숨을 내쉬면서 맞은편 자리에 앉았다. 그는 가무잡잡한 얼굴에 미소를 띤 상대의 얼굴을 즐거운 기대감을 가지고 바라보았다.

상대는 가볍게 고개를 흔들었다.

"말씀드리지만, 이번에는 제 소매 안에서 꺼낼 금붕어나 토끼가 없습니다."

"거참, 유감입니다."

새터스웨이트는 약간 놀란 듯이 말했다.

"예, 사실 저는 당신을 그런 분으로 생각했습니다. 마술사로 말입니다. 하하하!"

"하지만 정작 마술을 하는 사람은 제가 아니고 당신입니다."

"천만에요!"

새터스웨이트가 강한 어조로 말했다.

"당신이 없으면 전 아무것도 할 수 없지요. 저는, 그 뭐냐, 영감이 부족하다고 할까요? 아무튼 그렇습니다."

퀸은 빙그레 웃으며 고개를 저었다.

"그건 너무 거창한 표현인데요. 저는 단지 실마리를 제공할 뿐입니다. 그뿐이지요."

그때 여관 주인이 노란 버터를 두껍게 바른 빵을 가지고 들어왔다. 주인이 그것을 식탁에 내려놓는 순간, 번개가 번쩍하더니 거의 머리 바로 위에서 천둥소리가 울렸다.

"사나운 밤이네요."

주인이 말했다.

"이런 밤에……."

새터스웨이트는 말을 하려다가 멈췄다.

주인은 의문을 알아차리지도 못하고 말을 꺼냈다.

"이상한데요. 마침 제가 하려던 말을 손님께서 할 생각이셨다면 말씀입니다. 예, 꼭 이런 밤이었습니다. 하웰 대위가 부인을 데리고 돌아온 날이. 이튿날 그 양반은 영원히 사라져 버렸죠."

"맞아!"

새터스웨이트가 갑자기 소리를 질렀다.

"그래요!"

그는 실마리를 잡은 듯했다. 커틀링턴 말렛이라는 지명이 왜 귀에 익은 느낌이었는지 이제야 알게 되었다. 3개월 전에 그는 리처드 하웰 대위의 놀라운 실종 사건에 대한 기사를 꼼꼼하게 읽었다. 그는 영국 전역의 신문 독자들처럼 그 사건에 대해 골똘히 생각해 보고 다른 사람들처럼 나름의 가설을 세워 보기도 했다.

"그래, 그 사건이 발생한 곳이 커틀링턴 말렛이었지."

"작년 겨울에 사냥하러 왔다가 우리 여관에 묵으셨죠."

주인이 말했다.

"예! 저는 그분을 잘 압니다. 매우 잘생긴 젊은 분으로 걱정거리라고는 전혀 없어 보였습니다. 저는 분명히 살해된 거라고 믿습니다. 그분과 르 쿠토 양이 말을 타고 함께 돌아오는 모습을 몇 번이나 봤지요. 마을 사람들은 두 사람이 잘 어울린다고 말했습니다. 르 쿠토 양은 정말 아름다웠습니다. 평판도 괜찮았지요. 캐나다에서 온 낯선 여자였는데도 말입니다. 이 사건에는 필시 어두운 수수께끼가 있습니다. 진상은 모르지만요. 그 사건이 일어나고 부인은 완전히 넋을 잃었습니다. 집을 팔고 외국으로 갔다는 소식은 들으셨겠죠. 여기서 남들의 시선과 손가락질을 받으며 계속 살 수 없었던 겁니다. 자기 죄도 아니었는데……. 가엾은 여자죠. 이 사건은 한마디로 검은 수수께끼입니다."

주인은 고개를 절레절레 흔들고는 갑자기 자신의 소임을 깨달았는지 서둘러 방을 나갔다.

"검은 수수께끼라……."

퀸이 작은 소리로 말했다.

새터스웨이트의 귀에는 그의 목소리가 생각을 부추기는 듯 들렸다.

"런던 경찰청에서도 풀지 못한 수수께끼를 우리가 풀 수 있을 거라고 생각하십니까?"

새터스웨이트가 날카롭게 물었다. 퀸은 특유의 몸짓을 하며 대답했다.

"못 풀 까닭이 없죠. 시간은 흘렀습니다. 3개월이나요. 이제 상황은 달라졌습니다."

"사건이 일어난 당시보다 시간이 흐른 뒤에 사실을 더욱 잘 파악할 수 있다니 참 특이한 생각이시네요."

새터스웨이트가 느리게 말했다.

"시간이 지나면 지날수록 더욱 분별력이 생기는 법입니다. 한 사실을 다른 사실과 제대로 연관지어 바라볼 수 있게 되지요."

한동안 침묵이 흘렀다.

새터스웨이트는 망설이듯 말했다.

"이제 와서 당시의 사실들을 정확히 기억할 수 있을지 자신이 없네요."

"기억할 수 있을 겁니다."

퀸은 조용히 말했다.

새터스웨이트에게는 그런 격려의 말만으로도 충분했다. 그가 지금까지 살아오면서 맡은 역할은 대체로 남들의 얘기에 귀를 기울이고 그들을 관찰하는 것이었다. 그런데 퀸과 함께 있기만 하면 그러한 역할이 역전되었다. 이제 퀸이 열심히 듣는 쪽이 되고 새터스웨이트 자신은 무대의 중앙으로 나가야 했다. 새터스웨이트는 말했다.

"불과 1년 전쯤의 일입니다. 애쉴리 저택이 엘리노어 르 쿠토의 손에 넘어간 게 말입니다. 아름다운 고가였지만, 여러 해 동안 빈 채로 방치되어 있었습니다. 그 저택을 사들일 만한 적임자가 없었던 모양입니다. 르 쿠토 양은 프랑스 계 캐나다 인으로 그녀의 조상은 프랑스 혁명 때 망명한 사람들이었습니다. 그녀는 조상들한테서 값을 매길 수 없을 정도로 귀한 프랑스의 유물과 골동품을 상속받았지요. 르 쿠토 양은 매우 예리하고 감식력이 뛰어나 물건을 사거나 수집도 했습니다. 그래서 그 비극적인 일이 일어난 뒤에 그녀가 애쉴리 저택과 수집한 물품들을 모두 처분하려고 결정했을 때 미국의 백만장자 사이러스 브래드번 씨는 그 저택을 고스란히 사면서 6만 파운드라는 거액을 두말없이 지불한 겁니다."

새터스웨이트는 말을 멈췄다가 잠시 뒤 변명하듯 말했다.

"이런 이야기를 하는 이유는 사건과 관련이 있어서가 아닙니다. 엄밀히 말하자면 관계가 없습니다. 분위기를, 젊은 하웰 부인의 분위기를 전하기 위해서 말씀드리는 겁니다."

퀸은 고개를 끄덕이며 엄숙하게 말했다.

"분위기란 항상 중요하지요."

"그럼 이 여성을 묘사해 볼까요."

새터스웨이트는 말을 계속했다.

"나이는 스물셋이고, 검은 머리에 미인이었지요. 저속하거나 경박스러운 면은 조금도 없는, 교양 있는 여자였습니다. 게다가 부자였는데 이 사실을 잊어선 안 됩니다. 그녀는 고아였습니다. 교육이

나 사회적 지위가 나무랄 데 없는 세인트 클레어 부인이라는 여자가 가정교사로 그녀와 함께 살았습니다. 그렇지만 엘리노어 르 쿠토는 재산을 자기가 전적으로 관리했습니다. 재산에 눈독을 들이는 사람은 어디에나 있게 마련이지요. 사냥터든, 무도회장이든, 그녀가 가는 곳마다 주변에서 어슬렁대는 가난한 젊은이들이 십여 명 정도는 있었죠. 가장 어울리는 신랑감이었던 젊은 레칸 경이 그녀에게 청혼했다는 소문이 있었습니다만 그녀는 마음을 열지 않았습니다. 그러던 차에 리처드 하웰 대위가 나타난 겁니다. 하웰 대위는 사냥을 하기 위해 근처 여관에 묵고 있었습니다. 그는 사냥개를 데리고 사냥을 하는 세련된 남자였습니다. 잘생기고, 항상 웃는 인상에다가 대담한 구석이 많은 청년이었죠. 퀸 씨, 이런 옛말이 있잖습니까. '구애 기간은 짧을수록 좋다.' 적어도 어느 정도는 그 격언대로였습니다. 두 달 뒤에 리처드 하웰과 엘리노어 르 쿠토는 약혼을 했죠. 그리고 그로부터 석 달 뒤에 결혼했습니다. 이들 부부는 보름 동안 해외로 신혼여행을 다녀와서 애쉴리 저택에 신접살림을 차렸습니다. 여관 주인이 말했듯이, 그들은 지금처럼 폭풍이 휘몰아치는 밤에 돌아왔습니다. 그 폭풍이 불길한 징조였을까요? 그야 아무도 모르죠. 아무튼 이튿날 아침 일찍, 그러니까 한 7시 30분쯤 되었을 겁니다. 하웰 대위가 정원을 거니는 모습을 존 마티어스라는 정원사가 봤답니다. 대위는 머리에 아무것도 쓰지 않고 휘파람을 불고 있더랍니다. 밝고 근심걱정 하나 없이 행복에 겨워하는 모습이 생생하게 떠오르지 않습니까? 그런데 그 이후로 하웰 대위를 본 사람은 아무도 없습니다."

새터스웨이트는 이야기의 극적인 순간을 의식하면서 흐뭇한 표정으로 얘기를 멈췄다. 그리고 퀸이 그의 기억력에 찬탄하는 듯한 눈빛을 보내자 얘기를 계속했다.

"그의 실종은 놀라운 사건이었습니다. 도무지 어떻게 설명할 수 없는 일이었죠. 넋이 나간 그의 아내는 그 다음 날에야 경찰에 신고했습니다. 그리고 아시다시피 경찰도 여태껏 이 수수께끼 같은 사건을 해결하지 못했습니다."

"아마도 여러 가지 설이 있었겠죠?"

퀸이 물었다.

"아! 가설 말씀이군요. 있었죠. 첫 번째 가설은 대위가 살해됐다는 거였습니다. 그렇지만 정말 그랬다면 시체는 어딘가에 있어야 되잖습니까? 하늘로 솟았을 리는 없고요. 게다가 범행 동기라도 있어야 하는 거 아닙니까? 알려진 바로는 대위에게는 적이 될 만한 사람이 아무도 없었습니다."

그는 확신이 서지 않는 듯 갑자기 말을 멈췄다. 퀸은 몸을 앞쪽으로 디밀고 부드럽게 말했다.

"스티븐 그랜트라는 청년을 생각하셨군요."

"그렇습니다."

새터스웨이트가 시인했다.

"제 기억이 틀림없다면, 스티븐 그랜트가 대위의 말을 돌보았는데, 사소한 일로 해고를 당했습니다. 신혼여행에서 돌아온 다음 날 아침 일찍 그랜트는 애쉴리 저택 근처에 모습을 드러냈는데 왜 거기 있었는지 제대로 설명을 못하더랍니다. 그래서 경찰은 그를 대위의 실종과 관련이 있다고 생각하고 일단 구속했다가 증거가 충분치 않아 결국 풀어 줬지요. 사실 그는 자신이 해고당한 일로 대위에게 앙심을 품었는지도 모릅니다. 하지만 그 동기라는 게 너무 빈약했지요. 경찰도 그냥 가만히 있을 수만은 없었겠지요. 그렇지만 방금 말씀드렸다시피 대위에게는 적이 될 만한 사람이 아무도 없었습니다.”

“알려진 바로는 그랬겠지요?”

퀸은 생각에 잠긴 채 말했다.

새터스웨이트는 상대의 안목을 인정하면서 고개를 끄덕였다.

“문제는 거기에 있습니다. 결국 대위에 대해 정말 알고 있는 사실은 무엇일까요? 경찰이 그의 전력을 조사하기 시작했을 때 부딪친 문제는 이상하게도 자료가 너무 빈약하다는 사실이었습니다. 리처드 하웰은 누구며 어디에서 왔는가? 문자 그대로 하늘에서 뚝 떨어졌다고 생각될 정도였습니다. 그는 승마 실력이 뛰어났고 분명히 부유하게 생활했습니다. 커틀링턴 말렛 사람들 중 어느 누구도 굳이 그 이상을 알려고 하지 않았습니다. 르 쿠토 양에게는 약혼자의 장래 가능성이라든가 사회적 지위에 대해 알아봐 줄 부모나 후견인이 없었습니다. 그녀가 자신의 후견인이요 보호자였습니다. 이런 점에서 경찰의 생각은 확고했습니다. 부자 아가씨와 뻔뻔한 사기꾼의 만남! 한마디로 진부한 이야기라는 거죠. 그런데 꼭 그런 것만은 아니었어요. 르 쿠토 양에게는 부모나 후견인은 없었지만 대신 일을 처리해 주는 든든한 법률 사무소가 런던에 있었습니다. 그런데 그곳의 증언으로 이 사건은 더 알 수 없는 수수께끼가 되어 버렸습니다. 엘리노어 르 쿠토 양은 일정한 금액을 앞으로 남편이 될 사람에게 즉각 양도하고 싶다고 했지만 그가 거절했답니다. 자기도 돈은 충분하다고 말했다는군요. 결론적으로 하웰이 아내의 돈을 한 푼도 받지 않았다는 사실은 입증되었습니다. 그녀의 재산은 고스란히 남았죠. 그러니까 그는 평범한 사기꾼은 절대 아니었습니다. 그렇다면 그의 목적은 그 값진 골동품에 있었던 걸까요? 아니면 뒷날 엘리노어 하웰이 다른 남자와 결혼하겠다고 할 때 위협할 생각이었을까요? 솔직히 말해서 그 가능성이 가장 커 보였습니다. 그런 생각은 변함이 없습니다. 오늘 밤 이 순간까지."

퀸은 상대의 말을 재촉하듯 몸을 약간 앞으로 내밀었다.

"오늘 밤이라고요?"

"예. 저는 그러한 결론에 만족할 수 없습니다. 어떻게 해서 그는 그토록 갑자기, 그리고 완전히 사라질 수 있었을까요? 사람들이 모두 일어나 일하러 나갈 그 아침 시간에. 더군다나 모자도 쓰지 않고 말입니다."

"그 모자에 관한 증언은 틀림없겠죠? 정원사가 그를 보았다고 했습니까?"

"예, 존 마티어스라는 정원사가 보았죠. 그런데 거기에 무슨 문제라도 있습니까?"

"경찰이 그를 가만두었을 리는 없겠죠?"

퀸이 말했다.

"아주 자세히 심문했지요. 정원사의 진술 내용은 조금도 흔들림이 없었습니다. 그의 아내도 확인했고요. 온실을 보러 가려고 집을 나선 시각이 7시였고 7시 40분에 집으로 돌아왔답니다. 집에 있던 하인들은 7시 15분쯤에 대문이 쾅하고 닫히는 소리를 들었답니다. 그것으로 대위가 집을 나간 시각을 알게 되었죠. 아! 그래요, 당신이 어떤 생각을 하시는지 알겠어요."

"그래요?"

퀸이 말했다.

"알 것 같은 느낌이 듭니다. 마티어스가 주인을 살해할 시간이 충분했다는 말이겠죠. 하지만 왜요? 동기는요? 그가 하웰을 죽였다면 시체는 어디다 숨겼을까요?"

그때 여관 주인이 쟁반을 들고 들어왔다.

"오래 기다리게 해서 죄송합니다."

주인은 식탁 위에 거대한 크기의 스테이크와 접시가 넘칠 만큼 수북이 담긴 밤색 감자튀김을 내려놓았다. 새터스웨이트는 음식 냄새가 코를 자극하자 기분이 좋아졌다.

"아주 맛있어 보이네요."

새터스웨이트가 말했다.

"정말 훌륭해요. 하웰 대위 실종 사건 얘기를 하던 중이었습니다. 마티어스라는 정원사는 그 뒤로 어떻게 되었죠?"

"에섹스에서 일자리를 얻은 걸로 압니다. 이 부근에서 살기 싫어했어요. 사실 미심쩍은 눈으로 바라보는 사람도 몇 명 있었거든요. 저는 그 사람이 이 사건과 관련 있다고 생각한 적이 없지만."

새터스웨이트는 스테이크를 잘라서 먹기 시작했다. 퀸도 식사를 시작했다. 여관 주인은 나가지 않고 남아서 얘기를 하고 싶은 모양이었다. 새터스웨이트도 거기에 이의는 없었다. 오히려 그 반대였다.

"그런데 그 마티어스라는 사람은 어떤 사람입니까?"

"중년 남자로 한때는 건장했던 게 분명한데 관절염을 앓는 바람에 허리가 굽고 다리를 절었습니다. 병이 심해 아무 일도 못하고 누워 있던 적도 한두 번이 아니었지요. 그 사람이 해고되지 않고 계속 일한 건 엘리노어 양의 마음씨가 착해서였을 겁니다. 그는 정원사 일을 하기엔 나이가 너무 많았어요. 그의 아내는 저택에 어느 정도 쓸모가 있었지만. 그 여자는 원래가 요리사였기 때문에 언제든 식당 일을 도와주려고 했지요."

"어떤 여자였나요?"

새터스웨이트가 재빨리 물었다.

그러나 여관 주인의 대답에 그는 실망했다.

"평범한 몸매였죠. 중년으로 좀 뚱한 표정을 늘 짓고 있었어요. 게다가 귀머거리였고요. 저도 그 사람들에 대해 아는 게 별로 없습니다. 그 사람들이 여기에 온 지 겨우 한 달 만에 그 사건이 일어났으니까요. 한창 때는 솜씨가 뛰어난 정원사였다고 합니다만. 엘리노어 양은 그 남자의 추천장을 갖고 있었습니다."

"엘리노어 양은 정원 가꾸는 일에 관심이 많았나 보군요."

퀸이 부드럽게 물었다.

"아뇨. 그렇다고는 할 수 없습니다. 정원사에게 좋은 대우를 해주
면서 온종일 쪼그리고 앉아서 풀을 뽑는 일에 시간을 다 보내는 부
인들이 이 근처에도 있지만 그런 사람들 같지는 않았습니다. 제가
보기에 그런 일은 할 일 없는 사람이나 할 짓 같더군요. 르 쿠토 양
은 겨울에 사냥할 때 말고는 여기에 오래 머물지 않았어요. 다른 때
는 런던에 있거나 외국의 바닷가를 찾아 돌아다녔습니다. 프랑스
부인네들이 옷이 젖을까 봐 발가락도 물에 안 담근다는 곳으로 말
입니다."

새터스웨이트가 빙그레 웃더니 물었다.

"하웰 대위와 어울렸던 여자는 전혀 없었습니까?"

자신의 첫 번째 가설은 쓸모없어졌지만 자신의 생각에 미련이 남
았다.

윌리엄 존스는 고개를 저었다.

"그런 여자는 없었습니다. 그런 소문조차 없었지요. 정말 그 점은
수수께끼라고밖에 말씀드릴 수 없습니다."

"그러면 당신 생각은? 당신 생각은 뭐죠?"

새터스웨이트는 추궁하듯 물었다.

"제가 어떻게 생각하냐고요?"

"예."

"어떻게 생각하면 좋을지 모르겠습니다. 살해된 것 같지만 누구 짓인지는…… 글쎄요…… 나가서 치즈 좀 가져오겠습니다."

그는 빈 접시를 들고 발소리를 내며 방을 나갔다. 수그러들던 폭풍이 갑자기 훨씬 더 세게 휘몰아치기 시작했다. 번개가 번쩍하면서 갈라지고 뒤이어 천둥이 큰 소리로 한번 울리자 몸집이 작은 새터스웨이트는 화들짝 놀랐다. 천둥소리가 작아지며 아직 여운이 남아 있을 때 어떤 아가씨가 치즈를 가지고 들어왔다.

그녀는 키가 크고 피부가 검었는데 무뚝뚝했지만 얼굴은 그런대로 예쁘장했다. 여관 주인과 하도 닮아서 그의 딸이라는 사실을 한눈에 알 수 있었다.

"안녕, 메리, 폭풍이 대단하지?"

퀸이 아가씨에게 말을 붙였다.

메리는 고개를 끄덕였다.

"저는 이렇게 폭풍 치는 밤이 정말 싫어요."

그녀는 투덜거렸다.

"천둥소리가 무서운가 보죠?"

새터스웨이트가 공손하게 말했다.

"천둥이 무섭다고요? 천만에요! 전 무서운 게 별로 없어요. 하지만 폭풍이 치면 아버지는 같은 말만 계속 되풀이 하세요. 앵무새처럼 말이에요. '이 폭풍은 정말 그때를 생각나게 만드는군. 그날 밤, 가엾은 하웰 대위가…….' 이런 식으로 말이에요."

그녀는 퀸을 바라보았다.

"아버지가 중얼거리시는 거 들어 보셨죠? 정말 지겨워요. 어떻게 하면 그치게 할 수 있을까요?"

"사건이 해결되어야 비로소 그치겠지."

퀸이 말했다.

"사건이 해결된 거 아니에요? 그분이 몸을 숨기고 싶어 하신 거라면? 멀쩡한 신사분들 가운데는 그런 사람이 가끔 있잖아요."

"그 사람이 스스로 행방을 감췄다고 생각하는 모양이지?"

"왜 그렇게 생각하면 안 되죠? 스티븐 그랜트처럼 착한 사람이 그분을 살해했다고 가정하는 것보다야 더 그럴듯하잖아요? 뭣 때문에 스티븐이 그분을 살해하겠어요. 정말 궁금해요. 언젠가 스티븐이 좀 심하게 취해서 그분에게 거슬리는 말을 했어요. 그것 때문에 쫓겨난 거예요. 그런데 어떻게 됐죠? 그만한 일자리를 딴 곳에서 구했어요. 그게 끔찍한 살인을 저지를 만한 이유가 되나요?"

"하지만 경찰은 그가 결백하다는 사실을 인정했잖습니까?"

새터스웨이트가 말했다.

"경찰이라고요! 경찰이 무슨 소용이 있죠? 어느 날 저녁, 스티븐이 술집에 들어오자 모두들 이상한 눈으로 바라보는 거예요. 그 사람이 살인을 했다고 믿지는 않지만 확실치 않기 때문에 사람들은 곁눈질을 하면서 슬슬 피하는 거예요. 자기를 별종으로 여기고 슬슬 피하는 사람들을 바라보는 남자의 심정, 그 심정이 어땠겠어요? 아빠가 왜 우리의 결혼을 허락하지 않는지 아세요? 스티븐과 저의 결혼 말예요. '더 좋은 사람이 있지 않겠니? 내가 스티븐한테 좋지 않은 감정을 품어서 그런 건 아니지만…… 더 나은 사람이 있을지도 모르지 않니?'라고만 말씀하신다니까요."

메리는 말을 멈췄다. 분노가 격해져서 그런지 가슴 부위가 오르내렸다.

"너무해요. 너무 잔인하단 말이에요."

그녀는 결국 울음을 터뜨렸다.

"파리 한 마리도 못 죽이는 스티븐인데! 사람들은 그 사람이 죽을 때까지 살인을 저질렀다고 생각할 텐데. 그 사람의 태도가 이상하고 냉소적이 된 것도 그 때문이에요. 분명해요. 그 때문이에요. 그리고 그의 태도가 변해 가면 갈수록 사람들은 더욱 의심을 하게 되고요."

그녀는 다시 말을 그쳤다. 그녀의 두 눈은 퀸의 얼굴에 고정되어 있었다. 마치 퀸의 얼굴에서 무언가가 그녀에게 이런 말들을 거침없이 토해내도록 만드는 것 같았다.

"무슨 방법이 없을까요?"

새터스웨이트가 말했다.

그는 진심으로 가슴 아파하고 있었다. 그가 보기에 스티븐은 어쩔 수 없는 상황에 놓여 있는 듯했다. 스티븐 그랜트에게 불리한 증거가 무척 모호하고 불충분해서 그에게 덧씌운 의혹을 해소하기가 더욱 어려웠다.

아가씨는 새터스웨이트 쪽으로 몸을 틀고는 소리쳤다.

"진실 외에 그 사람을 구할 길은 없어요. 대위가 발견되거나 돌아와 준다면…… 그래서 사건의 진상이 모두 밝혀지기만 한다면……."

그녀는 갑자기 목이 메어 말을 다 맺지도 못하고 방을 휙 나가 버렸다.

"아리따운 아가씨군요. 가슴 아픈 사건입니다. 할 수만 있다면 무슨 일이라도 해 주고 싶네요."

착한 마음씨를 가진 새터스웨이트는 안타까워했다.

"우리가 할 수 있는 일을 하면 됩니다. 자동차를 다 고치려면 아직도 30분가량 남았습니다."

퀸의 말에 새터스웨이트는 퀸을 물끄러미 바라보았다.

"이런 식으로 사건에 대해 의견을 주고받는 것만으로도 진실을 밝힐 수 있다고 생각하십니까?"

"당신은 인생 경험이 많으신 분입니다. 보통 사람 이상으로 말입니다."

퀸이 진지하게 말했다.

"그냥 세월만 흘려보냈을 뿐입니다."

새터스웨이트가 비통한 심정으로 말했다.

"그렇지만 그러는 가운데 세상을 보는 안목은 날카로워지셨습니다. 다른 사람들이 보지 못하는 것들을 당신은 볼 수 있습니다."

"그건 옳으신 말씀입니다. 유심히 관찰만 해 왔으니까요."

그는 흐뭇한 기분에 가슴을 쫙 펴고 앉았다. 비통해 하던 모습은 이제 사라졌다.

새터스웨이트가 잠시 뒤에 말했다.

"저는 이 사건을 이렇게 봅니다. 어떤 사건의 원인을 규명하려면 그 결과를 살펴봐야 합니다."

"지당하신 말씀입니다."

퀸이 의견에 동의하며 말했다.

"이 사건의 결과는 르 쿠토 양, 즉 하웰 부인은 이미 결혼해서 다른 사람의 아내가 될 수 없다는 사실입니다. 그녀는 지금 자유의 몸이 아닙니다. 재혼을 할 수 없지요. 그리고 우리는 리처드 하웰을 수수께끼 같은 과거를 가지고 느닷없이 나타난 사악한 인물로 보고 있습니다."

"동의합니다. 당신은 누구든 빠트리지 않고 주목해야 할 부분을 예리하게 보고 계시군요. 미심쩍은 인물인 하웰 대위가 조명을 받고 있다는 사실 말입니다."

퀸이 말했다.

새터스웨이트는 애매하게 그를 바라보았다. 퀸의 말은 그에게 약간 생소한 생각을 부추기는 것처럼 생각되었다.

"우리는 이 사건의 결과를 살펴봤습니다. 이 사건이 끼친 영향이라고 해도 되겠습니다. 우리는 다음으로 이제……."

그 순간, 퀸이 그의 말을 가로챘다.

"하지만 엄격히 세속적인 측면의 결과는 아직 살펴보지 않으셨을 텐데요."

"그렇습니다."

잠시 생각하더니 새터스웨이트가 말했다.

"무엇이든 철저해야 합니다. 그러면 이렇게 말씀드려야겠군요. 이 비극의 결과로 하웰 부인은 다시 결혼할 수 없는 유부녀라서 현재는 다른 누구의 아내도 아닌 상태이고, 사이러스 브래드번이 애쉴리 저택을 통째로, 6만 파운드였던가요, 하여튼 그 돈에 샀고, 또 에섹스의 누군가가 존 마티어스를 정원사로 고용했다고 말입니다. 이런 일들에도 불구하고 우리는 '에섹스의 그 누군가'나, 사이러스 브래드번 씨가 대위의 실종 사건을 획책했다고는 조금도 의심하지 않습니다."

"빈정대는 투로 말씀하시는군요."

퀸이 말했다.

새터스웨이트는 그를 날카로운 시선으로 바라보았다.

"하지만 당신도 분명히 인정……."

"예, 인정합니다만. 그것은 쓸데없는 생각입니다. 그래서 어떻게 되었단 말입니까?"

"사건 당일로 되돌아가 보기로 하죠. 실종 사건이 발생한 건 그날 아침이었습니다."

"아니, 아닙니다."

퀸은 빙그레 웃으며 말했다.

"적어도 상상 속에서는 시간을 초월할 수 있으니까 다르게 생각해 봅시다. 대위의 실종 사건이 백 년 전에 일어났다고 말입니다. 지금이 서기 2025년이라고 가정하고 그 사건을 되돌아보는 겁니다."

새터스웨이트가 느리게 말했다.

"참 이상한 분이군요. 현재가 아니라 과거를 믿으시는데 왜죠?"

"아까 당신은 분위기라는 낱말을 사용했습니다. 현재에는 분위기라는 게 없습니다."

"그건 맞는 말일지 모릅니다."

새터스웨이트는 생각에 잠겨 말했다.

"예, 맞습니다. 현재는 아무래도…… 편협해지기 쉬운 경향이 있지요."

"편협! 아주 적합한 표현입니다."

퀸이 말했다.

새터스웨이트는 우스꽝스럽게도 고개를 약간 숙이더니 말했다.

"과찬의 말씀입니다."

"올해라는 시간은 너무 어려울 수 있으니까 지난해를 가지고 생각해 봅시다. 지난해의 일들을 간추려서 설명해 주시겠습니까? 표현력은 타고나신 분이니까."

새터스웨이트는 잠시 생각에 잠겼다. 그는 상대에게 좋은 평판을 얻고 싶었다.

"백 년 전은 화약과 세력 다툼의 시대였습니다. 1924년은 십자 낱말 맞추기와 도적질의 시대였다고나 할까요?"

"아주 좋습니다."

퀸은 그의 말에 수긍했다.

"방금 말씀은 국제 사회가 아니라 이 나라에서 그랬다는 말씀이시겠죠?"

"낱말 맞추기에 대해서는 사실 저도 잘 모릅니다."

새터스웨이트가 말했다.

"그러나 유럽 대륙에서는 도둑질이 끊이질 않았죠. 프랑스의 성에서 잇따라 발생한 유명한 도난 사건을 기억하시죠? 단독범의 소행은 아니었을 거라고 추측됩니다. 허가까지 받고 당당하게 성 안으로 들어간 그 솜씨는 정말 놀라울 정도였습니다. 곡예사들이 관련돼 있다는 설도 있었지요. 클론디니스 곡마단 말입니다. 저도 한번 연기를 본 적이 있는데 기가 막히더군요. 어머니와 남매가 곡예를 펼쳤습니다. 근데 그들은 무대에서 좀 특이하게 사라지더군요. 아, 이거 얘기가 엉뚱한 데로 새어 버렸네요."

"그다지 많이 벗어나진 않았습니다. 난지 영국 해협 너머의 일인걸요, 뭐."

"아까 여관 주인이 프랑스 부인들은 발가락조차 물에 젖는 걸 싫어한다고 했죠."

새터스웨이트가 껄껄 웃으며 말했다.

잠깐 침묵이 흘렀다. 어딘지 의미심장해 보이는 침묵이었다.

새터스웨이트가 외쳤다.

"왜 그는 사라졌을까요? 왜? 무엇 때문에? 믿기지 않는 일이죠. 일종의 마술같이."

"그렇습니다. 마술! 꼭 맞는 표현입니다. 분위기입니다, 역시. 그러면 마술의 본질은 어디에 있을까요?"

퀸이 말했다.

"빠른 손놀림으로 사람의 눈을 속이는 거죠."

새터스웨이트가 유창하게 말했다.

"그게 전부입니다. 그렇지 않습니까? 단순히 눈을 속이는 겁니다. 때로는 빠른 손놀림으로, 또 때로는 다른 방법으로. 방법은 많습니다. 권총을 쏘는 흉내를 낸다든가, 빨간 손수건을 흔들어 보인다든가, 중요한 것 같지만 사실은 아무것도 아닙니다. 사람들의 시선이 진짜 기술이 아닌 딴 곳에 가 있으면 아무것도 아닌 화려한 동작에 완전히 정신을 잃게 되죠."

퀸이 말했다.

새터스웨이트는 눈을 반짝이며 몸을 앞으로 내밀었다.

"거기에 무언가가 있습니다. 아이디어 말입니다."

퀸은 조용하게 말을 이었다.

"권총의 발사. 우리들이 지금 얘기하는 마술에서 권총의 발사는 무엇이었을까요? 상상력을 멈추게 만드는 화려한 눈속임 동작은 무엇일까요?"

새터스웨이트는 날카롭게 숨을 들이마시고는 내뱉듯이 말했다.

"실종! 그것 말고는 아무것도 없습니다."

"아무것도 없다고요? 우선 그 연극 같은 몸짓을 제외하고 사건들이 동일한 길을 밟았다고 가정해 보십시오."

퀸이 말했다.

"르 쿠토 양이 애쉴리 저택을 팔아 버리고 이유 없이 떠났다고 가정하란 말입니까?"

"그래요."

"그러죠, 그럼. 소문이 났겠죠. 아마 애쉬리 저택에 있는 물건의 가치에 많은 사람이 관심을 가졌을 겁니다. 아! 잠깐만요!"

그는 잠시 침묵을 지키다가 갑자기 터트리듯 말했다.

"맞아요. 조명이 지나치게 대위에게 집중되었어요. 그 때문에 그 여자는 그늘에 가려졌던 겁니다. '르 쿠토 양' 말입니다! 모든 사람이 묻습니다. 하웰 대위가 누구냐고, 어디서 왔냐고 말입니다. 그렇지만 그녀는 피해자의 입장이기 때문에 아무도 그녀에 대해서는 묻지 않았습니다. 그 여자는 정말로 프랑스 계 캐나다 인이었을까요? 그 훌륭한 보물들은 정말로 그 여자에게 상속된 것이었을까요? 우리가 본론에서 그다지 벗어나지 않았다고 하신 말씀은 옳습니다. 영국 해협을 건넌 것뿐입니다. 그 보물들은 프랑스의 성에서 훔친 것들이었습니다. 대부분이 귀중한 예술품이어서 처분하기가 어려웠지요. 그녀는 그 집을 헐값에 구입합니다. 그곳에 들어와 살면서 그녀는 나무랄 곳 없는 영국인 여자에게 높은 급료를 지불하고 자기를 시중들게 합니다. 그러던 중 그 남자가 다가옵니다. 계획은 이미 짜여 있었죠. 결혼, 실종, 그리고 잠시 사람들의 입에 오르내리다가 잊혀져 버리는 겁니다! 상심에 잠긴 여자가 과거의 행복한 순간이 떠오르게 하는 것들을 모두 팔아 버리고 싶은 건 지극히 자연스러운 일이죠. 그 미국인은 감정가입니다. 물건들은 진품으로 아름답습니다. 개중에는 값을 매길 수 없을 정도로 귀한 물건도 있습니다. 그가 값을 부르며 사겠다고 하자 부인은 받아들입니다. 그리고 그녀는 애쉴리 저택을 떠납니다. 가슴 아픈 비극의 주인공이 되어서 말입니다. 어마어마한 계략은 성공을 거뒀습니다. 사람들의 눈은 재빠른 손놀림과 화려한 수법에 속아 넘어간 겁니다."

새터스웨이트는 승리의 기쁨으로 얼굴이 달아올라서 잠시 말을 멈췄다.

"당신이 아니었다면 저는 결코 사실을 알아챌 수 없었을 겁니다."

그는 갑자기 겸손하게 말했다.

"당신은 제게 묘한 영감을 주는군요. 사람들이 자기가 하는 말의 참뜻도 모른 채 주절거리는 경우가 너무나 많습니다. 그런데 당신은 그 의미를 깨닫게 하는 재주가 있습니다. 하지만 아직 확실하게 모르겠군요. 그런 식으로 사라지는 일이 하웰에게는 무척 힘들었을 게 분명합니다. 영국 전역에서 경찰들이 그를 찾아 나섰으니까요."

새터스웨이트가 생각에 잠겨 말했다.

"애쉴리 저택에 숨어 있는 게 가장 간단했을 텐데 말입니다. 그럴 수만 있다면 말입니다."

"그 사람은 자기 집과 아주 가까운 곳에 있었을 겁니다."

퀸이 말했다. 퀸의 무언가 의미 있는 표정을 새터스웨이트는 놓치지 않았다.

"혹시 마티어스의 집? 하지만 경찰은 그곳도 틀림없이 수색했을 텐데요?"

새터스웨이트가 외쳤다.

"몇 번이나 수색했겠죠."

퀸이 말했다.

"마티어스라……."

새터스웨이트는 인상을 찡그리며 말했다.

"그리고 마티어스의 아내가 있죠."

퀸이 말했다.

새터스웨이트는 퀸을 뚫어지게 바라보았다.

"그들이 정말 클론디니스 곡마단이라면……."

그는 꿈꾸듯이 말했다.

"세 명이었습니다. 젊은 두 사람은 하웰과 엘리노어 르 쿠토이고 어머니는 마티어스의 아내인가요? 그렇지만 그럴 경우……."

"마티어스는 관설염을 앓고 있었지요, 아닌가요?"

퀸이 모르는 체 말했다.

"아! 이제 알겠습니다. 하지만 그게 가능한 일일까요? 아니, 가능하겠군요. 한번 들어 보세요. 마티어스는 거기에 온 지 기껏 한 달 되었습니다. 그 동안에 하웰과 엘리노어는 보름 동안 신혼여행을 갔습니다. 결혼식을 하기 전 보름 동안 두 사람은 아마 도시에 있었을 겁니다. 능숙한 사람이라면 하웰과 마티어스라는 두 역할을 감쪽같이 해낼 수 있었을 겁니다. 하웰이 커틀링턴 말렛에 있는 동안, 마티어스는 관절염으로 몸져누웠다고 그의 아내가 얘기를 꾸며 댑니다. 그녀의 역할이 매우 중요했습니다. 그녀가 없었다면 누군가가 그 계략을 눈치 챘을지도 모릅니다. 말씀하신 대로 하웰은 마티어스의 골방에 숨어 있었습니다. 사실 그가 곧 마티어스였지요. 마침내 계획이 절정을 이루어 애쉴리 저택이 팔리자 그들 부부는 에섹스에 일자리를 구했다고 소문을 퍼뜨렸습니다. 그리고 존 마티어스와 그의 아내는 영원히 퇴장한 거지요."

그때 식당 문을 똑똑 두드리는 소리가 들리더니 운전사 마스터스가 들어와서 말했다.

"차를 대기시켜 놓았습니다, 주인님."

새터스웨이트는 자리에서 일어섰다. 퀸도 일어서서 식당을 가로질러 창문 쪽으로 가더니 커튼을 걷었다. 한 줄기 달빛이 방으로 흘러 들어왔다.

"폭풍이 멎었군요."

퀸이 말했다.

새터스웨이트는 장갑을 끼고 있었다. 그는 과시하듯이 말했다.

"다음 주에 경찰국장과 식사를 하기로 했습니다. 그 양반 앞에서 제 생각을 한번 말해 보겠습니다."

"쉽게 입증이 되든가, 아니면 거짓으로 판명이 나든가 할 겁니다. 프랑스 경찰이 제시하는 도난 물품 목록과 애쉴리 저택의 물품들을 비교해 보기만 한다면."

"바로 그겁니다! 브래드번 씨한테는 정말 재수 없는 일이겠지만……."

새터스웨이트가 말했다.

"이 정도의 손해로 크게 타격을 받지는 않을 겁니다."

퀸이 말했다. 새터스웨이트는 손을 내밀었다.

"안녕히 계십시오. 이 뜻밖의 만남이 얼마나 감사한지 이루 말할 수 없을 정도입니다. 내일 이곳을 떠날 예정이라고 하셨던가요?"

"아마 오늘 밤에 떠날 겁니다. 여기서 할 일은 다 끝냈으니까요. 저는 왔다가 곧 가 버리는 그런 사람이잖습니까."

새터스웨이트는 초저녁에 그와 똑같은 말을 들었던 게 떠올랐다. 약간 묘한 생각이 들었다.

그는 운전사가 기다리고 있는 차로 갔다. 바의 열린 문을 통해 주인의 굵직하고 상냥한 목소리가 흘러나왔다.

"어두운 수수께끼예요. 한마디로 어두운 수수께끼."

하지만 아까 주인은 '어두운'이라는 단어를 사용하지 않았다. 그가 사용했던 말은 꽤 다른 느낌을 주는 색조였다. 윌리엄 존스 씨는 듣는 상대에 따라 형용사를 맞춰서 쓸 줄 아는 안목을 지닌 사람이었다. 바 안의 청중들은 풍미 있는 표현을 좋아했다.

새터스웨이트는 편안한 리무진에서 몸을 느긋하게 뒤로 기댔다. 그의 가슴은 승리의 기쁨으로 부풀어 올랐다. 그는 여관집 아가씨 메리가 현관까지 걸어 나와 삐거덕거리는 간판 밑에 서 있는 것을 보았다.

"저 아가씨는 아무것도 모르겠지."

새터스웨이트는 혼잣말로 중얼거렸다.

"내가 뭘 하려는지 전혀 모를 거야!"

어릿광대라는 간판이 바람에 부드럽게 흔들리고 있었다.

하늘에 그려진 형상

판사는 배심원을 상대로 설명을 마무리 짓고 있었다.

"배심원 여러분, 이제 이것으로 여러분에게 들려드릴 말은 거의 마쳤습니다. 비비안 바너비 살해 사건에서 피고의 유죄를 입증할 증거가 있는지 검토해 주시기 바랍니다. 여러분은 총이 발사된 시각에 대한 하인들의 증언을 들으셨습니다. 총이 발사된 시점에 대해서는 하인들의 증언이 모두 일치합니다. 사건 당일인 9월 13일 금요일 아침에 비비안 바너비가 피고에게 보낸 편지는 피고측에서도 증거로써 부인하지 않았습니다. 피고는 처음에 디어링 힐에 있었던 사실을 부인했지만 나중에 경찰이 증거를 제시하자 그곳에 있었다고 시인했습니다. 여러분은 피고가 처음에 그 점을 부인했다는 사실에서 결론을 내리실 수 있을 겁니다. 이 사건은 확실한 증거가 없습니다. 범행 동기와 수단, 그리고 범행 기회를 바탕으로 나름대로 결론을 내리셔야 할 겁니다. 피고측 주장은 누군가가 피고가 떠난 뒤 음악실로 들어가서 피고가 깜빡 잊고 놓고 온 총으로 비비안 바너비를 쏘았다는 겁니다. 피고가 자기 집까지 가는 데 30분이나 걸린 까닭은 이미 들으신 대로입니다. 피고의 증언을 믿지 않고, 피고가 9월 13일 금요일에 비비안 바너비를 살해할 의도로 머리 가까이에 대고 총을 쏘았다는 사실을 어느 정도 합당한 근거를 가지고 믿으신다면 유죄 평결을 내리셔야 합니다. 그렇지 않고 피고에 대한 기소 내용에 정당한 의혹을 품고 계시다면 여러분은 무죄를 선고해야 합니다. 이제 대기실로 돌아가서 의논하시고 결론이 나면 알려 주시기 바랍니다.”

배심원들은 30분 가까이 자리를 비웠다. 그들은 누구나 예상했던 결론을 가지고 돌아왔고 피고에 대해 유죄를 선고했다.

새터스웨이트는 판결을 들은 뒤, 깊은 생각에 잠긴 듯 얼굴을 찡그리며 법정을 나왔다.

그처럼 단순한 살인 사건의 재판에 마음이 끌린 것은 아니었다. 그는 지나치게 까다로운 성격이라 평범한 범죄 사건의 지저분한 내막에는 그다지 흥미가 없었다. 그렇지만 이번 와일드 사건은 달랐다. 마틴 와일드라는 청년은 신사였고 피살자, 즉 조지 바너비 경의 젊은 아내는 나이 지긋한 신사인 새터스웨이트와 개인적으로 친분이 있는 사이였다.

그는 홀본(런던 중심지 중 한 곳—옮긴이) 쪽으로 걸어가면서 이런 생각들을 했다. 그러다가 갑자기 소호(런던의 한 지역으로 외국인이 경영하는 식당이 많다——옮긴이) 쪽으로 가는 복잡한 빈민가로 접어들었다. 이 지역의 거리 가운데 한 곳에는 새터스웨이트를 포함해서 불과 몇 사람만 아는 작은 음식점이 하나 있었다. 그 가게의 음식 가격은 저렴하지 않았다. 오히려 다른 식당에 비해 엄청나게 비싼 축에 속했다. 가격이 비싼 이유는 입맛이 무척 까다로운 미식가들의 구미에 맞게 요리를 만들기 때문이었다. 음식점 안은 분위기가 조용했다. 고요한 분위기를 깨트리는 재즈 음악 따위는 허용되지 않는 곳이었다. 실내는 약간 어두웠고 종업원들은 마치 신성한 의식에 참여하는 듯한 모습으로 은쟁반을 들고 은은한 불빛 사이를 발소리를 죽이며 걸어 다녔다. 음식점의 이름은 '아를레키노(이태리어로 어릿광대라는 의미——옮긴이)'였다.

새터스웨이트는 여전히 생각에 잠겨 아를레키노에 들어가 즐겨 찾는 구석진 곳으로 걸어갔다. 앞서도 말했듯이 조명이 어두워서 그는 구석진 자리까지 거의 다 가서야 키가 크고 피부가 검은 한 남자가 이미 그 자리에 앉아 있는 것을 알았다. 남자의 얼굴은 어둠에 가려져 있었고 색유리 때문에 그의 점잖은 옷은 현란하게 알록달록 빛을 내고 있었다.

새터스웨이트가 할 수 없이 돌아서려는 바로 그 순간, 남자가 몸을 약간 틀면서 이쪽을 보고 아는 체를 했다.

"아니, 이게 누구십니까? 퀸 씨 아니신가요?"

새터스웨이트는 반갑게 인사를 했다.

그는 퀸을 여태까지 세 번 만났지만 만날 때마다 좀 이상한 일이 벌어졌다. 퀸이라는 이 이상한 남자는 사람들로 하여금 지금껏 알고 있던 사실을 전혀 다른 각도에서 바라보도록 만드는 재주가 있었다.

갑자기 새터스웨이트는 유쾌한 기분이 들었다. 그는 항상 구경꾼 역할을 맡았지만 퀸과 함께 있으면 때때로 배우, 그것도 주연 배우가 된 것 같은 착각에 사로잡혔다.

그는 작고 주름진 얼굴에 함박웃음을 지으며 말했다.

"이거 정말 반갑습니다. 정말 반갑군요. 실례가 안 된다면 합석해도 괜찮겠습니까?"

"실례라뇨, 무슨 그런 말씀을. 보시다시피 아직 식사 전입니다."

퀸이 대답했다.

어둠 속에서 지배인이 정중하게 다가왔다. 새터스웨이트는 미식가답게 음식을 고르는 일에 온 신경을 집중했다. 몇 분 뒤에 지배인은 주문을 받고서 알겠다는 뜻으로 입술에 살짝 미소를 띠면서 물러갔고 그 다음부터는 젊은 종업원이 시중을 들었다. 새터스웨이트는 퀸을 바라보며 말했다.

"중앙 형사법원에서 오는 길입니다. 정말 애석한 일입니다."

"유죄 판결을 받은 모양이죠?"

"예, 배심원이 30분 만에 결정을 내리더군요."

그러자 퀸이 고개를 숙이며 말했다.

"어쩔 수 없는 결과군요. 증거가 그러니."

"그렇긴 해도……."

새터스웨이트는 말을 하려다가 멈췄다.

퀸이 대신 그 말을 이었다.

"그렇긴 해도 피고에게 동정이 간다는 말씀이시죠?"

"솔직히 그렇습니다. 마틴 와일드는 인상이 좋은 청년인데 그런 일을 저질렀다고는 도저히 믿기지 않는군요. 인상이 좋은 젊은이가 참혹한 살인을 저지른 예가 최근에 적잖게 있긴 하지만."

"그런 경우가 많았지요."

퀸이 조용히 말했다.

"예?"

새터스웨이트가 약간 놀라며 물었다.

"그런 사건이 너무 많았습니다. 처음부터 이 사건을 동일한 범죄 유형의 그저 또 한 건으로 간주하려는 경향이 있었습니다. 남자가 다른 여자와 결혼하기 위해 사귀던 여자한테서 벗어나려고 저지르는 사건들 있잖습니까."

"그렇지만……."

새터스웨이트가 의심스러운 듯 말했다.

"증언에 의하면……."

퀸이 재빨리 말을 가로챘다.

"참! 죄송하지만 저는 이 사건을 자세히 알지는 못합니다."

새터스웨이트는 자신감이 되살아났다. 갑자기 힘이 생긴 느낌이었다. 그는 상황을 극적으로 설명하고픈 유혹을 느꼈다.

"그러면 사건에 대해 말씀드리죠. 아시다시피 저는 바너비 부부를 만난 적이 있습니다. 제가 구체적인 상황까지 알고 있으니 제 말씀을 들으면 사건의 내막을 알게 될 겁니다."

퀸은 상대방의 말을 재촉하는 듯한 미소를 짓고는 몸을 앞으로 숙였다.

"새터스웨이트 씨만큼 상황 묘사가 뛰어난 분도 없을 겁니다."

퀸은 중얼거렸다.

새터스웨이트는 양손으로 식탁을 잡았다. 그는 의기양양해져서 어쩔 줄을 몰랐다. 그는 잠시 진정한 예술가, 언어를 전달 매체로 하는 예술가가 되었다.

그는 열서너 줄의 말로 재빠르게 디어링 힐의 생활을 그려나갔다. 나이 많고 뚱뚱한 데다 돈 자랑만 늘어놓는 조지 바너비 경. 그는 사소한 일에도 온갖 잔소리를 다 해대는 남자였다. 금요일 오후만 되면 시계의 태엽을 감고, 화요일 아침마다 직접 생활비를 일일이 지불하고, 매일 밤 현관문이 제대로 잠겼는지 확인하는 조심성 많은 사람이었다.

조지 경에 대한 설명을 마친 새터스웨이트는 이제 바너비 부인에 대해 설명했다. 그녀에 대한 묘사는 다소 부드러웠지만 분명했다. 그녀를 만난 적은 한 번밖에 없지만 그때 받은 인상이 너무나 강렬해서 머릿속에 오래 남아 있었다. 활달하면서도 반항적인 여자. 측은하게 느껴질 정도로 젊은 여자. 덫에 걸린 어린아이. 이것이 그녀에 대한 그의 묘사였다.

"그녀는 남편을 증오했습니다. 알고 계셨습니까? 그녀는 아무것도 모르고 결혼했습니다. 그래서 지금……."

그녀는 비참하게 살고 있다고 새터스웨이트는 설명했다. 이러지도 저러지도 못하면서 말이다. 자기 몫의 재산도 한 푼 없이 나이 많은 남편에게 전적으로 의존하고 있었다. 가진 힘도 없고, 앞으로는 어떨지 모르지만 현재로선 그리 예쁜 편도 아닌 그녀는 궁지에 몰린 상태로 지냈다. 그리고 욕심이 많았다. 새터스웨이트는 그 점에 확신을 가지고 말했다. 그녀는 반항적인 성격과 더불어 탐욕적인 면이 있었고 삶에 대한 애착이 강했다.

"저는 마틴 와일드를 한 번도 만난 적이 없습니다."

새터스웨이트가 말을 이었다.

"그렇지만 그 청년의 집이 제 집에서 1.5킬로미터도 떨어지지 않아 소문은 들었죠. 농사를 짓는다더군요. 그녀가 농사일에 진짜 흥미를 느꼈는지, 아니면 흥미가 있는 체했는지는 모르지만, 제 생각으로는 후자였던 것 같습니다. 그 청년한테서 유일한 탈출구를 발견한 겁니다. 그래서 아이처럼 탐욕스럽게 그를 물고 늘어진 거죠. 그런데 결말은 하나밖에 없었습니다. 법정에서 편지가 공개된 덕분에 우리는 그 결말이 어떤가 압니다. 그는 그 여자의 편지를 가지고 있었지만 그녀는 그의 편지를 보관하지 않았죠. 그렇지만 그녀의 편지 내용으로 보아 그가 냉랭하게 대한 걸 알 수 있고, 이 점은 그도 시인했습니다. 왜냐하면 그에게는 실비아 데일이라는 다른 아가씨가 있었기 때문이지요. 그 아가씨 역시 디어링 베일이라는 마을에 살았고, 아버지는 그 지역의 의사였습니다. 혹시 그 아가씨를 법정에서 보셨습니까? 아 참, 법정에 안 가셨다고 하셨죠? 그 아가씨에 대해서도 설명해야겠군요. 상당히 매력적인 아가씨입니다. 부드럽고 참한 아가씨죠. 그런데 머리가 좀 둔한 것 같습니다. 하지만 무척 차분하고 무엇보다도 성실합니다."

그가 동의를 구하는 눈빛으로 바라보자 퀸은 잘 알겠다는 뜻으로 천천히 미소를 지었다. 새터스웨이트는 말을 이었다.

"공개된 편지 중 마지막 것은 내용을 알고 계시죠? 신문에서 분명히 보셨을 겁니다. 9월 13일 금요일 아침에 피살자가 쓴 편지 말입니다. 절망감에 휩싸여 비난하거나 애매하게 협박하는 내용이 가득했습니다. 그리고 그날 밤 6시에 디어링 힐로 와 달라고 와일드에게 간청하며 끝을 맺었습니다. '당신이 들어오는 것을 아무도 눈치채지 못하도록 쪽문을 열어 놓을게요. 그리고 전 음악실에 있을게요.' 이 편지는 하녀가 직접 가져다준 겁니다."

새터스웨이트는 잠시 말을 멈추었다.

"기억하시겠지만 마틴 와일드는 체포되었을 때 그날 밤에 그 집에 가지 않았다고 잡아뗐습니다. 그는 총을 가지고 숲으로 사냥을 나갔다고 진술했는데 경찰이 증거를 제시하자 거짓으로 밝혀졌습니다. 그리고 쪽문의 나무판 위와 음악실 탁자에 놓여 있던 칵테일 잔 두 개 중 하나에서 그의 지문이 발견되었습니다. 그제야 그는 바너비 부인을 만나러 가서 말싸움까지 벌였지만 결국 부인을 위로하고 돌아왔다고 했습니다. 총을 바깥에, 그러니까 문 곁의 벽에 기대 놓았으며, 자신이 떠나올 때 바너비 부인은 멀쩡했고, 6시 15분을 조금 지났을 때였다고 강하게 주장했습니다. 그는 곧바로 집으로 돌아왔다고 했지만 6시 45분까지도 농장에 돌아오지 않았다는 사실이 증인에 의해서 드러났습니다. 게다가 방금 말씀드린 것처럼 농장에서 디어링 힐까지의 거리는 1.5킬로미터도 채 되지 않습니다. 가는 데에 30분도 걸리지 않을 겁니다. 그는 총은 까맣게 잊어버렸다고 우겼지만 그다지 믿을 만한 진술이 아닙니다. 그렇지만……."

"그렇지만?"

퀸의 질문에 새터스웨이트가 느리게 말했다.

"글쎄요. 가능한 일이긴 하죠. 그렇지 않습니까? 변호사는 물론 그런 가정을 비웃었지만 저는 그가 틀렸다고 생각합니다. 저도 젊은 사람들을 꽤 많이 압니다. 그렇게 감정이 격한 상황에서는 대부분 종종 침착성을 잃더군요. 특히 마틴 와일드처럼 성격이 어둡고 신경질적인 타입의 젊은이들은요. 물론 여자들은 그런 상황이 지나면 금방 기분이 정상으로 되돌아와서 그런 짓은 하지 않죠. 그건 여자의 마음을 안정시키는 일종의 안전장치인 셈입니다. 하지만 마틴 와일드가 머리가 혼란스럽고 완전히 정신이 나가 버릴 정도였다면, 그는 벽에 기대어 놓고 온 총은 까맣게 잊어버리고 돌아왔을 수도 있습니다."

그는 한동안 말이 없다가 다시 시작했다.

"하지만 그런 건 문제가 되지 않습니다. 왜냐하면 그 다음 사건이 불행히도 너무나 확실하기 때문입니다. 총소리가 들린 것은 정확히

6시 20분이었습니다. 집에서 일하는 사람들 모두가 총소리를 들었습니다. 요리사, 식모, 집사, 하녀, 그리고 바너비 부인의 하녀까지도 총소리를 들었답니다. 그들이 음악실로 황급히 달려가 보니 부인은 의자의 팔걸이에 몸을 걸치고 쓰러져 있었습니다. 범인은 그녀의 뒤통수에 대고 총을 발사했기 때문에 총알이 빗겨 날 가능성도 없었습니다. 적어도 두 발이 뇌를 관통했지요."

그가 다시 말을 멈추자 퀸이 무심하게 물었다.

"하인들도 증언을 했겠죠?"

새터스웨이트는 고개를 끄덕였다.

"예, 집사가 다른 사람들보다 1~2초 먼저 음악실에 도착했지만 그들의 증언은 비슷했습니다."

퀸이 생각에 잠겨서 말했다.

"그럼, 그들 모두가 증언한 거로군요. 한 명도 예외 없이 말이죠?"

"아! 지금 문득 생각났습니다. 하녀는 배심원의 심리 때에만 불려왔습니다. 그 뒤에 캐나다로 가 버린 걸로 압니다."

"알겠습니다."

퀸이 말했다.

두 사람이 침묵을 지키자 그 작은 음식점은 왠지 어색한 분위기가 가득 찬 듯했다. 새터스웨이트는 갑자기 수세에 몰린 듯한 느낌이 들었다.

"그녀가 증언을 안 해서 뭐 이상한 점이라도?"

새터스웨이트가 갑자기 물었다.

"왜 그녀는 이 나라를 떠났을까요?"

퀸이 보일 듯 말 듯 어깨를 으쓱하며 물었다.

그 질문은 왠지 새터스웨이트의 심기를 불편하게 만들었다. 그는 그 문제에서 벗어나 자신이 잘 아는 이야기로 되돌아가고 싶었다.

"누가 쏘았는지는 그다시 의심할 여지가 없지요. 사실 하인들은 얼이 약간 빠져 있었던 것 같습니다. 당시 집에는 모든 일을 책임지고 처리할 만한 사람이 아무도 없었습니다. 몇 분이 지나서야 누군가가 경찰에 전화를 걸어야겠다는 생각이 든 모양이지만 전화는 고장이 나 있었다는군요."

"아, 전화가 고장이 났었군요."

퀸이 그렇게 말하자 새터스웨이트는 "예." 하고 대답했다.

그때 갑자기 그는 자신이 무언가 아주 중요한 사실을 밝힌 듯한 느낌이 들었다. 그는 천천히 말했다.

"물론 고의로 고장을 내놓은 건지도 모릅니다. 하지만 거기서 어떤 단서가 나올 가능성은 없는 것 같군요. 검시 결과는 즉사였거든요."

퀸은 아무 말도 하지 않았고 새터스웨이트는 자신의 설명이 불충분했다는 생각이 들었다.

"와일드 외에 의심할 만한 사람은 전혀 없었습니다."

새터스웨이트는 계속 말했다.

"그 청년의 진술대로라도 총이 발사되기 불과 3분 전에 그는 그 집을 나왔습니다. 그렇다면 그 청년 외에 누가 그런 짓을 할 수 있었겠습니까? 조지 경은 그 집의 몇 집 건너에서 카드 놀이를 하고 있었습니다. 그는 6시 30분에 거기서 나와 사고 소식을 알리러 온 하인을 바로 자기 집 대문 앞에서 만났지요. 카드 놀이의 마지막 판은 정확히 6시 30분에 끝났습니다. 그 사실은 의심의 여지가 없습니다. 그리고 조지 경의 비서 헨리 톰슨은 그날 런던에 있었고 총이 발사된 시간에는 업무상 사람을 만나고 있었답니다. 마지막으로 남은 실비아 데일은 살인을 저지를 만한 동기가 충분하지만 그 범죄와는 전혀 관계없을 겁니다. 그녀는 6시 28분 열차를 타야 하는 친구를 배웅하러 디어링 베일 역에 나가 있었습니다. 그래서 그녀에게는 혐의를 두지 않았지요. 그러면 나머진 하인들뿐입니다. 그들 중 도대체 누가 세속적인 살해 동기가 있었겠습니까? 게다가 그들 모두는 거의 동시에 사고 현장에 도착했습니다. 따라서 범인은 마틴 와일드가 틀림없습니다.”

하지만 그는 만족하지 못하는 투로 말을 마쳤다.

두 사람은 식사를 계속했다. 퀸은 그다지 말을 하고 싶은 기분이 아니었고, 새터스웨이트는 이제 할 말을 다해 버린 상태였다. 하지만 이 침묵도 헛되지 만은 않았다. 상대편이 말없이 수긍하자 이상하게도 새터스웨이트는 점점 더 기분이 언짢아졌다.

새터스웨이트는 갑자기 나이프와 포크를 쨍그랑 소리가 나도록 내려놓았다.

“그 청년이 정말 결백하다면 어쩌죠? 교수형에 처해질 텐데.”

그는 정말 소름이 끼쳐 혼란스러운 표정을 지었다. 그래도 퀸은 아무 말도 하지 않았다.

"설마……."

새터스웨이트가 말을 꺼내다가 멈추었다.

"어째서 그녀는 캐나다로 갔을까요?"

그는 엉뚱한 말을 하고 상대의 반응을 기다렸다.

퀸은 고개를 젓기만 했다.

"저는 그녀가 캐나다의 어느 지방으로 갔는지도 모릅니다."

새터스웨이트는 언짢은 표정으로 말했다.

"한번 알아볼 수 있겠습니까?"

퀸이 제안했다.

"알아볼 수 있을 겁니다. 집사는 알고 있겠지요. 아니면 비서인 톰슨이라도."

그는 다시 말을 멈췄다. 다시 말을 시작했을 때, 그의 목소리는 거의 간청하는 투였다.

"아무래도 이 사건은 제가 관여할 게 아닌 것 같습니다."

"3주 뒤면 한 젊은이가 교수형을 당하는 데도요?"

"허허 참. 그런 식으로 말씀하시면 곤란합니다. 저도 그렇게 매정한 사람은 아닙니다. 하지만 제가 무엇을 어떻게 할 수 있겠습니까? 모든 일이 좀 허황되지 않습니까? 그 여자가 캐나다의 어디로 갔는지 알아내려면 제가 직접 캐나다까지 가야 할 거 아닙니까?"

새터스웨이트는 무척이나 당혹스러워 보였다.

"그리고 전 다음 주에 리비에라(프랑스 남부의 휴양지 ─ 옮긴이)에 갈 생각이었습니다."

그는 애처롭게 말했다.

퀸을 바라보는 눈빛이 '저는 좀 빼 주세요, 네?' 하고 애원하는 듯했다.

"캐나다에 한 번도 안 가 보셨습니까?"

"예. 한 번도."

"아주 흥미진진한 나라입니다."

새터스웨이트는 어찌 할지 몰라 퀸을 바라보았다.

"제가 꼭 가야 한다고 생각하십니까?"

퀸은 의자에 몸을 기대고 담배에 불을 붙였다. 그는 연기를 뿜어 내면서 신중하게 말했다.

"새터스웨이트 씨, 당신은 부자입니다. 백만장자는 아니더라도 돈에 구애받지 않고 취미 생활을 마음껏 즐기실 수 있지 않습니까. 당신은 남들이 하는 연극을 구경해 오셨지요. 연극에 끼어들어 어떤 역할을 맡아 볼 생각은 한 번도 안 하셨나요? 잠시라도 자신을 남들의 운명을 결정하는 사람으로 상상해 보신 적 없습니까? 생과 사를 손에 쥐고 무대 중앙에 서 있는 자기 모습을 말입니다."

새터스웨이트는 몸을 앞으로 기울였다. 오래된 열정이 몸속에 되살아났다.

"제가 이 막막한 추적을 위해 캐나다로 가면……."

퀸이 빙그레 웃더니 가볍게 말했다.

"캐나다 행은 당신이 제안한 겁니다. 제가 꺼낸 말이 아니고요."

"그런 식으로 제게 떠넘기지 마십시오."

새터스웨이트는 진지하게 말했다.

"당신을 만날 때마다……."

그가 말을 하려다가 멈췄다.

"예?"

"당신에겐 이해하기 힘든 부분이 있습니다. 앞으로도 절대 이해할 수 없을 것 같습니다. 지난번에 만났을 때만 해도 그래요."

"그때가 세례요한 축일(6월 24일 ─ 옮긴이) 전날 밤이었나요?"

새터스웨이트는 마치 자기가 제대로 알지 못한 어떤 단서를 그 낱말이 지닌 것처럼 깜짝 놀랐다.

"세례요한 축일 전날 밤이었다고요?"

그는 혼란스러운 듯 물었다.

"예. 그 부분은 깊이 생각지 말도록 하지요. 중요한 사실도 아니니까요."

"그렇게 말씀하시니 그만두죠."

새터스웨이트는 공손하게 말했다.

그는 모호한 실마리가 손가락 사이로 빠져나가는 듯한 기분이 들었다.

"제가 캐나다에서 돌아오면……."

그는 다소 어색하게 말을 멈췄다.

"저…… 다시 뵙고 싶습니다."

"당분간 제 거처가 일정치 않아서 어쩌죠."

퀸이 안타까운 듯 말했다.

"하지만 여기는 자주 옵니다. 여기에 자주 오시면 머지않아 다시 만나게 될 겁니다."

잠시 뒤, 그들은 즐거운 마음으로 헤어졌다.

새터스웨이트는 매우 흥분하고 있었다. 그는 당장 쿡 여행사를 찾아가 배편을 알아보았다. 그런 다음 디어링 힐로 전화를 걸었다. 집사가 상냥하고 정중한 목소리로 전화를 받았다.

"저는 새터스웨이트라고 합니다. 여기는 변호사 사무실입니다. 그 댁에서 최근까지 일한 하녀에 대해 몇 가지 여쭤 보고 싶습니다만."

"루이자 말씀입니까? 루이자 불라드?"

"예, 맞습니다."

새터스웨이트는 여자의 이름을 듣고 신이 나서 말했다.

"유감스럽게도 그 여자는 이 나라에 없습니다. 6개월 전에 캐나다로 갔습니다."

"지금 주소를 알고 계십니까?"

집사는 몰라서 유감이라고 했다. 그 여자가 간 곳은 산악 지방이고 스코틀랜드식 이름인 반프라고 했다. 집에 있는 다른 하녀들도 그 여자의 편지를 기다리고 있는데 편지 한 통 오지 않았고 주소도 듣지 못했다고 했다.

새터스웨이트는 고맙다고 말하고 전화를 끊었다. 그는 아직도 자신만만했다. 가슴속에서 모험심이 강하게 일었다. 반프로 가볼 생각이었다. 루이자 불라드라는 여자가 그곳에 있다면 어떻게든 찾아가 볼 생각이었다.

스스로도 놀랄 정도로 여행은 무척 즐거웠다. 장시간의 선박 여행을 한 지도 꽤 오래되었다. 그가 주로 여행한 곳은 리비에라, 르 뚜께(프랑스의 대서양 연안 해변 휴양지 — 옮긴이), 도빌(프랑스의 해변 휴양지 — 옮긴이), 그리고 스코틀랜드였다. 불가능한 사명을 띠고 간다는 점이 그 여행에 보이지 않는 매력을 더했다. 그가 찾아가고 있는 대상을 배를 탄 사람들이 알면 얼마나 할 일 없는 놈이라고 비웃을까. 하지만 어쨌든 그들은 퀸을 모르니 자기가 무엇을 위해 캐나다로 가는지도 모를 것이다.

반프에서 그의 목적은 쉽게 달성되었다. 루이자 불라드는 반프에 있는 큰 호텔에서 일하고 있었다. 그는 그곳에 도착한 지 열두 시간 만에 그녀와 자리를 마주할 수 있었다.

루이자 불라드는 서른다섯 살 정도로 빈혈기가 있어 보였지만 체격은 건장했다. 곱슬곱슬한 갈색 머리에 두 눈도 갈색으로 거짓이 없어 보였다. 조금 멍청해 보이긴 해도 충분히 신뢰가 가는 여자였다.

디어링 힐의 비극적인 사건에 대해 좀 더 조사하라는 지시를 받았다고 말하자 그녀는 순순히 믿어주었다.

"마틴 와일드 씨가 유죄 판결을 받았다는 소식은 신문에서 읽었어요. 참 안됐어요."

그렇지만 그녀는 마틴의 유죄에 대해서는 전혀 의심치 않는 눈치였다.

"훌륭한 젊은이가 엉뚱한 길로 빠졌어요. 죽은 사람을 욕되게 하고 싶진 않지만 그 사람이 그렇게 된 건 마님 탓이에요. 그를 가만히 내버려 두는 법이 없었으니까요. 절대로. 그러고 보면 두 사람 다 벌을 받은 거예요. 어렸을 때, 제 방 벽에는 '신은 속지 않는다.'라는 문구가 걸려 있었는데 정말 맞는 말 같아요. 바로 그날 저녁에 무슨 일이 날 것만 같더니 결국 사건이 터지더군요."

"어떻게 된 일이죠?"

새터스웨이트가 말했다.

"저는 그때 방에서 옷을 갈아입다가 창밖을 힐끗 보았어요. 기차가 달리고 있었는데 하얀 연기가 하늘로 피어 오르더니, 글쎄 믿으실지 모르겠지만, 연기가 거대한 손 모양이 되더군요. 불그스름한 하늘에서 커다랗고 하얀 손 모양이 되더라니까요. 손가락은 구부러져서 마치 무언가를 붙잡으려는 모습이었어요. 그걸 보고 전 깜짝 놀라 중얼거렸죠. '어머, 저게 뭐지? 무슨 사건이 일어날 징조 같은데.'라고요. 아니나 다를까 바로 그 순간, 총소리가 들린 거예요. '그럼 그렇지.'라고 저는 혼잣말을 하고 곧바로 아래층으로 달려 내려갔어요. 거실에 캐리와 다른 사람들이 있더군요. 우리는 함께 음악실로 뛰어갔는데 마님이 머리에 총을 맞고 죽어 있었어요. 방은 피로 난장판이 되어 있고요. 저는 '아, 무서워요!' 하고 소리쳤죠. 그리고 조지 경한테 그전에 보았던 하늘의 그림을 말씀드렸는데 대수롭지 않게 여기는 것 같았어요. 정말로 운이 없는 날이었어요. 그날 아침 일찍부터 불길한 느낌이더라고요. 금요일, 게다가 13일이었으니까 당연한 거겠죠?"

루이자 불라드는 장황하게 주절거렸다. 새터스웨이트는 참을성이 많았다. 몇 번이고 화제를 그 사건으로 되돌리며 세세하게 질문했다. 마침내 그는 자신의 패배를 인정하지 않을 수 없었다. 루이자 불라드는 알고 있는 사실을 전부 털어놓았는데 그 얘기는 아주 단순하고 솔직했다.

하지만 그는 한 가지 중요한 사실을 발견했다. 지금 그녀가 근무하는 이 일자리는 조지 경의 비서 톰슨이 알선해 주었다는 사실이다. 그녀는 영국을 당장 떠나야 했지만 상당히 많은 급료에 일단 마음이 끌려 그 일자리를 받아들였다. 덴먼이라는 남자가 이쪽의 모든 절차를 맡았고 그녀에게 이민국과 마찰이 일어날지도 모르니 영국의 동료 하녀들한테는 편지를 보내지 말라고 경고했다고 한다. 어쨌든 그녀는 그 말을 맹목적으로 믿고 따랐다고 했다.

루이자 불라드가 아무렇지도 않게 밝힌 월급은 어마어마해서 새터스웨이트는 깜짝 놀랐다. 그는 잠시 망설이다가 덴먼이라는 사람을 찾아가 보기로 마음먹었다.

덴먼을 만나 알고 있는 사실을 전부 털어놓도록 만드는 일은 전혀 어렵지 않았다. 덴먼은 런던에서 우연히 톰슨과 알게 되었고 톰슨이 친절하게 대해 주었다. 비서 톰슨은 9월에 덴먼에게 편지로 조지 경이 개인적인 이유로 불라드라는 여자를 국외로 내보내고 싶어한다는 사실을 알리면서 일자리를 알아봐 줄 수 있는지 물었다. 그리고 일부러 돈까지 보내 주면서 그녀가 받게 될 보수를 높였다고 한다.

덴먼은 무심하게 의자에 기대면서 말했다.

"흔히 있는 일이었지요. 착하고 조용한 여자 같더군요."

새터스웨이트는 흔한 일이라는 말에 동의할 수 없었다. 루이자 불라드는 결코 조지 바너비 경이 버린 정부(情婦)가 아니란 건 확실했다. 어떤 이유에서인지 모르겠지만 그녀를 영국에서 내보내는 일은 중요했다. 하지만 왜? 그리고 누가 그 배후에 있을까? 톰슨을 통해 일을 진행하는 조지 경일까? 아니면 실제로는 톰슨이 주인의 이름을 들먹이며 자기 뜻대로 추진한 일이었을까?

새터스웨이트는 이러한 의문들을 깊이 품고 영국행 배에 올랐다. 그는 낙담했고 풀이 죽어 있었다. 그의 여행은 이렇다 할 성과를 거두지 못했던 것이다.

영국으로 돌아온 다음 날, 그는 목적을 이루지 못해서 마음이 괴로운 상태로 아를레키노 음식점으로 갔다. 처음에는 퀸을 만날 수 있으리라고 기대하지 않았지만, 구석진 자리에 낯익은 모습이 앉아 있는 것을 보고 그는 기뻤다. 얼굴이 가무잡잡한 할리 퀸이 웃는 얼굴로 그를 맞았다.

"정말……."

버터를 한 덩어리 들면서 새터스웨이트는 말했다.

"막막한 추적에 절 보내셨더군요."

퀸이 눈썹을 추켜세우며 반박했다.

"제가 보냈다고요? 그 여행은 순전히 당신이 생각해 낸 겁니다."

"누구의 생각이었든 목적을 달성하지 못했습니다. 루이자 불라드한테서 중요한 얘기는 하나도 듣지 못했으니까요."

새터스웨이트는 그렇게 말하고 나서 그 하녀와 나누었던 대화 내용, 그리고 덴먼과 만나서 했던 얘기들을 상세히 들려주었다. 퀸은 말없이 듣고 있었다.

"어떤 면에서는 제 생각이 옳았습니다. 그녀는 치밀한 의도에 따라 외국으로 보내진 겁니다. 그런데 이유가 뭘까요? 그걸 도무지 모르겠어요."

"모르시겠다고요?"

퀸의 목소리는 변함없이 무언가를 자극하고 있었다.

새터스웨이트는 얼굴을 붉혔다.

"제가 좀 더 교묘하게 그녀를 심문했어야 한다고 생각하시는군요. 전 거듭해서 그녀가 이야기하도록 이끌었다고 말씀드릴 수 있습니다. 우리가 바라던 걸 얻지 못한 건 제 탓이 아닙니다."

"바라던 바를 얻지 못했다고 확신하십니까?"

퀸이 말했다.

새터스웨이트는 퀸의 질문에 놀라서 그를 쳐다보았다. 그리고 슬퍼 보이면서도 조롱하는 듯한 눈길과 마주쳤다.

몸집이 자그마한 새터스웨이트는 약간 혼란스러워하며 고개를 가로저었다.

침묵이 흐른 뒤, 퀸은 돌변한 태도로 말했다.

"일전에 당신은 이 사건에 관련된 사람들을 기막히게 묘사했습니다. 불과 몇 마디 말로 그림을 그리듯 분명하게 그들을 묘사하셨지요. 그 장소에 대해서도 그런 식으로 설명해 주시면 좋겠군요. 아직 거기에 대해서는 설명하시지 않았으니까요."

새터스웨이트는 신이 났다.

"장소라고요? 디어링 힐 말입니까? 요즘 흔히 볼 수 있는 보통 집이지요. 붉은 벽돌로 지었고 벽 밖으로 돌출된 창문이 있는, 뭐 그런 집 있잖습니까. 밖에서 보면 섬뜩하지만 안은 매우 편안하지요. 집 자체는 그리 크진 않습니다. 대지는 2450평 정도 됩니다. 그런 류의 집들이란 모두 비슷비슷하지요. 주위에 잔디밭이 깔린 집들 있잖습니까? 부자들이 사는 집 말입니다. 내부는 호텔을 연상시킬 정도이고, 침실은 호텔의 스위트룸 같지요. 모든 침실에 욕조가 딸려 있고 냉온수가 나오고, 도금을 한 전등이 수도 없이 달려 있습니다. 모든 게 상당히 쾌적하지만 그다지 전원적인 냄새는 풍기지 않습니다. 사실 디어링 베일은 런던에서 30킬로미터 정도밖에 안 떨어졌으니까요."

퀸은 유심히 듣다가 말했다.

"열차편이 불편하다고 들었습니다."

"아, 그래요? 그건 몰랐습니다."

새터스웨이트는 말하고 나서 자기 이야기에 열중했다.

"지난 여름에 잠시 거기에 가 있었습니다. 참 편리한 곳이더군요. 물론 기차는 한 시간에 한 대밖에 운행하지 않지만. 워털루 역에서 매시 48분에 기차가 떠나는데 밤 10시 48분까지 있습니다."

"디어링 베일까지는 얼마나 걸립니까?"

"40분 정도밖에 안 걸립니다. 매시 28분에 디어링 베일에 도착하지요."

"그렇군요."

퀸은 유감스럽다는 몸짓을 하면서 말했다.

"아, 깜빡 잊었군요. 데일 양이 그날 밤 6시 28분에 떠나는 분을 배웅하러 나갔다고 하셨죠?"

새터스웨이트는 한동안 대꾸하지 않았다. 그의 마음은 아직 해결하지 못한 문제로 재빨리 돌아갔다. 이윽고 그가 말했다.

"원하는 바를 얻지 못했다고 말씀드렸을 때 확실하냐고 물으셨는데 무슨 뜻이죠?"

그런 식의 질문은 다소 까다롭게 들렸지만 퀸은 못 알아들은 체하지는 않았다.

"전 단지 당신의 기대가 너무 지나치지 않았나 생각했을 뿐입니다. 결국 당신은 루이자 불라드가 어떤 의도에 따라 국외로 보내진 걸 밝혀냈습니다. 그렇다면 거기에는 이유가 분명히 있을 겁니다. 그리고 그 이유는 그녀가 당신에게 해 준 이야기 속에 반드시 있을 겁니다."

새터스웨이트는 따지듯 말했다.

"그래요? 그녀가 뭐라고 그랬는데요? 만일 법정에서 증언을 했더라면 어떤 말을 했을 것 같습니까?"

"아마 자신이 본 것을 말했겠죠."

"그녀가 뭘 봤죠?"

"하늘에 그려진 형상."

새터스웨이트는 퀸을 응시했다.

"그 터무니없는 이야기를 생각하고 계십니까? 그게 하느님의 손일 거라는 미신 같은 생각을?"

"어쩌면 그것이 신의 손이었을지도 모르죠."

퀸이 말했다. 그의 심각한 태도에 새터스웨이트는 어리둥절한 기색이 역력했다.

"말도 안 되는 말씀을……. 그녀 자신도 기차에서 나온 연기라고 했잖습니까?"

"상행이었답니까, 하행이었답니까?"

퀸이 웅얼거렸다.

"상행은 아니었을 겁니다. 상행은 매시 10분 전에 지나가니까요. 하행이 틀림없습니다. 6시 28분. 아니, 그것도 아닌데요. 그녀는 그 뒤에 곧 총소리가 들렸다고 했는데 우리가 알기로는 총이 발사된 시각이 6시 20분이잖습니까? 기차가 10분이나 빨리 지나갈 리는 없습니다."

"그 노선에서 그런 경우는 드물지요."

퀸이 동의했다. 새터스웨이트는 앞을 물끄러미 바라보고 있었다. 그는 중얼거렸다.

"아마 화물차였을 겁니다. 하지만 분명히 그렇다고 해도……."

"물론 그녀를 영국에서 내보낼 이유가 없었겠지요. 제 의견도 같습니다."

새터스웨이트는 완전히 빠져든 얼굴로 그를 바라보았다. 새터스웨이트는 천천히 말했다.

"6시 28분 열차. 만약 그렇다면, 그리고 그 시각에 총이 발사되었다면 왜 모든 사람이 사건 발생 시각을 앞당겨 말했을까요?"

"틀림없이 시계가 느리게 가고 있었을 겁니다."

퀸이 내답했다.

"모든 시계가 말입니까? 그런 우연의 일치가 가능할까요?"

새터스웨이트가 미심쩍은 듯 말했다.

"우연의 일치라고 생각지 않습니다. 저는 그날이 금요일이라는 사실을 생각하고 있었습니다."

"금요일이라뇨?"

"조지 경은 항상 금요일 오후에 시계의 태엽을 감는다고 말씀하셨죠?"

퀸은 변명조로 말했다.

"그 사람이 모든 시계를 10분 늦게 가도록 해 놨군요."

새터스웨이트는 자신이 깨달은 사실에 놀라움을 금치 못하면서 거의 속삭이듯 말했다.

"그런 다음, 조지 경은 카드 놀이를 하러 간 거군요. 그날 아침, 마틴 와일드에게 보낸 자기 아내의 쪽지를 틀림없이 봤겠죠. 맞아요, 분명히 그랬을 거예요. 그는 6시 30분에 카드 놀이를 하던 곳에서 나와 쪽문 옆에 세워져 있던 마틴의 총을 가지고 들어가서 부인을 뒤에서 쏘았습니다. 그런 다음, 밖으로 나와 총을 덤불 속에 던져 버렸는데 그게 나중에 발견된 겁니다. 그리고 누군가가 그를 부르러 달려갔을 때는 방금 카드 놀이 하던 집에서 나온 것처럼 가장했겠죠. 그렇지만 전화, 전화는 어떻게 된 걸까요? 아! 맞아요. 이제 알겠어요. 전화로 경찰을 부를 수 없게 선을 끊어 놓은 겁니다. 전화를 받는 시각이 기록될지도 모르기 때문이죠. 그렇다면 와일드의 얘기를 이제 알겠습니다. 그가 실제로 집에서 나온 시각은 6시 25분이었습니다. 천천히 걸으면 6시 45분에 집에 도착하겠지요. 그래요. 이제 모두 알겠습니다. 미신 같은 공상을 끝도 없이 지껄여 대어 위험한 사람은 루이자밖에 없었습니다. 누군가가 그 말에서 기차 시간을 연상해 눈치 챌지도 모르니까 말입니다. 그렇게 되면 기발한 알리바이가 무너져 버리는 거죠.”

“대단하십니다.”

퀸이 말했다.

새터스웨이트는 승리감에 도취되어 퀸을 바라보았다.

“이제 유일한 문제는 앞으로 어떻게 일을 처리하느냐는 거죠?”

“실비아 데일에게 알려주시는 건 어떻습니까?”

퀸이 말했다. 새터스웨이트는 미심쩍은 표정을 지었다.

“전에도 말씀드렸다시피 그녀는 좀…… 둔합니다.”

“그녀의 아버지와 오빠들이 필요한 조치를 취해 줄 겁니다.”

“그렇군요.”

새터스웨이트는 안심하며 말했다.

그로부터 조금 뒤에 새터스웨이트는 그 여자와 마주 앉아 전말을 모두 이야기해 주었다. 그녀는 정신을 집중해서 들었다. 그녀는 한

마디도 질문하지 않았고 그가 얘기를 마치자 자리에서 일어섰다.

"택시를 타야 해요. 지금 당장."

"아니, 어떻게 하시려고요?"

"조지 바너비 경을 만나겠어요."

"안 됩니다. 그건 순서가 옳지 않아요. 제가……."

그녀의 곁에서 그는 계속해서 재잘거렸지만 효과가 조금도 없었다. 실비아 데일은 자신의 계획만을 고집했다. 그를 택시에 동승시키기는 했지만 그의 충고에는 조금도 귀를 기울이지 않았다. 그녀는 그를 택시에 남겨 두고 조지 경의 사무실로 들어갔다.

그녀는 30분이 지나서 나왔다. 그녀는 지쳐 보였고 아름다운 모습도 물이 부족한 꽃처럼 시들시들해 보였다. 새터스웨이트는 걱정스럽게 그녀를 맞았다.

"제가 이겼어요."

그녀는 반쯤 눈을 감으며 뒤로 몸을 기댄 채 말했다.

"뭐라고요?"

새터스웨이트는 놀라며 말했다.

"도대체 무슨 짓을 했습니까? 무슨 말을 했기에?"

그녀는 몸을 약간 일으켜 세웠다.

"그에게 루이자 불라드가 경찰에 가서 모두 털어놓았다고 말했어요. 경찰이 심문을 벌이고 있으며, 그가 6시 30분 조금 넘어서 자기 집에 들어갔다가 나오는 걸 본 사람이 있다고 말해 줬어요. 이제 게임은 끝났다고 했죠. 그랬더니 완전히 항복하더군요. 전 그에게 한

시간 안으로는 경찰이 체포하러 오지 않을 테니 아직 도망갈 시간
은 있다고 말했죠. 비비안을 살해했다는 진술서에 서명하면 가만히
있겠지만, 그렇지 않으면 진실을 다 떠벌리겠다고 협박했어요. 그랬
더니 아주 넋이 나가서 자신이 뭘 하는지도 모르고 진술서에 그냥
서명해 버렸어요."

그녀는 진술서를 새터스웨이트의 손에 건넸다.

"가지고 가세요. 마틴이 풀려나게 하려면 이걸 어떻게 해야 하는
지 아시죠?"

"정말 서명했군요."

새터스웨이트는 깜짝 놀라며 소리쳤다.

"그 남자는 머리가 좀 둔해요."

실비아 데일이 말했다. 그리고 그녀는 뒤늦게 생각이 났는지 "저
도 둔하지만." 하고 덧붙였다.

"그래서 저는 머리가 나쁜 사람이 어떻게 행동하는지 잘 알아요.
저처럼 머리가 나쁜 사람은 당황해서 엉뚱한 일을 저지르고 나서
나중에 후회하죠."

그녀가 몸을 약간 떨자 새터스웨이트는 그녀의 손을 토닥여 주며
말했다.

"아가씨에게는 마음의 안정이 필요해요. 내가 아주 좋아하는 아
를레키노라는 음식점이 여기서 가까운 곳에 있는데 혹시 가 본 적
있어요?"

그녀는 고개를 저었다.

새터스웨이트는 택시를 세우고는 그녀를 그 작은 음식점으로 데리고 들어갔다. 구석진 자리로 걸어가면서 그의 가슴은 희망으로 두근거렸다. 하지만 식탁에는 아무도 없었다.

실비아 데일은 새터스웨이트의 얼굴에 드리운 실망의 빛을 보았다. 그녀가 물었다.

"왜 그러세요?"

새터스웨이트가 대답했다.

"아무것도 아닙니다. 여기서 내 친구를 만날 걸로 기대를 했는데…… 괜찮습니다. 뭐, 언젠가 다시 만나게 되겠죠."

카지노 딜러

새터스웨이트는 몬테카를로(모나코의 도시로 도박장으로 유명하다—옮긴이)의 테라스에서 일광욕을 즐기고 있었다.

해마다 1월의 두 번째 일요일이면 새터스웨이트는 영국을 떠나 리비에라(프랑스 남부의 지중해 연안 휴양지—옮긴이)로 갔다. 그는 제비보다도 훨씬 더 정확하게 때를 맞춰 움직였다. 4월에는 영국으로 돌아갔고, 5월과 6월은 런던에서 보냈으며, 애스콧 경마를 놓치는 경우는 절대 없었다. 명문 학교인 이튼과 해로우의 운동경기 시합이 끝나면, 도시를 떠나 시골에 아는 사람의 저택을 서너 군데 방문한 뒤 도빌이나 르 뚜께로 갔다. 9월과 10월의 대부분은 사냥을 하면서 시간을 보냈고, 나머지 두 달 동안은 대개 도시에 머물면서 한 해를 정리했다. 그가 모르는 사람도 없었고, 또 그를 모르는 사람도 없다고 해도 과언이 아닐 것이었다.

오늘 아침, 그는 떨떠름한 표정을 짓고 있었다. 바다의 푸른 빛깔은 아름다웠고 정원도 여느 때처럼 눈을 즐겁게 해 주었지만, 사람들에게 실망하고 말았다. 행색도 초라한 데다 천한 무리로 생각되었다. 물론 그들 가운데는 도박사로서 저주받은 운명을 안고 살아가는 사람도 있었다. 새터스웨이트도 이런 부류는 너그럽게 봐주었다. 그들도 나름대로 필요한 존재들이었기 때문이다. 하지만 자기와 같은 엘리트들의 취향이 그리웠다.

"시대가 바뀌고 있어."

새터스웨이트는 음울하게 말했다.

"예전에는 감히 이런 사치를 생각도 못하던 어중이떠중이들까지 이제는 몰려들고 있으니. 물론 나도 이제 나이가 들었지. 젊은 사람들은 모두 스위스의 관광지로 가고 있고."

하지만 그가 그리워하는 사람들이 또 있었다. 외교계의 멋쟁이인 남작과 백작, 대공과 왕자들이었다. 하지만 그가 지금까지 본 유일한 왕자는 심지어 별로 유명하지 않은 호텔의 엘리베이터 보이로 일하고 있었다. 아름답고 사치스러운 귀부인들도 그리웠다. 아직도 몇 명 있긴 하지만 예전의 숫자에는 전혀 미치지 못한다.

새터스웨이트는 인생이라는 드라마의 진지한 연구가였지만, 자신의 연구 재료가 매우 다채롭기를 바랐다. 그는 실망감이 짓누르는 것을 느꼈다. 가치들은 변해 가는데 자신은 늙어서 변화에 재빨리 적응하지 못하고 있었다.

그 순간 그는 차르노바 백작 부인이 자기를 향해 다가오는 것을 보았다.

새터스웨이트는 몬테카를로에서 몇 번이나 그 백작 부인을 만났다. 처음 만났을 때, 그녀는 어느 대공과 함께 있었다. 그 다음 번에는 오스트리아의 어떤 남작과 함께 있었다. 그 뒤로 몇 년 동안은 히브리 혈통으로 매부리코에다 혈색이 나쁜 남자들과 같이 있었다. 사내들은 저마다 조금 화려한 보석을 달고 있었다. 최근 한두 해는 젊다 못해 거의 새파란 애들과 함께 있는 것이 자주 목격되었다.

지금 그녀는 매우 젊은 청년과 함께 걸어오고 있다. 그 친구는 새터스웨이트가 우연히 알게 된 청년으로 그리 달가운 존재는 아니었다. 프랭클린 러지라는 그 미국인 친구는 전형적인 중서부 출신인데 강한 인상을 심어 주려고 노력했으며, 투박하면서도 사랑스러운 면을 갖추고 있었다. 그는 타고난 예민함과 이상주의가 묘하게 섞인 인물이었다. 그는 여자도 낀 미국 청년들과 함께 몬테카를로에 왔는데, 모두들 대체로 그와 비슷한 타입이었다. 그들이 구대륙을 본 것은 이번이 처음이었고 헐뜯는 경우에나 칭찬하는 경우에나 모두 거리낌이 없었다.

대체로 그들은 호텔에 묵고 있는 영국인을 싫어했고, 영국인들 역시 그들을 좋아하지 않았다. 국제인이라는 사실을 스스로 자랑스러워하는 새터스웨이트는 그나마 그들을 좋아하는 편이었다. 가끔 버릇없는 행동을 할 때는 치가 떨렸지만 솔직하고 활력이 넘치는 모습은 마음에 들었다.

그는 젊은 프랭클린 러지의 상대로 차르노바 백작 부인은 전혀 어울리지 않는다고 생각했다.

그들이 다가와 자기 앞에 섰을 때 새터스웨이트는 정중히 모자를 벗었고, 백작 부인은 우아하게 고개를 숙이며 웃어 보였다.

백작 부인은 무척 키가 컸고 차림새가 훌륭했다. 머리카락은 눈과 마찬가지로 검었고 속눈썹과 눈썹은 조물주가 만들었다고 생각할 수 없을 정도로 근사한 검은색을 띠었다.

남자로서 알아서는 안 될 만큼 여자의 비밀을 속속들이 아는 새터스웨이트는 그녀의 화장술에 탄복했다. 그녀의 피부색은 흠 하나 없어 보였고 전체적으로 고르게 하얀 크림색을 띠었다.

눈 밑의 연한 암갈색 아이섀도는 아주 멋져 보였다. 입술은 심홍색도 주홍색도 아닌 점잖은 포도주 색이었다. 그녀는 흑과 백의 그야말로 대담한 옷을 입고, 얼굴에 가장 잘 어울리는 분홍 빛깔이 도는 빨간 양산을 쓰고 있었다.

프랭클린 러지는 행복한 표정을 짓고 있었는데 약간 거만해 보였다. 새터스웨이트는 속으로 생각했다.

'저기 젊은 바보가 오는군. 하지만 내가 참견할 처지는 아니지. 게다가 내 말을 들을 친구도 아니고. 그래, 나도 젊었을 때는 저런 적이 있었어.'

하지만 그는 아직도 조금 걱정이 되었다. 파티에는 무척 매력적인 미국인 아가씨가 있었는데 프랭클린 러지가 백작 부인과 친하게 지내는 것을 달가워하지 않을 게 분명했기 때문이었다.

마침 반대 방향으로 가려고 돌아섰을 때, 그는 문제의 그 아가씨가 자기 쪽으로 오는 것을 보았다. 그녀는 잘 만든 맞춤 정장에다 하얀 모슬린 셔츠를 입고 있었다. 그리고 예쁜 모양의 단화를 신었고 안내 책자 같은 것을 손에 들고 있었다. 파리에 왔다가 나갈 때에는 시바의 여왕 같은 복장으로 가는 미국인도 있었지만 엘리자베스 마틴은 그렇지 않았다. 그녀는 엄격하고 성실한 태도로 유럽 견학을 하고 있었다. 그녀는 문화와 예술에 대한 이해가 깊었고 한정된 돈으로 최대한의 것을 얻으려고 노력했다.

새터스웨이트가 그녀를 교양 있거나 예술적 감각이 있다고 생각했는지는 의심스럽다. 그의 눈에는 그녀가 그저 매우 젊어 보였다.

"안녕하세요, 새터스웨이트 씨. 혹시 프랭클린 러지 못 보셨어요?"

"불과 몇 분 전에 봤습니다."

"친구인 백작 부인과 함께 있었죠?"

아가씨는 날카롭게 말했다.

"저……. 그래요. 백작 부인과 함께 있었어요."

새터스웨이트가 시인했다.

"그 백작 부인은 제게 유난히 쌀쌀맞게 구는 것 같아요. 프랭클린은 그 여자한테 흠뻑 빠져 있는데 어디가 그렇게 좋은지 도무지 모르겠어요."

아가씨는 약간 높고 날카로운 목소리로 말했다.

"제 생각에 그 부인의 태도는 아주 매력적입니다만."

새터스웨이트는 조심스럽게 말했다.

"그 여자를 아세요?"

"약간은 알죠."

"전 프랭클린이 걱정돼서 죽겠어요. 평소에는 상당히 분별력이 있는 사람인데 요부 같은 여자한테 걸려들다니 어이가 없어요. 게다가 다른 사람들이 한마디라도 하면 엄청 화를 내면서 들으려고도 하지 않아요. 그건 그렇고 그 여자, 정말 백작 부인 맞아요?"

"허허……. 거참……. 아마 맞을 겁니다."

"좋은 게 좋다는 식의 영국식 답변이군요."

엘리자베스는 기분 나쁜 표정으로 말했다.

"새터스웨이트 씨, 제 고향 사곤 스프링스에서는 저런 백작 부인을 정말 별난 여자라고 생각할 거예요."

새터스웨이트는 그럴 수도 있겠다고 생각했다. 여기는 사곤 스프링스가 아니라 모나코 땅이고 백작 부인이 마틴 양보다 환경에 훨씬 더 잘 적응하고 있다는 사실을 지적해 주려다가 겨우 참았다.

그가 아무런 대답도 하지 않자 엘리자베스는 도박장 쪽으로 걸어갔다. 새터스웨이트는 햇살이 비치는 의자에 앉았다. 그러자 곧바로 프랭클린 러지가 다가왔다.

러지는 열정이 넘쳤다. 그는 순수한 열정이 담긴 목소리로 말했다.

"정말 재미있어요. 그렇죠! 이거야말로 인생을 즐기는 거죠. 이곳 생활은 미국 생활과는 조금 다릅니다."

새터스웨이트는 생각에 잠긴 얼굴로 그를 바라보았다. 그는 조금 지루한 듯한 어조로 말했다.

"삶이란 어디서나 완전히 똑같을 따름입니다. 그저 옷만 다른 색깔로 바꿔 입는 것, 그게 전부죠."

프랭클린 러지는 상대를 응시했다.

"무슨 말씀이신지 잘 모르겠습니다."

"그렇습니까?"

새터스웨이트는 말했다.

"당신에겐 아직 여행할 길이 많이 남아서 그럴 겁니다. 이거 미안하군요. 늙은이는 설교조로 말하는 버릇이 있어서."

"아! 괜찮습니다."

러지는 미국인 특유의 고른 치열을 드러내며 웃었다.

"뭐랄까, 그래도 도박장에서 실망하지 않았다는 말씀은 차마 못 드리겠네요. 저는 도박이 다를 거라고 생각했거든요. 훨씬 더 화끈할 거라고요. 그런데 좀 지루하고 추악해 보였습니다."

"도박사에게 도박은 생사를 건 문제지만 그다지 큰 가치는 없지요. 차라리 보는 것보다 책으로 읽는 편이 훨씬 긴장감이 있어요."

젊은이는 동의하듯 고개를 끄덕였다.

"선생님은 사교계에서 제법 유명하시죠?"

그가 질문하는 모습이 너무나 조심스럽고 솔직했기 때문에 화를 낼 수도 없었다.

"공작 부인, 백작, 백작 부인 같은 사람들을 모두 알고 계시죠?"

새터스웨이트가 대꾸했다.

"제법 알고 있지요. 뿐만 아니라 유대인, 포르투갈 인, 그리스 인, 그리고 아르헨티나 인도 알고 있고요."

"예?"

러지가 물었다.

"지금 말 그대로입니다. 내가 몸담고 있는 영국 사회가 바로 그렇답니다."

새터스웨이트가 말했다.

프랭클린 러지는 잠시 생각에 잠겼다.

"차르노바 백작 부인 아시죠?"

그가 드디어 물었다.

"약간은 알고 있지요."

새터스웨이트는 엘리자베스에게 한 것과 같은 대답을 했다.

"만나 보니 정말 흥미로운 여자더군요. 유럽 귀족은 이제 쇠퇴해서 시대에 뒤졌다고 생각하는 경향이 있습니다. 물론 남자는 그럴지도 모르지만 여자는 다르더군요. 백작 부인 같은 세련된 족속을 만나는 일이 기쁘지 않겠습니까? 기지가 풍부하고, 매력이 넘치고, 머리도 좋은 데다, 몇 대에 걸친 문화적 배경도 갖추고 있고, 손끝까지 완전히 귀족입니다."

"그분이 그렇던가요?"

새터스웨이트가 물었다.

"예, 그렇지 않습니까? 선생님도 그녀의 집안을 아시죠?"

"아니, 난 그분에 대해 아는 게 별로 없어요."

새터스웨이트가 말하자 프랭클린 러지가 설명했다.

"그녀는 라진스키 가문 출신입니다. 헝가리에서 가장 오래된 가

문 가운데 하나죠. 그녀는 유별난 생활을 했습니다. 그 여자가 걸고 있는 커다란 진주 목걸이는 아시죠?"

새터스웨이트는 고개를 끄덕였다.

"그것은 보스니아의 왕한테서 받은 겁니다. 왕을 위해 어떤 비밀 서류를 외국으로 빼돌린 대가로 받았다더군요."

"나도 그 얘기는 들었습니다."

그 사실은 공공연한 소문이었고 백작 부인이 과거에 그 국왕의 옛 애인이었다는 소문도 나돌았다.

"그런데 얘기는 그뿐만이 아닙니다."

새터스웨이트는 잠자코 듣고만 있었다. 그리고 얘기를 들으면 들을수록 차르노바 백작 부인의 풍부한 상상력에 탄복했다. 그 여자는 엘리자베스 마틴이 말한 것처럼 저속한 '요부'가 아니었다. 이 청년은 그런 면에서 너무나 예리했고, 생활은 깨끗하고 이상주의적이었다. 백작 부인은 미로와 같은 외교상의 음모들을 힘겹게 헤쳐 나갔다. 그 과정에서 수많은 적과 비방하는 사람들이 있는 게 지극히 당연했다. 나라의 고문들과 왕자들의 친구로서 정치에 초연했던 백작 부인을 중심인물로 내세운 과거 정권의 생활을 엿보게 된 이 청년은 부인을 향한 로맨틱한 감정이 내부에서 솟구치는 것을 느꼈다. 청년은 확신을 가지고 말을 이었다.

"게다가 그녀는 온갖 역경에 맞서 싸워야 했답니다. 정말 대단한 일을 했지만 그녀는 진정한 친구가 될 만한 여자를 아직 한 번도 만난 적이 없다는군요. 지금껏 여성들은 항상 그녀의 편이 아니었습니다."

"아마 그럴 겁니다."

"가혹한 일이라고 생각지 않으십니까?"

러지는 열을 올리며 다그치듯 말했다.

새터스웨이트는 생각에 잠겨 이렇게 말했다.

"아니, 왠지 그렇게는 생각되지 않는데요. 여자들에게는 그들 나름의 기준이 있지요. 우리 남자들이 거기에 대해 왈가왈부해선 곤란하죠. 그냥 내버려 둬야 합니다."

러지는 진지하게 말했다.

"전 그렇게 생각하지 않습니다. 요즘 세상에서 가장 나쁜 일 가운데 하나가 여자들끼리 서로 헐뜯는 겁니다. 엘리자베스 마틴 아시죠? 그 아가씨도 이론적으로는 제 의견에 전적으로 동의합니다. 우리는 자주 그 문제로 의논을 해 봤는데요. 아직 철부지이지만 생각하는 걸 보면 많이 성숙했단 생각이 들더군요. 그런데 막상 실제로 문제가 닥치니 다른 여자들이나 매한가지더군요. 백작 부인을 하나도 모르면서 온갖 험담을 다 늘어놓는 겁니다. 제가 얘기를 좀 해 주려고 해도 도무지 들으려고도 하지 않습니다. 정말 형편없어요. 새터스웨이트 씨, 저는 민주주의를 믿습니다. 남자들끼리는 형제요, 여자들끼리는 자매라는 것 말고 민주주의에 또 뭐가 있을까요?"

그는 심각한 태도로 말을 멈췄다. 새터스웨이트는 백작 부인과 엘리자베스 마틴과의 사이에 자매 같은 감정이 생길 수 있는 상황을 상상해 보려 했지만 불가능했다.

"그런데 백작 부인은 엘리자베스를 대단히 좋게 생각하면서 모든 면에서 매력적이라고 하는 겁니다. 그거야말로 뭘 보여 주는 거겠습니까?"

"그건 백작 부인이 마틴 양보다 훨씬 더 오래 살았다는 걸 보여 주는 거지요."

새터스웨이트는 무미건조하게 말했다.

프랭클린 러지는 느닷없이 화제를 바꾸었다.

"그녀가 몇 살인지 아세요? 자신이 당당하게 밝히더군요. 29살 정도일 거라고 생각했는데 35살이라고 하더군요. 그 정도 나이로 보이지 않죠, 안 그래요?"

여자의 나이를 45세에서 49세 사이로 추측했던 새터스웨이트는 단지 눈썹을 추켜세우는 동작만 취했다.

"몬테카를로에서는 남들이 하는 말을 전부 믿어선 곤란하죠."

새터스웨이트는 중얼거렸다.

그는 이 젊은이와 언쟁을 벌여 봐야 아무 쓸모없다는 것을 풍부한 경험으로 알고 있었다. 확실한 증거로 뒷받침되지 않은 말은 절대 믿으려 하지 않는 것을 보면 프랭클린 러지는 정의로 똘똘 뭉친 사람 같았다.

"아, 저기 백작 부인이 오시네요."

청년은 자리에서 일어서며 말했다.

그녀는 이제 세련미가 한풀 꺾인 모습으로 그들을 향해 다가왔다. 세 사람은 곧바로 자리를 잡고 앉았다. 새터스웨이트가 보기에 그녀는 매우 매력적이지만 어딘지 모르게 부자연스러웠다. 그녀는 새터스웨이트에게 깍듯하게 대하면서 그의 의견을 구했고 리비에라에 관한 한 권위자로 대해 주었다.

만사는 만족스럽게 진행되었다. 몇 분 지나지 않아 러지는 두 사람을 남겨 두고 물러났고 새터스웨이트는 백작 부인과 단둘이서 얘기를 나눌 수 있었다.

그녀는 양산을 접더니 그것으로 모래 위에다 그림을 그리기 시작했다.

"저 미국인 청년한테 흥미가 있으신가 봐요, 새터스웨이트 씨?"

그녀의 목소리는 낮고 간드러진 구석이 있었다.

"괜찮은 청년입니다."

새터스웨이트가 애매하게 말했다.

"정이 많은 젊은이에요. 제 생활에 대해 이것저것 많이 얘기해 줬어요."

백작 부인은 생각에 잠겨 말했다.

"맞습니다."

"다른 사람들한테는 거의 말한 적이 없는 세세한 일까지 말해 줬지요."

그녀는 꿈꾸듯이 말을 이었다.

"새터스웨이트 씨, 전 좀 특이한 인생을 살았답니다. 제가 겪은 이상한 일들을 믿어 줄 사람은 아마 거의 없을 거예요."

새터스웨이트는 그 말의 뜻을 예리하게 간파할 수 있었다. 어쩌면 그녀가 프랭클린 러지에게 들려준 이야기는 사실일지도 모른다. 극히 불가능한 일, 전혀 있을 법한 일이 아니지만 가능한 일이었다. 어느 누구도 그런 일은 없다고 함부로 단언할 수 없다.

그가 아무런 대꾸도 없자 백작 부인은 꿈꾸는 듯한 눈길로 만의 저쪽을 계속 바라보았다.

그때 갑자기 새터스웨이트는 그녀한테서 이상하고 새로운 인상을 받았다. 그는 그녀가 더 이상 흉악한 욕심쟁이가 아니라 궁지에 몰려 필사적으로 싸우고 있는 존재로 생각되었다. 그는 곁눈질로 그녀를 훔쳐보았다. 양산을 내린 상태라서 그녀의 눈가에 힘없이 늘어진 잔주름이 보였다. 한쪽 관자놀이에서는 맥박이 뛰고 있었다.

그의 마음속에는 방금 전의 확신이 점점 더 커져 갔다. 그녀는 분명히 절박한 상태이고 막다른 궁지에 내몰렸다. 그녀 자신과 프랭클린 러지와의 사이를 가로막는 사람은 그 누구든 용서하지 않을 듯한 모습이었다. 그렇지만 새터스웨이트는 여전히 자기가 상황의 본질을 깨닫지 못하고 있다는 생각이 들었다. 그녀가 돈이 많은 것은 분명하다. 언제나 화사한 옷차림을 하고 보석들도 훌륭했다. 그런 만큼 금전적인 면에서는 무언가에 그토록 절박하게 쫓길 이유가 없었다. 혹시 사랑 때문일까? 그는 그 나이의 여자들은 젊은 친구들과 사랑에 빠지는 일이 종종 있다는 걸 잘 알았다. 사랑일지도 모른다. 그는 하여간 무언가 보통 일은 넘는 사정이 있는 게 틀림없다고 확신했다.

그녀가 자신과 이렇게 마주하고 있는 것도 도전하는 행동이라는 것을 깨달았다. 그녀는 그를 자신의 최대 적으로 여기고 있는 것이다. 새터스웨이트는 러지에게 자기 얘기를 좀 해 주길 그녀가 바란다고 확신했다. 새터스웨이트는 내심 미소를 지었다. 그는 상대의 꿍꿍이에 쉽게 걸려들지 않을 만큼 충분히 나이를 먹었다. 그는 언세 입을 닫고 있는 게 현명한 일인지 알고 있었다.

그날 밤, 그는 도박장에서 룰렛으로 운을 시험하고 있는 그녀를 지켜보았다.

그녀는 계속해서 돈을 걸었지만 번번이 잃었다. 그녀는 경험이 많은 단골들이 그렇듯 침착하고 냉정한 태도로 자신의 손실을 잘 참아내고 있었다. 그녀는 빨강에 걸어 돈을 조금 땄다가는 여기저기에 손을 대며 다 잃고서 마지막으로 여섯 번 배팅을 했지만 매번 다 잃었다. 그러고는 어깨를 낮고 점잖게 한번 으쓱하더니 몸을 돌려 자리를 떠났다.

그녀는 녹색 바탕에 금빛 수가 놓인 옷을 입고 있었는데 그 모습은 누구보다도 돋보였다. 그 유명한 보스니아의 진주가 목에 걸려 있었고 귀에는 진주 귀고리가 길게 드리워져 있었다.

새터스웨이트는 자기 옆에서 두 사내가 그녀에 대해 얘기하는 소리를 들었다.

"그 유명한 차르노바 아냐? 옷이 끝내 주는군, 안 그래? 보스니아 왕가의 진주도 잘 어울리고."

한 사내가 말했다.

그러자 몸집이 작고 유대인 같아 보이는 다른 사내는 신기한 듯 그녀를 뜯어보았다.

"그럼 저게 보스니아의 진주란 말이야?"

그는 물었다.

"진품이라……. 이상하네."

사내는 낮은 소리로 킥킥거리며 웃었다.

새터스웨이트는 더 이상의 얘기는 듣지 못했다. 왜냐하면 그 순간 그는 고개를 다른 쪽으로 돌렸고 무척 반가운 옛 친구를 발견했기 때문이다.

"이게 누구십니까, 퀸 씨. 여기서 만나리라고는 꿈에도 생각 못했습니다."

새터스웨이트는 퀸과 뜨겁게 악수를 나누었다.

거무스름하고 매력적인 퀸의 얼굴이 밝아지며 웃음을 지었다. 퀸이 말했다.

"그렇게 놀랄 일은 아니죠. 카니발 시즌 아닙니까. 카니발 시즌에는 저도 여기에 자주 옵니다."

"그래요? 어쨌든 반갑습니다. 계속 여기에 계시겠습니까? 실내가 좀 더운 것 같은데."

퀸도 맞장구를 쳤다.

"밖이 낫겠군요. 정원이나 좀 거닐도록 하죠."

바깥 공기는 확실히 서늘했지만 추울 정도는 아니었다. 두 사람 모두 심호흡을 했다.

"밖이 역시 낫군요."

새터스웨이트의 말에 퀸이 동의했다.

"예, 훨씬 더 낫네요. 게다가 마음 놓고 얘기할 수도 있고요. 제게 하실 말씀이 많은 것 같은데요."

"사실 그렇습니다."

그렇게 힘주어 말하면서 새터스웨이트는 자신이 혼란스러워하는 일들을 풀어놓았다. 여느 때와 마찬가지로 그는 분위기를 제대로 전달하는 자신의 능력을 뿌듯하게 생각했다. 백작 부인, 프랭클린 청년, 자기주장이 강한 엘리자베스, 그는 이 세 사람을 솜씨 좋은 말로 묘사했다.

"처음 만났을 때와는 달라지셨군요."

상대가 얘기를 마치자 퀸이 웃으며 말했다.

"어떤 면에서 말입니까?"

"그때는 인생이 제공하는 드라마를 바라보는 것으로 만족하셨습니다. 그런데 지금은 그 속에 참여해서 어떤 역할을 하고 싶어 하시는군요."

새터스웨이트도 인정했다.

"그건 그렇습니다. 하지만 이번 경우는 어떻게 해야 좋을지 모르겠습니다. 정말 혼란스럽습니다. 혹시……."

그는 잠시 망설였다.

"도와주실 수 있으신지요?"

"기꺼이 도와드리죠. 어떤 방법이 있는지 생각해 봅시다."

퀸이 말했다.

새터스웨이트는 위안과 신뢰가 드는 묘한 기분을 느꼈다.

이튿날 그는 프랭클린 러지와 엘리자베스 마틴을 자기 친구 할리 퀸에게 소개했다. 그는 그들이 잘 어울리는 모습을 보고 기분이 좋았다. 백작 부인의 얘기는 하지 않았지만 점심 식사 때 그는 흥미를 돋우는 소식을 들었다.

"미라벨이 오늘 저녁 여기에 온다는군요."

새터스웨이트는 흥분해서 퀸에게 이 정보를 전했다.

"그 파리의 인기 여배우 말입니까?"

"그렇습니다. 당신도 아실 테지만 모두가 좋아하는 여자죠. 보스니아 왕이 최근에 열을 내고 있는 여자랍니다. 왕이 그녀에게 보석 공세를 펼친 걸로 압니다. 파리에서 제일 까다롭고 사치스러운 여자라는 소문이 있습니다."

"그 아가씨와 차르노바 백작 부인이 오늘 밤에 만나는 장면은 재미있겠는데요."

"저도 꼭 같은 생각을 하고 있었습니다."

미라벨은 키가 크고 날씬했으며 머리를 금발로 멋지게 염색했다. 살결은 창백하고 옅은 자줏빛에 입술은 오렌지 빛깔을 띠었다. 놀라울 정도로 세련된 여자였다. 그녀는 화려하게 꾸민 극락조처럼 옷을 입고 있었고 푹 파인 등 위로는 보석 목걸이가 여러 겹 늘어져 있었다. 그리고 커다란 다이아몬드가 여러 개 박힌 묵직한 발찌가 왼쪽 발목에 감겨 있었다.

그녀가 모습을 드러내자 카지노에는 일대 혼란이 일었다.

"당신 친구인 백작 부인이 저 여자분을 능가하려면 쉽지 않겠는데요."

퀸은 새터스웨이트의 귀에다 대고 속삭였다.

새터스웨이트가 고개를 끄덕였다. 그는 백작 부인이 어떻게 나올지 보고 싶어 참을 수가 없었다.

그녀는 조금 늦게 나왔다. 그녀가 태연하게 중앙에 있는 룰렛 탁자 중 하나로 걸어가자 낮게 웅성거리는 소리가 곳곳에서 들려왔다.

그녀는 하얀색 일색이었다. 사교계에 처음 나온 여자가 입을 듯한 단순한 옷차림을 했는데 눈부시게 빛나는 흰 목과 두 팔에는 아무것도 걸치지 않았다. 그녀는 정말 보석이라고는 하나도 걸치지 않고 있었다.

새터스웨이트는 곧 찬탄을 하며 말했다.

"상당히 현명한데요. 경쟁을 거부하고 형세를 역전시켜 버렸습니다."

새터스웨이트도 걸어가서 탁자 옆에 붙어 섰다. 그는 이따금 무료함을 달래려고 돈을 걸었다. 따는 일도 있었지만 잃는 경우가 더 많았다.

그런데 막판에 가서 연거푸 따는 것이었다. 31번과 34번이 몇 번씩이나 나왔다. 딴 돈이 탁자를 덮은 천 밑에 수북이 쌓였다.

새터스웨이트는 웃음을 띠고서 오늘 밤의 마지막 승부를 걸기로 하고 5번에 최대한도까지 돈을 걸었다.

백작 부인도 자기 차례가 되자 몸을 앞으로 내밀더니 6번에 최대한의 돈을 걸었다.

"돈을 거십시오."

룰렛 담당 직원이 귀에 거슬리게 큰 소리로 말했다.

"이제 더 이상 걸 수 없습니다. 이제 시작합니다."

흥겨운 소리를 내며 구슬이 빙빙 돌았다. 새터스웨이트는 속으로 이렇게 생각했다.

'이 일은 우리 각자에게 뜻하는 바가 다르지. 희망과 절망이 될 수도 있고, 권태나 느긋한 놀이, 아니면 생과 사가 될 수도 있고.'

찰칵!

룰렛 담당 직원은 몸을 앞으로 굽혀 룰렛 판을 보았다.

"5번 빨강. 홀수로 18 이하면 승리."

새터스웨이트가 이긴 것이다!

담당 직원은 판돈을 긁어모아 새터스웨이트 앞으로 밀어 놓았다. 그는 그 돈을 받으려고 손을 내밀었다. 그런데 백작 부인도 똑같은 동작을 취하는 것이었다. 담당 직원은 두 사람을 번갈아 보았다.

"부인이 이기셨습니다."

그는 무뚝뚝하게 말했다.

백작 부인은 돈을 집어 들었다. 새터스웨이트는 뒤로 물러섰다. 그는 신사도를 잊어버리지 않았다. 백작 부인은 그의 얼굴을 정면으로 바라보았다. 그도 그녀의 시선을 피하지 않고 마주 보았다. 주위에 있던 한두 사람이 룰렛 담당 직원에게 실수를 지적했으나 그는 짜증을 내며 고개를 흔들었다. 한번 결정되면 그것으로 끝이었다. 그는 귀에 거슬리게 목소리를 높여 외쳤다.

"자, 신사 숙녀 여러분, 돈을 거십시오."

새터스웨이트는 퀸이 있는 곳으로 돌아왔다. 그는 겉으로는 태연한 척 했지만 속으로는 화가 치밀었다. 퀸은 동정하듯 그의 말에 귀를 기울였다.

"참 안됐습니다만, 이런 일이 종종 있지요. 그건 그렇고 프랭클린 러지와 좀 있다가 만나기로 되어 있습니다. 간단히 저녁이라도 하려고요."

퀸이 말했다.

세 사람은 한밤중에 만났다. 거기서 퀸은 자기 계획을 설명했다.

"이른바 '여기저기 돌아다니며 사람을 모으는' 파티입니다. 집합 장소를 정해 놓고 각자 나가서 제일 처음 만나는 사람을 데려와야 합니다."

프랭클린 러지는 이 착상을 재미있어 했다.

"그런데 안 오려고 하면 어쩌죠?"

"최대한 설득해야죠."

"좋습니다. 그러면 집합 장소는 어딥니까?"

"아, 보헤미아 풍의 카페로 낯선 손님이라도 데려갈 수 있는 곳이죠. '르 까보'라는 곳입니다."

퀸이 가게의 위치를 설명하고 나서 세 사람은 헤어졌다. 새터스웨이트는 운 좋게도 금방 엘리자베스 마틴을 우연히 만나서 그녀를 데리고 카페로 갔다. 그들이 르 까보에 도착해서 지하실 같은 곳으로 내려가자 거기에는 저녁 식탁이 준비되어 있었고 촛대에 꽂힌 고풍스러운 초가 불을 밝히고 있었다.

"우리가 제일 먼저 왔군요. 아, 저기 프랭클린이 오네요."

새터스웨이트가 말했다.

그는 갑자기 입을 다물었다. 프랭클린과 함께 백작 부인이 들어왔기 때문이다. 어색한 순간이었다. 엘리자베스는 평소보다 더 쌀쌀맞은 태도를 보였다. 그러나 백작 부인은 세상살이에 익숙한 여자인 만큼 기품을 잃지 않았다.

마지막으로 퀸이 왔다. 그가 데려온 사람은 키가 작고 피부가 검은 사람으로 옷차림이 깔끔했다. 새터스웨이트에게는 그 사람의 얼굴이 왠지 낯익었다. 다음 순간, 그는 그 사람이 누구인지 알아보았다. 바로 그날 저녁에 터무니없는 실수를 저지른 룰렛 담당 직원이었던 것이다.

"여러분께 소개해 드리겠습니다. 이쪽은 피에르 보쉐 씨입니다."

퀸이 말했다. 키가 작은 남자는 어리둥절한 모습이었다. 퀸은 필요한 소개를 편안하고 간단하게 해치웠다. 음식이 나왔다. 음식은 썩 훌륭했다. 포도주도 나왔는데 상당히 고급이었다. 경직되었던 분위기가 약간 풀렸다. 백작 부인은 좀체 말이 없었고 엘리자베스도 마찬가지였다. 프랭클린 러지만이 말수가 많아졌다. 그는 여러 가지 얘기를 했는데 재미있는 것들이 아니라 진지한 것들이었다. 그리고 퀸은 조용하고도 부지런하게 모두에게 포도주를 따라서 건넸다.

"성공한 남자에 관한 얘기를 하겠습니다. 이건 실제로 있었던 일입니다."

프랭클린 러지는 당당하게 말했다.

그는 금주령이 시행되는 나라에서 와서인지 샴페인을 마시면서도 온갖 찬사를 늘어놓았다.

그는 불필요할 정도로 장황하게 이야기를 늘어놓았다. 수많은 실화가 그렇듯 꾸며 낸 이야기보다 재미가 훨씬 덜했다.

그가 이야기를 끝냈을 때, 그의 맞은편에 앉아 있던 피에르 보쉐는 잠에서 깨어난 듯했다. 그 역시 샴페인을 상당히 마신 상태였다. 그는 식탁 위로 몸을 숙였다.

"저도 이야기를 하나 들려드리겠습니다. 그렇지만 이건 성공하지 못한 남자 이야기입니다. 성공이라는 언덕을 오르기는커녕 언덕 아래로 곤두박질 친 어떤 남자의 얘기입니다. 그리고 당신이 한 이야기처럼 이것도 실화입니다."

그는 탁한 목소리로 말했다.

"그래요, 한번 들려주시죠."

새터스웨이트가 정중하게 부탁했다.

피에르 보쉐는 의자에 몸을 기대더니 천장을 쳐다보았다.

"이야기는 파리에서 시작됩니다. 보석상을 하는 한 남자가 있었지요. 그는 젊고 성격이 밝은 데다 부지런한 사람이었습니다. 장래가 유망하다는 주위의 평판도 들었습니다. 이미 훌륭한 혼처도 정해져 있었지요. 신부도 그리 못생긴 편은 아니었고 지참금도 적지 않았습니다. 그런데 어떻게 되었는지 아십니까? 어느 날 아침, 그는 어떤 아가씨를 발견했습니다. 정말 가난한 아가씨였습니다. 미인이었을까요? 예, 그토록 굶주리지만 않았다면 미인이라고 말할 수도 있겠지요. 그러나 어쨌든 이 젊은이로서는 저항하기 힘든 마력을 그 아가씨는 지니고 있었습니다. 그녀는 일자리를 찾으려고 발버둥을 치고 있었지요. 그녀는 자신이 순결하다고 말했습니다. 그 말이 사실인지는 알 수 없었지만."

그때 갑자기 백작 부인의 목소리가 흐릿한 어둠 속에서 들려왔다.

"왜 사실이 아니라고 의심하시죠? 그런 사람은 실제로도 많아요."

"예, 어쨌든 제 말은 그 친구가 아가씨의 말을 믿었다는 겁니다. 그리고 그녀와 결혼했습니다. 바보 같은 짓을 한 거죠! 그의 가족은 그에게 더 이상 뭐라고 할 얘기가 없었습니다. 그는 가족들의 감정을 건드린 겁니다. 어쨌든 그는 결혼했습니다. 그 아가씨의 이름은 '잔'이라고 해 두죠. 그는 자기가 잘한 것 같다고 그녀에게 말했습니다. 그는 그녀가 자기한테 정말 감사할 거라고 생각했습니다. 그녀를 위해 많은 것을 희생했으니까요."

"가난한 아가씨로서는 출발이 화려했겠군요."

백작 부인이 비꼬는 투로 말했다.

"그는 그녀를 사랑했습니다, 분명히. 그런데 처음부터 그녀는 그를 돌아 버리게 했습니다. 그녀는 기분이 수시로 바뀌는 데다 욱하는 성질이 있었죠. 어떤 날은 잠잠하다가도 다음 날이면 펄펄 뛰는 겁니다. 마침내 젊은이는 진실을 깨달았습니다. 그녀는 자신을 절대로 사랑하지 않았고 단지 목숨을 지탱하기 위한 방편으로 자신과 결혼했다는 사실을 말입니다. 그 사실은 그의 마음에 상처를 입혔습니다. 깊은 상처를 말입니다. 하지만 그는 겉으로 내색하지 않으려고 무던히도 노력했습니다. 젊은이는 그녀가 언젠가는 고마워하며 순종할 거라고 생각했습니다. 두 사람은 싸웠고 그녀는 그를 몰아세웠습니다. 세상에! 그녀는 사사건건 트집을 잡는 겁니다. 그 다음은 어떻게 되었는지 아시겠죠? 일어날 일이 일어나고야 말았습니다. 그녀는 그의 곁을 떠나 버렸습니다. 2년 동안 그는 혼자서 자신의 작은 가게에서 일하면서 그녀한테서는 아무런 소식도 못 들었습니다. 그에게는 술이 유일한 친구였습니다. 장사도 그다지 신통치 못했습니다.

그러던 어느 날, 그가 가게에 들어서는데 그녀가 가게에 앉아 있는 게 아니겠습니까. 아름다운 옷을 입고, 손에는 반지를 몇 개씩이나 끼고서 말입니다. 그는 우뚝 서서 그녀에 대해 이런저런 생각을 해 보았습니다. 가슴은 두근두근 뛰었습니다. 예, 정말로. 그는 어떻게 하면 좋을지 몰랐습니다. 그녀를 때려 주고도 싶었고, 안아 주고도 싶었고, 바닥에 패대기친 다음 짓밟아 주고도 싶었고, 그녀의 발을 붙들고 매달리고도 싶었습니다. 하지만 그는 그 어떤 행동도 하지 않고 핀셋을 집어 들고 일을 시작했습니다. 그러고는 '부인, 무슨 일로 오셨죠?' 하고 정색을 하며 물었습니다.

그의 그런 태도에 그녀도 놀랐습니다. 그녀도 그가 그렇게 나올 줄 예상하지 못했으니까요. 그녀가 '피에르, 저예요. 제가 돌아왔어요.' 하고 말했습니다. 그는 핀셋을 제쳐 두고 그녀를 바라보며 말했습니다. '용서를 바라는 거야? 내가 다시 받아 주길 바라? 당신 정말 뉘우치는 거야?' 그러자 그녀는 '제가 돌아오길 바라세요?' 하고 중얼거렸습니다. 아, 정말 그녀의 음성은 부드러웠습니다.

그는 그녀가 자신에게 덫을 놓고 있다는 걸 알았습니다. 그는 그녀를 부둥켜안고 싶었지만 영리하게도 그러지 않았습니다. 그는 무관심한 척 했습니다.

'나는 기독교인이야, 교회에서 가르치는 대로 행하려고 노력하지.' 하고 말했지만 내심 이 여자의 거만한 콧대를 완전히 꺾어 놔야지 하고 생각했습니다.

하지만 잔이라는 그 여자는 머리를 뒤로 확 젖히더니 큰 소리로 웃는 것이었습니다. 그것도 아주 사악한 웃음소리였습니다. '저 사실 당신을 놀려 주려고 왔어요. 불쌍한 피에르, 이 화려한 옷 좀 보세요. 또 이 반지와 팔찌도요. 당신한테 저를 보여 주려고 왔다니까요. 당신이 저를 부둥켜안도록 만들어 놓고, 안는 순간, 당신의 얼굴에 침을 탁 뱉고 제가 얼마나 당신을 증오했는지 말해 줄 생각이었어요!' 하고 여자가 말하는 겁니다.

그렇게 말하고 나서 그녀는 가게를 나갔습니다. 믿어지십니까? 여러분, 여자는 오직 사람을 괴롭히기 위해 되돌아올 만큼 사악해질 수가 있습니다."

"아뇨, 저는 못 믿겠어요. 그리고 바보가 아닌 이상 남자들도 그런 이야기는 믿지 않을 거예요. 하긴 남자들은 모두 눈먼 바보들이지만요."

백작 부인이 말했다.

피에르 보쉐는 그녀에게는 신경 쓰지 않고 말을 계속했다.

"이렇게 해서 이 얘기 속의 젊은이는 점점 타락해 갔습니다. 더욱더 술과 친해졌죠. 그 작은 가게는 할 수 없이 팔고 그는 쓰레기 같은 인간이 되었습니다. 그러다가 전쟁이 터졌습니다. 아! 전쟁은 오히려 좋은 기회였습니다. 전쟁 덕분에 그 남자는 시궁창에서 빠져나올 수 있었고 짐승 같은 생활을 접었습니다. 전쟁은 그를 단련시켰고 정신을 차리게 했습니다. 그는 추위와 고통, 그리고 죽음의 공포를 견뎌냈습니다. 그러나 그는 죽지 않았고 전쟁이 끝났을 때 다시금 새로운 삶을 살아갔습니다.

그가 남쪽으로 온 것은 바로 그 무렵이었습니다. 가스로 폐가 나빠져서 사람들이 남쪽에서 일자리를 구해야 한다고 말했습니다. 그가 그 뒤로 했던 일을 일일이 말씀드리면 지루하실 테니 그 부분은 빼겠습니다. 그는 결국 룰렛 담당 직원이 됐다는 것만 말씀드리겠습니다. 어느 날 저녁, 카지노에서 그는 그녀를 다시 발견했습니다. 자기 일생을 망가뜨린 바로 그 여자를 말입니다. 여자는 그를 알아보지 못했지만 그는 알 수 있었지요. 그녀는 부자 같았고 뭐 하나 부족한 것이 없어 보였습니다. 그렇지만 여러분, 룰렛 담당 직원의 눈은 예리합니다.

어느 날 밤, 그녀는 이 세상에서 자기가 가진 마지막 돈을 걸었습니다. 어떻게 그 사실을 알게 되었는지 묻지는 마십시오. 저는 압니다. 직감으로 말입니다. 다른 사람들은 안 믿을지 모릅니다. 그녀는 여전히 사치스런 옷을 입고 있었습니다. 그것을 저당 잡히면 되지 않느냐는 분도 계시겠죠. 하지만 그렇게 하면 신용은 날아가 버립니다. 보석 말입니까? 그것도 안 됩니다. 제가 한창 때 보석 가게를 했다는 걸 말씀드렸죠? 오래 전에 진짜 보석은 다 없어졌습니다. 어느 왕에게서 받은 진주도 한 알씩 죄다 팔아 버리고 가짜로 바꿨습니다. 그동안에도 인간인 이상 밥을 먹고 호텔에 숙박료를 지불해야 합니다. 부자들은 여러 해 동안 그녀의 주위를 감싸고 있었죠. 놀라지 마십시오. 그녀는 이제 쉰 살이 넘었어요! 이왕 돈을 쓰려면 젊은 아가씨가 낫지 미쳤다고 그런 여자한테 돈을 쓰겠습니까."

긴게 떨리는 한숨 소리가 백작 부인이 몸을 기댄 창문 쪽에서 흘러나왔다.

"예, 정말 황홀한 순간이었습니다. 저는 이틀 밤 동안 그 여자를 지켜보았습니다. 잃고, 잃고 또 잃더군요. 그리고 마지막 순간이 다가왔습니다. 그녀는 있는 돈 전부를 한 개의 숫자에 걸더군요. 그 여자의 옆에서 어떤 영국분이 역시 허용된 최대한의 돈을 바로 그 옆의 숫자에 거셨지요. 구슬이 돌아가고 드디어 결정적인 순간이 다가왔습니다. 그녀가 졌습니다.

그녀의 눈과 저의 눈이 마주쳤습니다. 제가 어떻게 했는지 아십니까? 카지노에서의 제 일자리가 위태로울 수도 있는 일을 했습니다. 그 영국 신사분의 돈을 강탈한 겁니다. 저는 '부인이 이기셨습니다.' 하고 말하고 그녀에게 돈을 건네주었으니까요."

"아!" 하고 백작 부인이 자리에서 벌떡 일어나 식탁 위로 몸을 기울이는 바람에 잔이 바닥에 떨어지며 쨍그랑 하고 깨졌다.

"왜죠?"

그녀는 소리쳤다.

"그게 일고 싶어요. 왜 그랬죠?"

오랫동안 침묵이 이어졌다. 끝나지 않을 것 같은 침묵이었다. 두 사람은 식탁을 사이에 두고 한참 뚫어지게 서로를 바라보았다. 마치 결투라도 벌이려는 듯 말이다.

피에르 보쉐의 얼굴에 비열한 미소가 희미하게 번졌다. 그는 두 손을 들어올렸다.

"부인, 사람에겐 연민이라는 게 있죠."

그가 말했다.

"아!"

그녀는 다시 풀썩 자리에 주저앉았다.

"알겠어요."

그녀는 침착하게 미소를 지으며 다시금 정신을 되찾았다.

"보쉐 씨, 참 재미있는 이야기네요, 안 그래요? 제가 담뱃불을 붙여 드리고 싶은데요."

그녀는 능숙한 솜씨로 종이를 말더니 초에서 불을 붙여서는 그에게 디밀었다. 그는 입술에 문 담배에 불이 붙을 때까지 몸을 앞으로 기울였다.

그 순간, 그녀가 느닷없이 자리에서 벌떡 일어섰다.

"그럼, 전 이만 실례하겠어요. 그대로들 계세요. 바래다 주지 않으셔도 돼요."

모두들 엉거주춤하는 사이 그녀는 나가 버렸다. 새터스웨이트가 황급히 그녀를 쫓아가려고 했지만 프랑스 인의 몹시 놀란 외침에 발을 멈추고 말았다.

"아니, 이게 뭐야?"

피에르 보쉐는 백작 부인이 식탁 위에 떨어트린 타다 남은 종이를 들고 말린 것을 풀었다.

"이럴 수가!"

그는 중얼거렸다.

"5만 프랑짜리 수표잖아. 아시겠어요? 오늘 밤에 딴 돈입니다. 그녀가 가진 돈의 전부죠. 그 여자는 이걸로 제 담뱃불을 붙여 준 겁니다! 제 동정을 받는 건 자존심이 허락하지 않았기 때문이죠. 자존심이 무척 센 여잡니다. 특이하고 대단한 여자입니다."

그는 자리에서 벌떡 일어나더니 밖으로 달려 나갔다. 새터스웨이트와 퀸도 자리에서 일어섰다. 웨이터가 프랭클린 러지에게 다가가서 무표정하게 말했다.

"계산서입니다."

퀸이 재빨리 그것을 낚아채어 계산을 마쳤다.

"좀 쓸쓸해지네, 엘리자베스. 이 외국 사람들은 정말 알다가도 모르겠어. 난 도무지 이해할 수가 없어. 그게 도대체 무슨 의미일까?"

프랭클린 러지가 말했다.

그는 맞은편의 엘리자베스를 건너다보았다.

"당신처럼 100퍼센트 미국 사람을 보면 안심이 돼. 외국 사람들은 정말 이상해."

그의 목소리는 마치 어린애가 칭얼거리는 느낌을 주었다.

그들은 퀸에게 고맙다고 인사하고는 함께 컴컴한 밖으로 나갔다. 퀸은 잔돈을 받아 들면서 빙긋 웃는 얼굴로 식탁 너머에서 만족한 듯 우쭐대고 있는 새터스웨이트를 바라보았다.

"자, 이제 일이 만족스럽게 다 끝났군요. 연인들이 제자리를 찾아 갔으니."

새터스웨이트가 말했다.

"어느 커플을 말씀하시는 겁니까?"

퀸이 물었다.

새터스웨이트는 놀라며 말했다.

"아, 그렇군요. 당신이 옳아요."

그는 모호한 표정을 지었다.

퀸이 씽긋 웃었다. 그 순간, 그의 뒤쪽에 있던 색유리가 빛을 받아 잠시 동안 그를 얼룩덜룩한 옷으로 갈아입히고 있었다.

바다에서 온 사나이

새터스웨이트는 자신이 이제 늙어 가고 있다는 느낌이 들었다. 남들이 보기에도 자신은 분명 나이가 들었기 때문에 그것이 그리 놀랄 일이 아닐지도 모른다. 지각없는 젊은이들은 자기 애인들에게 이렇게 말했다.

"새터스웨이트 할아버지? 아, 틀림없이 100세는 되셨을 거야. 아니면 적어도 80세는 되셨겠지."

그보다 훨씬 동정심이 있는 아가씨들도 "아, 새터스웨이트 씨! 나이가 지긋하시죠. 분명 60세는 되셨을 거예요." 하고 말했다. 사실은 이게 더 심하게 들렸다. 그는 올해로 69세이기 때문이었다.

하지만 그는 자신이 늙지 않았다고 생각했다. 69세라는 나이는 무한한 가능성을 가진 흥미진진한 연령으로 한평생의 경험이 드디어 말문을 열기 시작하는 나이였다. 그러나 늙었다고 느끼는 일은 달랐다. 그것은 스스로에게 참담한 질문을 던지고 싶을 때 느끼는 피곤하고 기가 죽은 마음 상태였다. 결국 그는 어떤 사람인가? 몸집이 빈약하고 키가 작은 늙은이. 게다가 자식이나 피붙이 하나 없는 외톨이 신세. 다만 귀한 미술품들을 수집해서 가지고 있을 뿐인데 그나마 그것도 지금 이 순간에는 이상하게도 만족스럽지 않았다. 어쨌든 그가 살든 죽든 신경 써 줄 사람은 주변에 하나도 없었다.

지금까지 깊은 상념에 잠겨 있던 새터스웨이트는 갑자기 생각을 접었다. 자신이 하고 있는 생각은 끔찍하기만 하고 전혀 도움도 안 되었다. 만약 아내가 있었다면 아내는 그를 싫어했을지도 모르고, 반대로 자기 쪽에서 아내를 싫어했을 수도 있었다. 또 자식이 있었으면 늘 걱정과 근심거리가 되었을 수도 있었다. 시간과 애정을 쏟아야 하기 때문에 정신적으로 상당히 괴로웠을 수도 있다는 사실을 그는 누구보다도 잘 알고 있었다.

'걱정 없이 편안한 것.' 하고 새터스웨이트는 굳게 말했다. 그게 그에게는 중요했다.

마지막 생각은 그날 아침에 받은 편지를 상기시켰다. 그는 주머니에서 편지를 꺼내어 내용을 즐겁게 음미하면서 다시 읽어 보았다. 우선 그 편지는 한 공작 부인이 보내온 것인데 그는 공작 부인 같은 사람들의 소식을 듣는 것이 좋았다. 편지는 자선 단체에 상당한 기부를 해 달라는 요구로 시작했고, 또 그 일이 아니면 결코 쓰지도 않았을 테지만 그 표현들이 너무 마음에 들어 새터스웨이트는 첫 번째 내용을 그냥 무시하고 넘어갈 수 있었다. 공작 부인은 다음과 같이 적었다.

　그래서 리비에라를 떠나셨더군요. 당신이 계시는 섬은 어떤 곳인
가요? 값은 좀 싼가요? 캐노티 호텔은 올해 터무니없이 가격을 올렸
더군요. 저는 다시는 리비에라에 가지 않을 생각이에요. 지금 계신 섬
이 괜찮다면 내년에는 거기로 가 볼까 해요. 닷새 동안이나 배를 타
는 건 정말 싫지만요. 하지만 당신이 추천해 주시는 곳은 어디든 지내
기가 매우 편하더군요. 과도할 정도라니까요. 당신은 건강이나 돌보고
자신의 안락만 추구하는 부류의 사람들 가운데 한 사람이 되고 말
거예요. 그럴 가능성에서 당신을 구해 주는 것이 하나 있긴 있네요.
새터스웨이트 씨, 그것은 바로 당신이 다른 사람들의 일에 지나치게
많은 관심을 갖는다는 거겠죠.

　편지를 접었을 때 그의 눈앞에는 공작 부인의 모습이 생생하게
떠올랐다. 그녀의 비열함, 당돌하고도 놀랄 만한 친절, 신랄한 말투,
그리고 불굴의 정신력.
　정신력! 누구에게든 정신력이 필요하다. 그는 독일 우표가 붙은
또 한 통의 편지를 꺼냈다. 그것은 그가 관심을 가지고 있는 어느
젊은 가수가 보내온 것인데 감사와 애정이 흘러넘쳤다.

　새터스웨이트 선생님, 어떻게 감사드려야 할지 모르겠어요. 며칠 있
으면 제가 이졸데(바그너의 오페라 속 여주인공 —— 옮긴이) 역을 맡게

되는데 생각만 해도 황홀해요.

이졸데 역으로 데뷔를 하다니 유감이었다. 신경질적인 면이라고
는 조금도 없는 아름다운 목소리를 가진 올가는 매력도 있고 부지
런하긴 했다. 그는 혼자서 콧노래를 흥얼거렸다.

"안 돼요, 이건 명령이에요! 제발 절 이해해 주세요! 명령하는 거
예요, 내가, 이 이졸데가!"

마지막의 '이 이졸데가!'라는 말에 모든 것이 표현되어야 하는데
올가에게는 정신력이랄까, 불굴의 의지 같은 게 없었다.

어쨌든 자기가 사람들에게 무언가 도움이 되긴 한 모양이다. 이
섬은 그를 숨 막히게 했다. 왜 리비에라를 떠나왔을까? 그곳에는 아
는 사람도 많았고, 자기를 알아주는 사람도 많았다. 그런데 여기서
는 아무도 그에게 관심을 보이지 않았다. 공작 부인, 백작 부인, 가
수, 그리고 작가들의 친구인 새터스웨이트가 이곳에 있다는 사실을
아는 사람은 아무도 없는 듯했다. 이 섬에는 사회적, 또는 예술적으
로 중요한 인물은 한 사람도 없었다. 대부분의 사람들이 7년, 14년,
또는 21년씩 자신을 뽐내며 제 멋에 살아오고 있었다.

깊게 한숨을 내쉬며 새터스웨이트는 호텔에서 나와 작고 쇠락한
항구 쪽으로 걸어갔다. 길 양쪽에는 부겐빌레아(분꽃과의 열대성 덩
굴 식물—옮긴이)가 피어 있었는데 생생하게 한들거리는 주홍빛 꽃
들을 보고 있자니 자신이 한층 더 늙고 초라한 느낌이 들었다.

그는 중얼거렸다.

"나도 이제 늙었군. 나이가 들면서 기력도 없어지고."

부겐빌레아를 지나쳐 길 끝에 파란 바다가 보이는 하얀 길을 걸어 내려가자니 기분이 한결 나아졌다. 꼴사나운 개 한 마리가 양지바른 길 한가운데에 서 있다가 하품을 하면서 길게 기지개를 켜는 모습이 보였다. 개는 자못 기분이 좋은 듯 한껏 기지개를 켜고 나서 그대로 눌러앉아 흡족하게 몸을 긁어 댔다. 그러더니 자리에서 일어서서 몸을 부르르 한 번 털고는 뭐 재미있는 게 없을까 궁리하듯 주위를 둘러보았다.

길가에는 쓰레기 더미가 있었다. 개는 즐거운 기대감으로 코를 킁킁거리면서 쓰레기 더미로 다가갔다. 아니나 다를까 개의 코는 틀림이 없었다. 예상대로 진동하는 부패물의 냄새! 개는 점점 커져 가는 기쁨으로 코를 킁킁거리다가 갑자기 더 이상 참지 못하고 그 달콤하고 맛 좋은 쓰레기 더미 위에 벌렁 드러누워 미친 듯이 몸을 굴렸다. 분명히 오늘 아침의 이 세상은 그 개에게는 천국이었다.

개는 마침내 지쳐서 자리에서 일어서더니 다시 길 한가운데로 어슬렁거리며 걸어 나왔다. 바로 그때, 아무런 경고도 없이 덜커덩거리는 차 한 대가 길 모퉁이를 난폭하게 돌더니 달려와서 개를 정면으로 치고는 그냥 지나가 버렸다.

개는 간신히 자리에서 몸을 일으키더니 잠시 동안 막연한 비난의 눈길로 새터스웨이트를 바라보다가 다음 순간 그대로 고꾸라졌다. 새터스웨이트는 개에게 다가가서 몸을 구부렸다. 개는 이미 죽어 있었다. 그는 생의 비애와 잔혹함에 치를 떨고는 계속해서 길을 걸었다. 개의 말없는 비난의 눈빛이 얼마나 생생하던지. 개의 두 눈은 마치 '아아, 이 빌어먹을 세상! 내가 믿었던 멋진 세상아, 넌 왜 내게 이런 짓을 한 거지?' 하고 말하는 듯했다.

새터스웨이트는 계속 걸었다. 야자나무와 여기저기 흩어진 하얀 집들을 지나 밀려오는 파도가 포효하고, 오래전에 영국의 유명한 수영 선수가 파도에 휩쓸려 익사했다는 현무암 해변을 지났다. 아이들과 나이 지긋한 여인네들이 파도 사이로 떴다 가라앉았다 하면서 수영하는 모습이 보였다. 그는 벼랑 꼭대기로 꼬불꼬불 나 있는 가파른 길을 따라 올라갔다. 벼랑 끝에는 라파스('평화'라는 뜻의 스페인 어—옮긴이)라는 어울리는 이름이 붙은 집이 한 채 있었다. 색바랜 녹색 셔터를 단단히 잠근 하얀 집이었는데, 안으로 깊숙이 들어가면 아름다운 정원과 삼나무가 양쪽으로 늘어선 산책로가 나왔고 그 길을 따라가면 벼랑 끝에 공터가 나왔다. 거기서는 저 아래로 깊고 푸른 바다가 내려다보였다.

새터스웨이트가 가려는 곳은 바로 그 지점이었다. 그는 라파스 저택의 정원이 무척 마음에 들었다. 집 안에는 한 번도 들어가 본 적이 없었다. 집은 항상 비어 있는 듯했다. 마누엘이라는 스페인 사람이 정원사인데, 그는 요란하게 "안녕하세요." 하고 인사를 건네곤 했다. 그리고 여자들에게는 꽃다발을, 남자들에게는 단추 구멍에 꽂으라고 꽃 한 송이를 건넸다. 까무잡잡한 그의 얼굴은 웃을 때면 주름살이 두드러졌다.

때때로 새터스웨이트는 이 집 주인에 관해 마음속으로 이야기를 꾸며 보았다. 그중 가장 마음에 드는 것은 미모 하나로 세계적으로 유명해진 스페인 무용수가 자신의 모습이 더 이상 아름답지 않게 된 사실을 세상 사람들이 눈치 채지 못하도록 이곳으로 숨어들었다는 줄거리였다.

그는 해질녘에 집에서 나와 정원을 거니는 그녀의 모습을 상상해 보았다. 때때로 마누엘한테 진상을 물어보고 싶은 유혹이 일었지만 그러한 유혹을 떨쳐냈다. 이런저런 상상을 하는 편이 오히려 더 즐거웠기 때문이었다.

새터스웨이트는 마누엘과 한두 마디를 나누고, 오렌지색 장미꽃 봉오리 하나를 고맙게 받아들고서 삼나무 산책로를 따라 바다 쪽으로 걸어갔다. 밑으로 끝없는 낭떠러지가 펼쳐진 벼랑의 끄트머리에 앉으니 그야말로 장관이었다. 그렇게 앉아 있노라니 바그너의 오페라 「트리스탄과 이졸데」 생각이 났다. 트리스탄과 쿠르베날이 등장하는 제3막의 시작 부분으로 쓸쓸하게 무언가를 기다리는 장면, 그리고 바다에서 달려오는 이졸데, 그녀의 팔에 안겨 숨을 거두는 트리스탄. (아니, 올가는 결코 이졸데 역을 소화해 내지 못할 거야. 콘월의 이졸데, 국왕을 증오하지만 국왕의 연인이었던 이졸데를⋯⋯.) 그는 몸을 떨었다. 늙어서 더 추운 느낌이 들고 쓸쓸한 감정이 더 사무치는 것 같았다. 그는 자기 인생에서 무엇을 얻었는가? 아무것도, 그야말로 아무것도 얻지 못했다. 길바닥에서 차에 치어 죽은 그 개보다 자신이 나을 게 하나도 없었다.

그때 뜻밖의 소리 때문에 그는 몽상에 잠겨 있다가 정신이 번쩍 들었다. 삼나무 산책로를 걸어오는 사람의 발소리를 듣지 못한 탓에 "빌어먹을!"이라는 한마디를 듣고서야 비로소 누군가가 주변에 있다는 사실을 알아차렸다.

뒤를 돌아보니 어떤 젊은이가 놀람과 실망의 빛을 역력히 띠고서 자기를 바라보고 있었다. 새터스웨이트는 곧 그 사내가 줄곧 그의 흥미를 끈 젊은이라는 것을 알았다. 새터스웨이트는 그를 젊은이라고 했는데 그것은 호텔에 있는 나이 지긋한 이들과 비교할 때 실제로 젊기 때문이었다. 하지만 마흔 고개는 훨씬 넘었고, 한눈에 봐도 거의 쉰 살은 된 것 같았다. 그럼에도 불구하고 그는 젊은이라고 부르는 편이 더 어울렸다. 새터스웨이트는 그런 일에는 대체로 정확했다. 그 젊은이는 아직도 성숙하지 못한 인상을 주었다. 완전히 자란 개들 중에도 강아지 같은 구석이 있는 놈이 있는 것처럼 이 낯선 남자에게도 그런 구석이 있었다.

새터스웨이트는 생각했다.

'이 친구는 아직 성숙하지 못했어. 확실히 그래.'

하지만 그에게서 피터팬 같은 면은 전혀 찾아볼 수 없었다. 몸매도 미끈했다. 아니, 통통한 편이라고 해야 할 것이다. 세속적인 면에도 너무나 밝아서 어떤 쾌락이나 만족도 억누르지 못할 사람 같았다. 눈은 동그란 갈색이었고 금발머리는 이제 잿빛으로 변해 가고 있었다. 또 콧수염을 약간 길렀고 혈색이 붉었다.

새터스웨이트는 그가 어떻게 해서 이 섬에 왔는지 궁금했다. 그는 이 남자가 사격이나 사냥을 하는 모습, 폴로, 골프, 또는 테니스를 하는 모습, 그리고 아름다운 여자들과 사랑을 나누는 모습 등을 상상할 수 있었다. 하지만 이 섬에는 사냥이나 사격을 할 만한 것도 없었고, 게임도 골프크로켓 말고는 없었다. 그리고 이 섬에서 가장 미인이라고 해 봤자 노처녀 바바 킨더슬리뿐이었다. 물론 아름다운 경치에 이끌린 화가들도 있지만 이 젊은 친구는 화가가 아니라고 새터스웨이트는 확신했다. 젊은이는 속물이라고 이마에 또렷이 적혀 있는 것 같았다.

새터스웨이트가 속으로 이런 생각을 하는 사이, 사내는 조금 전에 엉겁결에 내뱉은 고상하지 못한 말로 비난받을지도 모른다는 사실을 뒤늦게나마 깨닫고서 조금 당황한 목소리로 말했다.

"죄송합니다. 실은 좀 놀랐습니다. 이런 곳에 사람이 있으리라고는 생각지 못했거든요."

그는 순진한 미소를 지었다. 그의 미소는 매력적이고 따뜻한 느낌이었고, 사람의 마음을 끄는 데가 있었다.

"인적이 드문 곳이긴 하죠."

새터스웨이트는 이렇게 말하면서 예의 바르게 벤치의 구석 쪽으로 몸을 움직였다. 상대는 그 무언의 초대에 응해 벤치에 앉았다.

"인적이 드물다뇨? 이곳에는 항상 사람이 있는 것 같던데요."

그의 목소리에는 화난 기미가 약간 깃들어 있었다. 새터스웨이트는 그 이유가 궁금했다. 그는 이 사내를 마음씨 착한 친구라고 생각했다. 그런데 왜 이렇게 고독을 갈망할까? 어쩌면 밀회를? 아니, 그렇지 않아. 그는 눈치 채지 못하게 조심하면서 다시 상대를 관찰했다. 최근에 저런 특이한 표정을 어디서 봤더라? 말 없고 난처하면서도 분노에 차 있는 저 표정 말이다.

"그럼, 예전에 여기에 올라온 적이 있으시군요?"

새터스웨이트는 딱히 할 말이 없어 그렇게 입을 열었다.

"어젯밤에 올라왔었지요. 저녁 먹고 나서."

"아, 그래요? 문은 항상 잠겨 있었을 텐데."

젊은 남자는 한순간 대꾸가 없다가 갑자기 말했다.

"담을 넘었습니다."

새터스웨이트는 이번엔 정말로 찬찬히 남자를 살폈다. 그는 형사처럼 생각하는 버릇이 있어서 상대가 불과 전날 오후에 이곳에 온 사실을 알고 있었다. 낮에는 저택의 아름다움을 발견할 시간이 거의 없었을 테고, 또 지금까지 누구와도 대화를 나누지 않은 상태였다. 그런데 날이 어두워지고 나서 라파스 저택으로 곧장 올라왔다는 것이다. 왜 그랬을까? 새터스웨이트는 거의 무의식적으로 고개를 돌려 녹색 셔터가 내려진 저택을 바라보았다. 하지만 여느 때처럼 셔터가 굳게 내려져 있고 인적이라곤 전혀 없었다. 아니다. 수수께끼의 해결책은 거기에 있지 않았다.

"그렇다면 여기서 사람을 확실히 보셨나요?"

사내는 고개를 끄덕였다.

"예. 다른 호텔에서 온 사람이 틀림없습니다. 가장무도회 복장을 하고 있더군요."

"가장무도회 복장이라고요?"

"예, 어릿광대 차림새 같은 옷이었지요."

"뭐라고요?"

이 말은 새터스웨이트의 입에서 그야말로 순식간에 튀어나왔다. 상대는 깜짝 놀라며 새터스웨이트를 응시했다.

"호텔에서 가장무도회를 자주 여나 보죠?"

"아! 예. 제법 자주."

새터스웨이트가 대답했다.

그는 헐떡이며 한숨을 돌리고 나서 덧붙여 말했다.

"흥분해서 미안합니다. 혹시 촉매 작용에 대해 아십니까?"

젊은 남자가 새터스웨이트를 바라보았다.

"한 번도 못 들어봤습니다. 그게 뭡니까?"

"자신은 변하지 않고 어떤 물질의 존재에 따라 일어나는 일종의 화학 반응이죠."

새터스웨이트는 정의를 인용하면서 진지하게 말했다.

"아!"하고 사내는 확신 없이 말했다.

"제게는 퀸이라는 친구가 있는데 그는 촉매 작용을 예로 들면 가장 설명이 쉽지요. 그가 모습을 나타내면 무슨 일이 일어난다는 징조입니다. 그가 어떤 장소에 있으면 감춰져 있던 신기한 사실들이 세상에 모습을 드러내고, 또 새로운 사실을 발견하게 됩니다. 하지만 그 사람 자신은 그러한 사실을 발견하는 과정에 조금도 관여하지 않지요. 어젯밤 당신이 여기서 만난 그 사람이 제 친구가 아니었나 싶군요."

"그 분은 참 신출귀몰한 사람 같더군요. 전 무척 놀랐습니다. 분명히 저쪽에 없었는데 다음 순간 보니 저쪽에 있는 겁니다. 마치 바다에서 올라온 사람 같았습니다."

새터스웨이트는 저쪽의 자그마한 땅뙈기와 그 아래로 뚝 떨어지는 벼랑을 바라보았다.

상대방이 말했다.

"물론 그랬을 리야 없겠죠. 하지만 저는 그 사람한테서 그런 느낌을 받았습니다. 물론 발 디딜 곳 하나 없는 곳이지만. 곧바로 낭떠러지군요. 발이라도 헛디디면 뼈도 못 추리겠는데요."

그는 벼랑 끄트머리 너머를 살펴보았다.

"사실, 살인을 저지르기에는 아주 적당한 장소지요."

새터스웨이트가 유쾌하게 말했다. 상대는 그 순간 무슨 말인지 못 알아들은 듯 그를 물끄러미 바라보았다. 그러고는 희미하게 말했다.

"아, 그렇겠군요. 물론……."

사내는 꼬챙이로 땅을 가볍게 두들기면서 얼굴을 찌푸린 채 앉아 있었다. 갑자기 새터스웨이트는 자신이 지금까지 찾고 있던 유사점을 발견했다. 말없이 혼란스레 무언가를 묻는 듯한 저 표정. 차에 치인 아까 그 개도 저런 표정이었다. 그 개의 눈과 이 사내의 눈은 똑같이 비난의 빛으로 가득 차서 다음과 같은 애처로운 질문을 똑같이 던지고 있었다.

'아! 내가 믿었던 이 세상아, 넌 내게 무슨 짓을 저질렀지?'

그는 그 둘 사이에서 그 밖의 유사점도 발견했다. 어느 쪽이나 쾌락을 추구하면서 느긋해 하는 존재였고, 인생의 즐거움에 기꺼이 몸을 맡겼고, 반면에 지적으로 탐구하는 정신은 결여되어 있었다. 양쪽 모두 찰나적인 생활만으로 충분했다. 이 세상은 좋은 곳으로 햇살, 바다, 그리고 하늘과 같은 물리적 기쁨의 장소이자 온갖 먹을 거리가 잔뜩 쌓여 있는 공간이었다. 그런데 어떻게 되었는가? 개는 지나가는 차에 치었다. 그럼 이 남자는 무엇에 치었을까?

이러한 생각들은 사내가 새터스웨이트에게 말을 걸었다기보다는 혼자 주절거리는 바람에 끊어졌다.

"모든 것들의 존재 의미는 무엇일까요?"

사내가 혼잣말에 가깝게 말했다.

자주 듣던 말이고 대개는 새터스웨이트의 입가에 미소를 떠오르게 만드는 말이었다. 그 말은 모든 인생사는 그 자체의 기쁨이나 슬픔을 위해 만들어졌다고 주장하는 인간의 타고난 이기심을 무의식적으로 드러냈기 때문이었다. 새터스웨이트가 아무 대답도 하지 않자 사내는 유감이라는 듯 흐릿하게 웃으며 말했다.

"사람은 누구나 한 채의 집을 짓고, 한 그루의 나무를 심고, 자식을 하나 키워 봐야 한다더군요."

그는 말을 끊고 나서 덧붙였다.

"저는 도토리를 심은 적은 있습니다만……."

새터스웨이트는 약간 마음이 움직였다. 호기심이 발동한 것이다. 공작 부인이 나무랐던 남의 사생활에 대한 끊임없는 관심이 그의 내부에서 꿈틀거렸다. 그것은 어려운 일이 아니었다. 새터스웨이트는 매우 여성적인 면을 지녔고 여느 여자 못지않게 남들의 얘기를 귀 기울여 들어주고, 또 언제 부추기는 말을 해야 하는지 알고 있었다. 곧 그는 이야기의 전모를 듣게 되었다.

사내의 이름은 안소니 코스덴이었고, 그의 인생은 새터스웨이트의 예상과 꽤 일치했다. 그는 이야기를 하는 능력이 변변치 못했지만, 듣는 사람 쪽에서 충분히 쉽게 앞뒤를 꿰어 맞출 수 있었다. 지극히 평범한 사람이었다. 평균적인 임금을 받으며 생활했고, 가끔씩 할 일 없이 빈둥거리며 놀기도 했으며, 기회가 되면 운동도 열심히 했고, 즐겁게 할 수 있는 일도 많았고, 사귀는 여자와 친구들의 수도 적지 않았다. 이런 생활에서는 어떠한 종류의 사고도 키우지 못하고, 감각적 즐거움만 커지게 된다. 분명히 말하자면 그것은 동물적인 생활이다. '그렇지만 아직은 괜찮은 편이군.' 하고 새터스웨이트는 자신의 풍부한 경험으로 그렇게 생각했다.

'그래! 이보다 심한 경우도 많아.'

안소니 코스덴에게는 이 세상이 정말 좋은 곳으로 생각되었다. 그는 남들이 항상 투덜거려서 자기도 불평을 했지만 결코 심각하지 않았다.

그는 좀 모호하고 두서가 없었지만 마침내 다음과 같은 이야기에 이르렀다. 사실은 건강이 좀 안 좋았는데 그리 대단한 정도는 아니었다. 의사한테 보였더니, 할리 가(街)(영국 런던의 거리 이름으로 의사들의 마을로 유명함——옮긴이)의 의사에게 진찰을 받아 보라고 권했다. 거기서 그는 믿기 힘든 사실을 깨달았다. 의사들은 말을 얼버무렸다. 특별히 건강에 유의하라든가 절대 안정을 취하라든가 하면서 말이다. 하지만 그 모든 것이 속임수라는 사실을 숨길 수는 없었다. 그는 약간 낙담했다. 결국 그가 앞으로 살 날은 6개월이었다. 그것이 의사들이 내린 진단이었다. 6개월.

안소니 코스덴은 당혹스러운 빛을 띤 갈색 눈으로 새터스웨이트를 바라보았다. 물론 충격을 받았을 게 틀림없었다. 보통 사람이라면 정말 어찌 할지 모르는 게 당연하리라.

새터스웨이트는 이해한다는 듯 진지하게 고개를 끄덕였다.

안소니 코스덴은 이야기를 계속했다.

"하지만 한순간에 모든 걸 받아들이기는 좀 어려웠습니다. 남은 시간 동안 어떻게 살면 좋을까? 죽음이 오는 것을 우두커니 기다릴 수만도 없지 않겠습니까? 사실, 병이 있다는 느낌도 들지 않았습니다. 지금도 말입니다. 좀 더 시간이 지나면 의사가 말한 대로 되겠죠. 조금도 죽고 싶지 않은데, 벌써 죽는 것은 정말 난센스라고 생각합니다. 평소처럼 생활하는 것이 가장 좋겠다 싶더군요. 그러나 왠지 그게 마음처럼 잘 안 되었습니다."

이 시점에서 새터스웨이트가 끼어들었다.

"혹시 부인은 없습니까?"

그는 조심스럽게 물었다.

하지만 아내는 분명히 없었던 것 같았다. 물론 여자들은 있었겠지만, 아내 같은 사람들은 아니었을 것이다. 그의 친구들도 매우 활달한 부류들이었다. 그가 암시한 대로 친구들은 이제 죽은 사람과 다름없는 그를 좋아하지 않을 게 분명했다. 그러니 곧 죽을 표정으로 방황하는 짓거리는 친구들 앞에서 하고 싶지 않았을 터였다. 그런 일은 모두를 난처하게 만들 뿐이니까. 그래서 그는 외국으로 온 것이었다.

"여기는 관광 차 오셨나요? 하지만 왜 하필 이 섬에?"

새터스웨이트는 추궁했다. 무언가가 있는 게 틀림없었다. 확실하게 잡히지는 않지만 반드시 무언가가 있을 것이다.

"예전에 여기에 온 적이 있으신가 보죠?"

"예."

그는 마지못해 인정했다.

"몇 년 전 풋내기 시절에 와 봤습니다."

그리고 갑자기 무의식적으로 그는 어깨 너머로 슬쩍 저택 쪽을 뒤돌아보았다.

그는 턱으로 바다를 가리키고는 말했다.

"저는 이 장소를 기억합니다. 한 걸음만 내딛으면 영원히 저세상으로 갈 수 있는 곳!"

"그래서 어젯밤 여기에 올라온 거군요."

새터스웨이트가 조용히 말했다.

안소니 코스덴은 놀란 눈으로 상대를 한번 바라보았다.

"아! 저…… 사실은……."

그는 항변하듯 말했다.

"어젯밤, 당신은 여기서 누군가를 보았습니다. 그리고 오늘 오후에는 저를 만났군요. 당신은 목숨을 건진 겁니다. 그것도 두 번씩이나요."

"그런 식으로 생각하셔도 상관없습니다. 하지만 제 목숨입니다. 제 목숨은 제가 알아서 할 권리가 있습니다."

"진부한 말씀을 하시는군요."

새터스웨이트는 지루한 듯 말했다.

안소니 코스덴은 관대하게 대꾸했다.

"물론 당신이 하시는 말씀은 알겠습니다. 당신의 입장에선 당연히 그렇게 충고해야겠지요. 저라도 이런 경우에는 상대방의 말이 옳나는 걸 가슴 깊이 알면서도 상대를 설득해서 행동을 막으려고 할 겁니다. 당신은 제가 옳다는 것을 아십니다. 모든 사람에게 수고와 비용을 쓰게 하고 번거롭게 하기보다는 깨끗하게 빨리 목숨을 끊는 편이 낫습니다. 어차피 이 세상에 제 피붙이라고는 한 사람도 없으니까요."

"만약 친척이 있다면?"

새터스웨이트는 예리하게 질문했다.

코스덴은 숨을 깊이 들이마셨다.

"모르겠습니다. 있다고 해도 이런 식으로 끝내는 게 가장 좋다고 생각합니다. 어쨌든 저는 친척이라곤 없고……."

코스덴은 갑자기 말을 멈췄다. 새터스웨이트는 호기심을 가지고 그를 바라보았다. 타고난 성격이 로맨틱한 새터스웨이트는 다시금 어딘가에 연인이 있는 게 아닌가 하고 상대를 떠보았다. 하지만 코스덴은 부인했다. 하지만 불평할 만한 일은 못 된다고 사내는 말했다. 자신은 대체로 즐거운 삶을 살았으며, 그러한 삶이 이렇게 빨리 끝나는 것이 아쉬울 뿐이라는 것, 단지 그뿐이라는 얘기였다. 그러나 어쨌든 가질 만한 가치가 있는 것은 모두 손에 넣었다고 생각한다고 말했다. 자식만은 예외였지만. 그는 아들이 있었으면 좋겠다고 했다. 자신이 죽은 뒤에도 자식은 남아 있다는 사실에 기뻐할 수 있을 거라면서. 여전히 그는 자기가 매우 즐거운 삶을 살았다고 반복해서 말했다.

여기까지 들은 새터스웨이트는 더 이상 참을 수가 없었다. 그는 아직도 애벌레 단계에 있는 사람은 어느 누구도 인생을 다 안다고 함부로 주장할 수 없다고 지적했다. 이 애벌레 단계라는 말이 코스덴한테는 전혀 통하지 않았기 때문에 그는 자신의 말뜻을 더욱 분명하게 하려고 애썼다.

"당신은 아직 인생을 시작했다고 볼 수조차 없습니다. 당신은 이제 인생을 시작하는 단계란 말입니다."

코스덴은 껄껄 웃었다.

"보세요, 제 머리카락은 이렇게 희끗희끗합니다. 저는 마흔이 넘었고……."

새터스웨이트는 그의 말을 가로막았다.

"그것과는 상관없어요. 인생은 정신적, 육체적 경험의 합성물입니다. 예를 들면 저는 올해 나이가 예순아홉, 정말 예순아홉입니다.

나는 직접적으로나 간접적으로 거의 모든 인생 경험을 했지요. 당
신은 한 해를 얘기하면서도 눈과 얼음밖에 못 본 사람 같군요. 봄의
꽃, 나른한 여름날, 가을의 낙엽, 그런 것들은 전혀 모르는, 아니 그
런 것들이 있는지조차 모르는 사람 같습니다. 게다가 당신은 그런
것들을 알 수 있는 기회조차 외면하려고 합니다."

"잊으신 것 같은데 어쨌든 전 앞으로 살 날이 6개월밖에 안 남았
습니다."

코스덴이 무미건조하게 말했다.

새터스웨이트가 말했다.

"시간은 다른 모든 것과 마찬가지로 상대적입니다. 그 6개월이
당신의 전 생애에서 가장 길고, 가장 다양한 경험을 쌓는 시간이 될
지도 모릅니다."

코스덴은 여전히 납득할 수 없다는 표정을 지었다.

"당신도 제 입장이라면 저처럼 행동할 겁니다."

새터스웨이트는 고개를 저으며 딱 잘라 말했다.

"그렇지 않습니다. 첫째, 내게는 그럴 용기가 있을지 모르겠습니
다. 그런 일은 용기가 필요하거든요. 전 절대로 용감한 사람이 아닙
니다. 그리고 두 번째……."

"두 번째는요?"

"내일은 무슨 일이 일어날지 저는 항상 알고 싶습니다."

코스덴은 껄껄 소리 내어 웃으며 갑자기 일어섰다.

"어쨌든 이렇게 친절히 제 얘기를 들어주셔서 고맙습니다. 너무

많은 얘기를 늘어놓은 것 같은데 모두 잊어버리십시오."

"그럼 내일 사고 소식이 들리면 그냥 내버려 둬도 되겠습니까? 자살이라는 말을 하지 않고?"

"그건 좋으실 대로 하십시오. 저를 막을 수 없다는 사실, 그 한 가지를 깨달으셔서 기쁩니다."

새터스웨이트는 부드럽게 말했다.

"젊은 양반, 난 더 이상 진드기처럼 당신에게 매달릴 수 없습니다. 늦든 빠르든 당신은 나를 따돌리고 목적을 달성하겠지요. 하지만 어차피 오늘 오후는 당신이 실패했습니다. 내가 당신을 밀어뜨려 죽였다는 누명을 씌우면서까지 죽고 싶지는 않을 테니 말입니다."

코스텐도 동의했다.

"그건 그렇습니다. 만약 선생님이 여기에 남아 있겠다고 고집하신다면⋯⋯."

"저는 여기에 남아 있겠습니다."

새터스웨이트는 단호하게 말했다.

코스텐은 기분 좋게 웃었다.

"그럼 당분간 자살 계획은 뒤로 미뤄야겠군요. 그러면 저는 이만 호텔로 돌아가겠습니다. 또 만나게 되겠죠."

새터스웨이트는 혼자 남아서 바다를 바라보았다.

"그러면 이제⋯⋯."

그는 낮게 혼잣말을 했다.

"이제 어떻게 한다? 다음에 할 일이 있어야 하는데, 글쎄⋯⋯."

그는 자리에서 일어섰다. 한동안 공터의 끄트머리에 서서 저 아래에서 넘실거리는 파도를 내려다보았다. 하지만 그곳에선 어떤 영감도 떠오르지 않았다. 그는 천천히 몸을 돌려 삼나무 사이로 난 길을 통해 조용한 정원으로 들어섰다. 그는 셔터가 내려진 평화로운 집을 바라보며 과거에 가끔 그랬던 것처럼 거기에 누가 살고 있고 그 평온한 벽의 내부에서 어떤 일이 일어나고 있는지 궁금했다. 그는 갑작스런 충동에 사로잡혀 허물어지고 있는 돌계단을 걸어 올라가서 빛바랜 녹색 셔터 하나에 손을 댔다.

그런데 놀랍게도 셔터는 손을 대자, 그대로 휙 뒤로 젖혀지는 게 아닌가. 그는 잠시 망설이다가 대담하게 셔터를 밀어제쳤다. 다음 순간, 그는 놀라서 나지막한 비명 소리를 내뱉으며 뒤로 물러섰다. 어떤 여자가 창가에 서서 자기를 바라보고 있었던 것이다. 그녀는 검은 옷을 입고 있었고, 머리에는 검은 레이스 베일을 쓰고 있었다.

새터스웨이트는 당황해서 독일어가 간간이 섞인 이탈리아어를 더듬거렸지만, 너무 당황한 나머지 스페인 어가 튀어 나왔다. 그는 비참하고 부끄러운 생각이 들어 머뭇거리며 여자에게 설명했다. 부인의 용서를 바란다고 말하고 재빨리 물러서는 동안에도 여자는 한 마디도 하지 않았다.

그가 안뜰을 절반 정도 가로질러 나왔을 때 그녀가 갑자기 날카롭게 소리쳤다.

"이리 오세요!"

그것은 개에게 내지르는 고함 같은 명령이었지만 절대적인 권위가 묻어 있었기 때문에 새터스웨이트는 황급히 돌아서서 어떤 분노를 느낄 여유도 없이 거의 자동적으로 창문 쪽을 향해 되돌아갔다. 그는 개처럼 명령에 따랐다. 여자는 여전히 꼼짝도 않고 창가에 서 있었다. 그녀는 매우 침착한 태도로 그를 평가라도 하듯 아래위로 훑어보았다.

"영국분이시네요. 그럴 거라고 생각했어요."

여자가 말했다.

새터스웨이트는 다시 한 번 사과의 말을 하기 시작했다.

"당신이 영국분이라는 걸 알았더라면 아까 좀 더 제대로 사과를 했을 겁니다. 함부로 셔터를 열어 본 무례한 행동을 진심으로 사과드립니다. 호기심 때문에 그런 행동을 했다고 밖에는 달리 드릴 말씀이 없습니다. 이 멋진 집의 실내가 어떤지 너무도 궁금해서 그랬습니다."

그녀는 갑자기 소리 내어 웃었다. 깊고 굵직한 웃음소리였다.

"그렇게 안을 보고 싶으면 들어오세요."

그녀는 옆으로 비켜섰다. 새터스웨이트는 황홀한 흥분을 느끼며 방에 발을 들여놓았다. 다른 창문들에는 셔터가 내려져 있어서 방이 어두웠지만 가구가 없어서 약간 초라해 보였고, 어디든지 먼지가 두껍게 쌓인 것을 볼 수 있었다.

"아니, 이 방은 사용하지 않습니다."

여자가 말했다.

그녀는 앞장서서 방을 나가 복도를 가로질러 건너편 방으로 그를 데려갔다. 그 방은 창문이 바다 쪽으로 나 있고 햇빛이 들어왔다. 다른 방처럼 가구는 허름했지만 한때는 제법 괜찮았을 법한 닳아빠진 융단 몇 개와 스페인 산 가죽으로 된 커다란 가리개, 그리고 신선한 꽃이 꽂힌 항아리가 몇 개 있었다.

"차라도 한잔하실래요?"

여자는 상대를 안심시키려는 듯 말을 덧붙였다.

"정말 좋은 차예요. 뜨거운 물만 부으면 돼요."

그녀는 문밖으로 나가서 스페인 어로 뭐라고 소리쳤다. 그리고 돌아와서 맞은편 소파에 앉았다. 비로소 새터스웨이트는 그녀를 찬찬히 뜯어볼 수 있었다.

그녀가 끼친 첫 번째 영향으로 그는 그녀의 강렬한 개성과 대조되는 자신의 백발과 주름과 나이를 평소 이상으로 절실하게 느꼈다. 그녀는 키가 컸고, 피부는 햇볕에 태워 까무잡잡했으며, 더 이상 젊지 않았지만 아름다웠다. 그녀가 방에 있으면 바깥보다 태양이 두 배나 밝게 빛나는 것처럼 보였고 곧 따스하고 싱그러운 이상한 감정이 새터스웨이트에게 살며시 다가왔다. 그것은 마르고 주름투성이인 자신의 손을 기분 좋게 불길 쪽으로 뻗는 듯한 느낌이었다. '이 여자는 활력이 철철 넘쳐서 주변 사람들한테까지 활력이 전달되고 있군.' 하고 그는 생각했다.

그는 그녀가 자신을 불러 세웠을 때의 그 명령조의 말투를 생각하고는 자기가 특별히 돌봐 주는 올가에게 조금이라도 그런 활력을 불어넣어 주면 좋겠다고 생각했다. 이어서 그는 '이 여자가 이줄데

역을 맡으면 얼마나 멋질까! 하지만 이 여자는 가수로서의 재능은 없을 거야. 그러고 보면 인생은 참 공평해.' 하고 생각했다. 그렇지만 어쨌든 그는 이 여자가 조금 두려웠다. 그는 남들을 지배하는 듯한 여자는 좋아하지 않았다.

그녀는 양손으로 턱을 받치고 앉아서 물끄러미 그를 바라보다가 드디어 결심한 듯 고개를 끄덕였다.

마침내 그녀가 말했다.

"이렇게 와 주셔서 기뻐요. 오늘 오후에 대화를 나눌 사람이 절실히 필요했거든요. 당신은 그런 일에 익숙하시죠?"

"무슨 말씀이신지……?"

"사람들이 당신한테 이런저런 얘기를 풀어 놓잖아요. 제 말뜻을 아시면서 왜 모른 척 하시죠?"

"글쎄요, 아마……."

그녀는 그가 꺼내는 말에는 아랑곳않고 말하기 시작했다.

"당신한테는 어떤 얘기든 할 수 있어요. 왜냐하면 당신에게는 여성스러운 면이 반쯤 있기 때문이죠. 당신은 우리 여자들이 느끼고 생각하는 일, 우리 여자들이 하는 아주 기이한 일들을 이해하실 수 있기 때문이죠."

그녀의 목소리가 끊어졌다. 그때 몸집이 큰 스페인 아가씨가 빙그레 웃으며 차를 내왔다. 아주 훌륭한 중국차였다. 새터스웨이트는 맛을 음미하며 조금씩 차를 홀짝거렸다.

"여기서 사십니까?"

그가 지나치듯이 물었다.

"예."

"하지만 항상 여기에 계시는 건 아니죠? 이 집은 대개 잠겨 있다던데…… 적어도 전 그렇게 들었습니다."

"다른 사람들이 생각하는 것보다 오래 여기에 있었어요. 하지만 사용하는 방은 이쪽 방들뿐이랍니다."

"꽤 오래전부터 이 집을 가지고 계셨군요."

"이 집을 산 지 22년 되었어요. 그리고 그 전에 1년 간 이 집에 살았고요."

새터스웨이트는 약간 공허하게 말했다.

"매우 오래 되었군요."

"집을 산 해 말이세요, 아니면 이 집에서 살아온 해를 말씀하시는 거예요?"

새터스웨이트는 흥미가 돋아서 진지하게 말했다.

"양쪽 모두 말입니다!"

그녀는 고개를 끄덕였다.

"예, 그렇죠. 둘 다 별개의 세월이죠. 둘 사이에는 아무 관련이 없어요. 어느 쪽이 길고 어느 쪽이 짧은지 지금도 말씀드릴 수가 없네요."

그녀는 잠시 생각에 잠겨 말없이 앉아 있었다. 그러더니 희미하게 미소를 띠고서 말했다.

"사람들과 얘기를 나눈 지 상당히 오래되었어요. 정말 오래전 일이죠. 변명하지 않겠어요. 당신은 제 집으로 오셨어요. 창문으로 안을 엿보고 싶으셨던 거예요. 항상 그렇게 하셨죠, 안 그래요? 셔터를 제치고 창문으로 사람들의 진솔한 생활을 들여다보는 것. 사람들이 허용할 때 당신은 그렇게 하셨어요. 그리고 허용하지 않을 때에도 종종 그러셨지요. 당신에게 뭘 숨긴다는 건 어려울 거예요. 당신은 추측을 하고 그 추측은 정확하니까 말이에요."

새터스웨이트는 솔직해져야겠다는 이상한 충동에 사로잡혔다.

"전 올해 나이가 예순아홉입니다. 인생에 대해 제가 아는 것은 모두 간접적으로 아는 것들입니다. 때로는 그 때문에 무척 괴롭지만, 그 덕분에 저는 많은 것을 알고 있습니다."

그녀는 생각에 잠겨 고개를 끄덕였다.

"알아요. 인생은 참 묘해요. 늘 관찰자의 역할을 맡는다면 어떨지 전 상상도 못하겠어요."

그녀의 말에는 궁금증이 묻어 있었다.

새터스웨이트는 씽긋 웃었다.

"그래요, 아마 모르실 겁니다. 당신은 항상 무대의 한가운데에 있으니까. 그리고 항상 주연 여배우가 될 테니까 말입니다."

"참 이상한 말씀을 하시네요."

"아니, 제 말이 맞을 겁니다. 지금까지 당신에게 여러 가지 일이 일어났고 앞으로도 일어날 겁니다. 때로는 비극적인 일도 있었고요. 그렇지 않습니까?"

그녀는 눈을 가늘게 뜨고 새터스웨이트를 건너다보았다.

"여기에 오래 계시게 되면 누군가 당신에게 이 절벽 바닥에서 익사한 영국인 수영 선수에 대해 말해 줄 거예요. 그가 얼마나 젊고 건강했는지, 또 얼마나 미남이었는지 말해 줄 거예요. 그리고 그의 젊은 아내가 절벽 위에서 물에 빠져 죽는 그를 내려다보았다는 얘기도 들려줄 거예요."

"아, 그 얘기는 벌써 들었습니다."

"그 남자가 바로 제 남편이에요. 이 집은 남편 거예요. 남편은 저를 열여덟 살 때 이곳으로 데려왔는데, 1년 뒤에 죽고 말았지요. 거센 파도에 휩쓸려 현무암 바위에 걸린 채 온몸이 찢어지고 부러진 채 죽었지요."

새터스웨이트는 깜짝 놀라 탄성을 질렀다. 그녀는 몸을 앞으로 숙이고 불타는 눈으로 그의 얼굴을 응시했다.

"비극에 대해 말씀하셨죠? 그보다 더한 비극을 상상하실 수 있나요? 결혼한 지 1년밖에 안 된 젊은 아내가 사랑하는 사람이 목숨을 걸고 파도와 싸우다가 결국 끔찍하게 죽어 가는 장면을 별수 없이 지켜만 봐야 하는 비극 말이에요."

"끔찍하군요."

새터스웨이트는 정말 공감을 하면서 말했다.

"무서운 일입니다. 말씀에 동의합니다. 인생에서 그만큼 소름끼치는 일은 없을 겁니다."

그러자 갑자기 여자가 고개를 뒤로 젖히고 소리 내어 웃었다.

"그런데 그렇지 않아요. 그보다 더 무서운 일이 있어요. 그것은 젊은 아내가 거기 서서 남편이 물에 빠져 죽기를 진심으로 갈망했다는 사실이에요."

"하지만 설마 진심으로……."

"아뇨, 진심이었어요. 정말이에요. 저는 절벽 위에서 무릎을 꿇고 기도드렸어요. 스페인 출신 하인들은 제가 남편의 목숨을 구해 달라고 기도하는 줄 알았겠지만, 실은 그렇지 않았죠. 남편의 목숨을 구해 달라는 기도를 드릴 수 있게 해 달라고 빌었던 거예요. 저는 한 가지 말만 계속 되풀이했어요. '하느님, 제발 남편이 죽길 바라지 않도록 해 주세요.' 하고 말이에요. 하지만 소용없었어요. 저는 늘 남편이 죽길 바라고 바랐지요. 그리고 바라던 일이 결국 이루어졌어요."

그녀는 한동안 잠자코 있다가 확 달라진 목소리로 매우 부드럽게 말했다.

"무서운 일이죠, 안 그래요? 남편이 정말 죽어 버려 더 이상 저를 괴롭힐 수 없다는 사실을 깨달았을 때, 저는 정말 기뻤답니다."

"세상에……."

새터스웨이트는 충격을 받고 말했다.

"너무 어린 나이에 구타를 당한 거예요. 그런 일은 더 나이를 먹고, 야만적인 행위에 대한 준비가 좀 갖춰졌을 때 일어나야죠. 그가 정말로 어떤 인간이었는지는 아무도 몰랐어요. 처음 만났을 때, 저는 그를 훌륭한 사람으로 생각했어요. 그리고 제게 청혼을 했을 때 정말 행복하고 가슴이 벅차올랐어요. 하지만 졸지에 상황이 바뀌었지요. 남편은 제게 짜증을 부렸어요. 제가 무슨 일을 해도 마음에 들어하지 않는 거예요. 하지만 저는 정말 열심히 노력했어요. 그 뒤 남편은 저를 괴롭히는 걸 즐기기 시작했죠. 특히 저를 공포에 떨게 하고는 그걸 재미있어 했어요. 그 일을 가장 즐겼다니까요. 그는 온갖 끔찍한 짓을 생각해 냈어요. 어떤 짓이었는지는 말씀드리지 않을래요. 남편은 약간 미쳤던 게 분명해요. 저는 여기서 혼자 그 온갖 짓을 당해야 했고, 그런 잔혹한 행동은 남편의 취미가 되었어요."

그녀의 눈은 커졌다가 다시 어두워졌다.

"가장 끔찍한 건 제 아기였어요. 저는 임신 중이었는데 남편의 행위 중 어떤 것이 원인이었는지 모르겠지만 사산되고 말았어요. 그어린 것이. 저도 죽을 뻔했죠. 차라리 그때 죽어 버렸으면……."

새터스웨이트는 발음이 분명지 않은 소리를 냈다.

"그런 뒤에야 저는 구제받았답니다. 아까 말씀드린 대로요. 호텔에 묵고 있던 아가씨들이 그를 부추겼지요. 그렇게 해서 그런 일이 일어났어요. 이곳 스페인 사람들은 그런 곳에서 수영하는 것은 미친 짓이라며 모두 그를 말렸지요. 하지만 그는 허영심이 강한 사람이었어요. 자신을 뽐내고 싶어 했어요. 그리고 저는 그가 물에 빠져죽어 가는 걸 보고 기뻤어요. 하느님으로서는 그런 일을 내버려 둬선 안 되었겠지만."

새터스웨이트는 작고 마른 손을 내밀어 그녀의 손을 잡았다. 그녀는 아이처럼 그의 손을 꼭 붙잡았다. 그녀의 얼굴에서 어른스러운 모습은 이미 사라지고 없었다. 그는 어렵지 않게 열아홉 살이 된그녀를 볼 수 있었다.

"처음에는 믿을 수 없을 정도로 행복했죠. 집은 제 것이 되었고, 여기서 살 수 있었으니까요. 더 이상 절 괴롭히는 사람은 없었고요. 저는 고아예요. 가까운 친척도 없고, 제가 어떻게 되더라도 마음 써 줄 이도 없었죠. 그러니 일은 간단했지요. 저는 이 저택에서 계속 살았어요. 마치 천국 같았어요. 그래요, 천국요. 그때만큼 행복했던 적은 없었고 앞으로도 없을 거예요. 잠에서 깨면 모든 게 좋았죠. 고통도 공포도 없고, 남편이 다음에 무슨 짓을 할지 두려워하지 않아도 되고. 예, 정말 천국이었어요."

그녀는 오랫동안 잠자코 있었다. 결국 새터스웨이트가 말했다.

"그래서요?"

"인간은 절대 만족할 수 없는 존재라는 생각이 들어요. 처음에는 자유롭다는 것만으로 충분했어요. 하지만 어느 정도 시간이 지나자 저는, 글쎄요, 적적해지기 시작한 거 같아요. 저는 죽은 아기를 생각하기 시작했어요. 아기만 있었다면! 저는 마치 장난감처럼 아기를 가지고 싶었어요. 저는 가지고 놀 물건이나 함께 놀아 줄 사람을 미치도록 원하게 되었어요. 어리석고 유치한 말로 들릴지 모르겠지만 정말 그땐 그랬어요."

"이해합니다."

새터스웨이트는 진지하게 말했다.

"그 다음 부분은 설명하기가 좀 어려워요. 그 일은 그냥, 저기, 그냥 일어났어요. 어떤 영국인 청년이 호텔에 묵고 있었죠. 그는 실수로 이 정원에 들어왔어요. 제가 그때 스페인 의상을 입고 있었기 때문에 저를 스페인 여자라고 생각했던 모양이에요. 저도 재미있겠다고 생각하고서 일부러 연극을 했죠. 그는 스페인 어가 매우 서툴었지만, 간신히 의미가 통할 정도로는 하더군요. 저는 이 집이 영국 여자의 소유인데 지금 어디 가고 없다고 말했어요. 그리고 그 여자한테서 영어를 조금 배웠다며 일부러 문법에 어긋난 영어로 말했죠. 정말 재미있더라구요. 어찌나 재미있던지 지금도 기억이 나요. 그는 저를 사랑하기 시작했어요. 저희 두 사람은 이것이 우리의 집이고 지금 막 결혼해서 이곳으로 살러 왔다고 생각하기로 했죠. 저는 문들 가운데 어느 하나, 아, 아까 당신이 열어 젖힌 그 문을 한번 열어보자고 제안했죠. 그 문은 열려 있었고 방 안은 온통 먼지가 쌓여 있고 정리도 선혀 안 되어 있었죠. 우리는 집 안으로 기어 들어왔어요. 정말 자극적이고 재미있더군요. 우리는 이게 우리 집이라고 생각하기로 했고 사랑을 나누었어요."

그녀는 갑자기 말을 멈추고는 호소하듯 새터스웨이트를 바라보았다.

"모든 게 동화처럼 재미있어 보였어요. 그런 일이 재미있었던 건 진실을 숨겼기 때문이에요. 실제와 다르게 행동한 것 말이에요."

새터스웨이트는 고개를 끄덕였다. 그녀의 본모습이 손바닥 들여다보듯 보였다. 어쩌면 그는 그녀 자신보다 훨씬 더 그녀를 잘 알고 있는지도 모른다. 실제가 아니라서 오히려 안전한 속임수에 매료된 외롭고 두려운 젊은 신부의 모습을 상상할 수 있었다.

"그는 지극히 평범한 청년 같았어요. 모험심으로 그런 행동을 했지만 정말 재미있었죠. 우리는 계속 그렇게 가정하고 시간을 보냈어요."

그녀는 얘기를 멈추고 새터스웨이트를 바라보더니 다시 말했다.

"이해하시겠어요? 우리는 계속 그렇게 가정을 했다고요."

잠시 뒤에 그녀는 다시 얘기했다.

"그는 이튿날 아침에 다시 이 집으로 왔어요. 저는 제 침실의 셔터 사이로 그를 보았죠. 물론 그는 제가 안에 있다고는 꿈에도 생각 못했겠죠. 저를 근처에 사는 스페인 소녀라고 생각했을 테니까요. 그는 거기에 서서 주위를 둘러보더군요. 그는 전날 제게 만나 달라고 말했거든요. 저는 그러겠다고 말했지만 다시 만날 생각은 없었어요. 그는 거기에 서서 걱정스러운 표정을 짓더군요. 제 걱정을 하고 있었다고 생각해요. 제 걱정을 하다니 착한 사람이죠. 정말 좋은 사람이었어요."

그녀는 다시 말을 멈췄다.

"이튿날 그는 가 버렸어요. 그리고 그를 다시는 보지 못했어요. 9개월이 지나 아기가 태어났지요. 저는 매 순간이 너무너무 행복했어요. 누구한테도 괴롭힘을 당하지 않고, 비참하지도 않으면서 그토록 평화롭게 아기를 갖게 되었으니까요. 그 영국 청년에게 세례명을 물어보았더라면 좋았을 걸 하고 생각했어요. 그랬더라면 그의 이름을 따라 아기 이름을 지었을 거예요. 그렇게 하지 않는 건 옳지 못하고 공정치 못했어요. 그는 이 세상에서 제가 제일 갖고 싶어 한 것을 줬어요. 그런데 그는 그것을 전혀 모르고 있으니! 하지만 저는 자신에게 이렇게 말했죠. '만일 그 사람이 이 사실을 안다면 오히려 고민하고 괴로워하겠지.' 하고요. 그 사람한테 저는 일시적인 장난의 대상일 뿐이었겠죠."

"그런데 아기는?"

새터스웨이트가 물었다.

"예뻤어요. 존이라고 이름을 지었는데, 정말 예뻤죠. 당장이라도 보여드리고 싶군요. 이제 스무 살인데 앞으로 광산 기술자가 될 거예요. 제게는 세상에서 최고로 훌륭하고 사랑스런 아이죠. 존은 자기가 태어나기 전에 아빠가 죽은 걸로 알고 있어요."

새터스웨이트는 그녀를 빤히 바라보았다. 흥미로운 이야기였다. 그리고 이야기는 아직 다 하지 않은 듯했다. 그는 그 밖의 얘기가 있다고 확신했다.

"20년은 참 오랜 세월이죠."

그는 생각에 잠겨 말했다.

"그런데 재혼은 한 번도 생각 안 해 보셨습니까?"

그녀는 고개를 저었다. 햇볕에 그을린 두 뺨에 홍조가 서서히 번졌다.

"그 애만으로 충분했다는 말인가요?"

그녀는 그를 바라보았다. 그 눈길은 여태까지보다 더 부드러웠다.

"정말 이상한 일이 일어났어요."

그녀는 중얼거렸다.

"정말 이상한 일이……. 아마 안 믿으실 거예요. 아니, 당신이라면 믿을지도 모르겠군요. 저는 그때 존의 아빠를 사랑하지 않았어요. 그때는 사랑이 뭔지도 몰랐다고 생각해요. 저는 당연히 애가 저를 닮을 거라고 생각했지만 그렇지 않았어요. 제 아이가 전혀 아닐지도 모르겠어요. 그 애는 자기 아빠를 닮았어요. 자기 아빠 말고는 어느 누구도 닮지 않았죠. 전 그 애를 통해 그 애 아빠를 알게 되었어요. 아이를 통해 저는 그 사람을 사랑하게 되었죠. 지금 저는 그 사람을 사랑해요. 그리고 앞으로도 사랑할 거예요. 그런 건 상상이고 하나의 이상을 제가 꾸며 냈다고 말씀하실지 모르지만 실은 그렇지 않아요. 저는 그 사람, 실제로 존재하는 한 인간인 그 사람을 사랑해요. 우리가 만난 지 20년도 더 지났지만 내일 그 사람을 만난다 해도 알아볼 것 같아요. 그 사람을 사랑하고서 전 비로소 한 여자가 되었어요. 여자가 남자를 사랑하듯 저는 그 사람을 사랑해요. 20년 동안 그 사람을 사랑하며 살았어요. 그리고 죽는 순간까지 그 사람을 사랑할 거예요."

그녀는 갑자기 말을 멈추더니 상대방에게 대들듯 말했다.

"이런 이상한 얘기를 한다고 저를 미친 여자라고 생각하세요?"

"아, 무슨 그런……."

새터스웨이트는 말하면서 다시 그녀의 손을 잡았다.

"이해하시겠어요?"

"예, 이해합니다. 그렇지만 아직 다른 얘기가 남았죠? 아직 하지 않은 얘기 말이에요."

그녀의 얼굴에 어둠이 밀려왔다.

"예, 남았어요. 추측하는 능력이 대단하시네요. 당신 앞에서는 아무것도 감출 수가 없을 거라고 생각했어요. 하지만 말씀드리고 싶지 않네요. 모르는 편이 당신한테도 좋기 때문이에요."

그는 그녀를 바라보았다. 그녀의 눈길은 용감하고도 도전적으로 그의 눈길과 마주쳤다.

그는 마음속으로 이렇게 생각했다.

'이것은 테스트야. 모든 실마리는 내가 쥐고 있어. 알아내야 하는데…… 정확하게 추리하면 알 수 있겠지.'

잠시 사이를 두고 새터스웨이트는 천천히 말했다.

"일이 좀 잘못된 모양이군요."

그는 그녀의 눈꺼풀이 아주 살짝 떨리는 것을 보고 자신의 판단이 옳았다는 것을 깨달았다.

"무슨 일인가 잘못되었군요. 갑자기 이제 와서 말입니다. 그렇죠?"

그는 자신이 그녀의 마음 한쪽 구석에 감추어 둔 비밀을 찾아 들어가고 있다고 느꼈다.

"아드님과 관련된 일이군요. 그 외엔 걱정하실 게 없잖습니까?"

아주 희미하게 그녀가 가쁜 숨을 헐떡이는 소리를 듣고 그는 자신이 은근히 속을 떠본 것이 옳았음을 알았다. 잔인하지만 필요한 일이었다. 의지와 의지와의 싸움이었으니까. 그녀는 새터스웨이트보다 우세하고 단호한 의지를 가졌지만 그도 유순한 태도 이면에 감추어 둔 의지가 있었다. 또한 그는 마음속에 주어진 일을 수행하고 있다는 확신이 있었다. 그는 범죄처럼 추잡한 사건들을 추적하는 일을 하는 사람들에게 순간 연민을 느꼈다. 인간의 마음을 살피는 일, 단서를 모으고, 진실을 캐고, 목표에 가까워질수록 기뻐 날뛰는 이 일……. 진실을 감추려는 그녀의 열정, 그 자체가 그에게는 오히려 도움이 되었다. 그는 접근하면 접근할수록 그녀가 반항적으로 몸을 움츠리는 것을 느꼈다.

"모르는 편이 오히려 낫다고 하셨죠? 저한테 낫다는 말씀입니까? 하지만 당신은 남을 그다지 깊게 배려하지 않는 것 같습니다. 또한 당신은 잠시나마 낯선 사람에게 사소한 폐를 끼치는 일도 주저하지 않는 분입니다. 그렇다면 그 이상의 일입니까? 제게 다 털어놓으면 저 역시 사건의 공범자가 됩니다. 꼭 범죄같이 들립니다만, 천만에요! 당신을 범죄와 관련지어 생각할 수 없습니다. 설사 그렇더라도 그건 오로지 한 가지 범죄뿐이겠죠. 당신 자신에 대한 범죄."

무의식중에 그녀는 눈을 감았다. 그는 몸을 앞으로 기울여 그녀의 손목을 잡았다.

"바로 그랬군요! 당신은 자살할 생각입니다. 그렇죠?"

그녀는 낮은 소리로 울부짖었다.

"어떻게 아셨죠? 어떻게 아신 거예요?"

"이유가 뭐죠? 삶에 지친 것도 아닌데. 당신만큼 생활에 덜 찌든 여자, 당신보다 활력이 넘치는 여자는 본 적이 없는데요."

그녀는 자리에서 일어나 창가로 가더니 검은 머리카락 한 가닥을 귀 뒤로 쓸어 넘겼다.

"그 정도로까지 추측하시니 진실을 말씀드리는 편이 낫겠네요.

오늘 저녁에 당신을 집에 불러들이지 말았어야 하는데. 당신이 그 정도로 꿰뚫어 보실 줄 몰랐던 것이 실수였지요. 당신은 그런 분이세요. 사건의 원인에 대한 추측은 틀리지 않았어요. 아들 일이에요. 그 애는 아무것도 몰라요. 지난번에 집에 있을 때 그 애는 어떤 불쌍한 친구 얘기를 하더군요. 저는 그 얘기를 듣고 한 가지 깨달았죠. 만일 자기가 사생아라는 사실을 알면 그 애의 가슴은 찢어질 거라는 걸 말이에요. 그 애는 자존심이 강해요. 정말 대단하죠. 그 애한 테는 여자 친구가 있어요. 그 얘긴 차마 못하겠네요. 하지만 머지않아 아들이 이리로 올 거예요. 자기 아버지에 대해 모든 걸 알고 싶어 해요. 그것도 아주 자세히. 여자 친구의 부모도 당연히 애 아빠에 대해 알고 싶어 하고요. 진실을 알면 그 애는 여자 친구와 헤어져서 어디 숨어 살며 인생을 망치겠죠. 아! 당신이 말씀하시려는 것들은 알겠어요. 진실을 그런 식으로 받아들이는 일은 유치하고, 바보스럽고, 영 잘못하는 거라고 말씀하시겠죠. 그게 맞는 말씀일지도 몰라요. 하지만 모든 사람이 그렇게 행동해야 한다고 강조하면 뭐해요. 원래가 그런 성격인데요. 애는 가슴이 찢어질 정도로 괴로워할 거예요. 하지만 만일 그 애가 오기 전에 사고가 나면 저에 대한 슬픔에 사로잡혀 모든 걸 잊어버릴 거예요. 그 애는 제 일기장을 살펴보겠지만 아무것도 발견할 수 없을 테고 제게서 아무 말도 듣지 못한 걸 안타까워하겠죠. 하지만 진실은 절대로 모를 거예요. 그게 최선의 방법이죠. 행복에도 대가를 치러야죠. 전 지금까지 너무 행복했어요. 아! 얼마나 행복했는지 몰라요. 그래서 이 정도의 대가라면

싸다고 생각해요. 순간적으로 고통스럽겠지만 한 번 폴짝하고 뛰어
내릴 수 있는 약간의 용기만 있으면 되니까요."

"하지만, 저……."

"설득일랑 그만두세요."

그녀는 그에게 대들듯 말했다.

"상투적인 말은 듣고 싶지 않아요. 제 목숨은 제 것이니까요. 지
금까지는 아들 때문에 살았지만 이제 그 애한테 전 필요 없어졌어
요. 그 애에게 필요한 건 배우자, 인생의 동반자예요. 제가 사라지면
그 애는 더욱더 적극적으로 여자 친구에게 매달리겠죠. 제 삶은 아
무 쓸모도 없지만 제 죽음은 남들에게 유용할 거예요. 그리고 제 목
숨이니까 제가 함부로 할 권리가 있어요."

"정말 그렇게 생각합니까?"

그의 엄한 목소리에 그녀는 놀라서 약간 말을 더듬었다.

"제가 남들한테 도움이 될지 되지 않을지는 저 자신이 가장 잘 판
단해요."

그는 다시 그녀의 말을 가로막았다.

"항상 그렇게 판단하실 수 있는 건 아닐 텐데요."

"무슨 말씀이세요?"

"한 가지 예를 들 테니 들어 보십시오. 한 남자가 어떤 특정한 장
소에 찾아옵니다. 자살을 하러 왔다고 가정해 볼까요? 하지만 때마
침 그곳에는 다른 남자가 있어서 그는 목적을 이루지 못하고 돌아
가죠. 다시 살아가는 겁니다. 그곳에 있던 남자는 자살을 하려는 남

자의 생명을 구했습니다. 그 사람이 자살을 하려는 남자한테 필요했거나 자살을 하려는 남자의 삶에서 아주 중요한 사람이어서 그랬던 건 아닙니다. 단지 그 시간에 그 장소에 있었다는 물리적 사실만으로 생명을 구한 거지요. 당신은 오늘 자살을 합니다. 어쩌면 5년, 6년, 또는 7년 뒤에 당신이 특정한 시간, 특정한 장소에 없었다는 단지 그 이유 때문에 누군가가 죽거나 재난을 만날지도 몰라요. 그것은 예를 들면 길을 달려 내려오는 고삐 풀린 말이 당신을 보고 옆길로 피해 가는 바람에 길가에서 놀던 아이가 말에 짓밟히지 않는 일과 같지요. 그 아이는 자라서 위대한 음악가가 되든가 암 치료법을 개발할지도 모르죠. 그렇게 소설 같은 일이 없더라도 그 아이는 자라서 날마다 평범한 행복을 누릴지도 모르고요."

그녀는 그를 응시했다.

"당신은 별난 분이군요. 그런 생각은 한 번도 해 보지 않았어요……"

새터스웨이트는 계속해서 말했다.

"당신은 자기 생명은 자기 것이라고 말씀하셨지만 조물주의 지휘 아래 펼쳐지는 거대한 연극에 참여할 기회를 감히 저버릴 수 있겠습니까? 당신은 연극의 마지막 순간까지 출연하지 않을지도 모릅니다. 전혀 중요한 역이 아닐 수도 있습니다. 그저 길을 가는 역할일 수도 있지만 다음의 배우가 나올 수 있는 계기를 만들지 않는다면 극의 진행이 끊길지도 모릅니다. 전체적인 구성이 무너져 내릴지도 모른단 말입니다. 지금 이대로의 당신은 이 세상 어느 누구에게도 중요하지 않을지 모르지만, 특정 장소에 있는 한 사람으로서의 당신은 상상할 수 없을 정도로 중요한 존재일지 모릅니다."

그녀는 앉아서 그를 물끄러미 바라만 보고 있었다.

"그럼 제가 어떻게 하길 바라세요?"

그녀는 간단히 말했다.

새터스웨이트가 승리를 거두는 순간이었다. 그는 명령하듯이 말했다.

"한 가지만 약속해 주십시오. 앞으로 24시간 동안 경솔한 행동을 하지 않겠다고."

그녀는 잠시 잠자코 있다가 대답했다.

"약속할게요."

"또 하나 있습니다. 이것은 부탁입니다."

"뭔데요?"

"제가 들어온 저 방의 셔터를 열어 놓고 오늘 밤은 주무시지 말고 저기서 밤을 새십시오."

그녀는 이상한 듯 그를 바라보다가 이윽고 동의하는 뜻으로 고개를 끄덕였다.

"그럼, 전 그만 가 보겠습니다. 행복하시길 바랍니다."

새터스웨이트는 약간 맥이 풀린 듯 말했다.

그는 조금 난처한 기분으로 나왔다. 억세어 보이는 스페인 처녀가 복도에서 마중 나와서는 이상한 듯이 그를 바라보면서 쪽문을 열어 주었다.

그가 호텔에 도착했을 때는 날씨가 막 어두워지고 있었다. 테라스에 누가 쓸쓸하게 앉아 있는 모습이 보였다. 새터스웨이트는 그쪽으로 곧장 다가갔다. 그는 흥분해서 심장이 마구 뛰었다. 그는 중대한 열쇠가 자기 손에 쥐어져 있는 것을 느꼈다. 조금이라도 실수하면…….

하지만 그는 흥분된 마음을 감추고 안소니 코스덴에게 아무렇지도 않은 듯 자연스럽게 말하려고 애썼다.

"무더운 밤이군요. 절벽 위에 앉아서 시간 가는 줄도 몰랐습니다." 새터스웨이트가 말했다.

"그럼 여태껏 거기에 계셨단 말입니까?"

새터스웨이트는 고개를 끄덕였다. 호텔 입구의 회전문이 열리면서 누군가가 지나갔다. 그 바람에 한 줄기 빛이 갑자기 코스덴의 얼굴에 비치면서 고뇌와 괴로움을 참아 내는 표정이 드러났다.

새터스웨이트는 속으로 생각했다.

'나보다 이 사내에게는 더 참기 힘든 일이겠지. 상상과 추측, 그리고 사색. 이런 것들은 우리에게 매우 큰 상처를 입히지. 말하자면 고통에 대해서는 여러 가지로 말할 수 있겠지. 동물이 이해하지도 못하고 무조건 고통을 받는 일은 정말 끔찍해.'

코스덴은 갑자기 거친 목소리로 말했다.

"저녁을 먹고 나서 산책하러 나갈 참입니다. 아시겠습니까? 세 번째엔 누구라도 행운이 온다죠? 제발 방해하지 마십시오. 당신의 방해가 좋은 뜻에서 나왔다는 건 잘 압니다. 하지만 제발 신경 쓰지 마십시오, 쓸데없는 일입니다."

그 말에 새터스웨이트는 몸이 약간 굳었다.

"저는 절대 방해하지 않습니다."

그는 말했지만 그것은 그가 그곳에 온 목적 자체를 기만하는 거 짓말이었다.

"당신이 무슨 생각을 하는지 압니다."

코스덴은 말을 이어가려 했지만 상대가 그의 말을 막았다.

"실례지만 그 점에서 저는 의견이 다릅니다. 다른 사람이 어떤 생 각을 하는지 아는 사람은 아무도 없지요. 알고 있다고 생각할지도 모르지만, 거의 항상 틀립니다."

새터스웨이트의 말에 코스덴은 약간 놀라면서 미심쩍어했다.

"그럴지도 모르죠."

새터스웨이트가 말했다.

"생각은 당신만의 것입니다. 당신이 어떤 생각을 하든 아무도 그 것을 변화시키거나 영향을 끼치지 못합니다. 좀 더 쉬운 얘기를 하 죠. 예를 들면, 저 오래된 저택 말입니다. 저기에는 이상한 매력이 있지요. 속세와 떨어져서 어떤 비밀을 감추고 있는지 아무도 모릅 니다. 거기에 유혹되어 저는 좋지 않은 행동을 했습니다. 셔터 하나 를 열어 보았거든요."

코스덴은 날카롭게 고개를 돌렸다.

"그렇습니까? 하지만 잠겨 있었을 텐데요?"

"아닙니다. 열려 있었습니다."

새터스웨이트가 말했다. 그러고는 조용하게 한마디 덧붙였다.

"끝에서 세 번째 셔터입니다."

"아니, 그건⋯⋯."

코스덴은 외치듯 말했다.

그는 갑자기 입을 다물었지만 새터스웨이트는 그의 눈이 반짝하고 빛나는 걸 보았다. 그는 만족한 기분으로 자리에서 일어섰다.

아직도 약간 걱정스러운 점이 남아 있었다. 그가 좋아하는 연극에 비유해서 말하자면 그는 자신의 몇 줄 안 되는 대사를 부디 정확하게 말했길 바랐다. 왜냐하면 그 대사는 매우 중요했기 때문이다.

하지만 다시 잘 생각해 보니 그의 예술가로서의 판단은 만족스러웠다. 코스덴은 절벽으로 올라가면서 그 셔터를 열어 보겠지. 인간의 본성으로 그 유혹은 억누를 수 없을 테니까. 그는 20여 년 전의 추억에 이끌려 여기에 왔고, 그 추억이 그를 셔터가 있는 곳으로 이끌 것이다. 그리고 그 뒤에는?

"아침이 되면 알 수 있겠지."

새터스웨이트는 그렇게 중얼거리고는 저녁 식사를 위해 옷을 갈아입으러 갔다.

새터스웨이트가 라파스 저택의 정원에 다시 발을 들여놓은 때는 10시쯤이었다. 마누엘이 웃으며 "안녕하세요?" 하고 인사하고는 장미 한 송이를 건네자, 그는 그것을 조심스럽게 단추 구멍에 꽂았다. 그런 다음 집 쪽으로 갔다. 거기에 잠시 서서 편한 느낌을 주는 흰벽, 오렌지색의 담쟁이덩굴, 빛바랜 녹색 셔터를 쳐다보았다. 매우 조용하고 평온한 모습이었다. 모든 것이 한낱 꿈이었을까?

그러나 그 순간, 창문 하나가 열리면서 새터스웨이트의 머릿속을 차지하고 있던 부인이 나타났다. 그녀는 환희의 큰 파도를 탄 사람처럼 들뜨고 흔들리는 걸음으로 곧장 그에게 다가왔다. 그녀의 눈은 빛이 났고 얼굴은 홍조를 띠고 있었다. 그녀는 장식벽에 새겨진 환희의 인물처럼 보였다. 그녀에게는 망설임도, 의심도, 불안감도 없었다. 그녀는 곧바로 새터스웨이트에게 다가와서는 그의 양 어깨에 두 손을 얹더니 키스했다. 그것도 한 번이 아니라 몇 번씩이나. 크고 진한 붉은색 장미, 그것도 매우 부드러운 꽃. 이것이 나중에 그가 생각한 그녀의 모습이었다. 햇빛, 여름, 지저귀는 새들. 그는 이러한 분위기 속으로 자신이 빠져 들어갔다고 느꼈다. 따스함, 기쁨, 그리고 넘치는 활력.

"정말 행복해요. 어떻게 아셨어요? 도대체 어떻게 아신 거예요? 당신은 마치 동화 속의 친절한 마법사 같아요."

그녀는 행복에 겨워 숨이 막힌 것처럼 말을 멈췄다.

"저희는 오늘 영사관에 갈 거예요. 결혼하기 위해서요. 이제 존이 오면 자기 아빠를 만나게 되겠죠. 옛날에 약간의 오해가 있었다고 말해 주겠어요. 그 애도 많이 묻지 않을 거예요. 아! 정말 행복해요. 주체하지 못할 정도로요."

그녀에게 행복감이 밀물처럼 밀어닥친 듯 보였다. 그것은 또한 따뜻하고 기분 좋은 물결이 되어 새터스웨이트를 찰싹찰싹 때렸다.

"아들이 있다는 걸 알고 안소니는 무척 기뻐하더군요. 전 그 사람이 그렇게 좋아할 줄은 꿈에도 생각 못했어요."

그녀는 자신 있게 새터스웨이트의 눈을 들여다보았다.

"모든 일이 원만하게 진행되어 결국 이렇게 행복하게 끝나는 게 이상하지 않아요?"

그는 가장 명확한 그녀의 모습을 머리에 그리고 있었다. 어린애, 아직 어린애였다. 소꿉놀이 사랑을 하고 있는 어린애. 그녀는 동화 속의 두 사람이 그 뒤로 행복하게 오래오래 살았다는 식의 아름다운 결말을 생각하고 있었다.

그는 부드럽게 말했다.

"만일 부인이 그 사람에게 남은 몇 달 동안 행복을 안겨 준다면 정말로 아름다운 일을 하는 게 될 겁니다."

그녀의 눈은 놀라움으로 커졌다.

"제가 그 사람을 죽게 내버려 두리라고 생각지는 않으시겠죠? 이렇게 오랜 세월이 지나서 그 사람이 제 곁으로 돌아왔는데 말이에요. 의사들이 가망이 없다고 포기했는데도 아직껏 살아 있는 사람들을 많이 알아요. 죽는다고요? 아니에요, 그 사람은 죽지 않아요."

그는 그녀를 바라보았다. 새터스웨이트는 그녀의 힘, 그녀의 아름다움, 그녀의 활력, 그녀의 불굴의 용기와 의지를 보았다. 그도 의사가 오진한 예를 알고 있었다. 개인적인 요소가 얼마만큼 중요한 작용을 하는지 절대 알 수 없는 것이다.

그녀는 조롱과 유쾌함이 담긴 목소리로 다시 말했다.

"제가 그이를 저대로 죽게 내버려 두리라고는 생각지 않으시죠?"

"예. 어찌 되었든 그런 일은 없겠죠."

마침내 새터스웨이트는 매우 부드럽게 말했다.

그런 다음, 그가 삼나무 오솔길을 따라 바다가 내려다보이는 벤치 쪽으로 갔을 때 거기에는 예상했던 사람이 앉아 있었다. 퀸은 자리에서 일어서서 그를 맞았다. 퀸은 변함없이 어둡고 음울하면서도 슬픈 미소를 지었다.

"제가 여기 있을 거라고 예상하셨습니까?"

퀸이 물었다. 그러자 새터스웨이트가 대답했다.

"예, 예상했습니다."

그들은 벤치에 나란히 앉았다.

"표정을 보아 하니, 연분을 맺어 주는 신의 역할을 하고 오신 것 같군요."

자리에 앉자마자 퀸이 말했다.

새터스웨이트는 책망하듯 그를 바라보았다.

"마치 아무것도 모르는 체 말씀하시는군요."

"항상 제가 무엇이든 알고 있다고 말씀하시네요."

퀸이 빙그레 웃으며 대답했다.

"만일 아무것도 모른다면 어째서 그저께 밤에 여기에 와서 기다리셨습니까?"

새터스웨이트가 반격을 했다.

"아, 그거요?"

"예, 그 일 말입니다."

"그때는 해야 할 일이 있어서요."

"누굴 위해서요?"

"당신은 가끔 저를 죽은 자들의 대변자라는 그럴 듯한 이름으로 부르셨죠?"

"죽은 자들?"

새터스웨이트는 조금 당황하며 말했다.

"무슨 말씀이신지 모르겠습니다."

퀸은 길고 가느다란 손가락으로 저 아래쪽의 깊고 푸른 바다를 가리켰다.

"22년 전에 저기에서 어떤 남자가 익사했습니다."

"알고 있습니다. 하지만 무슨 의미인지 모르겠군요."

"그 남자가 젊은 부인을 사랑했다고 가정해 봅시다. 사랑은 사람을 천사로도 악마로도 만들 수 있습니다. 그녀는 소녀처럼 그를 좋아했죠. 하지만 그는 그녀의 여성적인 면을 절대 건드릴 수가 없었습니다. 그것 때문에 그는 미칠 지경이었죠. 그는 그녀를 사랑했기 때문에 괴롭혔습니다. 그런 일은 가끔 있습니다. 당신도 저만큼 그런 일에 대해 아실 겁니다."

"예, 본 일은 있습니다만 그런 일은 매우 드물지요."

새터스웨이트도 시인했다.

"그리고 더욱 흔한 일이지만 죄책감이라는 것, 기필코 보상해 주려는 욕구도 아시겠죠?"

"예. 그렇지만 죽음이 너무 빨리 찾아왔고……."

"죽음 말입니까?"

퀸의 목소리에는 경멸하는 감정이 깃들어 있었다.

"당신은 사후 세계를 믿죠? 저승에도 이승과 같은 소망과 욕구가 없다고 누가 장담하겠습니까? 만일 그 욕구가 충분히 강하면 저승 사자라도 발견되겠죠."

그의 목소리는 점점 가늘어지다가 사라졌다.

새터스웨이트는 조금 몸을 떨며 자리에서 일어섰다.

"전 호텔로 돌아가겠습니다. 그리로 오시지 않겠습니까?"

새터스웨이트는 말했다.

하지만 퀸은 고개를 흔들었다.

"아닙니다. 전 제가 온 길로 돌아가겠습니다."

새터스웨이트가 뒤를 돌아봤을 때, 퀸은 절벽의 끄트머리를 향해 걸어가고 있었다.

어둠 속의 목소리

"전 마저리가 좀 긱징스러워요."

레이디 스트랜레이가 말했다.

"제 딸 말이에요."

그녀는 덧붙였다. 그녀는 수심에 잠겨 한숨을 내쉬었다.

"다 큰 딸을 데리고 있으면 나도 많이 늙었구나 하는 기분이 들어요."

이러한 속내를 들은 새터스웨이트는 어려움을 해결해 주려고 용감히 나섰다.

"아무도 그렇게 생각지 않을 겁니다."

그는 약간 머리를 숙이면서 단언하듯 말했다.

"그런 괜한 말씀은 그만두세요."

레이디 스트랜레이의 어조가 뚜렷하지 않은 걸로 봐서 마음이 딴 곳에 가 있는 게 분명했다.

새터스웨이트는 날씬한 몸매에 흰옷을 차려입은 그녀를 감탄하는 눈빛으로 보았다. 남프랑스 칸의 햇살은 무척 따가웠는데도 레이디 스트랜레이는 훌륭하게 살갗을 태웠다. 조금 떨어져서 보면 굉장히 젊어 보여서 부인인지 아닌지 판단을 못할 징도였다. 모르는 게 없는 새터스웨이트는 레이디 스트랜레이가 다 큰 손자가 있을 만한 나이라는 걸 알고 있었다. 그녀는 자연에 대한 인공미의 완벽한 승리를 몸으로 보여 주었다. 몸매도 훌륭했고 피부도 감탄이 절로 날 정도였다. 그녀는 수많은 미용실에 돌아다니며 돈을 뿌렸는데 확실히 그 효과는 뛰어났다.

레이디 스트랜레이는 담배에 불을 붙이고는 최고급 살색 비단 스타킹에 싸인 아름다운 다리를 꼬면서 중얼거렸다.

"마저리의 일만 생각하면 골치 아파 죽겠어요."

"저런, 대체 무슨 일인데 그럽니까?"

레이디 스트랜레이는 그 아름다운 파란 눈으로 새터스웨이트를 바라보았다.

"제 딸 한 번도 못 보셨죠? 찰스와의 사이에서 낳은 애예요."

그녀는 자상하게 덧붙였다.

명사인명록이 엄밀하게 진실만을 기록한다면 레이디 스트랜레이에 대한 기록은 다음과 같이 끝맺을 것이다.

취미 : 결혼.

그녀는 지금껏 남편을 몇 사람이나 바꿔 가면서 살아왔다. 그녀는 세 사람과 이혼했으며 한 사람과는 사별했다.

"그 애가 루돌프의 딸이었다면 그런대로 이해했을 거예요."

레이디 스트랜레이는 생각에 잠긴 얼굴로 말했다.

"루돌프 기억나세요? 성격이 변덕스러운 사람이었죠. 결혼 6개월 만에 전 그런 해괴한 걸 청구해야 했지요. 뭐라더라? 동거권이라던가요? 무슨 얘긴지 아시죠? 고맙게도 요즘엔 너무 간편하더군요. 기억나는데 그때 정말 바보 같은 편지를 그 사람한테 써야 했지요. 실은 변호사가 불러 주는 대로 받아 쓴 거예요. 돌아와 달라고, 또 제가 할 수 있는 것은 뭐든 다 하겠다는 내용으로 썼던 거 같아요. 그렇지만 루돌프는 전혀 믿을 수가 없었어요. 변덕이 죽 끓듯 하는 사람이라. 그런데 그 사람이 당장 집으로 들어오는 거예요. 일이 엉뚱하게 돌아간 거죠. 변호사도 그가 그렇게 나올 줄 전혀 몰랐던 거고요."

그녀는 한숨을 내쉬었다.

"그런데 마저리의 일은?"

새터스웨이트는 말을 건네서 교묘하게 그녀를 원래의 화제로 되돌렸다.

"예, 그렇지 않아도 그 애 얘기를 하려는 참이었어요. 애가 그러는데 이상한 게 보이고 이상한 소리가 들린대요. 유령이라고 해야하나, 뭐 그런 것 있잖아요. 마저리가 그렇게까지 상상력이 풍부한 애인지 생각지도 못했어요. 정말 착한 애죠. 옛날부터. 좀 둔하긴 해도."

"설마요……."

새터스웨이트는 인사치레로 중얼거렸다.

"아니에요. 정말 둔해요. 댄스나 칵테일이라든가, 젊은 여자라면 당연히 관심을 가져야 할 일에는 도통 관심이 없어요. 저를 따라 여기에 나오는 것보다 집에 남아서 사냥이나 하는 걸 훨씬 더 좋아한 나니까요."

"저런……. 따님이 부인과 함께 다니고 싶어 하지 않는다고요?"

"하긴 저도 같이 가자고 우기진 않았지요. 계집애들은 항상 신경이 쓰여서요."

새터스웨이트는 레이디 스트랜레이가 매사에 심각한 딸과 함께 앉아 있는 모습을 상상해 보려 했지만 잘 되지 않았다.

마저리의 어머니는 유쾌한 목소리로 계속했다.

"저는 마저리가 저러다가 혹시 미쳐 버리지나 않을까 걱정이 돼요. 헛소리를 듣는 것은 몹시 좋지 않은 징후라더군요. 설마 애벗 미드 저택에 유령이 나올 리도 없고요. 옛날 건물은 1836년에 완전히 타 버려서 초기 빅토리아 풍의 건물을 새로 지었으니, 거기에 유령이 나올 리는 없지요. 그 건물은 너무 엉성하고 평범해요."

새터스웨이트는 기침을 했다. 그는 어째서 자신이 이런 시시콜콜한 얘기까지 들어야 하는지 이해할 수 없었다.

"혹시 저를 좀 도와주실 수 없을까요?"

레이디 스트랜레이는 환하게 웃으며 말했다.

"제가요?"

"예, 내일이면 영국으로 돌아가신다면서요?"

"예, 그렇습니다만."

새터스웨이트는 조심스럽게 시인했다.

"게다가 당신은 정신분석 학자를 여러 사람 아시잖아요. 그래요,
당신은 모르는 사람이 없으시죠?"

새터스웨이트는 약간 미소를 지었다. 모든 사람을 안다는 것은
그의 약점 가운데 하나였다.

"어떻게 하는 게 더 간편할까요? 저는 그런 사람들과 전혀 어울
리지 않아서. 수염을 기르고 안경을 낀 진지한 사람들을 만나면 따
분해서 미칠 것 같아요."

새터스웨이트는 조금 어안이 벙벙했다. 레이디 스트랜레이는 계
속해서 환하게 웃음을 지었다.

"그럼 이것으로 모두 된 거죠?"

그녀는 밝게 말했다.

"애벗 미드 저택에 가서 마저리를 만나 보시고 모든 조치를 취해
주세요. 그래 주시면 정말 고맙겠어요. 물론 마저리가 정말 정신이
이상한 상태라면 저도 집으로 돌아 가야죠. 어머! 저기 빔보가 오
네요."

그녀의 미소는 밝다 못해 눈이 부실 정도가 되었다.

흰색 테니스 복을 입은 청년이 그들을 향해 다가왔다. 청년은 스
물다섯 살 정도 되어 보였고 무척 잘생겼다.

청년은 다가와서 간단히 말했다.

"사방으로 찾아 헤맸잖아요."

"테니스는 어땠어?"

"완전히 망쳤어요."

레이디 스트랜레이는 자리에서 일어섰다. 그녀는 고개를 돌리며 어깨너머로 새터스웨이트에게 감미로운 목소리로 속삭였다.

"도와주셔서 정말 고마워요. 은혜는 절대 잊지 않을게요."

새터스웨이트는 사라져 가는 두 사람의 뒷모습을 바라보았다.

"이렇게 되면 저 빔보라는 친구가 다섯 번째 남편이 되는 건가?"

그는 혼잣말로 중얼거렸다.

특별열차의 차장은 몇 년 전에 일어난 열차 사고 지점을 새터스웨이트에게 알려 주었다. 차장이 활기 찬 설명을 마쳤을 때, 새터스웨이트가 고개를 들자 차장의 어깨너머에서 미소를 짓고 있는 낯익은 얼굴이 보였다.

새터스웨이트의 작고 주름진 얼굴에 활짝 미소가 번졌다.

"아니, 퀸 씨 아닙니까? 정말 뜻밖이군요! 같은 열차를 타고 영국으로 돌아 가다니. 영국에 가시는 거 맞죠?"

"예, 맞습니다. 좀 중요한 일이 있어서요. 저녁 식사는 첫 번째 서비스 때 하실 건가요?"

퀸이 물었다.

"예, 전 항상 그렇습니다. 물론 6시 30분은 저녁을 먹기에는 적당하지 않은 시간이지요. 하지만 이상한 음식을 먹을 위험성은 맨 처음이 가장 적죠."

퀸은 알겠다는 듯 고개를 끄덕이며 대꾸했다.

"저도 그렇습니다. 함께 저녁 식사를 할 수 있겠군요."

새터스웨이트는 6시 30분에 퀸과 식당차의 작은 식탁에 마주 앉아 있었다. 새터스웨이트는 포도주 메뉴를 한참 들여다보다가 동석한 친구에게 말을 건넸다.

"마지막으로 우리가 만났던 게, 아! 그래요, 코르시카 섬에서였지요? 그날 갑작스럽게 떠나셨지요."

퀸은 어깨를 으쓱했다.

"별다른 이유는 없었습니다. 잘 아시겠지만 저는 왔다가도 금방 사라지곤 하잖습니까."

이 말은 새터스웨이트의 마음에 무언가 추억을 일깨우는 듯했다. 조금 선뜩한 기운이 등줄기를 타고 내려갔다. 기분이 나쁘지는 않았다. 오히려 그 반대로 기분 좋은 기대감을 느꼈다.

퀸은 적포도주 병을 들더니 거기에 붙은 딱지를 꼼꼼히 살펴보았다. 병은 그와 전등 사이에 있었지만 잠시 불빛에 병이 비치면서 붉은빛이 퀸의 몸을 감쌌다.

새터스웨이트는 갑자기 흥분감이 일어나는 것을 다시금 느꼈다. 기억을 떠올린 새터스웨이트가 환하게 웃으며 말했다.

"저도 영국에 가서 해야 할 일이 좀 있습니다. 혹시 레이디 스트랜레이라고 아십니까?"

퀸은 고개를 저었다.

"오래된 가문이지요. 매우 오래된 가문입니다. 여자에게 작위가 상속된 몇 안 되는 가문 중 하나지요. 그녀는 아버지의 작위를 이어받아 지금은 여자 남작입니다. 조금은 로맨틱한 얘기지요."

새터스웨이트가 설명했다.

퀸은 좀 더 편안하게 의자에 몸을 기댔다. 웨이터가 흔들리는 차 속을 날듯이 와서는 귀신 같은 솜씨로 두 사람 앞에 수프 접시를 내려놓았다. 퀸은 조심스럽게 수프를 떠먹었다.

"가장 멋지고 훌륭한 솜씨로 인물 묘사를 또 한 번 해줄 수 있으시겠죠?"

퀸은 중얼거렸다.

새터스웨이트는 퀸을 바라보며 만면에 웃음을 지었다.

"정말 대단한 여자입니다. 올해 예순 살입니다. 아니, 적어도 예순은 되었다는 편이 낫겠군요. 전 그 사람들, 그러니까 그녀와 그녀의 언니가 처녀였을 때부터 알고 지냈습니다. 언니의 이름은 비어트리스입니다. 비어트리스와 바바라 자매. 저는 바론 집안의 아가씨들이라 불리던 두 사람이 기억납니다. 두 사람 다 미모가 뛰어났지만 당시에는 돈에 무척 쪼들리며 살았지요. 하지만 그건 오래전 얘기입니다. 제가 아주 젊었을 때니까 말입니다."

새터스웨이트는 한숨을 쉬고 나서 설명을 계속했다.

"작위 승계에는 그들보다 우선권을 가진 사람이 몇 명 있었습니다. 나이 많은 스트랜레이 경은 그들의 사촌 오빠였을 겁니다. 레이디 스트랜레이의 생애는 정말 로맨틱했지요. 뜻밖에도 세 사람이 죽었답니다. 스트랜레이 경의 동생 둘과 조카 한 사람. 그 다음에는 우랄리아 호 사건이 일어났습니다. 기억하시죠? 우랄리아 호 난파 사건 말입니다. 뉴질랜드 앞바다에서 침몰한 그 배 말입니다. 바론 집안의 자매는 그 배에 타고 있었습니다. 비어트리스는 익사했지만 바바라는 불과 몇 안 되는 생존자 가운데 끼어 있었죠. 6개월 뒤에 스트랜레이 경이 죽자, 그녀가 작위를 승계하고 상당한 재산을 물려받았습니다. 그때부터 그녀는 인생에서 단 한 가지, 즉 자신만을 위해 살았습니다. 그녀는 항상 아름다웠고, 파렴치하며, 철저히 비정했고, 자신의 일에만 관심을 두었습니다. 그녀는 지금까지 남편이 넷이나 있었고, 장담하건대 원한다면 당장에라도 다섯 번째 남편을 구할 수 있을 겁니다."

그는 계속해서 레이디 스트랜레이한테 부탁받은 임무를 설명했다.

"애벗 미드 저택으로 가서 그녀의 딸을 만나 볼까 합니다. 왠지 모르지만 무언가를 해야 할 듯 싶어서요. 레이디 스트랜레이를 평범한 어머니로 보기는 어렵습니다."

여기까지 말하고 새터스웨이트는 탁자 너머에 앉아 있는 퀸을 건너다보았다.

"당신이 함께 가 주시면 좋겠는데……."

그는 갈구하듯 말했다.

"불가능한가요?"

"어려울 것 같은데요. 그건 그렇고, 애벗 미드라면 윌트셔 주에 있는 거죠?"

새터스웨이트는 고개를 끄덕였다.

"그럴 줄 알았습니다. 공교롭게도 제가 애벗 미드에서 그리 멀지 않은 곳에 머물 예정이거든요. 우리 두 사람이 아는 곳에서 말입니다. '어릿광대'라는 조그마한 여관 기억하십니까?"

퀸은 빙그레 웃으며 말했다.

"물론이죠. 거기서 묵으시게요?"

새터스웨이트가 소리쳤다.

퀸은 고개를 끄덕였다.

"일주일이나 한 열흘 묵을 예정입니다. 어쩌면 조금 더 있을지도 모르겠습니다. 언제 한번 찾아 주시면 기쁘겠습니다."

웬일인지 퀸한테서 이러한 다짐을 받자 새터스웨이트는 마음이 홀가분해지는 것을 느꼈다.

"저…… 마저리 양, 전 당신을 전혀 이상하게 생각하지 않습니다."

새터스웨이트는 말했다.

마저리 게일은 약간 눈살을 찌푸렸다. 그들은 애벗 미드 저택의 크고 아늑한 응접실에 앉아 있었다. 마저리 게일은 몸집이 크고 강인해 보이는 아가씨였다. 그녀는 어머니와는 조금도 닮은 곳이 없었고, 완전히 아버지 쪽, 그러니까 승마를 즐기는 시골 지주의 피를 이어받은 듯했다. 그녀는 발랄하고 건강해 보였고 정신도 온전한 듯했다. 그럼에도 불구하고 새터스웨이트는 마음속으로 바론 집안의 사람들은 모두 정서적으로 불안정한 경향이 있다고 생각하고 있었다. 마저리는 육체적으로는 아버지의 피를 이어받았을지 모르지만, 외가 쪽에서 무언가 정신적인 결함을 물려받았을지도 모를 일이었다.

"카손이라는 여자한테서 벗어나고 싶어요. 저는 심령술 같은 건 믿지 않을 뿐더러 좋아하지도 않아요. 그 사람은 미친 듯 죽음에만 열중하는 바보 같은 여자예요. 항상 영매를 이곳으로 부르자고 귀찮게 조른다니까요."

마저리가 말했다.

새터스웨이트는 기침을 하면서 의자에서 몸을 뒤척이고 나서 마치 재판관 같은 태도로 말했다.

"지금까지의 일을 모두 얘기해 보세요. 그런 현상이 처음 생겼을 때가 두 달 전이라고 알고 있는데…… 맞아요?"

"대강 그쯤일 거예요."

그녀가 동의했다.

"어떤 때는 속삭이듯 말하고 또 어떤 때는 또렷한 목소리로 말하지만 항상 같은 말을 하더군요."

"어떤 말을 하던가요?"

"'네 물건이 아닌 것은 돌려줘. 훔쳐 간 것을 내놓으란 말이야.' 하고 말했어요. 그때마다 저는 전등을 켰지만 방에는 아무도 없는 거예요. 결국 너무 겁이 나서 엄마의 하녀인 클레이턴을 불러서 제 방 소파에서 자게 했어요."

"그래도 계속 목소리가 들리던가요?"

"예. 그런데 클레이턴은 아무 소리도 안 들린다니 그게 더 소름끼치는 일이죠."

새터스웨이트는 잠시 생각에 잠겼다.

"그날 밤에는 목소리 크기가 어땠습니까?"

"거의 속삭이는 목소리였어요. 만일 클레이턴이 잠에 곯아떨어졌다면, 그 소리를 못 들었을 거예요. 그녀는 저보고 의사한테 가 보라더군요."

마저리는 쓸쓸하게 웃었다.

"그런데 어젯밤부터는 클레이턴도 믿더군요."

"어젯밤엔 어떤 일이 있었습니까?"

"안 그래도 말씀드리려고 했어요. 아직 아무한테도 말을 안 했어요. 어제는 사냥을 나가서 오랫동안 말을 탔어요. 전 너무 피곤해서 잠에 곯아떨어졌죠. 그리고 꿈을 꾸었어요. 아주 무서운 꿈을요. 어떤 철제 난간 너머로 떨어졌는데 대못 하나가 천천히 제 목을 파고드는 거예요. 그때 눈을 떴는데, 그 꿈이 사실이었던 거예요. 무언가 날카로운 것이 목 옆을 짓누르고 있었어요. 그러면서 어떤 목소리가 가만히 중얼거리고 있었어요. '너는 내 것을 훔쳐 갔어. 널 죽여 버릴 거야.'

저는 비명을 질렀어요. 그리고 허공을 휘저었지만, 아무것도 없었어요. 클레이턴이 옆방에서 자다가 제 비명 소리를 듣고 달려왔죠. 그때 그녀는 무언가가 어둠 속에서 옆을 스치고 지나가는 것을 확실히 느꼈는데 그것이 뭔지는 몰라도 사람은 아닌 것 같다더군요."

새터스웨이트는 그녀를 뚫어지게 바라보았다. 확실히 마저리는 무서워서 떨고 있었고 정신이 혼란스러운 모양이었다. 새터스웨이트는 그녀의 목 왼쪽에 붙어 있는 작은 반창고를 발견했다. 마저리는 그의 눈길을 의식하고 고개를 끄덕였다.

"예, 보시다시피 절대로 상상한 일이 아니에요."

새터스웨이트는 미안해 하며 질문을 던졌다. 그 질문은 무척 감상적으로 들렸다.

"혹시 아가씨한테 원한을 품을 만한 사람은 없습니까?"

"없어요. 원한 관계라니 말도 안 돼요."

새터스웨이트는 다른 식으로 질문을 던져 보았다.

"지난 두 달 동안 어떤 손님들이 찾아왔죠?"

"주말에 잠깐 놀러 온 사람은 빼고 말씀이죠? 마샤킨이 줄곧 함께 있었어요. 저랑 제일 친한 친구인데, 저만큼이나 말 타는 걸 좋아해요. 그리고 제 사촌 롤리 바바수어도 여기 오래 있었죠."

새터스웨이트는 고개를 끄덕이고는 클레이턴이라는 하녀를 좀 봤으면 좋겠다고 했다.

"아가씨와 오래 생활했겠죠?"

"예, 아주 오래요. 엄마와 비어트리스 이모가 처녀였을 때부터 데리고 있던 하녀예요. 엄마가 프랑스 출신 하녀를 데리고 있으면서도 클레이턴을 내보내지 않는 건 그 때문일 거예요. 클레이턴은 바느질이나 접시 닦는 일 같은 허드렛일을 하고 있죠."

마저리는 새터스웨이트를 2층으로 안내했다. 클레이턴이 그들에게 곧 다가왔다. 그녀는 키가 크고 홀쭉한 할머니였는데, 잿빛 머리카락은 단정하게 가르마를 탔고 무척 공손한 인상을 풍겼다.

"아뇨, 선생님. 이 집에 유령이 나온다는 얘기는 한 번도 못 들었습니다. 솔직히 말씀드리면 어젯밤까지는 전부 마저리 아가씨의 상상일 거라고 생각했지요. 하지만 저도 어젯밤에는 실제로 무언가를 느꼈지요. 어둠 속에서 뭔가가 제 옆을 스쳐 지나가는 것을요. 사람이 아니었다는 것만은 분명히 말씀드릴 수 있어요. 게다가 마저리 아가씨의 목에 난 상처도 있고요. 아가씨가 자기 몸에 저렇게 상처를 낸 건 아니에요. 가여운 아가씨……."

새터스웨이트의 질문에 하녀는 대답했다.

그러나 그녀의 말은 새터스웨이트에게 무언가를 암시해 주었다. 마저리가 자기 몸에 저런 상처를 낼 가능성도 있다는 말인가? 그는 마저리처럼 정신이 온전하고 마음이 안정된 아가씨들이 깜짝 놀랄 만한 일을 저지른 이상한 사건들을 들어 보았다.

"아가씨의 상처는 곧 나을 거예요. 여기 제 흉터와는 다르니까요."

클레이턴은 이마에 난 흉터를 손가락으로 가리키며 말했다.

"40년 전에 입은 상처랍니다. 아직도 흉이 남아 있지요."

"우랄리아 호가 침몰했을 때 다친 거예요. 그때 나무에 머리를 부딪친 거예요. 그렇죠, 클레이턴?"

마저리가 중간에 끼어들었다.

"예, 아가씨."

"당신은 어떻게 생각해요, 클레이턴? 마저리 양이 이런 일을 당하는 데에 어떤 뜻이 있는 것 같습니까?"

새터스웨이트가 물었다.

"그 부분은 별로 말씀드리고 싶지 않습니다, 선생님."

새터스웨이트는 그 대답을 제대로 교육받은 하녀의 삼가는 태도라고 이해했다.

"당신은 정말 어떻게 생각합니까, 클레이턴?"

그는 설득하듯 물었다.

"잘은 모르지만 제 생각에는 매우 사악한 일이 이 집에서 저질러졌고, 그 죄가 없어질 때까지는 잠잠하지 않을 것 같아요."

나이 든 여자의 말투는 엄숙했고, 빛을 잃어버린 파란 눈은 새터스웨이트의 눈을 한참이나 응시했다.

새터스웨이트는 약간 실망한 채 아래층으로 내려갔다. 클레이턴은 과거에 저지른 죄에 대한 벌로서 유령이 나타난다고 지극히 평범하게 생각했지만, 새터스웨이트는 그리 쉽게 만족할 수 없었다. 그러한 현상은 지난 두 달 동안만 일어났다. 마샤킨과 롤리 바바수어가 오고 나서 일어난 일이다. 그는 이 두 사람을 좀 조사해야겠다고 생각했다. 모든 일이 단순히 짓궂은 장난일 가능성도 있었다. 하지만 그는 그런 결론에는 만족할 수 없다는 듯 고개를 흔들었다. 그렇게 생각하기엔 너무 불길한 사건이기 때문이었다. 마침 편지가 배달되어 마저리는 편지를 뜯어서 읽고 있었다. 갑자기 그녀가 탄성을 질렀다.

"엄마는 정말 바보 같아. 이것 좀 읽어 보세요."

그녀는 새터스웨이트에게 편지를 건네며 말했다.

그것은 레이디 스트랜레이다운 편지였다.

사랑하는 마저리에게.

나는 네가 친절하신 새터스웨이트 씨와 함께 있어 매우 기쁘다. 그분은 징말 머리가 뛰어나고 훌륭한 심령학자들을 많이 알고 계시단다. 너는 그런 사람들을 전부 불러서 철저히 조사해 봐야 한다. 무척 재미있을 거라고 확신한다. 나도 가 보고 싶지만 지난 며칠 동안 몹시 아팠다. 호텔은 손님들에게 내놓는 음식에 너무 신경을 안 쓰는 것 같더라. 의사 선생님은 식중독이라고 하는구나. 얼마나 아팠는지 모른다.

초콜릿을 보내 줘서 고맙긴 한데 좀 바보 같지 않니? 무슨 말이냐 하면 여기에도 근사한 과자 가게가 있거든.

잘 있어라, 얘야. 그리고 조상들의 유령을 진정시키는 일을 하면서 즐겁게 보내길 바란다. 빔보는 내 테니스 실력이 나날이 향상되고 있다는구나.

한없는 사랑을 보내며
바바라가

"엄마는 항상 제가 당신을 '바바라'라고 불러 주길 원하세요. 전 그게 정말 바보 같은 일이라 생각해요."

새터스웨이트는 살짝 미소를 띠었다. 그는 딸의 완고한 보수주

의 때문에 레이디 스트랜레이가 가끔 참을 수 없어 하는 게 틀림없
다고 생각했다. 그녀의 편지는 마저리에게는 몰라도 그에게는 어떤
점에서 확실히 충격을 주었다.

"아가씨가 어머니에게 초콜릿을 보냈나요?"

마저리는 고개를 저었다.

"아뇨, 저는 안 보냈어요. 다른 사람이 보냈겠죠."

새터스웨이트는 심각한 표정을 지었다. 두 가지 일이 의미심장하
게 생각되었기 때문이다. 레이디 스트랜레이는 초콜릿 한 상자를
선물받았고 식중독으로 무척 고생을 했다. 그녀는 분명 이 두 가지
일을 관련지어 생각하지 않았다. 어쩌면 관계가 있지 않을까? 그는
관계가 있다고 생각하고 싶었다.

키가 크고 피부가 가무잡잡한 처녀가 거실에서 어슬렁거리며 나
와 그들에게 다가왔다.

새터스웨이트는 그녀를 마샤킨이라고 소개받았다. 그녀는 몸집이
작은 새터스웨이트를 향해 편하고 싹싹한 태도로 미소를 지었다.

"마저리가 아끼는 유령을 잡으러 내려오신 거예요?"

그녀는 느릿한 목소리로 물었다.

"저희도 모두 그 유령 일로 시간을 허비하고 있답니다. 어머, 롤
리가 왔네요."

자동차 한 대가 현관에 와서 멈췄다. 키가 큰 금발의 젊은이가 활
달하게 차에서 내렸다.

"안녕, 마저리. 안녕, 마샤. 지원군을 데려왔지."

롤리가 소리쳤다. 그는 마침 거실로 들어가는 여자 두 명 쪽으로 고개를 돌렸다. 새터스웨이트는 두 사람 중 앞에 있는 사람이 마저리가 조금 전에 말한 카손 부인임을 알 수 있었다.

"실례합니다, 마저리 양. 바바수어 씨가 괜찮다고 해서 왔습니다. 그리고 로이드 부인과 함께 온 것도 진적으로 그의 생각이에요."

카손 부인은 활짝 웃으며 느릿느릿 말했다.

그녀는 손을 조금 움직여 같이 온 사람을 가리켰다.

"이분이 로이드 부인이세요. 그야말로 최고의 영매죠."

그녀는 의기양양하게 말했다.

로이드 부인은 한마디 제지하는 말도 없이 고개를 숙이고는 양손을 앞으로 모으고 있었다. 그녀는 짙게 화장한 평범한 외모의 젊은 여자였다. 옷은 유행에 뒤떨어졌지만 장식물이 많이 달려 있었다. 월장석 목걸이를 걸고 손에는 반지를 여러 개 끼고 있었다.

새터스웨이트가 보기에도 마저리 게일 양은 이런 식으로 사람들이 들이닥친 것을 별로 달가워하지 않는 눈치였다. 그녀는 롤리 바바수어에게 노여움이 서린 눈길을 보냈지만 롤리는 자신이 야기한 노여움을 전혀 알아차리지 못하는 것 같았다.

"점심 준비가 다 된 것 같네요."

마저리가 말했다.

"잘 됐네요. 식사를 마치고 곧바로 강령회(降靈會)를 열기로 해요. 로이드 부인이 드실 과일이 좀 있을까요? 이분은 강령회 전에는 가벼운 음식밖에 드시지 않거든요."

카손 부인이 말했다.

그들은 모두 식당으로 들어갔다. 영매는 바나나 두 개와 사과 하나를 먹으면서 이따금 마저리가 정중하게 건네는 이런저런 말에 조심스럽고 짧게 대답했다. 모두가 식탁에서 일어나기 직전, 그녀는 갑자기 머리를 뒤로 젖히면서 쿵쿵거리며 공기를 들이마셨다.

"이 집에는 매우 안 좋은 뭔가가 있어요. 그것이 느껴져요."

"정말 대단하지 않아요?"

카손 부인은 낮고 들뜬 목소리로 말했다.

"예, 확실히 그렇군요."

새터스웨이트는 무미건조하게 말했다.

강령회는 서재에서 열렸다. 새터스웨이트가 보건대 마저리 세일은 마지못해 참여한 것 같았다. 손님들이 흥미를 가지고 참여하고 있어 그녀는 억지로 앉아 있는 것 같았다.

이런 일을 잘 아는 카손 부인은 정성을 다해 행사를 준비했다. 커다란 원을 그리도록 의자들을 배열하고 커튼을 치자 곧 영매는 시작할 준비가 되었다고 말했다.

영매는 방을 둘러보며 말했다.

"여섯 명, 안 좋은데요. 홀수여야 하는데. 일곱 명이 적당해요. 일곱 명이 모였을 때 제일 결과가 좋게 나와요."

"하인 중 아무나 데려오죠."

롤리가 제안했다. 그는 자리에서 일어서더니 "집사를 불러올게요." 하고 말했다.

"아니, 클레이턴을 불러."

마저리가 말했다.

새터스웨이트는 롤리 바바수어의 잘생긴 얼굴에 곤혹스러운 빛
이 스치는 것을 보았다.

"왜 클레이틴을 불러야 하지?"

그가 따지듯 물었다.

"클레이턴이 싫어?"

마저리가 느리게 말했다.

롤리는 어깨를 한번 으쓱하고는 즉흥적으로 말했다.

"클레이턴이 날 싫어하지. 꼭 나를 송충이 보듯 한다니까."

그는 잠시 머뭇거렸지만 마저리는 양보하지 않았다.

"좋아, 그럼 클레이턴을 데려오지."

그가 말했다.

잠시 뒤에 원을 그리며 모두들 빙 둘러앉았다.

한동안 침묵이 흘렀고, 간혹 기침과 몸을 들썩이는 소리만 들렸
다. 이윽고 뭔가를 톡톡 두드리는 소리가 잇따라 들리더니, 영매를
지배하는 체로키라는 아메리카 인디언의 목소리가 들렸다.

" '브레이브'라는 인디언이 여러분에게 인사를 드리고 있습니다.
어떤 영혼이 말을 하고 싶어 하네요. 아가씨에게 메시지를 전하려
고 몹시 안달하고 있어요. 이제 저랑 교대할게요. 영혼이 직접 말하
고 싶어 하니까요."

잠시 말을 멈추고 나서 어떤 여자의 새로운 목소리가 부드럽게

말했다.

"마저리가 여기 있나요?"

롤리 바바수어가 대신 대답했다.

"예, 있습니다. 근데 누구시죠?"

"전 비어트리스라고 해요."

"비어트리스? 비어트리스가 누군데요?"

모두가 짜증나게도 체로키 인디언의 목소리가 다시 들려왔다.

"여러분 모두에게 전해 줄 말이 있습니다. 이곳의 삶은 매우 밝고 아름답습니다. 우리는 모두 열심히 일하고 있어요. 아직 살아 있는 사람들을 도와주십시오."

다시 침묵이 이어지다가 아까 그 여자의 목소리가 다시 들렸다.

"전 비어트리스입니다."

"성이 어떻게 되시죠?"

"비어트리스 바론."

새터스웨이트는 몸을 앞으로 내밀었다. 그는 상당히 흥분했다.

"우랄리아 호에 타고 있다가 익사한 비어트리스 바론 말입니까?"

"예, 맞아요. 우랄리아 호 기억나네요. 저는 이 집에 전해줄 말이 있어요. 자신의 것이 아닌 물건은 주인에게 돌려 주세요."

"무슨 말인지 전 잘 모르겠어요."

마저리는 어쩔 줄 몰라하며 말했다.

"저는…… 근데 정말 비어트리스 이모 맞아요?"

"그래, 내가 바로 네 이모다."

"물론, 이모가 분명해요. 왜 그리 의심이 많죠? 그러면 영혼이 싫어해요."

카손 부인이 나무라듯 말했다.

그때 갑자기 새터스웨이트는 아주 간단한 테스트를 하나 생각해냈다. 그는 떨리는 목소리로 영혼에게 물었다.

"혹시 보타세티 씨 기억나세요?"

그러자 곧 낄낄거리며 웃는 소리가 들렸다.

"불쌍한 보첩세티 할아버지. 물론 기억하죠."

새터스웨이트는 어안이 벙벙했다. 테스트는 성공한 것이다. 40년도 넘는 옛날에 그와 바론 집안의 자매가 같은 바닷가 휴양지에 있을 때 그 사고가 일어났다. 그들이 알던 한 이탈리아 젊은이가 보트를 타고 바다에 나갔다가 배가 뒤집혔다. 그러자 비어트리스 바론이 농담으로 그에게 보첩세티(이탈리아 이름인 보타세티와 비슷한 발음의 영어로 '뒤집어진 보트'라는 뜻)라고 별명을 붙인 적이 있었다. 새터스웨이트를 제외하고 방에 있는 사람 가운데 그 일을 아는 사람은 없었다.

영매는 몸을 움직이더니 신음 소리를 냈다.

"이제 제정신으로 돌아오고 있어요. 아쉽지만 오늘은 이것밖에 들려주지 않을 모양이에요."

카손 부인이 말했다.

햇빛이 다시금 사람들이 가득 모인 방 안을 비추었는데, 적어도 두 사람은 상당히 겁을 먹었다.

새터스웨이트는 마저리의 하얗게 질린 얼굴에서 무척 혼란스러워하고 있다는 사실을 읽을 수 있었다. 카손 부인과 영매를 보내고 나서 그는 마저리 양에게 단둘이서 얘기를 나누자고 말했다.

"마저리 양, 한두 가지만 묻고 싶군요. 만일 아가씨와 아가씨의 어머니가 돌아가시면 누가 작위와 재산을 물려받게 됩니까?"

"롤리 바바수어일 거예요. 그 사람 어머니가 우리 엄마와 친사촌 지간이거든요."

새터스웨이트는 고개를 끄덕였다.

"그 사람은 이번 겨울에 여기 자주 온 것 같은데요. 이런 질문이 실례가 될지 모르겠는데……. 그가…… 아가씨를 좋아합니까?"

새터스웨이트가 부드럽게 물었다.

"3주 전에 청혼을 하더군요. 그런데 제가 거절했죠."

마저리가 조용히 말했다.

"실례지만, 아가씨는 다른 사람과 약혼을 한 상태입니까?"

새터스웨이트는 그녀의 얼굴색이 변하는 것을 보았다.

"예." 하고 그녀는 힘주어 말했다.

"저는 노엘 바턴과 결혼할 생각이에요. 엄마는 웃으시며 바보 같은 짓이라고 하세요. 목사랑 약혼하는 게 어처구니없다고 생각하시는 것 같아요. 하지만 왜죠? 전 그 이유가 알고 싶어요. 예비 목사라도 사람 나름이잖아요! 노엘이 말을 얼마나 잘 타는지 보셔야 해요."

"아, 그러시군요. 보지 않아도 틀림없겠죠."

그때 하인이 쟁반에 전보 한 통을 얹어서 들어왔다. 마저리는 봉투를 찢었다.

"엄마가 내일 오신다네요. 귀찮아 죽겠어요. 제발 어디 멀리 가 계시면 좋겠는데."

새터스웨이트는 이 모녀 사이의 감정에 대해 아무 말도 하지 않았다. 그녀가 그러는 것도 무리는 아니라고 생각했다.

"그러면 난 런던으로 돌아 가야겠군."

그는 중얼거렸다.

새터스웨이트는 마음이 그다지 흡족하지 않았다. 이번 문제를 매듭짓지 못한 상태로 내버려 두었다는 생각이 들었다. 확실히 레이디 스트랜레이가 돌아온다면 이제 그의 책임은 끝난 것이다. 그러나 그는 애벗 미드 저택의 비밀은 이것으로 끝나지 않았다고 확신했다.

그러나 다음에 일어난 사건은 너무나 심각해서 새터스웨이트는 그만 정신이 멍해지는 것 같았다. 그는 그 소식을 조간신문을 통해 알았다. 《데일리 메가폰》은 '여자 남작 목욕 중 사망'이라는 제목을 달고 있었다. 다른 신문들은 훨씬 조심스럽고 소극적인 제목을 사용했지만 내용은 모두 동일했다. 레이디 스트랜레이는 욕조에서 죽은 채 발견되었고, 사인은 익사로 밝혀졌다. 그녀는 의식을 잃은 상태에서 머리가 물속에 잠긴 것으로 추정되었다.

하지만 새터스웨이트는 그러한 설명에 만족하지 않았다. 하인을 불러 평소보다 간단히 몸치장을 마치고 10분 뒤에 자신의 대형 롤스로이스를 타고 전속력으로 런던을 빠져나갔다.

하지만 그는 이상하게도 애벗 미드 저택이 아니라 약 24킬로미터 떨어진 '어릿광대'라는 좀 특이한 이름의 작은 여관을 향해 달렸다. 그는 할리 퀸이 아직 거기에 묵고 있다는 말을 듣고 안심했다. 곧이어 그는 자신의 친구와 마주하게 되었다.

새터스웨이트는 퀸의 손을 꼭 잡더니 흥분해서 말하기 시작했다.

"정말 혼란스럽습니다. 꼭 좀 도와주셔야겠습니다. 너무 늦지 않았는지 벌써 걱정이 되는군요. 그 착한 아가씨가 다음번 희생자가 될지도 모릅니다. 너무 착하기 때문에. 정말 착한 아가씨입니다."

"설명해 주시면 도와 드려야죠. 대체 무슨 일이죠?"

퀸은 웃으며 말했다.

새터스웨이트는 그를 책망하듯 바라보았다.

"알고 계실 텐데요? 당신은 알고 있는 게 분명합니다. 하지만 말씀드리죠."

그는 애벗 미드 저택에 머물렀던 얘기를 쏟아 놓았다. 그러면서 퀸을 상대로 항상 그랬듯 자신의 이야기를 스스로 즐겼다. 그는 구체적이고 세세한 부분까지 이야기를 유창하게 풀어놓았다.

"대충 이 정돕니다. 이제 설명을 좀 해 주시죠."

새터스웨이트는 얘기를 끝냈다.

그는 주인을 쳐다보는 개처럼 희망을 걸고 퀸을 바라보았다.

"문제를 해결해야 할 사람은 제가 아니라 당신입니다. 전 그 사람들을 모르니까요."

"전 40년 전부터 바론 집안의 자매를 알고 있었습니다."

새터스웨이트는 자랑스레 말했다. 퀸이 고개를 끄덕이며 공감하는 표정을 짓자 새터스웨이트는 꿈꾸듯 말을 이어 나갔다.

"브라이튼(영국 남부의 해변 휴양지—옮긴이)에 있을 때였습니다. 보타세티를 보첩세티라고 부른 것은 실없는 농담이었지만 우리는 낄낄대며 웃었죠. 아, 그때는 저도 젊었습니다. 철없는 짓을 많이 했죠. 그 자매가 데리고 온 하녀가 기억납니다. 이름이 앨리스였는데 좀 순진한 애였죠. 저는 호텔 복도에서 그 애한테 키스를 했습니다. 기억납니다. 그러다가 그 아가씨들 중 한 사람한테 들킬 뻔했죠. 정말, 정말 오래전 일입니다."

그는 다시 고개를 저으며 한숨을 쉬었다. 그런 다음 그는 퀸을 바라보았다.

"도와주실 수 없겠습니까? 다른 사건들처럼……."

그는 갈망하듯 말했다.

"다른 사건들에서 당신은 전적으로 자신의 노력으로 성공을 거뒀습니다. 이번에도 그와 같은 결과를 얻을 겁니다. 저라면 지금 당장 애벗 미드 저택으로 가 보겠습니다."

퀸은 엄숙하게 말했다.

"정말 그렇군요. 맞아요, 그랬지요. 사실 저도 그럴 생각이었습니다. 같이 가 달라고 하면 곤란하겠죠?"

새터스웨이트가 말하자 퀸은 고개를 저었다.

"그건 곤란합니다. 여기서의 일은 끝났습니다. 전 이제 곧 떠나야 합니다."

새터스웨이트는 애벗 미드 저택에 도착하자 곧바로 마저리 게일을 만났다. 그녀는 눈물도 흘리지 않고 응접실 책상 앞에 앉아 있었는데 책상 위에는 여러 가지 서류가 흩어져 있었다. 새터스웨이트는 그녀의 인사를 받고 가슴이 찡했다. 그녀는 그를 만나게 되어 매우 기쁜 듯 보였다.

"롤리와 마샤는 방금 떠났어요. 새터스웨이트 씨, 의사들의 생각은 당치도 않아요. 저는 확신해요. 틀림없이 누가 엄마를 물속에 강제로 밀어 넣은 거예요. 엄마는 살해된 거예요. 그리고 범인이 누구든 간에 저도 죽이려고 할 거예요. 확실해요. 그래서……."

그녀는 자기 앞에 놓인 서류를 손으로 가리켰다.

"유서를 작성하고 있었어요."

마저리는 설명했다.

"많은 돈과 토지의 일부는 작위와는 별도로 상속하는 걸로 했어요. 그리고 아빠가 남긴 돈도 있고요. 제가 처분할 수 있는 건 모두 노엘에게 물려주려고 해요. 그 사람이라면 돈을 제대로 사용할 거라는 걸 알아요. 그리고 전 롤리를 믿지 않아요. 그 사람은 욕심이 많아 뭐든 다 가지려고 해요. 증인으로 여기에 서명해 주시겠어요?"

"이보세요, 아가씨. 유서는 증인 두 사람이 보는 앞에서 작성자가 서명한 다음에 증인들도 곧바로 서명해야 되는 거예요."

마저리는 그의 법률적인 설명 따위에는 아랑곳하지 않았다.

"그런 일은 조금도 문제가 안 된다고 생각해요. 클레이턴도 제가 서명하는 것을 보고 나서 서명을 했어요. 저는 집사를 부를 생각이 었는데, 마침 선생님이 오셨으니 대신 서명해 주시면 되잖아요."

새터스웨이트는 더 이상 반대하지 않았다. 그는 만년필 뚜껑을 열고 자기 이름을 쓰려다가 갑자기 손길을 멈추었다. 자기 이름을 쓰는 공간 바로 위에 적힌 이름이 여러 가지 기억을 불러일으켰기 때문이다. 앨리스 클레이턴.

무언가가 머리에 떠오르려고 심하게 발버둥치고 있었다. 앨리스 클레이턴이라는 이름에는 어떤 의미가 깃들어 있었다. 퀸과 관련 된 어떤 일이 거기엔 숨어 있었다. 조금 전에 자신이 퀸에게 했던 얘 기가.

아, 그제서야 그는 알아차렸다. 앨리스 클레이턴. 그녀의 이름이 그랬다. 그 자그마한 처녀. 사람들은 변했다. 그렇다. 하지만 그렇게 까지 변할 수 있을까? 게다가 그가 아는 앨리스 클레이턴은 눈이 갈 색이었는데. 방이 그의 주위에서 빙빙 도는 것 같았다. 그는 의자를 손으로 더듬었다. 그 순간, 마저리의 걱정스러워하는 목소리가 아주 멀리서 들려오는 것 같았다.

"어디 편찮으세요? 어머, 왜 그러세요? 편찮으신 게 분명해요."

그는 정신을 차리고 그녀의 손을 잡았다.

"아가씨, 이제 모든 일을 깨달았습니다. 충격받지 않도록 마음 단 단히 먹고 들으세요. 아가씨가 클레이턴이라고 부르는 2층의 하녀 는 클레이턴이 아닙니다. 진짜 앨리스 클레이턴은 우랄리아 호 사 건 때 물에 빠져 죽었어요."

마저리는 그를 빤히 바라보았다.

"그러면, 그럼 저 여자는 대체 누구죠?"

"제 판단이 틀리지 않을 겁니다. 틀릴 수가 없지요. 아가씨가 클레이턴이라고 부르는 하녀는 아가씨의 이모 비어트리스 바론입니다. 저 여자가 나무에 머리를 부딪쳤다고 말하셨죠? 그 충격으로 저 사람, 그러니까 아가씨의 이모는 기억을 잃어버린 겁니다. 그리고 그런 사정을 눈치 챈 당신의 어머니는 기회라고 생각하고는……."

"작위를 빼앗았다는 말씀이세요? 예, 그런 일을 저지르고도 남을 분이세요. 돌아가신 마당에 이런 말을 하는 건 너무한 느낌이 들지만, 충분히 그럴 분이었어요."

마저리가 비통하게 말했다.

"비어트리스는 언니였지요. 그래서 당신의 백부님이 돌아가시면 언니가 모든 것을 상속받고 아가씨의 어머니는 아무것도 받을 수 없었지요. 아가씨의 어머니는 머리를 다친 언니를 하녀라고 주장했습니다. 비어트리스는 부상에서 회복되고 나서 당연히 자신이 하녀인 앨리스 클레이턴이라고 믿었지요. 그런데 아주 최근에 그녀의 기억이 되살아나기 시작했지만 오래전에 받은 머리의 충격이 결국 뇌에 좋지 않은 영향을 끼친 모양입니다."

마저리는 공포에 질린 눈으로 그를 바라보았다.

"이모가 엄마를 죽이고 저까지 죽이려 했군요."

그녀가 내뱉듯이 중얼거렸다.

"그런 것 같습니다."

새터스웨이트는 말했다.

"이모의 뇌에는 혼란스런 구석이 한 군데 있었죠. 자신이 상속받을 재산을 도둑맞았고 아가씨와 자신의 여동생이 그걸 빼앗아 갔다는 생각 말입니다."

"하지만…… 하지만 클레이턴은 너무 나이가 많아요."

새터스웨이트는 잠시 잠자코 있었다. 어떤 환상이 그의 앞에 떠올랐다. 백발의 쇠약한 노파와 칸의 양지바른 곳에 앉아 있던 빛나는 금발의 여자가 자매간이라니! 정말로 그런 일이 가능할까? 그는 바론 집안의 자매가 서로 얼마나 빼닮았는지 기억해 냈다. 두 사람이 다른 길을 걸어온 탓에 그토록 달라진 것이다.

그는 인생의 경이와 비애에 가슴이 저려 고개를 세차게 흔들었다. 그는 마저리를 향해 부드럽게 말했다.

"같이 2층으로 가서 이모를 만나는 게 좋겠습니다."

그들이 2층에 올라갔을 때, 클레이턴은 언제나 바느질을 하던 작업실에 앉아 있었다. 그러나 그들이 방에 들어가도 그녀는 고개를 돌리지 않았다. 그 이유를 새터스웨이트는 금방 알 수 있었다.

"심장 마비로군."

새터스웨이트는 차갑게 굳어 버린 그녀의 어깨를 만지며 중얼거렸다.

"아마 이렇게 된 것이 가장 좋은 결말일 겁니다."

헬렌의 얼굴

새터스웨이트는 극장의 관람석 맨 앞줄에 있는 커다란 로열박스에 혼자 앉아 있었다. 문 바깥에는 그의 이름이 적힌 카드가 붙어 있었다. 모든 예술의 애호가이자 감식가인 그는 훌륭한 음악을 특히 좋아해서, 해마다 시즌 중에는 코번트 가든 극장의 박스석을 화요일과 금요일마다 예약해 두었다.

그러나 그가 거기에 홀로 앉아 있는 일은 드물었다. 몸집이 자그마한 그는 사교성이 뛰어난 신사라서 예약한 박스석을 자신이 속한 훌륭한 분야의 유명인들이나 또는 그가 역시 정통한 예술계의 거두들과 함께 채우곤 했다. 오늘 밤에는 어느 백작 부인이 그와의 약속을 취소했기 때문에 그는 홀로 그곳에 앉아 있었다. 이 백작 부인은 미인으로 이름난 여성이었으며 훌륭한 어머니였다. 백작 부인은 아이들이 흔하고 성가신 질병인 볼거리에 걸렸기 때문에 집에 남아서, 꼼꼼히 풀 먹인 옷을 입은 간호사들과 눈물을 글썽이며 대화를 나누고 있었다. 그녀에게 앞서 말한 아이들과 작위를 제공하긴 했지만 존재조차 희미한 그녀의 남편은 이 기회를 빌미로 이 지겨운 행사에서 벗어날 수 있었다. 그에게는 음악만큼 지루한 것도 없었다.

오늘 밤에 공연하는 작품은 「카발레리아 루스티카나」(이탈리아 작곡가 마스카니의 단막 오페라 ─ 옮긴이)와 「팔리아치」(이탈리아 작곡가 레온카발로의 오페라 ─ 옮긴이)였다. 그러나 새터스웨이트는 첫 부분은 별로 흥미가 없었기 때문에 산투차(「카발레리아 루스티카나」의 여주인공 ─ 옮긴이)의 고통스러운 죽음 장면이 끝나고 막이 내린 직후에 극장에 도착했다. 아직 시간이 있었기 때문에 그는 사람들이 돌아다니거나 커피나 레모네이드를 사려고 다투어 쏟아져 나오기 전에 익숙한 눈으로 장내를 둘러보았다. 새터스웨이트는 오페라를 관람할 때 쓰는 쌍안경을 조절해서 장내를 둘러보고 얘기를 나눌 목표물을 발견하면 치밀한 작전 계획에 따라 돌진해 들어갔다. 그러나 이번 계획은 실행에 옮길 필요가 없었다. 그 까닭은 박스석 바로 밖에서 우연히 만난 키가 크고 피부가 검은 남자를 알아보고 너무나 반가웠기 때문이다.

"퀸 씨!" 하고 새터스웨이트는 소리쳤다.

그는 마치 친구가 곧 사라져 버릴까 봐 불안한 듯 친구의 손을 뜨겁게 덥석 잡았다.

"오늘은 저랑 같이 로열박스석에 앉으셔야겠습니다."

새터스웨이트는 단호하게 말했다.

"일행이 없으시죠?"

"예, 혼자서 특별석에 앉아 있었습니다."

퀸은 빙그레 웃으며 대답했다.

"그럼 잘됐네요."

새터스웨이트는 안도의 한숨을 내쉬며 말했다.

그 모습을 지켜본 사람이 있었다면 그의 태도가 아주 우스꽝스럽게 생각되었을 것이다.

"친절하기도 하십니다."

"천만에요. 제가 오히려 기쁩니다. 음악을 좋아하실 줄 몰랐는데요?"

"제가 「팔리아치」에 끌리는 이유가 몇 가지 있습니다."

"아! 그러시겠죠."

새터스웨이트는 이해한다는 표정을 지으며 고개를 끄덕였다. 하지만 그 이유를 만약 캐물었다면 왜 그런 말을 했는지 설명하기가 어려웠을 것이다.

"물론 좋아하시리라 생각했습니다."

그들은 벨이 울리자 곧바로 박스로 돌아갔다. 그리고 앞으로 몸을 내밀고서 자리로 돌아가는 사람들을 내려다보았다.

"저 머리 모양은 참 아름답네요."

새터스웨이트가 갑자기 말했다.

그는 쌍안경으로 자기들 바로 아래에 있는 특별석의 한 지점을 가리켰다. 거기에는 어떤 아가씨가 앉아 있었는데 얼굴은 보이지 않고 금발머리만이 모자처럼 머리에 딱 달라붙어서 하얀 목덜미와 기막힌 조화를 이루었다.

"그리스 풍의 머리 모양이군요. 완벽한 그리스 풍이에요."

새터스웨이트가 감탄하듯 말했다. 그는 만족한 듯 숨을 내쉬었다.

"생각해 보니 대단히 멋진데요. 자신에게 어울리는 머리 모양을 한 사람이 얼마나 드뭅니까. 모두가 머리를 치켜 깎는 요즘에 더욱 두드러져 보이는군요."

"관찰력이 대단하시군요."

새터스웨이트는 시인했다.

"전 보는 눈이 있습니다. 제가 좀 볼 줄 알죠. 예를 들어, 전 금방 저 머리 모양을 발견했습니다. 저 아가씨의 얼굴도 좀 있다가 한번 봐야겠습니다. 하지만 확신하건대 얼굴과 머리 모양은 어울리지 않을 겁니다. 얼굴과 머리모양이 모두 아름다운 일은 극히 드물죠."

이야기를 거의 마쳤을 즈음에 조명이 반짝이면서 지휘자가 지휘봉을 날카롭게 두드리는 소리가 들리더니 오페라가 시작되었다. 제2의 카루소(이탈리아의 유명한 테너 가수—옮긴이)라 불리는 새로운 테너가 그날 밤에 노래를 불렀다. 그는 여러 신문에서 유고슬라비아 사람이니 체코 사람이니 알바니아 사람이니, 헝가리 사람이니, 불가리아 사람이니 하고 온통 떠들어 대는 인물이었다. 그는 앨버트 홀(런던에 있는 기념관으로 음악회, 집회 등에 이용된다—옮긴이)에서 성공리에 발표회를 가진 적이 있는데 자신의 고향 민요들을 아주 뛰어난 오케스트라 반주에 맞춰 불렀다. 그 노래들은 이상하게 반음계를 사용했고, 음악 애호가들은 그의 노래를 듣고 대단히 훌륭하다고 격찬했다. 반면에 진정한 음악가들은 비평을 할 수 있으려면 좀 더 들어서 귀에 익숙해져야 된다면서 섣부른 판단을 삼갔다. 오늘 밤에는 요아쉬빔이 전통적인 흐느낌과 떨림을 담은 노래를 이탈리아 어로 불러 일부 관객에게는 퍽 다행이었다.

제1막이 끝나고 막이 내리자 떠들썩한 박수 소리가 여기저기서 터져 나왔다. 새터스웨이트는 고개를 돌려 퀸을 바라보았다. 새터스웨이트는 자신이 판정을 내리기를 상대가 기다리는 걸 깨닫고 약간 우쭐거렸다. 어쨌든 그는 작품을 볼 줄 알았다. 비평가로서 그의 판단은 틀린 경우가 별로 없었다.

그는 아주 천천히 고개를 끄덕였다.

"정말 멋진 공연입니다."

새터스웨이트는 말했다.

"그렇게 생각하십니까?"

"카루소에 못지않은 목소리입니다. 처음에는 그 정도인지 사람들은 잘 깨닫지 못할 겁니다. 기술이 아직 완전하지 않기 때문이죠. 거친 데가 있고 발성법에도 자신감이 좀 부족한 부분이 있긴 하지만 목소리는 괜찮아요. 하여튼 대단합니다."

"저는 앨버트 홀에서 열린 저 친구의 음악회에 갔었답니다."

퀸이 말했다.

"그래요? 전 못 갔는데."

"양치기 노래가 매우 호평을 받았습니다."

"거기에 대해서는 저도 신문에서 읽었습니다. 후렴의 끝부분이 매번 고음으로, 그러니까 울부짖는 소리로 끝난다고 하더군요. 라와 시 플랫의 중간 소리 말입니다. 매우 특이합니다."

새터스웨이트가 말했다.

요아쉬빔은 세 번이나 앙코르에 답하고는 밝게 웃으며 고개를 숙였다. 조명이 켜지고 사람들이 줄지어 밖으로 나가기 시작했다. 새터스웨이트는 몸을 앞으로 숙여 금발머리 아가씨를 내려다보았다. 그녀는 자리에서 일어나서 스카프를 고치고는 몸을 돌렸다.

그 순간, 새터스웨이트는 숨이 탁 막혔다. 세상에는 저런 얼굴들, 역사를 만든 얼굴들이 있다는 것을 그는 알고 있었다.

그 아가씨는 함께 온 어떤 젊은이와 나란히 통로 쪽으로 움직였다. 그리고 새터스웨이트는 그녀의 가까이에 있는 모든 남자들이 그녀를 한 번, 또는 계속해서 은밀히 곁눈질하는 것을 눈치 챘다.

"정말 아름답군!"

새터스웨이트는 혼잣말을 했다.

'저런 얼굴이 있지. 매력이나 흡인력, 또는 무엇을 끌어당기는 힘도 아니고, 그렇다고 흔히 말하는 그런 종류의 것도 아닌 그야말로 순전한 아름다움. 얼굴 모양, 눈썹의 선, 턱의 굴곡.'

그는 작은 소리로 한 구절을 인용했다.

"1,000척의 전함을 출범시킨 얼굴(16세기 영국 극작가 말로의 「파우스트 박사」 중에서 트로이 전쟁의 원인이 된 미인 헬렌을 노래한 문구──옮긴이)."

그리고 그는 처음으로 그 말의 의미를 깨달았다.

새터스웨이트는 퀸을 힐끗 바라보았는데 그도 '당신의 마음을 잘 알겠습니다.' 하고 말하는 듯한 얼굴이었기 때문에 굳이 설명할 필요가 없다고 느꼈다.

"항상 궁금하게 여겼는데 말입니다, 저런 여자들은 실제로는 어떤 사람일까요?"

새터스웨이트는 꾸밈없이 말했다.

"무슨 뜻이죠?"

"헬렌, 클레오파트라, 메리 스튜어트(스코틀랜드 여왕으로 사촌인 잉글랜드 여왕 엘리자베스 1세를 암살하려는 음모를 꾸민 죄로 처형되었다—옮긴이) 같은 사람들 말입니다."

퀸은 생각에 잠긴 채 고개를 끄덕이더니 말했다.

"밖으로 나가 보면 알게 되겠죠."

두 사람은 함께 밖으로 나왔다. 그리고 그들은 목표물을 찾아내는 데 성공했다. 그들이 찾던 두 사람은 계단 중간쯤에 있는 휴게실에 앉아 있었다. 새터스웨이트는 처음으로 아가씨와 함께 있는 사내를 확인했다. 피부가 검은 청년으로 잘생기지는 않았지만 지칠 줄 모르는 열정을 가진 사람처럼 보였다. 얼굴은 온통 이상하게 각이 져 있었다. 광대뼈가 튀어나왔고, 턱은 강인해 보이면서 약간 구부러졌으며, 움푹 들어간 눈은 튀어나온 검은 눈썹 아래에서 이상하게 가벼워 보였다.

'재미있게 생긴 얼굴이군. 아주 진실해 보이는데. 무언가가 있어

보여.'

새터스웨이트는 속으로 생각했다.

청년은 상체를 앞으로 숙이고 열심히 얘기를 하고 처녀는 귀를 기울여 듣고 있었다. 두 사람 모두 새터스웨이트가 속한 세계의 사람은 아니었다. 그는 그들이 '예술가 지망생'일 거라고 생각했다. 처녀는 값싼 녹색 비단으로 만든 수수한 옷을 입고 있었다. 그녀의 신발은 흰색이었지만 때가 많이 끼어 있었다. 청년은 야회복을 입고 있었는데 어딘가 불편해 보이는 모습이었다.

두 남자는 몇 번 그 앞을 왔다갔다 했다. 네 번째로 지나갈 때, 직장인처럼 보이는 잘생긴 남자가 그 두 사람과 합류했다. 그 사람이 합류하자 일종의 긴장감이 생겼다. 새로 온 남자는 넥타이를 만지작거리며 심기가 불편한 듯한 모습이었다. 얼굴이 아름다운 그 처녀는 심각한 표정으로 그를 바라보았고, 같이 있던 남자는 험악하게 그를 노려보았다.

"자주 있는 일이지요."

퀸은 그 앞을 지나면서 작은 소리로 말했다.

"예, 불가피하게 일어나는 일이지요. 뼈다귀 하나를 두고 개 두 마리가 으르렁거리는 꼴입니다. 저런 일은 예로부터 있었고 앞으로도 있을 겁니다. 하지만 무엇인가 다르지 않을까요, 아름다움이라는 건……"

새터스웨이트는 말을 멈췄다. 새터스웨이트에게 아름다움은 매우 굉장한 것을 의미했고 그것은 뭐라 형언하기 어려웠다. 그가 퀸을 바라보자, 퀸은 다 안다는 듯 진지하게 고개를 끄덕였다.

제2막이 시작되었기 때문에 그들은 자리로 돌아갔다.

공연이 끝났을 때, 새터스웨이트는 단단히 마음먹고 친구를 향해 고개를 돌렸다.

"밖에 비가 내리고 있습니다. 제가 차를 가져왔으니 바래다 드리 겠습니다. 어디든지."

마지막 낱말에는 새터스웨이트의 섬세한 마음씨가 그대로 드러 났다.

그는 "댁까지 바래다 드리지요." 하고 말하면 호기심이 있는 것처 럼 들릴 거라고 여겼다. 퀸은 유난히 말수가 적어서 새터스웨이트 도 그에 대해서는 이상하리만치 아는 것이 적었다.

"아니면 혹시, 차를 기다리시는 건가요?"

몸집이 작은 새터스웨이트가 말했다.

"아닙니다. 저는 차를 가져오지 않았습니다."

퀸이 말했다.

"그럼……."

하지만 퀸은 고개를 저었다.

"친절은 고맙습니다만 그냥 혼자 가고 싶습니다."

퀸은 조금 기묘한 웃음을 짓고 있었다.

"하지만 무슨 일이 일어나면 당신이 행동해야 할 겁니다. 안녕히 가십시오. 그리고 감사했습니다. 또 다시 둘이서 드라마를 보았군요."

퀸이 너무나 잽싸게 가 버려서 새터스웨이트는 제지할 틈도 없었다. 그는 조금 불안한 생각이 마음속에서 꿈틀거리는 것을 느끼며 혼자 서 있었다. 도대체 퀸이 말하는 드라마는 어떤 것일까? 팔리아치? 아니면 다른 드라마?

새터스웨이트의 운전사 마스터스는 골목에서 기다리는 것이 습관이 되어 있었다. 그의 주인은 오페라 극장 앞으로 차를 순서대로 천천히 하나씩 대는 것을 참고 기다리기 싫어했기 때문이었다. 늘 그랬듯이 새터스웨이트는 길 모퉁이를 돌아 마스터스가 기다리는 장소로 빠르게 걸음을 옮겼다. 그의 바로 앞에서는 한 아가씨와 남자가 걸어가고 있었는데 그들이 누구인지 알아차릴 즈음 어떤 남자가 그들과 합류했다.

불과 1분도 안 되는 사이에 사태는 험악해졌다. 한 사내의 목소리가 노기를 품고 높아졌고 다른 사내는 그 기세에 눌려 변명을 늘어놓았다. 그리고 나서 두 사람은 한바탕 난투극을 벌였다. 주먹이 오가고, 화가 나서 씩씩거렸으며, 그런 다음에 몇 차례 더 주먹이 날아가고, 어디에 숨어 있었는지 경찰관 하나가 위풍당당한 모습을 드러냈다. 그리고 잠시 뒤, 새터스웨이트는 겁에 질려 벽에 몸을 기대고 있는 아가씨 곁으로 다가갔다.

"실례합니다만 여기 계시면 안 될 것 같습니다."

그는 아가씨에게 말했다.

그는 그녀의 팔을 이끌고 재빨리 큰길을 따라 내려갔다. 그녀는 새터스웨이트를 따라가면서 뒤를 한 번 돌아보았다.

"하지만 저는……."

그녀는 웅얼거리기 시작했다.

새터스웨이트는 고개를 저었다.

"이런 사건에 말려들면 피곤해집니다. 저 사람들과 같이 경찰서까지 가야 할 겁니다. 그리고 아마 아가씨의 두 친구도 그걸 원치 않을 겁니다."

그는 멈춰 섰다.

"이게 제 찹니다. 괜찮다면 댁까지 바래다 드리겠습니다."

아가씨는 탐색하듯 그를 바라보았다. 새터스웨이트의 침착하고 점잖은 태도가 좋은 인상을 주었는지 그녀는 고개를 숙였다.

그녀는 "감사합니다." 하고 말하고는 마스터스가 문을 열고 기다리는 차 안으로 들어갔다.

새터스웨이트가 묻자 그녀는 첼시(런던 남서부 템스 강 북안의 한 구로 화가·문인 거주지로 유명했던 곳─옮긴이)의 주소를 알려주었다. 그리고 그도 그녀의 옆 자리에 앉았다.

처녀는 당황한 상태라서 대화를 나눌 기분이 아니었다. 새터스웨이트 역시 그러한 것을 잘 알고 있었기 때문에 생각에 잠긴 그녀를 방해하지 않았다. 그러나 곧 그녀는 새터스웨이트에게로 고개를 돌리더니 먼저 입을 열었다.

"사람들이 저렇게 바보같이 행동하지 않았으면 좋겠어요."

그녀는 화가 나서 말했다.

"저러면 피곤하죠."

새터스웨이트도 맞장구를 쳤다.

그의 솔직한 태도에 그녀는 마음이 편안해져서 자신의 가슴속에 있는 것을 털어놓고 싶어진 것처럼 이야기를 계속했다.

"그럴 의도는 아니었어요. 예, 결국 이렇게 되어 버렸지만. 이스트니 씨와 저는 오랫동안 친하게 지내 왔어요. 제가 런던에 온 뒤부터요. 그분은 제 목소리 때문에 고생도 많았고 훌륭한 곳에 소개도 해주셨어요. 그리고 제게 얼마나 친절하게 대해 주셨는지 몰라요. 그분은 정말 음악광이에요. 오늘 밤에도 음악회에 절 데려와 주셔서 얼마나 고맙게 생각하는지 몰라요. 사실 그분에겐 그만한 경제적 여유가 없거든요. 그런데 번스 씨가 나타나서 우리한테 말을 붙인 거예요. 제 생각에는 꽤 정중했거든요. 그런데 필, 그러니까 이스트니 씨가 골이 난 거예요. 전 그분이 왜 그러는지 모르겠어요. 여기는 자유 국가잖아요. 번스 씨는 항상 쾌활하고 점잖은 분인데 말이에요. 우리가 지하철 쪽으로 걸어가는데 그분이 다가와서 우리 사이에 끼어들더군요. 그분이 겨우 두 마디쯤 했는데 느닷없이 이스트니 씨가 미친 사람처럼 달려든 거예요. 세상에! 마음에 들지 않아요."

"그렇습니까?"

새터스웨이트는 매우 부드럽게 물었다.

그녀는 약간 얼굴을 붉혔다. 그녀는 자기 얼굴이 남자들을 끈다는 사실을 모르는 것 같았다. 자신이 남자들 싸움의 원인이 된다는 어느 정도의 즐거운 흥분은 틀림없이 있겠지만 그것은 사람의 본성이니 별 문제가 안 되었다. 그러나 새터스웨이트는 그녀의 마음에 맨 먼저 떠오른 것은 근심 섞인 당혹감이라고 판단했다. 그는 다음 순간 그녀가 "그분, 다치지나 않았으면 좋겠는데." 하고 엉뚱한 말을 꺼냈을 때 그 단서를 얻었다.

'그분이라면 어느 쪽을 말하는 걸까?'

새터스웨이트는 어둠 속에서 혼자 미소를 지으며 생각했다.

그는 자신의 판단을 믿고 말했다.

"저…… 이스트니 씨가 번스 씨에게 상처를 입히지 않았으면 좋겠다고요?"

그녀는 고개를 끄덕였다.

"예, 그래요. 정말 끔찍해요. 어떻게 됐는지 알면 좋겠어요."

차가 멈춰 섰다.

"집에 전화는 있습니까?"

"예."

"원한다면 어떻게 되었는지 제가 정확히 알아보고 전화를 드리겠습니다."

처녀의 얼굴이 밝아졌다.

"어머! 정말 고마워요. 하지만 폐가 되지 않을까요?"

"아니, 괜찮습니다."

그녀는 다시 고맙다고 말하고는 전화번호를 적어 주며 조금 쑥스러운 표정으로 덧붙였다.

"저는 질리언 웨스트라고 해요."

임무를 띠고 밤을 가르며 달리는 새터스웨이트의 입술에 야릇한 미소가 떠올랐다.

그는 생각했다.

'문제의 핵심은 그거였구나. 얼굴 모습, 턱의 곡선!'

어쨌든 그는 자기가 한 약속을 지켰다.

그 다음 일요일 오후, 새터스웨이트는 진달래과의 여러 식물들을
보러 큐 왕립식물원으로 갔다. 아주 오래전(믿을 수 없을 정도로 오래
되었다고 생각되는데) 그는 한 젊은 여자와 초롱꽃을 보러 큐 식물원
으로 차를 몰고 간 적이 있다. 새터스웨이트는 그 당시 할 얘기들을
아주 치밀하게 마음속으로 준비해 두었고, 그 젊은 여성에게 청혼
할 때 쓸 말까지 생각해 두었다. 그는 그 대사를 마음속으로 되풀이
하면서 그녀가 초롱꽃을 보고 황홀해서 감탄사를 내뱉을 때마다 그
다지 마음에도 없는 말로 맞장구를 쳐 주었다. 그때 충격적인 일이
일어났다. 그 젊은 여자는 초롱꽃에 대해 더 이상의 감탄사를 내뱉
지 않고 갑자기 자신의 진정한 친구라고 생각한 새터스웨이트에게
다른 남자에 대한 자신의 사랑을 털어놓았다. 새터스웨이트는 준비
한 대사를 채 꺼내지도 못하고 마음속 제일 밑바닥 칸에 들어 있는
공감과 우정의 말을 허둥지둥 뒤질 수밖에 없었다.

새터스웨이트의 로맨스는 이런 것이었다. 어딘지 맥 빠진 초기
빅토리아 시대의 연애 같은. 하지만 그 때문에 그는 큐 식물원에 로
맨틱한 애착을 가지게 되었고 자주 그곳에 가서 파란 초롱꽃을 관
찰했고 외국에서 평소보다 철 늦게 돌아올 때면 진달래과 식물들을
구경하면서 혼자 한숨을 쉬며 괜스레 감상적인 기분에 젖곤 했다.

그러다가도 고풍스럽고 로맨틱한 방법으로 즐거운 시간을 보냈다.

이 특별한 오후에 그는 늘어선 찻집들을 어슬렁거리며 지나다가 풀밭 위에 놓인 작은 탁자들 가운데 한 곳에 앉아 있는 남녀 한 쌍을 알아보았다. 바로 질리언 웨스트와 미남 청년이었는데, 동시에 그쪽에서도 그를 알아보았다. 그는 처녀가 갑자기 얼굴을 붉히고는 남자에게 열심히 말하는 것을 보았다. 잠시 뒤, 그는 두 사람에게 다가가서 천성대로 예의 바르고 조금 긴장한 태도로 악수를 나누고, 차를 함께 하자는 그들의 조심스러운 초대를 받아들였다.

"요전에 질리언을 돌봐 주셔서 뭐라고 감사드려야 할지 모르겠습니다. 이 사람이 모두 말해 주더군요."

번스가 말했다.

"그땐 너무 고마웠어요, 선생님."

처녀가 말했다.

새터스웨이트는 흐뭇했고 두 사람에게 흥미를 느꼈다. 무엇보다 그들의 순진하고 진실한 모습이 마음에 들었다. 또한 그것은 그가 잘 모르는 세계를 엿볼 수 있는 기회도 되었다. 그에게 이들은 미지의 세계에 속한 사람들이었다.

약간은 쌀쌀맞은 새터스웨이트에게도 동정적인 구석이 있었다. 곧이어 그는 이 새로운 친구들에 관한 모든 것을 듣게 되었다. 번스의 이름은 찰리였으며, 예상대로 두 사람은 약혼한 상태였다.

"사실 오늘 오후에 막 결정했답니다. 그렇지, 질?"

번스는 기분이 좋아져서 솔직히 말했다.

번스는 해운회사 직원이었다. 보수도 괜찮았고, 재산도 조금 있었으며, 두 사람은 곧 결혼할 거라고 했다.

새터스웨이트는 이야기에 귀를 기울이며 고개를 끄덕이고는 축하 인사를 했다.

'평범한 젊은이군. 지극히 평범한 젊은이야! 착하고 솔직하고, 자신을 과대평가하는 구석이 있긴 하지만 교만하지는 않아. 대단한 미남은 아니지만 그런대로 생긴 것도 괜찮군. 이렇다 하게 특별나지는 않지만 사람을 놀라게 할 일을 저지를 것 같지도 않고. 무엇보다도 이 아가씨가 이 남자를 사랑하고 있고 말이야.'

그는 속으로 이렇게 생각했다.

갑자기 그는 우연히 생각난 듯 말을 꺼냈다.

"그런데 이스트니 씨는……."

그는 일부러 말을 끊었지만 기대한 효과를 만들어 내기에는 그것으로도 충분했다. 찰리 번스의 얼굴은 어두워졌고, 질리언은 난처한 표정을 지었다. 아니, 난처한 것 이상으로 두려워하는 것 같았다.

"저, 그건……."

그녀는 낮은 소리로 말했다. 그녀의 말은 새터스웨이트를 향한 것이었다. 마치 자기 애인은 느끼지 못하는 감정을 새터스웨이트라면 이해하리라는 것을 본능적으로 아는 듯했다.

"예, 그분은 제게 많은 것을 베풀어 주셨어요. 저더러 가수가 되라고 격려해 주셨고 또 밀어 주시기도 했지요. 하지만 제 목소리가 그리 좋지도 않아서……. 최고 수준은 아니라는 걸 전 오래전부터 알고 있었어요. 물론 계약은 여러 건 했지만……."

그녀는 말을 끊었다.

"당신도 고생 좀 했지. 여자는 자기를 도와줄 누군가를 원해. 질리언은 불쾌한 일을 많이 겪었습니다, 새터스웨이트 씨. 질은 고생이 많았습니다. 보시다시피 이 사람은 얼굴이 예쁩니다. 그 때문에 종종 곤란한 경우를 겪곤 하죠."

번스가 말했다. 새터스웨이트는 숨김없이 털어놓는 이야기를 들으며 번스가 막연하게 '불쾌한 일'이라고 표현한 여러 가지 일을 알게 되었다. 권총 자살을 한 젊은이, 유부남인 은행 지점장이 저지른 뜻밖의 행동, 틀림없이 머리가 좀 모자랐을 것 같은 난폭한 남자, 나이 많은 예술가의 거친 행동 등. 질리언 웨스트가 살아오며 당한 일련의 광포한 일들과 비극에 대해 찰스 번스는 평범한 어조로 얘기해 나갔다.

"그런데 제 생각으로는, 그 이스트니란 놈은 조금 정신이 나간 것 같습니다. 만일 제가 나타나서 돕지 않았다면 질리언은 그 남자 때문에 아주 곤란했을 겁니다."

번스는 이렇게 결론을 내렸다.

그의 웃음소리는 새터스웨이트에게 약간 공허하게 들렸고 처녀의 얼굴에도 거기에 반응하는 미소가 떠오르지 않았다. 그녀는 계속 새터스웨이트를 진지하게 바라보고 있었다.

"필 이스트니 씨는 미치지 않았어요. 그 사람은 절 좋아하고 저역시 그를 친구로서 좋아해요. 하지만 그 이상은 아니에요. 찰리 소식을 그가 어떻게 받아들일지 모르겠어요. 너무 두려워요. 그 사람은…… 그 사람은…….”

그녀는 막연하게 위험을 의식하고 목이 막힌 듯 말을 멈췄다.

“제가 어떻게든 도울 수 있다면…… 말해 보세요.”

새터스웨이트는 따뜻하게 말했다.

그는 찰리 번스가 어딘지 화가 나 있는 것 같이 생각되었다. 하지만 질리언은 곧바로 “고맙습니다.” 하고 말했다.

새터스웨이트는 질리언에게 다음 목요일에 차를 함께 하자고 약속하고 그들과 헤어졌다.

목요일이 되자 새터스웨이트는 즐거운 기대감으로 약간 마음이 설레었다. 그는 이렇게 생각했다.

‘나는 비록 늙었지만 아름다운 얼굴을 보고 마음이 설레지 않을 정도로까지 나이를 먹진 않았어. 참 아름다운 얼굴이야.’

그러다가 그는 불길한 예감을 느끼고 고개를 흔들었다.

질리언은 혼자 있었다. 찰리 번스는 나중에 올 거라고 했다. 새터스웨이트는 그녀가 전보다 훨씬 더 행복해 보인다고 생각했다. 마치 마음의 돌덩이 하나를 내려놓은 듯했다. 실제로 그녀도 솔직하게 그것을 인정했다.

“찰스에 관해서 이스트니 씨한테 말하기가 두려웠어요. 제가 바보였어요. 이스트니 씨에 대해 좀 더 알았어야 하는데. 물론 그분은 화를 냈지만 어느 누구라도 그랬을 거예요. 정말 자상한 분이에요. 이건 오늘 아침 그분이 제게 보내주신 거예요. 결혼 선물이라면서요. 멋있지 않아요?"

그것은 확실히 필립 이스트니 같이 생활이 어려운 젊은이로서는 하기 어려운 선물이었다. 진공관 네 개짜리의 최신형 라디오 세트였다.

"우리 두 사람 모두 음악을 좋아해요. 이것으로 음악을 들을 때마다 자신을 조금이나마 생각해 달라고 이스트니 씨가 말하더군요. 꼭 그럴 생각이에요. 과거지만 우린 아주 사이가 좋았거든요."

처녀가 설명하듯 말했다.

새터스웨이트는 부드럽게 대꾸했다.

"훌륭한 친구를 두었군요. 정말 남자답게 충격을 받아들이는 걸 보니."

질리언은 고개를 끄덕였다. 그 순간, 그는 그녀의 눈에 눈물이 갑작스럽게 고이는 모습을 보았다.

"그 사람은 자기를 위해 한 가지만 해 달라고 말했어요. 바로 오늘 밤이 그와 처음 만난 날이에요. 그러니 오늘 밤엔 찰리와 아무 데도 나가지 말고 집에서 조용히 라디오를 들으라더군요. 물론 그렇게 하겠다고 대답했죠. 무척 감동했고 깊은 감사와 애정을 가지고 그를 생각하겠다고 말했어요."

새터스웨이트는 고개를 끄덕였지만 혼란스러웠다. 그는 사람들의 성격 분석에 실패한 적이 거의 없었다. 그의 판단으로는 필립 이스트니는 그런 감상적인 요청을 절대 할 수 없는 남자였다. 그 젊은이는 그가 생각한 것보다 더 시시한 부류가 틀림없었다. 질리언은 그런 요구가 자기가 차 버린 남자의 성격과 딱 맞는다고 생각하는 눈치였다. 새터스웨이트는 약간, 아주 약간 실망했다. 그 자신도 감상적인 남자여서 충분히 그런 부분을 이해했지만, 그는 다른 인간 한테는 자신과는 좀 다른 무언가를 기대했던 것이다. 게다가 감상 따위는 그의 세대에나 해당하는 전유물이고, 현대에선 이미 소용이 없어진 애물단지 같은 것이다.

그는 질리언에게 노래를 한 곡 불러 달라고 부탁했고, 그녀는 그 요구를 받아들였다. 비록 매력적인 목소리라고 그녀에게 말해 주었지만, 그는 솔직히 그녀의 목소리는 이류에 불과하다고 생각했다. 그녀가 가수로 성공한다면 그것은 그녀의 미모 때문이지, 결코 목소리 때문은 아닐 것이다.

그는 번스를 그다지 보고 싶은 생각이 없었으므로 그냥 돌아 가려고 자리에서 일어섰다. 그 순간 벽난로 선반 위의 장식품이 그의 주의를 끌었다. 그것은 다른 싸구려 물건들과 섞여서 마치 쓰레기 더미 속의 보석처럼 눈에 띄었다.

그것은 얇은 녹색 유리로 만든 물병이었는데, 목이 길고 우아한 형태였다. 그리고 가장자리에는 커다란 비눗방울 같은 무지개 빛깔의 유리공이 붙어 있었다. 질리언은 그가 넋을 잃고 무언가를 바라보는 것을 알아차렸다.

"저것도 결혼 축하 선물로 이스트니 씨가 준 거예요. 예쁘죠? 그 사람은 유리 공장에 다녀요."

"아름답군요. 저걸 만든 사람의 실력이 대단한데요."

새터스웨이트는 감탄하며 말했다.

그는 이상하게도 필립 이스트니에게 흥미가 생기는 것을 느끼며 일어섰다. 유별나게 흥미로운 젊은이였다. 그러나 어쨌든 저 미모의 처녀는 찰리 번스를 더 좋아하고 있었다. 이상하고도 알 수 없는 세상이었다!

마침 그때 새터스웨이트의 마음속에는 질리언 웨스트의 빼어난 미모 때문에 퀸과 만났던 그날 밤이 그냥 흐지부지 끝나 버렸다는 생각이 떠올랐다. 대체로 그때까지 그 신비한 인물을 만날 때마다 어떤 이상하고 예기치 못한 일이 일어나곤 했다. 새터스웨이트가 발길을 돌려 아를레키노 음식점으로 간 것도 그 신비로운 남자를 우연히 만날지도 모른다는 희망에서였다. 그 음식점에서 퀸과 만난 일이 있었고 퀸도 그곳에 자주 간다고 말했기 때문이다.

새터스웨이트는 아를레키노 음식점으로 가서 이 구석 저 구석 퀸을 찾을 기대감을 가지고 안을 둘러보았지만, 퀸의 거무스름하고 미소를 띤 얼굴은 전혀 볼 수가 없었다. 하지만 거기에는 다른 사람이 있었다. 작은 식탁에 홀로 앉아 있는 사람은 다름 아닌 필립 이스트니였다.

음식점 안은 사람들로 붐볐지만 새터스웨이트는 그 젊은이와 마주 보이는 곳에 자리를 잡았다. 그는 마치 자신이 사건의 전모를 밝히는 역할을 맡은 듯한 기분이 들어 갑자기 이상한 만족감을 느꼈다. 그는 이 사건에 관여하는 중이었다. 그것이 어떤 문제인지 몰라도 말이었다. 오페라에서 그날 밤 퀸이 말한 의미를 그는 지금에서야 깨달았다. 드라마가 상연되고 있었고 새터스웨이트는 그 드라마에서 중요한 역할을 맡아 연기를 하고 있는 것이었다. 그는 자기 차례를 놓치지 않고 대사를 말해야 했다.

그는 피할 수 없는 숙명을 마주하는 기분으로 필립 이스트니의 맞은편에 앉았다. 대화를 시작하기는 그리 어렵지 않았다. 이스트니도 대화를 나누고 싶었던 것 같았다. 새터스웨이트는 항상 그렇듯 이야기하는 사람에게 자극을 주고, 귀를 쫑긋 세우고 들어 주었다. 두 사람은 전쟁과 폭약, 그리고 독가스에 대해 이야기를 나누었다. 이스트니는 전쟁 기간 대부분을 그러한 것들을 만드는 공장에서 보냈기 때문에 할 말이 많았다. 새터스웨이트는 그를 정말 재미있는 사람이라고 생각했다.

이스트니는 아직 한 번도 사용한 적이 없는 가스가 하나 있다고 말했다. 휴전이 너무 일찍 찾아왔기 때문이란다. 그 가스에 대한 기대가 상당했다고 했다. 한 번 들이마시면 즉사하는 가스라고 열심히 설명하는 그의 표정과 말투에는 생기가 흘러넘쳤다.

어색한 분위기가 완전히 사라지자 새터스웨이트는 화제를 음악 쪽으로 자연스럽게 돌렸다. 이스트니의 마른 얼굴이 아연 활기를 띠었다. 그는 진정한 음악 애호가답게 열을 올리며 마음껏 떠벌렸다. 요아쉬빔 얘기를 할 때 젊은이는 열광했다. 그와 새터스웨이트는 정말로 훌륭한 테너의 목소리를 능가할 것은 이 세상에 하나도 없다는 데 의견이 일치했다. 이스트니는 어렸을 적에 카루소의 목소리를 들은 일이 있는데 그 일을 잊은 적이 한 번도 없다고 했다.

"그 양반이 포도주 잔을 앞에 두고 노래를 부르면 유리잔이 박살 난다는 얘기 들어 보셨죠?"

이스트니가 물었다.

"난 지어낸 얘기라고 생각했는데……."

새터스웨이트는 빙그레 웃으며 말했다.

"아닙니다, 분명한 사실입니다. 그런 일은 실제로 가능합니다. 공명의 정도에 달린 문제죠."

이스트니는 기술적인 내용을 설명하기 시작했다. 그의 얼굴은 홍조를 띠었고 두 눈은 반짝 빛났다. 그는 그러한 화제에 매료된 것 같았다. 새터스웨이트는 그가 말하는 내용을 완벽히 이해하고서 이야기하고 있음을 알 수 있었다. 또한 새터스웨이트는 자신의 이야기 상대가 뛰어난 두뇌의 소유자, 그것도 거의 천재라고 말해도 좋을 정도인 두뇌의 소유자인 것을 알아차렸다. 이스트니는 총명하고, 생각이 기발하며, 아직 진출 분야를 정하진 못했지만 어쨌든 틀림없는 천재였다.

그는 왜 질리언이 찰리 번스를 선택했을까 궁금했다.

새터스웨이트는 시간이 많이 흐른 사실에 깜짝 놀라서 웨이터에게 계산서를 가져오게 했다. 이스트니는 조금 미안한 표정을 지었다.

"죄송합니다. 쉴 새 없이 혼자 떠들어 대서. 하지만 오늘 밤 선생님이 여기에 오신 것은 제게 행운이었습니다. 저…… 저는 오늘 밤, 얘기 상대가 필요했거든요."

이스트니는 이상하게 웃으면서 이야기를 끝냈다. 그의 눈은 흥분을 억누르는 가운데 빛났지만, 태도에는 어딘지 비극적인 구석이 있었다.

"정말 즐거웠습니다. 매우 흥미롭고 유익한 대화였습니다."

새터스웨이트는 그렇게 말한 다음 우스꽝스럽게도 약간 정중하게 고개를 숙이고는 음식점을 나왔다. 공기가 따뜻한 밤이었다. 거리를 천천히 걸어가는데 이상한 생각이 마음속에 떠올랐다. 그는 혼자가 아니라 누군가 옆에서 함께 걷고 있다는 느낌이 들었다. 그는 그런 생각은 망상이라고 자신에게 타일렀지만 소용이 없었다. 그의 옆에서 보이지 않는 누군가가 그 어둡고 조용한 거리를 걷고 있었다. 어째서 퀸의 모습이 이렇게 또렷하게 가슴속에 떠오르는지 궁금했다. 마치 정말로 퀸이 옆에서 걷고 있는 듯이 느껴져서 눈을 돌려 보면 그곳엔 아무도 없고 자신은 혼자라는 사실을 금방 확인할 수 있었다.

하지만 퀸에 대한 생각은 집요하게 그를 따라다녔다. 그리고 무언가 임박한 재앙의 징조 같은 게 느껴졌다. 그가 처리해야 할 일이 있었다. 그것도 당장에. 무언가 매우 잘못되어 가고 있었고 그것을 되돌리는 일은 전적으로 그의 손에 달려 있었다.

그런 느낌이 너무 강했기 때문에 새터스웨이트는 그러한 생각에 맞서 싸우는 일을 그만두었다. 대신 눈을 감고 가슴속에 떠오르는 퀸의 모습을 더 가까이로 끌어오려고 애썼다.

'퀸 씨한테 물어볼 수만 있다면.'

그러나 이런 생각이 마음에 떠오른 순간, 그래선 안 된다는 걸 스스로 알아차렸다. 퀸에게 어떤 질문을 하든 다 소용없는 짓이었다. 아마 퀸은 "실마리는 모두 당신 손에 있습니다." 하고 말하는 게 고작일 테니까.

실마리. 무슨 실마리지? 그는 자신의 느낌과 인상을 조심스레 분석했다. 지금 위험이 다가오고 있다. 대체 누구를 위협하는 것일까?

곧 그의 눈앞에는 한 광경이 떠올랐다. 혼자 앉아서 라디오를 듣고 있는 질리언 웨스트의 모습이.

새터스웨이트는 지나가는 신문팔이 아이에게 동전을 하나 던져주고 신문을 잡아채듯 받아들었다. 그는 그 자리에서 런던 라디오의 프로그램을 살펴보았다. 요아쉬빔이 오늘 밤 방송에 출연할 예정이었다. 흥미로웠다. 「파우스트(구노의 오페라——옮긴이)」 중 아리아 한 곡과 요아쉬빔의 고국 민요 중에서 뽑은 「양치기의 노래」, 「물고기」, 「작은 사슴」 등을 부르기로 되어 있었다.

새터스웨이트는 신문을 말아서 꾸깃꾸깃 구겼다. 질리언이 틀림없이 듣고 있을 거라고 생각하자, 그 광경이 한층 또렷하게 보이는 듯했다. 혼자 앉아서 라디오를 듣는 그녀.

필립 이스트니는 그녀에게 아주 이상한 부탁을 했다. 그것은 전혀 그답지 않은 행동이었다. 이스트니에게는 감상적인 면이 전혀 없었다. 그는 감정이 격한 남자였다. 어쩌면 위험한 남자일지도 몰랐다.

다시금 그에 대한 생각이 불쑥 일었다. 위험한 남자라고 생각한

데는 무언가 의미가 있었다.

'실마리는 모두 당신 손 안에 있습니다.'

오늘 밤, 필립 이스트니를 만난 일도 조금 이상했다. 운이 좋았다고 이스트니는 말했다. 우연이었을까? 아니면, 오늘 밤에 새터스웨이트가 한두 번 의식했듯 치밀한 계획의 일부였을까?

그는 지금까지의 일을 거슬러 올라가서 생각해 보았다. 이스트니의 얘기 중에는 무엇인가가 분명히 있다. 거기에 실마리가 있는 게 틀림없다. 그렇지 않다면 이 이상한 긴박감은 뭐란 말인가? 그 남자가 무슨 말을 했더라? 노래, 전쟁 당시 맡았던 업무, 그리고 카루소에 대해 말했다.

카루소, 새터스웨이트의 생각은 갑자기 다른 방향으로 내달렸다. 요아쉬빔의 목소리는 거의 카루소의 목소리에 필적할 만하다. 질리언은 지금쯤 앉아서 라디오 방송을 듣고 있을 것이다. 박자를 정확히 맞춘 힘찬 목소리가 방에 메아리 치고, 유리잔을 울릴 것이다.

그는 숨을 멈췄다. 유리가 울린다. 카루소가 포도주 잔을 향해 노래를 하자 그것이 깨졌다. 요아쉬빔이 런던 방송국에서 노래를 하고, 1.5킬로미터 이상이나 떨어진 방에서 유리가 쨍하고 깨진다. 포도주 잔이 아니고 얇은 녹색 유리 물병이. 투명한 비눗방울이 떨어진다. 비눗방울 안은 아마 무언가로 채워져 있을 것이다.

지나가던 사람의 눈에 갑자기 새터스웨이트가 미친 걸로 보인 것은 바로 그때였다. 그는 다시금 신문을 바싹 끌어당겨 라디오 프로그램을 힐끗 들여다보더니 정신없이 조용한 거리를 내달리기 시작했다. 그는 그 도로의 끝에서 엉금엉금 기어오는 택시를 하나 발견하곤 그대로 택시로 뛰어올라 운전사에게 행선지를 큰 소리로 알려주면서 사람이 죽고 사는 문제가 걸렸으니 빨리 가자고 소리쳤다. 운전사는 그가 머리는 이상하지만 부자 같다고 판단하고 최고 속도로 차를 몰았다.

새터스웨이트는 뒤로 몸을 기댔다. 머릿속은 학교에서 과학 시간에 배운 내용들, 그날 밤에 이스트니가 사용한 용어 등 단편적인 생각들로 뒤죽박죽이었다. 공명. 모든 사물이 가진 고유의 주파수와 외부의 힘이 가진 주파수가 우연히 일치하면 대단히 큰 진동 상태를 일으킨다. 가령 현수교 위를 군인들이 행진하고 있는데 발걸음과 다리의 주파수가 일치한다면……. 이스트니는 이 문제를 연구하고 있었던 것이다. 이스트니는 알고 있었다. 그리고 그는 역시 천재였다.

10시 45분에 요아쉬빔이 방송을 하기로 되어 있었다. 이제 시간이 거의 다 되었다. 노래, 그러나 「파우스트」가 먼저다. 문제는 「양치기의 노래」다. 후렴구 뒤쪽에 크게 소리치는 부분이 있다. 그게…… 그게 대체 무슨 결과를 낳는다는 거지?

그의 생각은 다시금 빙글빙글 돌았다. 온음, 반음. 그는 별로 잘 알지 못하지만 이스트니는 그것들을 잘 알고 있었다. 하느님, 시간에 맞게 택시가 도착하도록 도와주소서!

택시가 드디어 멈춰 섰다. 새터스웨이트는 그대로 택시에서 뛰어나와 젊은 운동선수처럼 3층까지 돌계단을 냅다 뛰어 올라갔다. 현관문은 조금 열려 있었다. 현관문을 밀어젖히자 테너의 커다란 목소리가 그를 맞이했다. '양치기의 노래'의 가사도 이만큼 위급한 상황이 아니라면 귀에 익숙하게 들렸을 것이다.

'양치기여, 말의 흐르는 갈기를 보아라.'

그는 제시간에 도착했다. 그는 거실 문을 확 밀어젖혔다. 질리언은 벽난로 옆의 높다란 의자에 앉아 있었다.

'바이라 미스카 집 아가씨는 오늘 시집을 간다네. 결혼식에 서둘러 가야지.'

그녀는 틀림없이 새터스웨이트가 정신이 나갔다고 생각했을 것이다. 그는 그녀를 붙들고 알아들을 수 없는 소리를 질러 대면서 반쯤은 손을 잡아끌고, 반쯤은 억지로 잡아당겨서 간신히 계단 위까지 나왔다.

'결혼식에 서둘러 가야지, 야하!'

훌륭한 고음이었다. 목청껏, 그리고 힘차고 정확한 발성이었다. 어떤 가수라도 부러워할 정도로. 그리고 그와 함께 다른 소리도 들려왔다. 유리가 깨지면서 나는 희미한 쨍그랑 소리가.

길 잃은 고양이 한 마리가 그들을 스쳐 방 안으로 들어갔다. 질리언이 몸을 움직이려 하자 새터스웨이트는 두서없이 중얼거리며 제지했다.

"안 돼요, 안 돼. 들어가면 죽어요. 냄새도 없고 무슨 낌새도 없어요. 그저 숨만 한 번 쉬면 끝입니다. 얼마나 무서운지 아무도 몰라요. 지금까지 실험한 것들과는 다릅니다."

그는 저녁에 필립 이스트니가 음식점 식탁에서 했던 말을 그대로 반복했다.

질리언은 아무 것도 깨닫지 못한 채 그를 빤히 바라보았다.

필립 이스트니는 시계를 꺼내서 시간을 보았다. 11시 30분 정각이었다. 그는 45분 동안 템스 강 둑길을 서성이고 있었다. 그가 템스 강을 바라보다가 고개를 뒤로 돌린 순간, 저녁 식탁에 같이 앉아 있었던 얼굴과 딱 마주쳤다.

"참 이상하군요. 오늘 밤은 우리가 만나도록 운명 지어진 것 같은데요."

이스트니가 웃으며 말했다.

"운명이라고 생각한다면야 그럴 수도 있겠죠."

새터스웨이트가 말했다.

필립 이스트니는 좀 더 주의를 기울여 상대의 얼굴을 보다가 표정이 변했다.

"예?"

이스트니가 조용히 물었다.

새터스웨이트는 단도직입적으로 얘기했다.

"지금 웨스트 양의 아파트에 다녀오는 길입니다."

"그래요?"

역시 죽음처럼 가라앉은 목소리였다.

"거기서 죽은 고양이 한 마리를 발견했습니다."

잠시 침묵이 흐른 뒤 이스트니가 말했다.

"당신은 누구십니까?"

새터스웨이트는 잠시 동안 지금까지의 경위를 전부 이야기했다.

"그래서 간신히 시간 안에 도착할 수 있었습니다."

그는 이야기를 마치고 잠시 숨을 돌린 다음, 제법 정중하게 이렇게 덧붙였다.

"할 말은 없습니까?"

그는 숨김없는 고백이나 황당한 변명을 예상했지만, 아무런 말도 듣지 못했다.

"아뇨, 없습니다."

필립 이스트니는 조용하게 말하고는 획 몸을 돌리더니 저쪽으로 걸어갔다.

새터스웨이트는 그의 모습이 어둠 속으로 빨려 들어갈 때까지 바라보고 있었다. 그는 어쨌든 필립 이스트니에게 이상한 동료 의식 같은 것을 느꼈다. 그것은 한 예술가가 다른 예술가에게 느끼는 감정, 감상적인 인간이 애인에게 품는 감정, 평범한 인간이 천재에게 느끼는 감정과 같았다.

마침내 그는 번쩍 정신을 차리고 이스트니가 걸어간 방향으로 걷기 시작했다. 안개가 피어오르고 있었다. 곧 그는 수상스럽다는 눈초리로 자신을 훑어보는 경찰관을 만났다.

"혹시 조금 전에 무언가가 첨벙하고 물로 뛰어드는 소리 못 들으셨습니까?"

경찰관이 물었다.

"아뇨, 못 들었는데요."

경찰관은 수면을 물끄러미 바라보았다.

"또 자살입니다. 저렇게 서슴없이 자기 목숨을 버린다니까요."

그는 절망적으로 두덜거렸다.

"나름대로 사정이 있었겠죠."

"대개 돈이지요. 아니면 여자든가."

경찰관이 말했다.

"여자가 항상 나쁘다는 얘긴 아니지만 심각한 문제를 일으키는 여자가 간혹 있지요."

"예, 일부 여자는 그렇죠."

새터스웨이트가 낮은 목소리로 동의했다.

경찰관이 가고 나자 새터스웨이트는 벤치에 앉았다. 그를 둘러싸고 사방에서 안개가 온통 피어오르고 있었다. 그는 트로이의 헬렌을 생각했다. 마음씨 착하고 평범한 여자에게 아름다운 얼굴은 축복일지, 아니면 고통일지 그는 그것이 궁금했다.

죽은 할리 퀸

새터스웨이트는 따스한 햇살을 즐기며 본드 거리(런던의 고급 상점가─옮긴이)를 천천히 걷고 있었다. 그는 언제나 그렇듯 멋진 옷차림을 하고 하체스터 화랑으로 갔는데 그곳에서는 지금껏 무명이었다가 요즘 들어 갑자기 인기를 누리고 있는 프랭크 브리스토라는 화가의 전시회가 열리고 있었다. 새터스웨이트는 미술 애호가였다.

새터스웨이트가 하체스터 화랑에 들어서자, 누군가 그를 곧바로 알아보고 반겨 주었다.

"안녕하세요, 새터스웨이트 씨! 곧 이렇게 뵐 거라 생각했습니다. 브리스토의 작품을 아십니까? 정말 훌륭하지요. 아주 독특하고요."

새터스웨이트는 팸플릿을 하나 사 들고 아치형의 길을 따라 작품이 진열된 기다란 방으로 들어갔다. 작품들은 수채화였는데 아주 독특한 기법과 마무리로 마치 색채를 넣은 부식 동판화 같은 분위기를 풍겼다. 새터스웨이트는 작품들을 유심히 살펴보면서 둥근 벽을 따라 천천히 걸었는데 대체로 만족할 만했다. 그는 이 젊은 화가가 명성을 떨칠 만하다고 생각했다. 독창성과 직감력, 그리고 상당히 치밀하고 정확한 기교를 갖추고 있었다. 물론 미숙한 점도 있었지만 그것은 당연하게 생각되었다. 거기에는 천재성과 밀접하게 관련된 면이 있었다. 새터스웨이트는 버스와 전차, 그리고 바삐 걸어가는 보행자들로 가득한 웨스트민스터 다리를 그린 작품 앞에서 걸음을 멈췄다. 작품은 작았지만 완벽했다. 거기에는 「개미탑」이라는 제목이 붙어 있었다. 그는 계속해서 지나치다가 갑자기 숨을 멈췄다. 순간적으로 상상력이 멈추더니 어느 한 곳에 고정되어 버렸다.

그 그림에는 「죽은 할리 퀸」이라는 제목이 붙어 있었다. 그림 전면에는 흰색과 검은색의 대리석을 사각으로 얼기설기 끼워 넣은 바닥이 그려져 있었다. 바닥의 중앙에는 검은색과 붉은색이 뒤섞인 옷을 입은 할리 퀸이 바닥에 등을 대고 팔을 옆으로 뻗은 채 누워 있었다. 뒤로는 창문이 하나 있었는데 창문 밖에서 바닥에 누워 있는 사람을 들여다보는 사람이 있었다. 그는 붉은 저녁놀을 배경으로 서 있었는데 바닥에 누워 있는 사람과 동일한 인물로 보였다.

그 그림이 새터스웨이트를 흥분시킨 이유는 두 가지였다. 첫 번째 이유는 그림 속 인물의 얼굴을 실제로 알거나 적어도 알고 있다고 생각했기 때문이다. 그 얼굴은 새터스웨이트가 아는 퀸이라는 사람과 매우 비슷했다. 그는 퀸을 약간 신비한 상황에서 한두 번 만난 적이 있다.

그는 "틀림없어." 하고 중얼거렸다.

'정말 그렇다면 이건 무슨 의미일까?'

새터스웨이트의 경험에 따르면, 퀸의 등장은 반드시 어떤 분명한 의미가 있었기 때문이다.

앞서도 말했듯이, 새터스웨이트가 흥미를 느낀 데에는 한 가지 이유가 더 있었다. 그는 그 그림의 공간적 배경을 알고 있었던 것이다.

"찬리 저택의 테라스 룸이야. 참 이상하고 흥미롭군."

새터스웨이트는 말했다.

그는 그 화가가 정확히 어떤 생각을 했을지 궁금해 하면서 한층 더 유심히 그림을 살펴보았다. 할리 퀸은 바닥에 쓰러져 죽어 있고, 다른 할리 퀸이 창문으로 들여다보고 있는 그림. 동일한 사람일까? 그는 벽을 따라 천천히 움직이면서 다른 그림들을 살펴보았지만 눈에 제대로 들어오지 않았고 계속해서 아까 그 작품에만 신경이 쓰였다. 그는 흥분해 있었다. 아침에는 단조롭게만 보이던 인생이 더 이상 단조롭지 않았다. 자신이 뭔가 흥미진진하고 재미있는 사건들의 문턱에 서 있다는 것을 분명히 깨달았다. 그는 하체스터 화랑의 상급자인 콥이 앉아 있는 탁자로 걸어갔다. 그는 새터스웨이트와 여러 해 동안 알고 지낸 사이였다.

"39번 그림을 사고 싶군요. 아직 팔리지 않았다면……."

콥은 장부를 살펴보더니 대답했다.

"최고로 멋진 작품이군요. 대단한 작품이죠. 예, 아직 안 팔렸습니다."

그는 중얼거리면서 가격을 알려주었다.

"잘 사시는 겁니다, 새터스웨이트 씨. 내년 이맘때면 이 가격의 세 배는 줘야 할 겁니다."

"이런 때는 늘 그런 말씀을 하시더군요."

새터스웨이트는 빙그레 웃으며 말했다.

"그렇지만 제 말이 언제 틀린 적이 있던가요?"

콥은 따지듯이 말했다.

"당신은 수집한 작품들을 팔지는 않겠지만 팔게 되면 어느 작품이나 살 때보다 비싸게 받으실 겁니다."

"그 그림을 사겠습니다. 지금 바로 수표를 드리죠."

"후회는 안 하실 겁니다. 저희는 브리스토를 믿으니까요."

"젊은 화가인가요?"

"스물일곱, 아니면 스물여덟일 겁니다."

"한번 만나보고 싶군요. 언제 저랑 저녁 식사라도 하게 해 주시겠습니까?"

"그 화가의 주소는 알려드릴 수 있습니다. 틀림없이 이 기회를 놓치지 않고 달려들 겁니다. 선생님은 미술계에서 널리 알려진 분이니까요."

"과찬이십니다."

새터스웨이트가 다음 말을 이으려고 하자 콥이 말을 잘랐다.

"아, 그 양반이 때마침 왔군요. 당장 소개해 드리죠."

그는 탁자 뒤에서 일어섰다. 새터스웨이트는 콥을 따라서 얼굴을 잔뜩 찌푸린 채 벽에 기대서서 실내를 둘러보고 있는 젊은이에게로 갔다. 그는 덩치가 크고 옷차림이 단정치 못했다.

콥이 기본적인 소개를 하자 새터스웨이트는 화가에게 형식적인 칭찬을 몇 마디 했다.

"방금 당신의 그림을 기쁜 마음으로 한 장 샀습니다. 「죽은 할리퀸」이라는 작품입니다."

브리스토는 무뚝뚝하게 말했다.

"아, 그래요? 그 작품이면 손해는 안 보실 겁니다. 제 작품을 가지고 이렇게 말하긴 좀 우습지만 걸작이라고 할 수 있죠."

"그건 저도 알아보았습니다. 브리스토 씨, 당신의 그림은 무척 흥미롭습니다. 이렇게 젊은 분인데 작품은 상당히 성숙한 듯 했습니다. 언제 저녁이라도 함께 한다면 영광이겠는데요? 오늘 저녁에 약속이 있습니까?"

"사실, 약속은 없습니다."

여전히 브리스토는 그다지 공손하지 않은 태도로 말했다.

"그러면 8시는 어떨까요? 여기 제 주소가 적힌 명함을 드리죠."

"예, 좋습니다."

브리스토는 말했다. 그러고는 "감사합니다." 하고 뒤늦게 생각난 듯 한마디 덧붙였다.

'자신을 비하하면서도 세상도 그런 눈으로 자신을 볼까 봐 걱정하는 젊은이로군.'

이것은 새터스웨이트가 본드 거리의 햇살 속으로 걸어 나오면서 내린 결론이었다. 다른 사람들에 대한 그의 판단은 사실에서 크게 벗어난 경우가 드물었다.

8시 5분쯤, 프랭크 브리스토가 약속 장소에 도착했을 때는 새터스웨이트와 또 한 사람이 미리 와서 기다리고 있었다. 그 손님은 몽크턴 대령이라고 했다. 그들은 곧바로 식사를 시작했다. 새터스웨이트는 계란형의 마호가니 식탁에 비어 있는 한 자리에 대해 다음과 같이 짤막하게 설명했다.

"제 친구 퀸 씨가 잠시 들를지도 모릅니다. 혹시 할리 퀸 씨를 만난 적이 있나요?"

"저는 사람들을 만나지 않습니다."

브리스토는 투덜거리듯 말했다.

몽크턴 대령은 새로운 종류의 해파리라도 보는 것처럼 부심하게 화가를 바라보았다. 새터스웨이트는 대화를 화기애애하게 이끌려고 최선을 다했다.

"제가 당신의 그 그림에 특별히 관심을 갖는 것은 그림 속의 배경이 찬리 저택의 테라스 룸 같아서입니다. 제 추측이 맞나요?"

화가가 고개를 끄덕이자 새터스웨이터는 말을 계속했다.

"참 재미있있군요. 사실 찬리 저택에 몇 번 머문 적이 있지요. 당신도 아마 그 집 사람들을 아실 테지요?"

"아니, 모릅니다. 그런 집안은 저 같은 사람에겐 별 관심이 없지요. 관광버스를 타고 거기 가 본 적이 있습니다."

"세상에! 관광버스라고요! 정말 굉장하네."

몽크턴 대령은 간단한 연설이라도 하듯 말했다.

프랭크 브리스토는 인상을 찌푸리며 그를 바라보았다.

"안 될 이유라도 있습니까?"

브리스토는 험악하게 따지듯 말했다.

불쌍하게도 몽크턴 대령은 몸을 움찔했다. 그는 나무라는 눈초리로 새터스웨이트를 바라보았는데, 그 눈빛은 마치 '이런 원시적인 인간이 자연주의자인 당신한테는 흥미로울지 모르지만, 나를 왜 여기에 끌어들인 겁니까?'라고 말하는 것 같았다.

"관광버스라니 세상에! 울퉁불퉁한 땅에서는 분명 심하게 흔들릴 텐데요."

"롤스로이스를 탈 형편이 안 되면 관광버스라도 타야지 별 수 있습니까."

브리스토는 거칠게 말했다.

그러자 몽크턴 대령이 그를 노려보았다. 새터스웨이트는 '이 젊은이를 진정시키지 않으면 오늘 저녁은 엉망이 되겠군.' 하고 생각했다.

"찬리 저택은 항상 흥미롭습니다. 그 비극적인 사건이 발생한 뒤, 딱 한 번밖에 못 가 봤지요. 음울하고 마치 유령이라도 나올 듯한 곳입니다."

새터스웨이트는 말했다.

"맞습니다."

브리스토가 맞장구를 쳤다.

"실제로 진짜 유령이 둘 있지요. 찰스 1세가 자신의 머리를 팔에 안고 테라스를 서성인다는데 그 이유는 까먹었습니다. 그리고 은 항아리를 들고 우는 여자가 있죠. 찬리 저택의 사람이 죽으면 언제나 나타난다더군요."

몽크턴이 말했다.

"모두 헛소리예요."

브리스토가 조롱하듯이 말했다.

새터스웨이트가 서둘러 끼어들었다.

"몹시 불행한 가족인 게 분명합니다. 작위를 얻은 사람이 대대로 네 명이나 처참하게 죽었고 찬리 경도 자살을 했죠."

몽크턴이 심각한 표정으로 말했다.

"무서운 일입니다. 그 사건이 일어났을 때, 저도 거기에 있었습니다."

"어디 보자, 그때가 틀림없이 14년 전이었죠. 그 일이 있은 뒤 저택은 폐쇄되었고요."

새터스웨이트의 말에 몽크턴이 말했다.

"당연한 일이죠. 그 젊은 여자한테는 분명 끔찍한 충격이었을 겁니다. 신혼여행에서 막 돌아왔을 때니까 결혼한 지 한 달 정도 되었을 겁니다. 집으로 돌아온 것을 축하하는 가장무도회가 성대하게 열렸지요. 손님들이 막 도착하기 시작했을 때, 찬리는 참나무 응접실로 들어가서 문을 잠그고 권총으로 자살을 한 겁니다. 예? 그런 일은 일어나지 않았다고요?"

몽크턴은 느닷없이 고개를 왼쪽으로 휙 돌리더니 계면쩍게 웃으며 새터스웨이트를 건너다보았다.

"좀 불안해지네요. 새터스웨이트 씨, 저 빈 의자에 누군가가 앉아 있다가 제게 무슨 말을 했다는 생각이 잠시 들었습니다."

몽크턴은 말을 마치고 잠시 쉬었다가 또다시 입을 열었다.

"사실 앨릭스 찬리에게는 굉장한 충격이었지요. 좀체 찾아볼 수 없을 정도도 대단한 미인으로, 이른바 삶의 환희가 넘쳐흘렀는데 지금은 흡사 유령 같아졌다더군요. 벌써 몇 년 동안이나 그녀를 못 만났습니다. 그 여자는 거의 외국에서 생활하다시피 하는 것 같습니다."

"그 집 아들은요?"

"이튼 학교에 다니고 있습니다. 커서 무슨 일을 하게 될지 모르지만, 그 옛집을 복구하지는 않을 거라는 생각이 드는군요."

"시민들을 위한 놀이 공원으로 만들면 좋을 텐데요."

브리스토가 말했다.

몽크턴 대령은 차가운 혐오의 눈빛으로 그를 쏘아보았다.

새터스웨이트가 말했다.

"아, 진심으로 하시는 말씀이 아닌 거 압니다. 만일 진심이라면 그런 그림을 그리시지 않았을 테니까요. 전통이나 분위기는 무형이지요. 그것들은 만들려면 수백 년이나 걸리고 일단 파괴해 버리면 하루 만에 뚝딱 재건할 수 있는 것도 아니랍니다."

새터스웨이트는 자리에서 일어섰다.

"흡연실로 갑시다. 찬리의 사진이 몇 장 있는데 보여 드리고 싶습니다."

새터스웨이트의 취미 가운데 하나는 사진을 찍는 일이었다. 그는 또 『내 친구들의 집』이라는 책을 쓴 것을 자랑스럽게 생각하고 있었다. 여기서 친구들은 모두 다소 신분이 높았고 그 책 자체가 새터스웨이트를 실제보다 더 신사인 체 하는 사람으로 부각시켰다.

"이것은 작년에 테라스 룸을 찍은 사진입니다."

새터스웨이트는 이렇게 말하면서 사진을 브리스토에게 건넸다.

"보시다시피 당신의 그림과 거의 같은 각도에서 찍은 겁니다. 이건 제법 멋진 융단이지요. 사진에서는 색깔이 나오지 않은 것이 유감입니다."

"기억납니다. 멋진 색이었지요. 마치 불꽃이 타오르는 듯했습니다. 그런데 그곳에는 약간 어울리지 않는 느낌이었어요. 흑과 백의 바둑판 모양이 바닥에 그려진 그 큰 방에는 어울리지 않는 크기의 융단이었습니다. 그 방에는 다른 융단은 전혀 없었지요. 따라서 그 융단이 전체적인 분위기를 망쳤습니다. 마치 커다란 핏자국 같았으니까요."

"당신 그림은 아마 거기에서 착상한 것이겠군요."

새터스웨이트가 말하자 브리스토는 생각에 잠겨 대답했다.

"그럴지도 모릅니다. 얼핏 보기에는 널빤지를 붙인 작은 방이 오히려 비극의 무대로서는 자연스러울 것 같네요."

몽크턴이 말했다.

"참나무 응접실 말이군요. 맞아요, 그곳이 바로 유령이 나온다는 방입니다. 그곳에 성직자들이 숨어 지내던 동굴이 있지요. 벽난로 옆의 벽은 움직이도록 설계되어 있습니다. 전해 내려오는 말에 따르면 찰스 1세가 그곳에 숨은 적이 있답니다. 그 방에서 결투가 있었는데 두 사람이 죽었지요. 그리고 방금 말씀드렸듯이, 레기 찬리가 권총 자살을 한 곳도 바로 그곳이랍니다."

몽크턴은 브리스토가 들고 있는 사진을 받아들고는 말했다.

"아니, 이건 보카라 융단이잖아. 몇 천 파운드나 호가하는 고급품인데. 제가 갔을 때는 융단이 참나무 응접실에 있었는데 그 방에 적당하다 싶더군요. 대리석을 깐 이 넓은 장소에는 전혀 어울리지 않아요."

새터스웨이트는 그 옆에 끌어당겨진 빈 의자를 바라보고 있었다. 그러다가 생각에 잠겨 말했다.

"언제 여기로 옮겨 두었는지 궁금한데요?"

"틀림없이 최근일 겁니다. 아, 생각났습니다. 그 비극이 일어난 바로 그날, 그것에 대해 얘기를 한 기억이 나는군요. 찬리가 유리 상자에 넣어 보관해야 된다고 말했어요."

새터스웨이트는 고개를 흔들었다.

"그 집은 비극이 일어난 뒤 곧바로 폐쇄되었고 모든 것이 본래 상태대로 보존되어 있습니다."

브리스토가 갑자기 끼어들며 물었다. 공격적인 태도는 이미 사라지고 없었다.

"찬리 경은 왜 자살한 거죠?"

몽크턴 대령은 의자에서 불편한듯 몸을 움직였다. 그가 모호하게 말했다.

"그건 아무도 모릅니다."

"아마⋯⋯."

새터스웨이트가 천천히 말했다.

"진짜로 자살했을 겁니다."

몽크턴은 놀란 표정으로 멍하니 새터스웨이트를 바라보더니 말했다.

"자살? 아, 물론 자살이었죠. 제가 그 집에 있었다니까요."

새터스웨이트는 빈 옆 자리를 건너다보면서 다른 사람은 알아들을 수 없는 비밀스러운 농담이라도 하듯이 혼자 씽긋 웃으며 조용히 말했다.

"때로는 그 당시보다 몇 년이 지난 뒤에 오히려 상황을 더 정확하게 바라볼 수 있죠."

"무슨 농담 같은 말씀을. 터무니없는 말씀입니다! 기억이 명확하고 날카롭기는커녕 흐려진 상태에서 어떻게 사태를 제대로 볼 수 있다는 겁니까?"

몽크턴 대령이 빠르게 내뱉듯 말했다.

그러나 새터스웨이트에게는 뜻밖의 지원군이 있었다.

"저는 선생님의 말뜻을 알겠습니다."

화가가 말한 것이었다.

"아마 선생님 말씀이 옳을 겁니다. 분별력을 말씀하시는 거죠? 그 이상의 문제일지도 모르지요. 상대성이라든가 하는 그런 종류의 문제 말입니다."

그러자 몽크턴이 말했다.

"저는 개인적으로 아인슈타인 같은 사람들의 논리는 모두 실없는 잠꼬대라고 생각합니다. 심령술사나 할머니의 영혼 따위도 모두 그렇고!"

몽크턴은 이글거리는 눈초리로 주위를 둘러보더니 말을 이었다.

"분명히 자살입니다. 이 두 눈으로 그 일이 실제 발생하는 걸 못 본 줄 아십니까?"

"그 상황에 대해 말씀해 주십시오. 우리도 그 사건을 똑똑히 볼 수 있도록 말입니다."

새터스웨이트가 말했다.

약간 낮은 소리로 투덜거리면서 몽크턴은 의자에 더욱 편안하게 몸을 기댔다.

"모든 일은 전혀 예기치 못한 것이었습니다. 찬리는 평소와 조금도 다름없었습니다. 무도회를 위해 많은 사람이 집에 모여 있었습니다. 손님들이 도착하기 시작했을 때니까 그가 방에 들어가 자살을 하리라고는 어느 누구도 생각지 못했습니다."

"손님들이 돌아 가고 나서 그런 짓을 했다면 그나마 나았을 텐데 말입니다."

새터스웨이트가 말했다.

"물론이죠. 상당한 악취미입니다. 그런 짓을 하다니."

"그 사람답지도 않고."

새터스웨이트가 말했다.

"그러게 말입니다. 찬리답지 않은 일이었지요."

몽크턴 대령이 동감을 표했다.

"하지만 정말 자살일까요?"

"분명히 자살이었습니다. 저, 그러니까 저를 포함해서 네댓 명 정
도가 계단 꼭대기에 있었지요. 지와 오스트랜디 집안의 딸 앨지 다
시, 그리고 한두 명이 더 있었지요. 찬리는 계단 아래의 거실을 지나
서 참나무 응접실로 들어갔습니다. 오스트랜더의 딸은 그가 무서운
눈초리로 뭔가를 응시하더라고 했죠. 물론 그것은 터무니없는 소리
였지요. 사실 우리가 있던 곳에서는 그의 얼굴이 전혀 보이지 않았
거든요. 그렇지만 그가 마치 온 세상의 고민을 혼자 짊어진 듯 어깨
를 움츠리고 걸어간 것만은 분명합니다. 어떤 여자가 그를 불렀습
니다. 찬리 부인이 파티에 초대한 어느 집안의 가정교사였죠. 그 여
자는 전할 말이 있는지 찬리를 찾고 있었습니다. 그 여자는 '찬리
경, 부인께서……' 하고 큰 소리로 말했지요. 그런데도 그는 대꾸도
없이 참나무 응접실로 들어가서 문을 쾅 하고 닫았습니다. 이어서
문을 잠그는 소리가 들렸습니다. 그리고 나서 1분 뒤에 총소리가 들
린 겁니다.

우리는 거실로 달려 내려갔습니다. 참나무 응접실에서 테라스 룸
으로 통하는 다른 문이 하나 더 있었습니다. 그 문을 열려고 했지만
역시 잠겨 있더군요. 결국 문을 부숴야 했습니다. 찬리는 바닥에 쓰
러진 채 죽어 있더군요. 오른손 바로 옆에 권총이 떨어져 있었지요.

자, 이게 자살이 아니면 무엇이겠습니까? 사고라고요? 그럴 수는 없죠. 다른 가능성이라고는 피살밖에 없는데 살해범이 없으니 피살일 리는 없지요. 그건 인정하실 겁니다."

"범인이 도망갔을지도 모르잖습니까?"

새터스웨이트가 말했다.

"그건 불가능합니다. 종이와 연필을 주시면 그곳의 도면을 그려 보이지요. 참나무 응접실로 들어가는 문은 두 개인데 하나는 거실로, 또 하나는 테라스 룸으로 통하고 있어요. 그런데 어느 문이나 안에서 잠겨 있었고, 자물쇠가 채워져 있었단 말입니다."

"창문은요?"

"닫혀 있었죠. 셔터도 완전히 내려져 있었고."

잠시 침묵이 흘렀다.

"이게 끝입니다."

몽크턴 대령은 득의만만하게 덧붙였다.

"틀림없이 그런 것 같군요."

새터스웨이트는 쓸쓸하게 말했다.

"뭐랄까, 저는 조금 전에 심령술사들을 비웃었지만 그 집, 특히 그 방에 매우 이상한 분위기가 감돌았던 건 인정합니다. 벽의 널빤지에는 몇 개의 총알 자국이 있었죠. 그 방에서 벌어진 결투의 결과로 말입니다. 그리고 바닥에는 이상한 얼룩이 있었는데, 몇 번이고 나무판을 갈아 끼워도 계속 나타납니다. 지금쯤 그 바닥에 또 다른 핏자국이 나 있겠죠. 불쌍한 찬리의 피 말입니다."

몽크턴 대령이 말했다.

"피를 많이 흘렸나요?"

새터스웨이트가 물었다.

"거의 흘리지 않았습니다. 이상할 정도로 피를 적게 흘렸다고 의사가 말하더군요."

"몸의 어느 부위를 쏘았나요? 머리를 쏘았습니까?"

"아뇨, 심장입니다."

대령의 대답에 브리스토가 말했다.

"그건 쉬운 일이 아닌데. 자기 심장이 어디 있는지 알기는 무척 어렵습니다. 저라면 절대로 그런 방법을 택하지 않았을 겁니다."

새터스웨이트는 고개를 저었다. 그는 막연한 불만을 느끼고 무엇인가를 찾아내길 바랐다. 그러나 그게 뭔지 도무지 알 수 없었다. 몽크턴 대령이 계속해서 말했다.

"찬리 저택은 기분 나쁜 곳이에요. 물론 제가 뭘 목격한 건 아니지만요."

"은 항아리를 들고 우는 여자는 못 봤습니까?"

"예, 못 봤습니다."

몽크턴 대령은 강조해서 말했다.

"하지만 그곳 하인들은 모두 그걸 봤다고 하겠죠."

"미신은 중세의 빌어먹을 저주 같은 겁니다. 요즘도 미신의 흔적이 곳곳에 남아 있지만, 다행히도 우리는 지금 미신에서 해방되고 있지요."

브리스토가 말했다.

"미신이라, 음······."

새터스웨이트는 빈 의자를 다시 힐끔 건너다보면서 생각에 잠겨
말했다.

"가끔 미신이 도움이 된다고는 생각시 않습니까?"

브리스토는 물끄러미 그를 바라보았다.

"도움이 된다? 묘한 말씀이군요."

"뭐, 어쨌든 이제는 납득하셨길 바랍니다. 새터스웨이트 씨."

몽크턴 대령이 말했다.

"글쎄요. 겉으로 보면 참 이상하죠. 젊고, 재산도 많고, 행복하기
까지 한 신랑이 신혼여행을 마치고 집에 돌아와서 파티까지 벌이는
데······. 이상하긴 하지만 사실을 사실대로 인정해야지요."

새터스웨이트는 부드럽게 "사실이니까." 하고 말하고는 얼굴을
찡그렸다.

"흥미를 끄는 건, 아무도 그 자살 이유를 모른다는 점이지요. 그
내막을 말입니다. 물론 온갖 소문이 나돌았습니다. 사람들이 흔히
하는 얘기들 있잖습니까."

몽크턴이 말했다.

"하지만 진실은 아무도 모르죠."

새터스웨이트는 생각에 잠겨 말했다.

"대단한 추리 소설은 아니지요. 그의 죽음으로 이익을 본 사람은
아무도 없었으니까."

294

브리스토가 말했다.

"아직 태어나지 않았던 아기 이외에는 없었지요."

새터스웨이트가 말했다.

그러자 몽크턴이 날카로운 소리로 킬킬 웃었다.

"불쌍한 휴고 찬리가 어느 정도 충격을 받았겠군요. 찬리의 아내가 임신했다는 사실을 안 순간, 그는 태어날 아기가 아들인지 딸인지 가만히 앉아서 기다릴 수밖에 없었지요. 그의 채권자들 역시 초조하게 기다렸을 테죠. 그러나 결국 아들이 태어나자 모두들 실망했습니다."

"미망인은 무척 슬퍼했겠군요?"

브리스토가 물었다.

"정말 불쌍했지요. 잊히지도 않아요. 그 여자는 쓰러지지도 울지도 않았답니다. 그냥 뭐랄까, 얼어붙은 것 같았습니다. 아까도 말했듯이 그 여자는 당장 집을 폐쇄했고 그 뒤로 한 번도 집을 개방하지 않았죠."

"그래서 자살 동기를 우리가 모르는 거군요. 다른 남자나 여자, 둘 중의 하나가 끼어 있는 게 분명합니다."

브리스토는 약간 웃으면서 말했다.

"그런 것 같군요."

새터스웨이트가 말했다.

"그런데 다른 여자가 끼어 있을 가능성이 더 클 것 같아요. 그 아름다운 미망인이 재혼하지 않았다니까요. 저는 여자들이 싫습니다."

프랭크 브리스토가 냉정하게 덧붙였다.

새터스웨이트는 약간 미소를 지었다. 프랭크 브리스토는 그 미소를 보더니 당장 말을 덧붙였다.

"이상하게 생각하실지 모르지만 전 정말 여자가 싫습니다. 여자들은 무슨 일이나 엉망으로 만드는 골치 아픈 존재거든요. 그리고 사사건건 간섭하고, 일을 방해하기도 하죠. 여자들이란…… 여태껏 그러니까, 흥미롭다 할 만한 여자는 딱 한 명밖에 못 만나 봤습니다."

"한 분쯤은 있었으리라고 생각했지요."

새터스웨이트가 말했다.

"선생님이 하신 말씀같은 의미는 아니지만 저는 아주 우연히 그녀를 만났습니다. 그러니까 기차 안에서였죠. 그렇다고…….."

그는 항의하듯이 덧붙였다.

"기차 안에서 사람을 만나지 말란 법은 없잖습니까?"

"물론……. 그야 물론입니다. 기차도 다른 곳과 마찬가지로 좋은 만남의 공간이지요."

새터스웨이트는 달래듯이 말했다.

"북쪽에서 내려오는 길이었지요. 객실에는 우리 두 사람뿐이었습니다. 왜 그랬는지는 모르겠지만 우리는 이야기를 나누게 되었지요. 그녀의 이름도 모르고, 또다시 만나리라고도 생각지 않습니다. 사실 만나고 싶은지도 모르겠습니다. 언뜻 생각하면 연민의 정일지도 모릅니다."

그는 자신의 속마음을 표현하려고 애쓰면서 말을 끊었다가 계속했다.

"그 여자는 왠지 살아 있는 사람 같지가 않았어요. 그림자 같았다고나 할까. 게일 족(스코틀랜드 고지대 또는 아일랜드의 켈트 인—옮긴이)의 동화에 나오는, 마치 언덕 속에서 나온 사람 같았답니다."

새터스웨이트는 부드럽게 고개를 끄덕였다. 그는 그 정경을 쉽게 머리에 그릴 수 있었다. 매우 적극적이고 현실적인 브리스토와 은색의 환상 같은 인물, 브리스토가 말한 대로 그림자 같은 모습을 말이다.

"몹시 무서운 일, 도저히 참을 수 없을 정도로 끔찍한 일이 일어난다면 누구나 그렇게 될지도 모릅니다. 현실에서 도피하여 자신만의 꿈의 세계로 도망칠지도 모르죠. 그리고 어느 정도 시간이 지나서는 되돌아올 수 없게 되는 거죠."

"그 여자에게 그런 일이 있었나요?"

새터스웨이트는 호기심을 가지고 물었다.

"모르겠어요. 제게는 아무 말도 하지 않았으니까. 저는 단지 추측할 뿐이지요. 그런 경우라면 추측을 통해서 결론을 얻을 수밖에 없지 않습니까?"

"그렇죠. 추측할 수밖에 없지요."

새터스웨이트는 천천히 말했다.

문이 열리자 새터스웨이트는 재빨리 문 쪽으로 고개를 돌렸다. 그는 기대에 차서 바라보았지만 집사의 말을 듣고 실망했다.

"주인님, 애스파샤 글렌이라는 아가씨가 아주 급한 일로 뵙고 싶다고 오셨습니다."

새터스웨이트는 약간 놀라며 자리에서 일어섰다. 그는 애스파샤 글렌이라는 이름을 알고 있었다. 런던에서 그 이름을 모르는 사람이 과연 있을까? 그녀는 「스카프 여인」으로 유명해진 이후, 일련의 단독 마티네(대낮 공연)로 린던 전체를 들끓게 한 인물이었다. 그녀는 스카프를 사용하여 여러 인물로 재빨리 변신했다. 그 스카프는 수녀의 두건, 방앗간 노동자의 숄, 농부의 머릿수건, 그 밖의 수많은 것으로 변하여, 분장을 바꿀 때마다 애스파샤 글렌을 완전히 다른 사람으로 만들었다. 예술가인 새터스웨이트는 그녀를 매우 높이 평가했다. 그러나 공교롭게도 그녀와 알고 지낼 기회가 전혀 없었다. 따라서 이렇게 뜻하지 않은 시간에 자기를 찾아왔다는 사실에 무척 호기심이 일었다. 그는 손님들에게 몇 마디 양해를 구하고 방을 나와 거실을 가로질러 응접실로 갔다.

글렌 양은 금색 무늬가 도드라진 소파의 한가운데에 앉아 있었다. 거기에 앉아 있으니 그녀가 방 전체를 지배하고 있는 듯한 인상을 주었다. 새터스웨이트는 그녀가 그 상황의 분위기를 휘어잡을 생각임을 한눈에 알았다. 참으로 이상하게도 그는 먼저 반발심을 느꼈다. 지금까지 그는 애스파샤 글렌이 펼치는 예술의 열렬한 팬이었다. 무대에 섰을 때 느껴지는 그녀의 개성 있는 연기는 마음을 끌었고 공감을 불러일으켰다. 또한 그곳에서의 그녀는 위엄보다는 오히려 애틋하면서도 은근함을 풍겼다. 그러나 지금 눈앞에서 정면으로 대하고 보니, 전혀 다른 인상이었다. 어딘지 냉엄하고, 대담하면서 분위기를 제압하는 듯했다. 그녀는 키가 크고 피부색이 검었으며, 서른다섯 살쯤 되어 보였다. 아주 미인이었고 그녀도 분명히 자신의 외모에 자신감을 갖고 있는 것 같았다.

"이렇게 예고도 없이 찾아와서 죄송해요, 새터스웨이트 씨."

그녀는 윤택하고 풍부하며 유혹적인 목소리로 말했다.

"오래전부터 알고 지내고 싶었습니다. 오늘 이렇게 방문한 건 그러한 이유 때문이라고 해 두죠. 밤에 이렇게 찾아온 것은……."

그녀가 웃었다.

"저는 갖고 싶은 게 있으면 도저히 참고 기다리지 못하는 성격이라서요. 갖고 싶은 건 당장 손에 넣어야 직성이 풀리죠."

"이렇게 매력적인 여인의 방문을 받는다면, 어떠한 변명이라도 환영입니다."

새터스웨이트는 진부하게 정중한 태도로 말했다.

"정말 친절하시군요."

애스파샤 글렌이 말했다.

"저는 아가씨 덕분에 관람석에서 즐거운 시간을 보내고 있는 터라, 오늘 이 자리를 빌어 고맙다고 말씀드리고 싶습니다."

그녀는 기쁜 듯이 미소를 지어 보였다.

"단도직입적으로 말씀드릴게요. 오늘 하체스터 화랑에 갔었어요. 그곳에서 무슨 수를 써서라도 갖고 싶은 어떤 그림을 보았지요. 그래서 사려고 했더니 이미 선생님이 그 그림을 사셨더군요. 그래서……."

그녀는 여기서 잠시 말을 멈췄다.

"저는 정말 그 그림을 갖고 싶어요."

그녀는 다음 말을 이었다.

"저…… 새터스웨이트 씨, 전 그 그림을 가져야 해요. 여기 수표 장까지 가지고 왔습니다."

그녀는 기대하는 표정으로 그를 바라보았다.

"모두들 선생님은 친절한 분이라더군요. 많은 분들이 제게 친절을 베풀어 주셨지요. 이런 부탁이 염치없지만 저로서는 어쩔 수가 없네요."

이것이 애스파샤 글렌의 행동 방식이었다. 새터스웨이트는 마음속으로 이 버릇없는 아가씨의 태도와 지극히 여성스러운 면을 냉정하게 평가하고 있었다. 자신의 마음이 움직여야 하는데 그렇지가 않았다. 애스파샤 글렌은 실수를 저지른 것이다. 그녀는 그를 나이 많은 미술 애호가로, 아름다운 여자의 부탁에는 금방 마음이 움직이는 남자로 보았던 것이다. 그러나 새터스웨이트는 정중한 태도이면에 날카로운 비판력을 갖추었다. 그는 사람들의 본모습을 상당히 잘 꿰뚫어 보는 재주가 있었다. 지금 그가 바라보는 사람은 일시적 변덕으로 그에게 간구하는 미인이 아니라, 그가 모르는 어떤 이유로 자기 방식대로 물건을 손에 넣으려는 무자비한 이기주의자였다. 새터스웨이트는 애스파샤 글렌으로 인해 자신의 의지를 꺾을 이유가 없다고 결심했다. 그는 「죽은 할리 퀸」이라는 그림을 그녀에게 넘겨줄 생각이 추호도 없었다. 그래서 지나친 실례가 되지 않으면서 부탁을 정중하게 거절할 최선의 방법을 마음속으로 열심히 생각하고 있었다.

"누구나 당신의 부탁을 들어주는 것을 영광으로 생각할 겁니다."

"그럼, 정말 그 그림을 양보해 주시는 건가요?"

새터스웨이트는 천천히, 그리고 유감스럽다는 듯 고개를 저었다.

"죄송하지만 그렇게는 할 수 없군요. 실은 어떤 부인을 위해 그 그림을 샀기 때문입니다. 선물하려고요."

"어머! 하지만 저는……."

그때 탁자 위의 전화가 날카롭게 울렸다. 새터스웨이트는 실례한다는 말을 우물거리면서 수화기를 집어 들었다. 상대방의 목소리는 아주 먼 곳에서 들리는 것처럼 작고 차가웠다.

"새터스웨이트 씨와 통화 좀 할 수 있을까요?"

"제가 새터스웨이트인데요."

"저는 레이디 찬리, 아니, 앨릭스 찬리라고 합니다. 아마 기억을 못하실 거예요. 우리가 만난 지 몇 년이나 흘렀으니까요."

"앨릭스 부인이라고요? 아니, 기억하고 있습니다."

"부탁이 있어서 전화드렸어요. 오늘 그림 전시회를 하는 하체스터 화랑에 갔더니 「죽은 할리 퀸」이라는 제목의 그림이 있더군요. 아마 선생님도 알고 계시겠죠. 찬리 저택 테라스룸의 그림이었어요. 저…… 저는 그 그림을 갖고 싶습니다. 그런데 선생님께 이미 팔렸더군요."

그녀는 말을 끊었다.

"새터스웨이트 씨, 나름대로 이유가 있어서 그러는데 그 그림을 제게 팔지 않으시겠어요?"

새터스웨이트는 속으로 '이건 정말 기적이야.'라고 생각했다. 그는 수화기를 들고 대화를 하면서 애스파샤 글렌에게는 한쪽의 말밖에 들리지 않는 것을 다행으로 생각했다.

"제 선물을 받아 주신다면 정말 기쁘겠습니다."

그는 이어서 터져 나온 날카로운 탄성을 듣고서 얘기를 계속했다.

"그 그림은 부인을 위해 산 겁니다. 정말입니다. 하지만 앨릭스 부인, 저기…… 한 가지 부탁이 있는데요. 가능하시다면 말이지만요."

"좋아요. 새터스웨이트 씨, 정말 감사합니다."

그는 말했다.

"지금 곧 저희 집으로 와 주셨으면 합니다."

약간 시간이 흐른 뒤 저쪽에서 부인이 조용히 대답했다.

"지금 곧 갈게요."

새터스웨이트는 수화기를 내려놓고 글렌 양을 바라보았다.

그녀는 화난 표정으로 재빨리 말했다.

"그 그림 이야기를 하셨군요?"

"그렇습니다. 제가 선물을 드리려고 한 부인이 곧 이쪽으로 오기로 했습니다."

그러자 갑자기 애스파샤 글렌은 다시금 미소를 지었다.

"저에게 양보하도록 그분을 설득할 기회를 주시는 거군요."

"설득할 기회를 드리지요."

그는 마음속으로 이상하게 흥분이 되었다. 지금 자신은 예정된 결말을 향해 나아가는 연극의 한가운데에 있었다. 구경꾼인 자신이 주인공 역할을 하면서. 그는 글렌 양에게 말했다.

"저랑 다른 방으로 가시겠습니까? 제 친구들을 소개해 드리고 싶습니다."

그는 아가씨가 나가도록 문을 열어 주고는 거실을 가로질러 가서 흡연실 문을 열었다.

"글렌 양, 나의 오랜 친구 몽크턴 대령을 소개하지요. 그리고 이쪽은 당신이 매우 감탄한 그 그림을 그린 브리스토 씨입니다."

그런 다음, 그는 자신의 옆에 비워 두었던 의자에서 또 한 사람이 일어서는 것을 보고 깜짝 놀랐다.

"오늘 밤, 저를 기다리지 않으셨습니까? 당신이 없는 동안 당신의 친구들과는 인사를 했습니다. 이렇게 들를 수 있게 되어 기쁩니다."

퀸이 말했다.

"이럴 수가! 저, 저는 최선을 다해 문제를 풀고 있었는데……."

퀸의 약간 냉소적인 검은 눈동자를 보고 그의 말이 끊어졌다.

"소개하지요. 할리 퀸 씨입니다. 이쪽은 애스파샤 글렌 양입니다."

그의 상상이었을까. 아니면 실제로 그녀가 약간 몸을 움찔한 것일까? 하여간 그녀의 얼굴에 이상한 표정이 스쳤다. 갑자기 브리스토가 시끄럽게 끼어들었다.

"알았습니다."

"뭘 말입니까?"

"지금까지 깨닫지 못한 새로운 사실을 알았습니다. 비슷해요, 정말 비슷합니다."

브리스토는 퀸을 이상한 듯 바라보고 있었다.

"아시겠습니까?"

브리스토는 새터스웨이트 쪽을 향했다.

"이분과 제 그림에 나오는 할리 퀸, 그러니까 창문으로 들여다보고 있는 그 남자가 흡사하다는 걸 모르시겠습니까?"

이번에는 상상이 아니었다. 그는 글렌 양이 날카롭게 숨을 들이마시는 소리를 분명히 들었다. 그리고 그녀가 뒤로 한 발짝 물러서는 것까지 보았다.

"제가 아까 기다리는 사람이 있다고 말했죠? 제 친구인 퀸 씨는 굉장히 이상한 양반이랍니다. 이분은 수수께끼 같은 사건들을 기막히게 잘 해결합니다. 여러분이 사건을 제대로 보도록 만들지요."

새터스웨이트는 의기양양하게 말했다.

"혹시 영매라도 되십니까?"

몽크턴 대령은 퀸을 의심스러운 눈길로 바라보며 물었다.

퀸은 미소를 짓고 나서 천천히 고개를 저으며 조용히 말했다.

"새터스웨이트 씨가 말한 것은 과장입니다. 제가 한두 번 함께 있을 때 이분이 매우 뛰어난 추리를 했습니다. 그런데 그 공을 왜 저한테 돌리는지 모르겠군요. 아마 겸손해서서 그럴 겁니다."

"아니, 그렇지 않아요. 당신 덕분에 상황을 아주 뚜렷하게 볼 수 있었습니다. 실제로 보았지만 그 사실을 미처 깨닫지 못하고 있었던 것들을 말이죠."

새터스웨이트가 흥분해서 말했다.

"뭐가 뭔지 모르겠군요."

몽크턴 대령이 말했다.

"사실은 별로 복잡한 일도 아닙니다. 우리가 단지 사물을 보는 것만으로 만족하지 않고 본 것을 엉뚱하게 해석하는 것이 문제지요."

퀸이 말했다.

애스파샤 글렌은 프랭크 브리스토에게 돌아서더니 머뭇거리며 말했다.

"좀 여쭤 보겠는데요, 어째서 그 그림을 그릴 생각을 하셨나요?"

브리스토는 어깨를 으쓱했다.

"저도 잘 모르겠습니다. 저 장소의 어떤 것, 그러니까 찬리 저택이 제 상상력을 사로잡았던 모양입니다. 비어 있는 큰 방, 바깥쪽의 테라스, 유령이나 그 밖의 것들에 대한 생각들 말입니다. 조금 전까지도 권총 자살을 한 찬리 경에 대해 이야기했지요. 만일 당신이 죽고 나서 당신의 혼이 계속 살아 있다면 이상하겠죠? 당신은 바깥 테라스에 서서 창문으로 죽은 자신의 몸을 들여다본다든가 다른 모든걸 보게 될지도 모르죠."

"그게 무슨 뜻이죠? 모든 것을 본다는 말씀은?"

애스파샤 글렌이 물었다.

"일어난 일을 보게 될 거라는 말입니다."

그때 문이 열리면서 집사가 레디 찬리가 도착했다고 모두에게 알려주었다.

새터스웨이트는 그녀를 맞으러 나갔다. 그는 그녀를 거의 13년 정도나 만나지 못했다. 그의 기억에는 옛날의 그녀, 의욕이 넘치고 생기발랄한 처녀의 모습이 남아 있었다. 그러나 지금 그가 본 것은 얼어붙은 부인이었다. 매우 아름답고 창백하며, 걷는다기보다는 오히려 떠서 움직이는 것 같은 모습, 또 매서운 바람에 흩날리는 눈발 같은 모습이었다. 그리고 몹시 냉정하고 초연한 그 모습은 마치 환영 같은 느낌을 주었다.

"이렇게 와 주셔서 감사합니다."

새터스웨이트가 말했다.

그는 레이디 찬리를 안내했다. 그녀는 글렌 양을 보고 잠깐 아는 척을 했지만, 상대가 아무런 반응을 보이지 않자 멈칫했다.

"저 실례하지만 우리 분명히 어딘가에서 만난 것 같은데……. 맞죠?"

레이디 찬리는 우물거렸다.

"아마 연극 공연 때였겠죠. 이쪽은 애스파샤 글렌 양입니다. 그리고 이쪽은 레이디 찬리고요."

새터스웨이트가 말했다.

"만나 뵙게 되어 정말 기뻐요, 레이디 찬리."

애스파샤 글렌이 말했다.

그녀의 억양은 갑자기 미국식으로 바뀌었다. 새터스웨이트는 무대 위에서 그녀가 맡았던 배역 하나가 떠올랐다.

"몽크턴 대령은 아시죠? 그리고 이쪽은 브리스토 씨입니다."

새터스웨이트가 소개를 했다.

그는 레이디 찬리의 뺨이 갑자기 약간 붉어지는 것을 보았다.

"브리스토 씨도 뵌 적이 있습니다."

그렇게 말하면서 그녀는 살짝 미소를 지었다.

"기차 안에서……."

"그리고 할리 퀸 씨입니다."

새터스웨이트는 그녀의 표정을 자세히 살폈으나 퀸을 전혀 모르는 것 같았다. 그는 의자를 꺼내어 그녀에게 권한 다음 앉더니 목청을 가다듬고 약간 떨리는 목소리로 이야기를 시작했다.

"좀 특이한 소모임이 되어 버렸군요. 이렇게 모인 것은 바로 이 그림 때문입니다. 제 생각으로는 우리가 마음만 먹으면 사건을 밝힐 수 있다고 봅니다."

"강령회를 여는 건 아니겠죠, 새터스웨이트 씨? 오늘 밤엔 무척 이상하시네요."

몽크턴 대령이 물었다.

"엄밀히 말해서 강령회는 아닙니다. 하지만 제 친구 퀸 씨는 과거를 되돌아보면 사건의 표면이 아닌 진실을 바로 볼 수 있다고 믿으며 저도 거기에 동감합니다."

새터스웨이트가 말했다.

"과거라고요?"

레이디 찬리가 말했다.

"부인 남편의 자살에 대해 얘기하는 겁니다. 앨릭스 부인, 마음은 아프시겠지만……."

"아뇨. 저는 괜찮아요. 이제 아무렇지도 않아요."

앨릭스 찬리가 말했다.

새터스웨이트는 프랭크 브리스토가 했던 말을 생각했다.

'그 여자는 왠지 살아 있는 사람 같지가 않았어요. 그림자 같았다고나 할까. 게일 족의 동화에 나오는, 마치 언덕 속에서 나온 사람 같았답니다.'

그는 그녀가 그림자 같다고 생각했다. 그것이 그녀에게 꼭 들어맞는 표현이었다. 그림자. 다른 무언가를 비춰 주는 것. 그렇다면 진짜 앨릭스는 어디에 있을까? 그러자 그의 마음이 재빨리 대답했다. 과거에 있다! 14년이라는 시간이 우리와 그녀를 갈라놓은 것이다.

새터스웨이트는 말했다.

"아, 깜짝 놀랐습니다. 당신은 마치 은 항아리를 들고 우는 여자 같군요."

쨍그랑! 애스파샤 글렌의 팔꿈치 옆에 놓여 있던 커피 잔이 바닥에 떨어져 박살이 났다. 새터스웨이트는 손을 내저으며 그녀가 사과하려는 것을 막았다. 그러면서 그는 생각했다.

'점점 더 가까워지고 있어. 우리는 점점 더 접근하고 있는 거야. 그런데 무엇에 가까워지고 있는 걸까?'

"14년 전의 그날 밤으로 기억을 되돌려 봅시다. 찬리 경은 자살을 했습니다. 무슨 이유로? 그건 아무도 모릅니다."

새터스웨이트는 말했다.

레이디 찬리는 의자에서 몸을 약간 움직였다.

"레이디 찬리는 알고 있습니다."

브리스토가 불쑥 말했다.

"말도 안 되는 소리입니다."

몽크턴 대령은 이렇게 말하면서 레이디 찬리를 향해 이상하게 얼굴을 찡그렸다.

그녀는 그 화가를 건너다보고 있었다. 마치 그의 말이 그녀에게 입을 열게 한 것 같았다. 레이디 찬리는 느리게 고개를 끄덕이며 말을 했는데 그 목소리는 눈송이처럼 차가우면서도 부드러웠다.

"그래요, 말씀하신 대로예요. 저는 알아요. 그래서 저는 살아 있는 동안 절대로 찬리 저택으로 돌아갈 수 없는 거예요. 세 아들 딕이 그 집으로 돌아 가서 살고 싶다고 했을 때도, 절대 그럴 수 없다고 말했어요."

"그 이유를 말씀해 주시겠습니까, 레이디 찬리?"

퀸이 말했다.

그녀는 퀸을 바라보았다. 그리고 마치 최면에라도 걸린 듯 아이처럼 조용하고 자연스럽게 말했다.

"원하시면 말씀드리죠. 지금으로서는 그 일들이 그다지 중요하게 여겨지지 않는군요. 저는 남편의 서류 사이에서 편지 한 통을 발견하고는 태워 버렸어요."

"무슨 편지였죠?"

퀸이 물었다.

"그 여자, 그 가엾은 여자한테서 온 편지였어요. 그 여자는 메리엄의 보모 겸 가정교사였어요. 남편은 그 여자와 관계를 맺었어요. 그래요. 우리가 결혼하기 바로 전, 그러니까 저와 약혼한 상태에서 말이에요. 게다가 그 여자는, 그 여자는 임신을 하게 되었죠. 그 여자는 편지에서 그런 사실을 밝히면서 그 일을 모두 제게 털어놓겠다고 썼더군요. 그래서 남편은 자살을 한 거예요."

그녀는 너무나도 잘 알고 있는 과목을 다시 배우는 아이처럼 지루하고 꿈꾸는 듯한 표정으로 사람들을 둘러보았다.

몽크턴 대령은 코를 풀면서 말했다.

"세상에…… 그랬군요. 그것으로 이 사건은 아주 명확하게 설명되겠군요."

"과연 그럴까요? 아직도 설명할 수 없는 일이 한 가지 있습니다. 브리스토 씨가 그런 그림을 그린 이유 말입니다."

새터스웨이트가 말했다.

"무슨 뜻입니까?"

새터스웨이트는 동의를 구하듯 퀸을 바라보았고 분명한 동의를 얻었는지 말을 계속했다.

"그래요. 이런 말씀을 드리면 저를 이상하게 생각할지 모르지만, 그 그림이 모든 것의 핵심입니다. 우리는 그 그림 때문에 오늘 밤에 여기 모였습니다. 제 말은 그 그림은 반드시 그려야만 할 사정이 있었다는 겁니다."

"참나무 응접실의 기괴한 영향 말씀이십니까?"

몽크턴 대령이 말을 꺼냈다.

"아니, 참나무 응접실이 아닙니다. 테라스 룸이지요. 틀림없이 그곳입니다! 죽은 사람의 영혼이 창밖에 서서 바닥에 쓰러진 자기 몸을 들여다보고 있는 바로 그것이지요."

새터스웨이트가 말했다.

"그런 일은 있을 수가 없습니다. 시체는 참나무 응접실에 있었으니까요."

몽크턴 대령이 말했다.

"만일 그렇지 않다면? 만일 그 시체가 브리스토 씨의 상상대로 창문 앞의 흑백 바둑무늬 바닥에 있었다면?"

새터스웨이트가 말했다.

"당신의 말은 이치에 맞지 않아요. 만일 그곳에 시체가 있었다면 참나무 응접실에서 시체가 발견되지 않았어야지요?"

몽크턴 대령이 반박했다.

"누군가가 옮겨 놓았을지도 모르지요."

"만일 옮겨 놓았다면, 찬리가 참나무 응접실로 들어가는 모습을 우리가 어떻게 보았겠습니까?"

"하지만 당신은 그 사람의 얼굴을 못 봤잖습니까? 제 말뜻은, 당신은 한 남자가 무도복 차림으로 참나무 응접실로 들어가는 것을 보았을 뿐이라는 거죠."

"비단옷과 가발."

몽크턴이 말했다.

"바로 그겁니다. 당신은 그 아가씨가 찰리 경이라고 불렀기 때문에 그 남자를 찰리 경이라고 생각했던 거지요."

"하지만 몇 분 뒤에 우리가 들어갔을 때에는 찰리 경만이 그곳에 죽어 있었으니 그렇게 생각할 수밖에 없잖습니까. 그 부분은 설명하실 수 없을 텐데요, 새터스웨이트 씨."

"그렇군요. 숨을 장소가 없었다면."

새터스웨이트는 기가 꺾여서 말했다.

"그 방에 수도사들의 은신처가 있다고 말하지 않았나요?"

프랭크 브리스토가 끼어들었다.

"아!"

새터스웨이트가 외쳤다.

"만약에……."

그는 한쪽 손을 들어 일동을 조용히 시킨 뒤, 다른 손으로 이마를 감싸고 나서 천천히 망설이듯 입을 열었다.

"생각났습니다. 그냥 생각에 지나지 않을지 모르지만, 이제야 앞뒤가 들어맞는군요. 만일 누군가가 찰리 경을 쏘았다고 합시다. 테라스 룸에서 말이죠. 그런 다음, 범인은 공범이 있었을지도 모르지만, 참나무 응접실로 시체를 끌고 옵니다. 그들은 시체를 그곳에 눕히고 오른손 옆에 권총을 놓아둡니다. 그러면 찰리 경은 분명히 자살한 것처럼 보이게 됩니다. 사실 그 일은 아주 간단하죠. 비단옷을 입고 가발을 쓴 남자가 거실을 지나 참나무 응접실을 향해 갔고, 누군가가 일을 확실히 하기 위해 계단 꼭대기에서 그를 찰리 경이라고 부릅니다. 그 남자는 방 안으로 들어가 양쪽 문을 잠가 놓고 널 빤지 벽에 총을 쏩니다. 기억하시겠지만 그 방에는 이미 총알 흔적이 몇 개나 있었으니, 하나 정도 더 늘어나도 아무도 알아차릴 리가 없죠. 그 남자는 그런 뒤에 수도사들의 은신처로 몸을 숨깁니다. 문이 부서지고, 사람들이 몰려 들어옵니다. 상황을 미루어 보건대 찬리 경은 분명히 자살한 것으로 보이죠. 그 밖의 가정은 생각할 필요도 없을 테고요."

"터무니없는 소리입니다. 찬리에게는 자살할 만한 이유가 충분했다는 사실을 당신은 잊고 있어요."

몽크턴 대령이 말했다.

"나중에 발견된 편지 말이군요. 언젠가는 자기가 레이디 찬리가 될 것이라고 생각한, 매우 영악하고 파렴치한 어린 여배우가 쓴 거짓투성이의 잔혹한 편지 말이죠."

"누구를 말하는 겁니까?"

"휴고 찬리와 한 패거리가 된 여자 말입니다. 몽크턴 씨도 아시다시피, 그 사람은 악당 같은 사람이었죠, 모두가 압니다. 휴고 찬리는 자신이 틀림없이 작위를 계승할 거라고 생각했지요."

새터스웨이트는 레이디 찬리를 날카롭게 돌아보며 물었다.

"그 편지를 쓴 여자의 이름이 뭐였죠?"

"모니카 포드였어요."

레이디 찬리가 말했다.

"몽크턴 씨, 계단 꼭대기에서 찬리 경이라고 부른 사람이 모니카 포드였나요?"

"예, 지금 그렇게 말씀하시니 생각나는데 모니카가 맞는 것 같아요."

레이디 찬리가 말했다.

"아아! 그럴 리가 없어요. 제가 그녀한테 가서 물어보았어요. 그 여자는 그것이 모두 사실이라더군요. 그 뒤로 한 번밖에 만나지 못했지만 그녀가 줄곧 연기를 했다니 그럴 수가 없어요."

새터스웨이트는 방 한쪽 구석에 있는 애스파샤 글렌을 바라보다가 조용히 말했다.

"제 생각으로는 그 여자가 완벽한 여배우 소질을 타고난 것 같습니다."

"아직 해결하지 못한 것이 하나 있습니다. 테라스 룸의 바닥에는 핏자국이 나 있었을 겁니다. 그럴 수밖에요. 그것은 금방 없어지지 않을 텐데요."

프랭크 브리스토가 말했다.

"그래요. 하지만 한 가지 방법이 있었지요. 순식간에 처리할 수 있는 일, 바로 보카라 융단을 핏자국 위에 덮는 겁니다. 그날 밤까지는 보카라 융단이 테라스 룸에 깔려 있는 것을 본 사람이 아무도 없었습니다."

새터스웨이트가 말했다.

"당신 말이 맞습니다. 하지만 언젠가는 그 핏자국을 지워야 했을 텐데요?"

몽크턴 대령이 말했다.

"그래요. 한밤중에 말이죠. 물주전자와 대야를 든 여자가 계단을 내려와서 핏자국을 손쉽게 닦아낼 수 있었죠."

새터스웨이트가 말했다.

"하지만 만일 다른 사람에게 그런 일을 들켰다면?"

"전혀 상관없답니다. 저는 지금 상황을 있는 그대로 이야기하고 있습니다. 제가 지금 물주전자와 대야를 든 여자라고 했지요. 아니, 은 항아리를 들고 우는 여자라고 말하는 것이 훨씬 더 분명하겠네요."

새터스웨이트는 자리에서 일어서서 애스파샤 글렌 양에게로 다가가며 말했다.

"당신이 그런 일을 했죠? 지금 당신은 '스카프의 여인'으로 불리는 배우지만, 최초로 연기를 시작한 건 그날 밤이었어요. '은 항아리를 들고 우는 여자' 역이었지요. 그래서 아까 커피 잔을 식탁에서 떨어뜨린 겁니다. 당신은 그 그림을 보는 순간, 누군가가 사실을 알고 있는 것 같아서 몹시 걱정이 되었던 겁니다."

레이디 찬리는 비난을 퍼붓듯이 흰 손을 내밀었다.

"모니카 포드, 이제야 알아보겠어요."

애스파샤 글렌은 울먹이면서 자리에서 벌떡 일어섰다. 그녀는 한 손으로 새터스웨이트를 밀쳐 내고는 퀸의 앞에서 부들부들 떨며 서 있었다.

"그래요, 내가 생각했던 대로예요. 정말로 누군가가 알고 있었어요! 이런 광대짓에 속은 적이 없었는데. 이런 식으로 일을 처리하고 싶지는 않았는데."

그녀는 퀸을 가리키며 말했다.

"당신이 그곳에 있었어요. 당신이 창밖에 서서 들여다보고 있었단 말예요. 당신은 휴고와 내가 하는 일을 전부 다 보았어요. 나는 누군가가 안을 들여다보는 걸 알았고 그렇게 줄곧 느꼈어요. 하지만 창문을 쳐다보니 아무도 없었어요. 나는 누군가가 우리를 관찰하고 있다는 걸 알았어요. 창문에서 사람의 얼굴이 얼핏 비쳤다고 생각했어요. 그래서 지금까지 줄곧 두려움에 사로잡혀 있었어요. 왜 이제야 침묵을 깨트리는 거죠? 그게 알고 싶어요."

"죽은 자가 편안히 눈을 감을 수 있도록 하기 위해서죠."

퀸이 말했다.

그러자 애스파샤 글렌은 황급히 문 쪽으로 걸어가더니 걸음을 멈추고는 어깨너머로 도전적인 몇 마디를 던졌다.

"마음대로 해 보세요. 내가 지금까지 해 온 말의 증인들도 있으니까. 난 신경 쓰지 않아요. 조금도. 나는 휴고를 사랑했고 그래서 그 끔찍한 일을 도왔어요. 그런데 그놈은 나를 버렸어요. 그놈은 작년에 죽었단 말이에요. 당신들이 원한다면 경찰에서 나를 쫓겠죠. 그렇지만 저기 있는 땅딸막한 노인네가 말한 것처럼 난 뛰어난 배우예요. 경찰은 아마 날 찾아내기 어려울 거예요."

그녀는 문을 쾅하고 거세게 닫았다. 그리고 잠시 뒤에 또다시 쾅하고 현관문 닫는 소리가 들려왔다.

"레기……."

레이디 찬리가 울부짖었다.

"레기……."

눈물이 그녀의 얼굴에서 흘러내리고 있었다.

"아아, 당신, 당신, 이제 찬리 저택으로 돌아갈 수 있게 됐어요. 디키와 함께 그곳에서 살 수 있게 되었어요. 나는 아이한테 말해 주겠어요. 아버지가 어떤 사람이었는가를. 이 세상에서 가장 훌륭하고 멋진 사람이었다는 것을."

"이 사건에 대해 우리가 어떻게 해야 하는지 신중하게 생각해야 합니다."

몽크턴 대령이 말했다.

"자, 앨릭스, 제가 당신을 댁까지 바래다 드려도 괜찮겠습니까? 가는 길에 이 일에 대해 이야기를 좀 나누고 싶습니다."

레이디 찬리는 자리에서 일어섰다. 그녀는 새터스웨이트에게로 다가오더니, 양손을 그의 어깨에 얹고는 매우 부드럽게 키스를 했다.

"오랫동안 죽었다가 다시 살아난 것 같아 정말 기뻐요. 저는 완전히 죽은 거나 마찬가지였어요. 고마워요, 새터스웨이트 씨."

그녀는 그렇게 말하고 몽크턴 대령과 함께 방을 나갔다. 새터스웨이트는 두 사람의 뒷모습을 물끄러미 바라보다가, 프랭크 브리스토의 갑작스러운 탄성 소리에 재빨리 뒤돌아보았다. 그의 존재를 지금껏 잊고 있었던 것이다.

"대단한 미인입니다. 하지만 그전만큼 흥미가 느껴지진 않는데요."

브리스토는 쓸쓸한 표정으로 음울하게 말했다.

"예술가님이 계셨군요."

새터스웨이트가 말했다.

"뭐, 흥미롭지가 않은걸요. 게다가 제가 지금 그녀에게 다가선다 해도 냉대만 받을 뿐입니다. 불청객으로 취급받는 곳에는 가고 싶지 않아요."

"아니, 그렇지 않습니다. 다른 사람에게 비치는 인상에 조금만 덜 신경 쓰면 당신은 더 현명하고 행복해질 겁니다. 그리고 고루한 생각들은 마음속에서 지워 버리는 것이 좋습니다. 예를 들면, 현대에는 가문이나 출신 등이 그다지 중요하지 않다는 생각을 갖는 거지요. 당신은 여성들이 잘생겼다고 생각하는 외모에다 확실하지 않지만 천부적인 재능을 지녔어요. 매일 밤, 잠자리에 들기 전에 그 사실을 열 번씩 반복해서 말하고 3개월 뒤에 찬리 저택으로 레이디 찬리를 찾아가 봐요. 이것은 세상 경험이 많은 내가 당신한테 주는 충고입니다."

화가의 얼굴에 갑자기 상당히 매력적인 미소가 퍼졌다.

그는 새터스웨이트의 손을 꽉 잡으면서 말했다.

"선생님은 정말 친절하시군요. 뭐라 드릴 말씀이 없을 정도로 기쁩니다. 저도 이제 가 봐야겠습니다. 지금까지 겪어 보지 못한 최고로 특별한 저녁을 보낸 걸 감사드립니다."

그는 다른 사람과도 이별을 고하려는 듯 주위를 둘러보고는 깜짝 놀랐다.

"아니, 선생님 친구분은 가 버리셨군요. 그분이 떠나는 것은 못 봤는데. 참 이상한 분입니다. 그렇지 않나요?"

"그 양반은 왔다가도 금방 사라진답니다. 그게 그 사람의 특징 가운데 하나지요. 그의 출몰을 모를 때가 많아요."

새터스웨이트가 말했다.

"마치 할리 퀸 같군요. 눈에 안 보이는 사람."

프랭크 브리스토는 그렇게 말하면서, 자신의 농담에 껄껄 소리 내어 웃었다.

날개 부러진 새

새터스웨이트는 창밖을 바라보았다. 밖에는 쉬지 않고 비가 내리고 있었다. 그는 몸을 떨면서 이런 시골에는 제대로 난방 시설을 갖춘 집이 거의 없다고 생각했다. 이제 몇 시간만 지나면 런던으로 간다고 생각하니 기운이 솟았다. 사람은 예순 고개를 넘으면 런던이 가장 살기에 좋은 곳이 되는 법이다.

그는 약간 늙은 데다 감상적인 기분이 되어 있었다. 이 집의 파티에 온 대부분의 손님은 무척 젊었다. 그중 네 명은 강령회를 한다고 지금 막 서재로 들어갔다. 새터스웨이트에게도 들어오라고 했지만 그는 거절했다. 알파벳 문자를 단조롭게 세는 일과 그 결과로 나타나는 예의 무의미하고 어수선한 문자들에는 아무런 흥미도 없었기 때문이다.

그렇다. 런던이야말로 그에게는 가장 좋은 곳이었다. 30분 전에 매지 킬리가 레이델 저택으로 초대하는 전화를 걸어왔을 때 거절하길 잘했다 싶었다. 그녀는 분명 귀여운 아가씨이지만, 그래도 런던이 더 좋았다.

새터스웨이트는 다시 몸을 떨다가, 서재에 따뜻한 난로가 있다는 사실을 떠올렸다. 그는 문을 열고 캄캄한 방 안을 조심스럽게 더듬어 가면서 말했다.

"방해가 되지 않는다면 좀 들어가도 괜찮겠습니까?"

"그래, 엔이니 엠이니? 다시 세어 봐……. 예, 괜찮습니다, 새터스웨이트 씨. 지금 굉장히 흥미진진한 일이 벌어지는 중입니다. 영혼이 그러는데 자기 이름이 에이더 스피어스라고 합니다. 그리고 여기에 있는 존이 글래디스 번이라는 사람과 곧 결혼할 거라고 하네요."

새터스웨이트는 벽난로 앞의 커다란 안락의자에 앉았다. 그러다가 피곤해서 깜박 졸았는데, 졸면서 이따금씩 깨어 대화의 토막을 듣기도 했다.

"러시아 사람이 아니라면 피, 에이, 비, 제트, 엘일 리가 없어. 존, 자네가 움직이고 있군. 나는 봤어. 새로운 영혼이 온 게 틀림없어."

새터스웨이트는 또다시 비몽사몽 헤매다가 갑자기 어떤 이름을 듣고 잠에서 번쩍 깨었다.

"큐, 유, 아이, 엔. 맞아?"

"그래, '예스'라고 한 번 두드렸어요. 퀸, 여기에 있는 누군가에게 전할 말이 있습니까? 예. 저에게? 존에게? 사라에게? 이블린에게? 다 틀려요? 하지만 다른 사람은 이곳에 없어요. 아! 어쩌면 새터스

웨이트 씨일지도 모르겠군.'

"'예스'야. 새터스웨이트 씨, 당신에게 할 말이 있대요."

"뭐랍니까?"

새터스웨이트는 이제 완전히 잠에서 깨어 잔뜩 긴장한 상태로 눈을 반짝였다.

탁자가 흔들리고 아가씨 하나가 숫자를 세었다.

"엘, 에이, 아이…… 그런 것은 있을 리가 없어요. 의미가 통하지 않는 걸요. 엘에이아이로 시작하는 말은 아무것도 없어요."

"계속해 봐요."

새터스웨이트가 말했는데, 그 명령조의 목소리가 너무 날카로웠기에 상대는 더 이상 불평 없이 복종했다.

"레이델, 그리고 또 하나의 엘, 아! 그렇게 끝나는 것 같은데요."

"계속해요."

"좀 더 말해 주시죠."

침묵이 흘렀다.

"더 이상은 없는 것 같아요. 탁자는 이제 전혀 움직이지 않아요. 참, 어이가 없어서!"

새터스웨이트는 생각에 잠겨 말했다.

"아닙니다. 전 어이없다고 생각지 않아요."

새터스웨이트는 자리에서 일어나서 방을 나갔다. 그러고는 곧장 전화기가 있는 곳으로 걸어갔다.

"킬리 양과 통화하고 싶은데요. 아, 당신입니까? 괜찮다면 지금이라도 친절한 초대를 받아들이고 싶습니다. 런던으로 돌아 가는 건 생각보다 급하지 않아서 말입니다. 그래요, 그럼. 저녁 식사 시간에 맞추어 가겠습니다."

그는 주름진 얼굴에 이상하게 홍조를 띠면서 수화기를 내려놓았다. 퀸, 그 신비로운 할리 퀸이야. 새터스웨이트는 자기가 그 신비로운 인물과 우연히 만난 횟수를 손가락으로 세어 보았다. 퀸이 관련된 상황에서는 반드시 사건이 일어났다! 레이델 저택에서는 어떤 일이 일어났을까? 아니면 일어나려 하고 있을까?

그러나 그 일이 무엇이든 새터스웨이트로서는 해야 할 일이 있었다. 그는 어떤 식으로든 자신이 적극적인 역할을 연출해야 한다고 확신했다.

레이델은 커다란 저택이었다. 주인 데이비드 킬리는 조용한 사람으로, 마치 가구의 일부로 생각될 만큼 그다지 눈에 띄지 않는 인물이었다. 그런 사람이 두드러지지 않는다는 것은 두뇌의 우수성과는 전혀 관련이 없다. 데이비드 킬리는 상당히 우수한 수학자이고, 인류의 99퍼센트가 전혀 이해하지 못하는 어려운 책을 펴내기도 했다. 그러나 훌륭한 지성을 가진 많은 사람들과 마찬가지로, 그는 활력이라든가 사람을 끄는 힘 같은 것은 발산하지 않았다. 데이비드 킬리를 '투명인간'이라고 칭하는 것은 이미 판에 박은 농담이 되어 버렸다. 식사를 할 때 하인들은 그에게 야채를 갖다 주는 것을 잊어 버리며, 또 손님들은 그에게 '안녕하세요?'라든가 '안녕히 계세요.' 라는 인사를 빼먹는 것이다.

그의 딸 매지는 아버지와는 상당히 달랐다. 그녀는 예쁘고 늘씬한 아가씨로 힘과 생기가 흘러넘쳤다. 완벽하고, 건강하며, 지극히 정상적인 데다 정말이지 예뻤다.

새터스웨이트가 도착했을 때 그를 맞이한 사람은 그녀였다.

"이렇게 와 주셔서 고마워요."

"갑자기 마음을 바꿔 죄송하고, 초대해 주셔서 감사드립니다. 아주 건강해 보이십니다."

"어머! 전 항상 건강하죠."

"예, 저도 압니다. 하지만 오늘은 그 이상인 것 같은데. 마치 활짝 핀 꽃송이 같다고 속으로 생각했습니다. 그런데 무슨 일이라도 있었습니까? 어떤 특별한 일이라도?"

그녀는 웃으며 얼굴을 약간 붉혔다.

"이거 곤란한데요, 새터스웨이트 씨. 선생님은 언제나 날카롭게 추측을 하셔서요."

그는 그녀의 손을 잡았다.

"아하! 그거군요. 좋은 신랑감이 생긴 거 맞죠?"

그 표현은 약간 구식이긴 했지만, 매지는 왠지 그 말이 싫지 않았다. 그녀는 오히려 새터스웨이트의 그러한 고풍스러운 태도를 좋아했다.

"그래요. 제대로 맞추셨어요. 하지만 아무한테도 말해선 안 돼요. 하지만 선생님은 아셔도 괜찮을 것 같아요. 언제나 좋으신 분이고 모든 일에 동정적이시니까."

새터스웨이트는 다른 사람들의 로맨스를 특히 좋아했다. 그에게
는 감상적이고 어딘가 빅토리아 풍인 구석이 있었다.

"그 운 좋은 남자가 누군지 물어보면 안 되겠죠? 아, 내가 말할 수
있는 거라곤 그 남자가 당신과 잘 어울리는 사람이길 바란다는 것
뿐입니다."

매지는 '이 나이 지긋한 새터스웨이트 씨는 정말 순진한 사람이
구나.' 하고 생각했다.

"우리는 아주 잘 살 것 같아요. 우리는 같은 일을 하는 걸 좋아해
요. 그리고 그게 정말 중요한 것 같아요. 그렇지 않나요? 다행히도
우리는 공통점이 매우 많아요. 그리고 서로에 대해 모르는 게 없어
요. 아주 오랫동안 사귀어서 이토록 편안한 느낌이 드나 봐요, 그렇
지 않을까요?"

"물론이죠. 하지만 내 경험에 비추어 볼 때, 다른 사람을 완벽하
게 알 수는 없어요. 그것이 인생의 재미와 매력이기도 하죠."

"그런 모험은 감수할 자세가 되어 있어요."

매지가 웃으며 말했다. 그리고 그들은 저녁 식사를 위해 옷을 갈
아입으려고 위로 올라갔다.

새터스웨이트는 약간 시간을 지체했다. 그는 시중 들어 줄 하인
을 데리고 가지 않았기 때문에 자신의 짐을 모르는 사람이 갖다 주
어 갈팡질팡했다. 아래층으로 내려왔을 때는 모두들 모여 있었다.
현대식으로 차려입은 매지가 말했다.

"아! 새터스웨이트 씨가 내려오셨네요. 몹시 시장하네요. 어서 안

으로 들어가죠."

매지는 키가 크고 백발이 섞인 여자와 함께 길을 안내했다. 그 여자는 다른 사람의 눈에 잘 띄는 형이었으며, 목소리는 맑고 카랑카랑했다. 이목구비도 뚜렷한 미인이었다.

"안녕하세요, 새터스웨이트 씨."

킬리가 말했다.

새터스웨이트는 깜짝 놀랐다.

"안녕하세요, 미처 알아뵙지 못했습니다."

"누구나 그러죠."

킬리는 다소 구슬프게 말했다.

그들은 안으로 들어갔는데 안에는 낮은 타원형 마호가니 식탁이 놓여 있었다. 새터스웨이트는 젊은 안주인과 키가 작고 약간 거무스름한 피부의 아가씨 사이에 앉게 되었다. 그 아가씨는 무척 발랄하고 목소리가 컸다. 그리고 실제로 즐거운지 어떤지는 모르겠지만 울려 퍼지는 웃음소리는 항상 유쾌해지려고 애쓰는 듯했다. 그녀의 이름은 도리스였던 것 같은데, 새터스웨이트가 가장 싫어하는 타입의 여자였다. 예술적 견지에서 보면, 이 세상에 존재할 가치가 전혀 없는 여자라고 새터스웨이트는 생각했다.

매지의 맞은편에는 서른 살쯤 되어 보이는 남자가 앉아 있었는데, 백발이 섞인 여자와 매우 닮아 두 사람이 모자 지간이라는 사실을 짐작할 수 있었다.

그리고 그의 옆에는…….

새터스웨이트는 숨을 멈췄다.

그로서는 왜 그런지 정확히 몰랐지만, 하여간 미모 때문만은 아니었다. 뭔가 좀 다른 것, 그것은 미모보다 훨씬 더 막연한 무엇이었다.

그녀는 머리를 옆으로 조금 기울이고 식탁에서는 다소 무거운 킬리 씨의 얘기에 귀를 기울이고 있었다. 그녀는 분명히 거기에 있는 것처럼 보였지만 실은 거기에 없었다. 그녀는 무슨 이유에서인지 타원형 식탁에 둘러앉은 다른 사람들과는 다른 세계에 존재하는 비현실적인 인물 같았다. 몸을 옆으로 돌리자 정말 아름다웠다. 아니, 아름다움 그 이상이었다. 그녀가 고개를 들었다. 식탁 너머로 한순간 그녀의 시선이 새터스웨이트의 시선과 마주쳤다. 바로 그때, 그가 찾고 있던 말이 퍼뜩 머리에 떠올랐다.

마력, 바로 그것이었다. 그녀에게는 마력 같은 게 있었다. 절반만 인간인 '숲 속의 요정'인지도 모른다. 그녀에 비하면 다른 사람들은 모두 지나치게 세속적으로 보였다.

그러나 동시에 그녀는 이상하게도 연민의 정을 불러 일으켰다. 그녀에게서 풍기는 불분명한 인간적 속성이 그녀한테 걸림돌이 되고 있는 것 같았다. 그는 그 느낌을 표현할 말을 찾다가 간신히 찾아냈다.

새터스웨이트는 '날개 부러진 새'라고 생각했다.

그는 이쯤에서 만족하고 걸 가이드(1910년 영국에서 조직한 소녀 단체. 미국의 걸 스카우트와 자매 조직 ——옮긴이) 문제를 떠벌이고 있는 옆자리의 도리스에게로 신경을 돌리고는 자기가 딴 생각에 빠졌던 사실을 그녀가 눈치 채지 않기를 바랐다. 새터스웨이트가 거의 관심을 두지 않았던 남자 쪽으로 도리스가 눈길을 돌리기에, 그는 매지 쪽을 바라보았다.

"아가씨의 아버님 옆에 앉아 있는 숙녀 분은 누구신지요?"

새터스웨이트는 낮은 목소리로 물었다.

"그레이엄 부인 말씀이세요? 아, 메이벌 말씀이군요. 저분을 모르세요? 메이벌 앤슬리예요. 그 불운한 클라이드슬리 집안사람이에요."

새터스웨이트는 깜짝 놀랐다. 불운한 클라이드슬리 집안이라…… 생각이 났다. 오빠가 권총으로 자살하고, 언니는 익사, 또 한 언니는 지진으로 죽었다. 이상한 악운을 짊어진 집안. 그렇다면 이 여자는 막내딸이 틀림없다.

그는 그러한 생각에 잠겨 있다가 갑자기 현실로 되돌아왔다. 매지의 손이 식탁 아래에서 그의 손을 건드린 것이다. 다른 사람들은 모두 떠들어 대고 있었다. 매지는 머리를 아주 조금 왼쪽으로 기울였다.

"저 사람이 그이예요."

그녀는 웅얼거리며 말했다.

새터스웨이트는 알겠다는 뜻으로 고개를 재빨리 끄덕였다.

'그러면 저 그레이엄이라는 청년이 매지가 선택한 남자란 말인가. 외모는 그런대로 괜찮은 남자를 골랐군.'

모두들 인정하듯 새터스웨이트는 예리한 관찰자였다.

'마음씨 좋고 호감을 주는 다소 평범한 젊은이. 잘 어울리는 부부가 되겠지. 두 사람 모두 예상이 빗나갈 곳은 한 군데도 없는 성실하고, 건강하고, 붙임성 좋은 젊은이들이니까.'

레이델 저택은 모든 것이 고풍스러웠다. 여자들이 먼저 식당을 나갔다. 새터스웨이트는 그레이엄에게 다가가서 말을 걸기 시작했다. 그 청년에 관한 그의 추측은 틀림없었지만 뭔가가 완전히 딱 들어맞지 않는 게 느껴졌다. 로저 그레이엄은 마음이 딴 데 있는 듯한 모습으로 들고 있던 잔을 식탁에 내려놓으며 손을 떨었다.

'뭔가 걱정되는 일이 있군.'

새터스웨이트는 그 모습을 놓치지 않고 이렇게 생각했다.

'어쩌면 생각만큼 중요한 일이 아닐지도 모르지. 하지만 그게 뭔지 궁금하군.'

새터스웨이트는 식사 후에 소화제를 몇 알 삼키는 습관이 있었다. 그는 소화제를 가지러 자기 방으로 올라갔다.

그는 아래층의 긴 복도를 지나 응접실로 돌아오고 있었다. 그 중간쯤에 테라스 룸이 하나 있었다. 새터스웨이트는 지나치면서 열린 문틈으로 힐끗 안을 들여다보고는 그만 걸음을 멈추고 말았다.

달빛이 방 안으로 스며들고 있었고 창문의 격자 때문에 방에는 이상하고 규칙적인 모양이 그려져 있었다. 그리고 낮은 창턱에 앉아 있는 사람이 보였는데, 그 사람은 살짝 옆으로 몸을 기댄 채 조용히 우쿨렐레(하와이 원주민이 사용하는 기타와 비슷한 4현 악기—옮긴이)를 퉁기고 있었다. 그것은 재즈 리듬이 아니라 아주 오래된 리듬으로 요정 나라의 언덕을 달리는 말발굽 소리 같았다.

새터스웨이트는 황홀감에 빠져 잠시 그렇게 서 있었다. 그녀는 어둡고 짙은 파란색 비단옷을 입고 있었는데, 끈으로 묶어 주름을 잡은 모습이 마치 새의 깃털 같았다. 그녀는 악기 위에 몸을 굽히고는 낮은 소리로 노래를 부르고 있었다.

그는 천천히 한 발자국, 한 발자국 방 안으로 들어갔다. 그가 다가갔을 때, 그녀는 고개를 들어 쳐다보았다. 그녀는 놀라지 않았고 놀라는 기색도 전혀 없었다.

"방해가 되지 않았으면 좋겠습니다."

새터스웨이트가 말을 걸었다.

"예, 앉으세요."

그는 그녀의 가까이에 있는 반들반들한 참나무 의자에 앉았다. 그녀는 작은 목소리로 부드럽게 우물우물 말했다.

"오늘 밤은 매우 이상한 느낌이 드네요. 그런 생각 안 드세요?"

"그래요, 매우 이상한 느낌이 드는 밤입니다."

"모두들 저한테 우쿨렐레를 가져오라고 하더군요. 그래서 악기를 들고 이 방을 지나가는데 문득 여기에 혼자 들어가 있으면 참 좋겠다는 생각이 들었어요. 어둠 속에서 달빛을 맞으며……."

"그럼 전 이만……."

새터스웨이트가 엉거주춤 일어서려는데 그녀가 제지했다.

"가지 마세요. 선생님은, 선생님은 꼭 닮으셨어요. 왠지 모르지만, 이상하게도 선생님은 꼭 닮으셨어요."

그는 다시 자리에 앉았다.

"참 이상한 저녁이었어요. 저는 오늘 오후 늦게 숲에 갔었죠. 그리고 어떤 남자를 만났지요. 아주 이상한 사람을. 키가 크고, 피부색이 검은, 마치 지옥에 떨어진 사람 같았어요. 해가 지면서 나무 사이를 비추는 저녁놀 때문에 그 사람은 일종의 어릿광대처럼 보였어요."

"아!" 하고 새터스웨이트는 몸을 앞으로 내밀었다. 흥미가 솟아났던 것이다.

"저는 그 사람에게 말을 걸고 싶었어요. 그 사람은 제가 아는 사람과 정말 많이 닮았어요. 하지만 나무 사이에서 놓치고 말았지요."

"제가 아는 사람 같군요."

새터스웨이트가 말했다.

"그래요? 그 사람, 재미있는 분 아닌가요?"

"그래요, 재미있는 사람입니다."

잠시 침묵이 흘렀다. 새터스웨이트는 혼란스러웠다. 그는 해야 할 일이 있는 걸 느꼈다. 하지만 그게 무엇인지 도무지 감이 잡히지 않았다. 그러나 틀림없이, 틀림없이 그것은 이 여자와 관계있는 일이었다. 그는 약간 어색하게 말했다.

"사람들은 가끔 기분이 울적할 때 어디론가 떠나고 싶어 하죠."

"예, 맞아요."

그녀는 갑자기 말을 멈췄다.

"아, 선생님이 말씀하시는 뜻을 알겠어요. 하지만 저는 그렇지 않아요. 정반대랍니다. 저는 행복하기 때문에 혼자 있고 싶었거든요."

"행복하다고요?"

"너무너무 행복해요."

그녀는 꽤 조용하게 말했지만 새터스웨이트는 갑자기 충격을 받았다. 이 이상한 여자가 말하는 행복과 매지 킬리가 생각하는 행복은 그 의미가 서로 달랐다. 메이벌 앤슬리에게 행복은 일종의 강렬하고 생생한 황홀감으로 인간적인 면에 그치지 않고, 그 이상의 무언가를 의미했다. 그는 뒤로 조금 물러섰다.

"전 미처 몰랐는데요."

그는 어색하게 말했다.

"물론 알 수가 없으셨겠죠. 더구나 그것은 실제로 일어난 일이 아니거든요. 저는 아직은 행복하지 않지만 앞으로 행복할 거예요."

그녀는 몸을 앞으로 숙였다.

"어떤 기분이었는지 아시겠어요? 어디를 둘러봐도 어두운 그늘과 나무들만 빽빽한 커다란 숲에 서서 절대로 빠져나갈 수 없을 것만 같은 기분이 드는데 갑자기 바로 눈앞에 눈부시게 아름다운 꿈의 세계가 나타난 거예요. 나무숲과 어둠 속에서 벗어나기만 하면 가질 수 있는 세계 말이에요……."

새터스웨이트가 말했다.

"아름다워 보이는 것은 아주 많지요. 우리들이 다가가 보기 전까지는 말입니다. 이 세상에서 가장 추한 것들도 매우 아름답게 보이는 경우도 있고……."

그때 바닥을 스치는 발소리가 들려왔다. 새터스웨이트는 고개를 돌렸다. 어딘지 우둔해 보이고 조금 무표정한 얼굴의 남자가 문간에 서 있었다. 방금 전, 식사를 할 때 새터스웨이트가 거의 주의를 기울이지 않던 인물이었다.

"모두 기다리고 있어요, 메이벌."

그가 말하자, 그녀는 자리에서 일어섰다. 그녀의 얼굴에서 표정은 이미 사라졌고, 목소리는 고저가 없이 차분했다.

"갈게요, 제라드. 새터스웨이트 씨와 얘기를 나누고 있었어요."

메이벌이 방을 나가자 새터스웨이트도 그 뒤를 따랐다. 그는 방에서 나오면서 어깨너머로 그녀의 남편 얼굴에 나타난 표정을 읽었다. 뭔가를 몹시 갈망하는, 절망적인 표정이었다.

새터스웨이트는 '마력' 하고 생각했다.

'저 남자도 틀림없이 그것을 느끼고 있군. 불쌍한 친구야, 불쌍한 친구.'

응접실에는 불이 환하게 켜져 있었다. 매지와 도리스 콜스가 큰소리로 비난의 말을 퍼붓고 있었다.

"메이벌! 우리가 얼마나 기다렸는지 알아요?"

그녀는 낮은 의자에 앉아서 우쿨렐레를 퉁기며 노래를 불렀다. 사람들은 모두 그 음악에 빨려 들어갔다.

새터스웨이트는 생각했다.

'이게 가능한 일인가? 사랑하는 연인에 대해 읊은 얼빠진 노래가 이렇게 많다니!'

그러나 재즈 풍의 탄식 같은 가락에도 사람의 마음을 움직이는 힘이 있다는 것은 인정할 수밖에 없었다. 물론 고풍스러운 왈츠와 는 비교할 수도 없지만.

실내는 담배 연기가 자욱했다. 재즈 풍의 리듬은 계속되었다.

'내용이 없어. 좋은 음악이 아니야. 평온하지 않아.'

새터스웨이트는 생각했다. 이렇게 세상이 시끄럽지 않으면 안 되 는 걸까?

메이벌 앤슬리는 갑자기 악기 연주를 그만두고 맞은편에 앉은 새 터스웨이트에게 미소를 보내고는 그리그(노르웨이의 작곡가—옮긴 이)의 노래를 부르기 시작했다.

나의 백조여, 나의 아름다운 백조여.

그것은 새터스웨이트가 아주 좋아하는 노래 가운데 하나였다. 그 는 그 노래의 끝부분에 갑자기 나타나는 독창적인 가락을 특히 좋 아했다.

그래서 그대 백조를 너무 좋아해서? 그래서 백조로?

노래가 끝나자 모두들 흩어졌다. 매지는 술을 권했고, 그녀의 아 버지는 내버려 둔 우쿨렐레를 아무 생각 없이 퉁퉁 퉁겨 보고 있었 다. 모두들 저녁 인사를 나누면서 하나둘씩 문 쪽으로 밀려 나갔다. 모든 사람들이 한꺼번에 떠들어 댔다. 제라드 앤슬리는 다른 사람들보다 먼저, 아무도 눈치 채지 못하게 방을 빠져나갔다.

새터스웨이트는 응접실 문밖에서 그레이엄 부인에게 의례적인
저녁 인사를 했다. 계단은 두 개였는데, 하나는 바로 가까이에 있고,
또 하나는 긴 복도의 끝에 있었다. 새터스웨이트는 두 번째 계단을
이용해서 자기 방으로 갔다. 그레이엄 부인과 그녀의 아들은 가까
운 쪽의 계단으로 올라가고 있었는데 그것은 말이 없던 제라드 앤
슬리가 아까 올라간 계단이었다.

"우쿨렐레를 가져 가는 게 좋을 거예요, 메이벌. 그렇지 않으면
아침에 잊어버리고 가기 쉬워요. 아침 일찍 떠나야 하니까."

매지가 말했다.

"어서 가요, 새터스웨이트 씨."

도리스 콜스가 수선스럽게 그의 한쪽 팔을 잡고서 말했다.

"일찍 자면…… 뭐 그렇게 시작하는 격언('일찍 자고 일찍 일어나면
건강, 부귀, 지혜를 두루 얻는다.'는 영국 속담의 일부를 인용한 것 — 옮
긴이)도 있잖아요."

다른쪽 팔은 매지가 잡고 세 사람은 도리스의 가는 웃음소리에
맞춰 복도를 달려갔다. 그들은 복도 끝에서 멈춰 서서 데이비드 킬
리를 기다렸는데, 그는 침착한 발걸음으로 전등을 하나하나 끄면서
따라오고 있었다. 네 사람은 함께 위층으로 올라갔다.

이튿날 아침, 새터스웨이트가 아침 식사를 하려고 식당으로 내려
갈 준비를 하고 있을 때, 가벼운 노크 소리가 들리더니 매지 킬리가

들어왔다. 그녀는 얼굴이 죽은 듯 창백하고 온몸을 후들후들 떨고 있었다.

"아아, 새터스웨이트 씨!"

"아니, 무슨 일입니까?"

새터스웨이트는 그녀의 손을 잡았다.

"메이벌. 메이벌 앤슬리가⋯⋯."

"예?"

무슨 일이 일어났을까? 무슨 일이? 끔찍한 일이 일어난 모양이었다. 그것만은 알 수 있었다. 매지는 차마 말을 입 밖으로 내지 못할 정도였다.

"그 여자, 그 여자가 간밤에 목을 맸어요. 문 뒤쪽에서요. 아아! 정말 소름 끼쳐요."

매지는 드디어 흐느껴 울기 시작했다.

목을 매다니. 있을 수 없는 일이었다. 도무지 이해하기 어려운 일이었다!

그는 매지에게 판에 박힌 위로의 말을 한두 마디 하고 나서 황급히 계단을 내려갔다. 데이비드 킬리가 당황해서 어쩔 줄 모르고 있었다.

"경찰에는 전화를 했습니다, 새터스웨이트 씨. 그렇게 해야 할 상황 같아서요. 의사도 그렇게 하라더군요. 지금 막 끝났습니다. 시⋯⋯ 시체를 살펴보는 작업이⋯⋯. 아아, 정말 끔찍한 일입니다. 그 여자는 지독하게 불행했던 모양입니다. 그런 식으로 목숨을 버릴 정도니. 어젯밤의 그 노래도 이상했어요. 백조의 노래(백조는 죽기 전에 절묘한 노래를 부른다고 한다—옮긴이)였잖습니까? 그 여자는 어딘지 모르게 백조처럼 보였어요, 검은 백조처럼."

"예."

킬리는 되풀이했다.

"백조의 노래. 그 노래가 그녀의 마음을 나타낸 것이 아닐까요?"

"그런 것 같습니다. 예, 확실히 그렇게 보입니다."

새터스웨이트는 잠시 망설이다가 시체를 볼 수 있을지를 물었다. 혹시 가능하다면…….

집주인은 더듬더듬 말하는 그의 요청을 알아들었다.

"원하신다면……. 당신이 인생의 비극에 관심이 많다는 걸 잊고 있었군요."

집주인은 앞장서서 폭이 넓은 계단을 올라갔다. 새터스웨이트는 그를 따라갔다. 계단을 다 올라간 곳에 로저 그레이엄의 방이 있고, 복도를 사이에 두고 그 맞은편에 그의 어머니가 쓰는 방이 있었다. 방 문은 조금 열려 있었는데 한 줄기 희미한 연기가 새어 나오고 있었다.

그 순간 새터스웨이트는 놀랐다. 그레이엄 부인이 이렇게 이른 아침부터 담배를 피우는 여자라고 생각지 않았기 때문이었다. 아니, 사실은 전혀 담배를 안 피우는 여자라고 생각했다.

그들은 복도를 따라가서 끝에서 두 번째 방의 문 앞에 이르렀다. 데이비드 킬리가 방으로 들어가자 새터스웨이트도 뒤따라 들어갔다. 방은 그다지 크지 않았으며 남자의 방이었던 흔적이 남아 있었다. 벽에는 이웃 방과 통하는 문이 있었다. 문 뒤의 높은 곳에 있는 고리에는 끊어진 밧줄 조각이 아직도 매달려 있었다. 그리고 침대 위에는…….

새터스웨이트는 꾸깃꾸깃해진 비단 천을 잠시 내려다보며 서 있었다. 그는 새의 날개처럼 주름이 잡힌 것을 보았다. 얼굴은 한 번만 봤을 뿐, 두 번 다시 보지 않았다.

그는 밧줄이 매달린 문에서 눈을 돌려 자기들이 지나온 연결 문을 바라보았다.

"저 문은 열려 있었습니까?"

"예, 하녀가 그렇게 말하더군요."

"남편인 앤슬리 씨가 저 방에서 잤습니까? 무슨 소리를 듣지 못했답니까?"

"그 사람 말로는……. 아무 소리도 못 들었답니다."

"믿기 어려운 일이군요."

새터스웨이트는 중얼거렸다. 그는 뒤돌아서서 침대 위를 살펴보았다.

"그 사람은 어디 있습니까?"

"앤슬리 말입니까? 의사와 함께 아래층에 있습니다."

그들이 아래로 내려오니 수사관이 와 있었다. 새터스웨이트는 그가 안면이 있는 윙크필드 경감인 것을 알고 놀랐지만 기분은 좋았다. 경감이 의사와 함께 계단을 올라간 몇 분 뒤에는 파티에 참석했던 사람은 모두 응접실로 모여 달라는 부탁을 받았다.

차양이 쳐 있는 방은 장례식장 같은 기분이 들었다. 도리스 콜스는 두려움에 떤 나머지 기력마저 잃은 것 같았다. 그녀는 연신 손수건으로 눈물을 찍어 냈다. 매지는 이제 완전히 냉정을 되찾아 단단히 마음을 다잡고 긴장해 있었다. 그레이엄 부인은 여느 때처럼 침착했으며 감정을 드러내지 않은 채 엄숙한 표정이었다. 이 비극으로 누구보다도 큰 충격을 받은 것은 그녀의 아들 같았다. 오늘 아침, 그는 완전히 넋이 나간 모습이었다. 데이비드 킬리는 여느 때처럼 뒤쪽에 있어서 거의 눈에 띄지 않았다.

아내를 잃은 남편은 다른 사람들과 좀 떨어져서 혼자 앉아 있었다. 제라드 앤슬리는 벌어진 일을 좀체 믿을 수 없다는 듯 망연자실한 모습이었다.

새터스웨이트는 겉으로는 침착했지만 마음속은 당장 행동으로 옮길 일의 중요성을 생각하느라 혼란스러웠다.

윙크필드 경감은 모리스 의사를 따라 들어와서 문을 닫았다. 그는 목청을 가다듬은 다음 말했다.

"정말 슬프고 안타까운 일이 벌어졌습니다. 사정이 이러하니 여러분 한 사람 한 사람에게 질문을 좀 드려야겠습니다. 반대하시는 분은 없을 거라 생각합니다. 그럼 앤슬리 씨부터 시작하겠습니다. 실례지만, 부인께서 자살을 하겠다는 협박을 하신 적은 없습니까?"

새터스웨이트는 충동적으로 말을 꺼내려다가 입을 다물었다. 시간은 충분히 있었다. 조급하게 말을 꺼내지 않는 것이 좋을 듯 했다.

"저…… 그런 적은 없었던 것 같습니다."

앤슬리의 목소리는 무척 주저하는 것 같았고, 또 너무도 이상해서 모두들 슬쩍 그를 건너다보았다.

"확실하지 않은 겁니까?"

"아니…… 확실합니다. 집사람은 그런 말을 한 적이 없습니다."

"그래요? 부인이 어떤 점에서든 불행하다는 사실은 아셨습니까?"

"아뇨. 전…… 전 모르고 있었습니다."

"부인께서는 아무 말씀도 안 하셨군요. 예를 들면 기분이 우울하다든가 하는 얘기도?"

"예, 전혀."

경감은 무슨 생각을 하는지 모르게 아무런 대꾸도 없이 다음 질문으로 넘어갔다.

"어젯밤에 있었던 일들을 간단히 말씀해 주시겠습니까?"

"우리는…… 모두 위로 올라가서 잤습니다. 저는 곧 잠이 들어 아무 소리도 못 들었습니다. 오늘 아침에 하녀가 외치는 소리를 듣고 잠을 깼습니다. 옆방으로 달려가 보니 집사람이…… 집사람이…… "

그의 목소리는 거기서 끊겼다. 경감은 고개를 끄덕였다.

"예, 예, 그 정도면 됐습니다. 그 문제는 더 이상 얘기할 필요가 없을 것 같습니다. 어젯밤에 마지막으로 부인을 본 게 언제입니까?"

"저기…… 아래층에서였습니다."

"아래층이라고요?"

"예, 우리는 모두 함께 응접실을 나왔습니다. 저는 곧장 2층으로 올라왔지만 다른 사람들은 홀에 남아서 얘기를 나누었습니다."

"그럼, 부인을 본 것은 그때가 마지막이었습니까? 부인이 나중에 올라와서 잘 자라는 인사는 않던가요?"

"집사람이 올라왔을 때 전 이미 자고 있었습니다."

"하지만 부인이 올라온 것은 고작해야 몇 분 뒤였잖습니까, 아닌가요?"

경감이 데이비드 킬리를 바라보자 킬리는 고개를 끄덕였다.

"반 시간이 지나도 집사람은 안 올라왔습니다."

앤슬리는 완강하게 말했다. 경감의 눈은 부드럽게 그레이엄 부인 쪽으로 향했다.

"부인, 피해자가 부인이 쓰는 방에 들어와서 같이 얘기를 나누지는 않았나요?"

새터스웨이트의 상상인지, 실제였는지 모르지만 그레이엄 부인은 항상 그렇듯이 조용하고 단호한 태도로 말을 하기 전에 잠깐 멈칫하는 것 같았다.

"네, 그런 일은 없었어요. 전 곧장 방에 들어가서 문을 잠갔고 아무 소리도 못 들었어요."

"그런데 선생님은……."

경감은 앤슬리에게 다시 눈을 돌렸다.

"잠을 자고 있어서 아무 소리도 못 들었다고 하셨습니다. 연결 문은 열려 있었습니다, 그렇죠?"

"그게…… 그랬던 것 같습니다. 하지만 집사람은 복도에서 다른 문으로 자기 방에 들어간 모양입니다."

"그렇다고는 해도, 무슨 소리가 있었을 텐데요. 목이 막혀 캑캑거리는 소리라든지, 발뒤꿈치로 문을 차는 소리라든지……."

"아닙니다."

더 이상 참지 못하고 충동적으로 말을 내뱉은 사람은 새터스웨이트였다. 모두들 놀라서 그에게로 고개를 돌렸다. 새터스웨이트 자신도 부끄러운 마음에 말을 더듬고 얼굴이 달아올랐다.

"저…… 정말 실례합니다, 경감님. 하지만 한 말씀 드리지 않을 수 없군요. 경감님의 수사 방향은 틀렸습니다. 완전히 말입니다. 앤슬리 부인은 자살한 게 아닙니다. 전 확신합니다. 부인은 살해된 겁니다."

한순간 방안은 쥐죽은 듯 고요했고 윙크필드 경감이 조용히 입을 열었다.

"무슨 근거로 그렇게 말씀하시는 거죠?"

"저는…… 음…… 느낌이 그렇습니다. 매우 강한 느낌입니다."

"그렇지만 단순한 느낌만으로는 곤란합니다. 어떤 특별한 근거가 있어야 합니다."

그렇다. 물론 거기에는 특별한 근거가 분명히 있었다. 퀸에게서 신비한 말을 전해 받은 것 말이다. 그렇다고 그런 일을 경감에게 말할 수는 없는 일이었다. 새터스웨이트는 필사적으로 그럴 듯한 구실을 찾았지만 아무것도 찾을 수가 없었다.

"어젯밤에 저랑 얘기를 나눌 때 부인은 무척 행복하다고 하더군요. 무척 행복하다고 분명히 그랬습니다. 절대 자살을 생각할 여자 같지는 않았습니다."

그는 의기양양해서 말을 덧붙였다.

"아침이면 잊어버릴까 봐 우쿨렐레를 가지러 응접실로 되돌아가기도 했지요. 그것도 자살과는 어울리지 않습니다."

"그렇군요. 어쩐지 그럴 것 같군요."

경감이 인정했다.

그는 데이비드 킬리 쪽을 바라보았다.

"희생자가 우쿨렐레를 가지고 위층으로 올라간 게 맞습니까?"

수학자는 기억을 떠올리려고 애썼다.

"제 생각에는…… 예, 가지고 올라갔습니다. 한쪽 손에 들고 올라갔습니다. 부인이 계단 모퉁이를 돌아가는 모습을 보고서 제가 아래층 전등을 끈 기억이 납니다."

그때 매지가 소리쳤다.

"어머! 그런데 그게 여기 있네요."

그녀는 극적인 동작으로 탁자 위에 놓인 우쿨렐레를 손가락으로 가리켰다.

"거참 신기하군요."

경감이 말했다. 그는 재빨리 방을 가로질러 가서 벨을 울렸다.

경감의 간단한 명령을 받은 집사가 오전에 방을 청소하는 하녀를 부르러 갔다. 불려 온 하녀는 제법 단호하게 대답했다. 아침에 먼지를 털 때 이미 우쿨렐레는 거기 있었다고 했다.

윙크필드 경감은 하녀를 내보내고 짧게 말했다.

"새터스웨이트 씨와 개인적으로 얘기하고 싶습니다. 모두 나가셔도 좋습니다만, 한 분도 이 집을 벗어나면 안 됩니다."

사람들이 나가고 문이 닫히자마자 새터스웨이트는 얘기를 늘어놓았다.

"제가 확신하건대, 경감님은 이 사건을 제대로 보신 겁니다. 제대로 말입니다. 아까도 말씀드렸듯이 어떤 강한 느낌이 듭니다."

경감은 한 손을 들어 더 이상의 말을 막았다.

"새터스웨이트 씨 말씀이 옳습니다. 부인은 살해된 겁니다."

"이미 알고 계셨습니까?"

새터스웨이트가 억울하다는 듯이 말했다.

"모리스 박사도 혼란스러워하는 점이 몇 가지 있습니다."

그가 자리에 남아 있는 의사 쪽을 건너다보니 의사는 고개를 까닥이며 경감의 말에 동의를 표했다.

"우리는 철저히 조사했습니다. 피해자의 목에 감겨 있던 밧줄은 목을 조른 밧줄이 아니었습니다. 범행에 사용된 건 훨씬 더 가는 철사 같은 것이지요. 그것이 살 속에 파고들었더군요. 밧줄 자국이 그 위에 겹쳐져 있었고요. 피살자의 목을 조르고 나서 자살처럼 보이게 하려고 문 위에 매단 겁니다."

"하지만 누가⋯⋯?"

"그렇습니다. 누가 그런 짓을 했는가? 그게 문제죠. 아내한테 잘

자라는 인사도 하지 않았고 옆방에서 자면서 아무 소리도 못 들은 남편은 어떨까요? 범인을 멀리서 찾으려고 해서는 안 됩니다. 두 사람의 사이가 어땠는지 파악해야 합니다. 여기서 당신의 힘을 빌리고 싶군요. 새터스웨이트 씨, 당신은 우리가 할 수 없는 방식으로 사물을 파악하는 능력을 갖추셨습니다. 두 사람의 관계가 어땠는지 알아봐 주십시오."

"어쩐지 마음이 내키지……."

새터스웨이트는 굳어진 채 말했다.

"저희가 수수께끼 같은 살인 사건을 처리하면서 당신의 도움을 받은 게 이번이 처음은 아니지요. 스트레인지웨이스 부인 사건을 기억하시죠? 그런 사건에서 당신은 분명 직감력을 보여 주셨습니다. 뛰어난 직감력 말입니다."

그랬다. 하긴 맞는 말이었다. 그는 분명 그런 재능을 지녔다. 새터스웨이트는 조용히 말했다.

"최선을 다해 보겠습니다."

제라드 앤슬리가 자기 아내를 죽인 걸까? 그가? 새터스웨이트는 어젯밤의 그 비참한 표정을 머리에 떠올렸다. 그는 아내를 사랑했다. 그리고 고통받고 있었다. 고통은 사람이 이상한 행동을 하도록 만든다.

하지만 그 밖의 것이 있었다. 어떤 다른 요소 말이다. 메이벌은 숲속에서 나온 자신에 대해 말했었다. 그녀는 행복을 고대하고 있었다. 그것은 조용하고 이성적인 행복이 아니라 이성적이지 않은 행복, 광적인 황홀감이었다.

만약 제라드 앤슬리가 말한 것이 사실이라면, 그가 방에 들어온 뒤 적어도 30분이 지날 때까지 메이벌은 자기 방에 들어가지 않은 것이 된다. 하지만 데이비드 킬리는 그녀가 계단을 올라가는 모습을 보았다고 했다. 건물의 그쪽 편에는 방이 두 개 더 있었다. 그레이엄 부인의 방과 그 아들의 방이다.

그 아들의 방. 하지만 그와 매지는…….

확실히 매지는 짐작했을 터였다. 그러나 매지는 지레짐작하는 성격이 아니었다. 그렇지만 아니 땐 굴뚝에 연기 나랴. 연기!

아! 생각났다. 그레이엄 부인의 침실 문으로 흘러나오던 한 줄기의 연기.

그는 충동적으로 행동했다. 곧장 계단을 올라가서 그레이엄 부인의 방으로 들어갔다. 방에는 아무도 없었다. 그는 문을 닫고 안에서 잠갔다.

그런 다음, 방을 가로질러 벽난로 쪽으로 갔다. 불에 탄 조각들이 쌓여 있었다. 그는 조심스럽게 손가락으로 그 뭉치를 휘저었다. 운이 좋았다. 마침 한가운데에 아직 타지 않은 조각이 얼마쯤 있었던 것이다. 그것은 편지 조각이었다.

전혀 맥락이 연결되지 않는 조각이었지만 아주 중요한 단서를 얻을 수 있었다.

사랑하는 로저, 인생이 아름다울 수 있다는 걸 전혀 몰랐어요. 당신을 만나기 전까지의 생활은 모두 한낱 꿈과 같답니다. 로저······.

······제라드가 우리 사이를 아는 것 같아요······. 미안해요. 하지만 제가 뭘 어떻게 할 수 있겠어요? 저에게 환상이 아닌 건 당신밖에 없어요. 로저······. 우린 곧 함께할 수 있겠죠?

로저, 레이델 저택에서 남편한테는 뭐라고 할 거예요? 당신의 편지가 이상해요. 하지만 전 두렵지 않아요······.

새터스웨이트는 조각들을 책상에 있는 봉투 속에 조심스럽게 넣었다. 그런 다음 문으로 가서 잠금장치를 풀고 문을 어는 순간, 그레이엄 부인과 정면으로 마주쳤다.

난처한 순간이었다. 새터스웨이트는 잠시 당황해서 어쩌면 좋을지 몰랐다. 그는 단순하고 솔직하게 사태에 대처했는데, 아마 그로서는 최선의 방법이었을 것이다.

"그레이엄 부인, 당신의 방을 조사하고 있었습니다. 그리고 발견한 것이 있습니다. 타다 남은 편지 다발입니다."

일순 그녀의 얼굴에 놀란 기색이 스쳤다. 그러한 기색은 순식간에 사라졌지만 얼굴에 나타났던 것만은 확실했다.

"앤슬리 부인이 아드님한테 보낸 편지더군요."

그녀는 잠시 망설이다가 조용히 말했다.

"그래요, 태워 버리는 게 낫겠다고 생각했어요."

"그건 왜죠?"

"아들은 약혼했고 결혼을 앞두고 있어요. 그런데 그 불쌍한 여자의 자살로 그런 편지가 세상에 알려지면 말썽이 생길지도 모른다고 생각했어요."

"아드님이 직접 태워 버릴 수도 있지 않습니까?"

그레이엄 부인은 곧바로 대답하지 못했다. 새터스웨이트는 계속 몰아세웠다.

"부인은 아드님 방에서 편지를 발견하고는 이 방으로 가져와서 태웠습니다. 왜 그랬습니까? 두려우셨나 보죠?"

"전 무엇을 두려워하는 사람이 아니에요, 새터스웨이트 씨."

"그렇습니까? 하지만 이번 일은 절박한 경우인데요?"

"절박하다고요?"

"아드님이 체포될지도 모르기 때문이죠. 살인죄로."

"살인죄!"

새터스웨이트는 그녀의 얼굴이 하얗게 변하는 것을 보았다. 그는 재빨리 말을 이었다.

"어젯밤, 부인은 앤슬리 부인이 아드님 방에 들어가는 소리를 들었습니다. 아드님은 자신이 약혼한 사실을 그 부인에게 말했을까요? 아닙니다. 말하지 않았습니다. 어젯밤에야 비로소 밝힌 겁니다. 두 사람은 싸웠고 아드님은……."

"거짓말이에요!"

두 사람은 말싸움에 정신이 팔려 다가오는 발소리를 듣지 못했다. 로저 그레이엄이 어느새 다가와 곁에 서 있었지만 두 사람은 눈치 채지 못했다.

"괜찮아요, 어머니. 걱정하실 필요 없어요. 새터스웨이트 씨, 제 방으로 가시죠."

새터스웨이트는 그레이엄을 따라 그의 방으로 들어갔다. 그레이엄 부인은 뒤돌아서서 두 사람을 쫓아오지 않았다. 로저 그레이엄이 문을 닫았다.

"보세요, 새터스웨이트 씨. 제가 메이벌을 죽였다고 생각하시는군요. 제가 여기에서 그녀의 목을 졸라 죽여 사람들이 모두 잠든 다음에 시체를 옮겨다가 문에 매달았다고 생각하시는군요. 맞습니까?"

새터스웨이트는 그를 빤히 바라보았다. 그러고는 놀랍게도 이렇게 말했다.

"아니, 그렇게는 생각지 않습니다."

"고맙군요. 저는 메이벌을 죽일 수가 없습니다. 저…… 전 그 사람을 사랑했거든요. 아니, 사랑하지 않았나? 잘은 모르겠습니다. 뭐라고 설명할 수 없는 복잡한 사정이 있습니다. 저는 매지가 좋습니다. 옛날부터 그랬지요. 매지는 무척 착한 여자입니다. 우리는 서로 잘 어울립니다. 하지만 메이벌은 달랐습니다. 그것은…… 설명하기 어렵지만…… 일종의 마력이었습니다. 지금 생각해 보면 제가 그 여자를 두려워했던 것 같습니다."

새터스웨이트는 고개를 끄덕였다.

"광기, 일종의 어리둥절한 황홀감이었지요. 하지만 그것은 불가능했습니다. 제대로 될 리가 없죠. 그런 일은…… 오래 갈 수가 없습니다. 홀린다는 게 어떤 건지 이제야 알았습니다."

"흠, 그랬을 겁니다."

새터스웨이트는 생각에 잠겨 말했다.

"전…… 전 벗어나고 싶었습니다. 메이벌한테 말할 생각이었습니다. 어젯밤에……."

"그런데 말하지 않았군요?"

"예, 말하지 않았습니다."

그레이엄이 느리게 말했다.

"맹세합니다, 새터스웨이트 씨. 저는 아래층에서 작별 인사를 하고 나서 두 번 다시 그녀를 보지 못했습니다."

"당신 말을 믿습니다."

새터스웨이트는 자리에서 일어섰다. 메이벌 앤슬리를 죽인 사람은 로저 그레이엄이 아니었다. 그녀한테서 달아날 수는 있었겠지만 그녀를 죽일 수는 없었을 것이다. 그는 그 여자를 두려워했다. 그는 그녀의 실체 없는 요정 같은 분위기를 두려워했다. 그는 자신이 홀린 걸 알고는 그녀한테서 등을 돌렸던 것이다. 그는 올바르다고 생각되는 안전하고 이성적인 쪽을 택했고, 장래에 아무짝에도 쓸모없을 듯한 허황한 꿈을 버리기로 작정했던 것이다.

그는 분별력을 갖춘 젊은이였다. 따라서 예술가이자 인생의 감식가인 새터스웨이트에게는 흥미로운 존재가 아니었다.

그는 로저 그레이엄을 방에 남겨 두고 계단을 내려갔다. 응접실에는 아무도 없었다. 창가의 의자에 메이벌의 우쿨렐레가 놓여 있었다. 그는 우쿨렐레를 들고 아무 생각 없이 줄을 튕겼다. 그 악기를 전혀 몰랐지만 그의 귀로도 음이 잘못된 것을 알 수 있었다. 그는 시험 삼아 줄을 조이는 장치를 비틀어 보았다.

그때 도리스 콜스가 방으로 들어왔다. 그녀는 책망하듯 그를 바라보더니 말했다.

"불쌍한 메이벌의 우쿨렐레라구요."

새터스웨이트는 명백한 비난의 소리를 듣자 고집을 부리고 싶어졌다.

"음을 좀 맞춰 봐 주세요."

그는 말하고 나서 또 덧붙였다.

"할 수 있다면……"

"물론 할 수 있죠."

못할 거라는 새터스웨이트의 암시에 마음이 상한 도리스가 말했다.

그녀는 악기를 건네받고는 한 줄을 튕겨 보고 줄 감는 장치를 힘차게 돌렸다. 그러자 줄이 툭 끊어져 버렸다.

"어머! 아, 알았다. 근데 정말 이상해! 줄이 달라요. 너무 굵어요. 에이 선이에요. 이런 줄을 사용하다니 멍청이같이! 이러니까 끊어지지. 정말 멍청한 사람들이에요."

"그렇죠. 사람들은 아무리 똑똑한 척해도 어리석게 행동하는 경우가 있죠."

새터스웨이트가 말했다.

새터스웨이트의 말투가 너무 이상해서 도리스는 그를 빤히 바라보았다. 그는 우쿨렐레를 다시 받아서 끊어진 줄을 악기에서 떼어냈다. 그런 다음 줄을 쥐고 방을 나갔다. 데이비드 킬리는 서재에 있었다.

"자, 보십시오."

새터스웨이트가 줄을 내밀자 킬리가 그것을 받아 들었다.

"이게 뭡니까?"

"우쿨렐레의 끊어진 줄입니다."

새터스웨이트는 말을 잠시 멈췄다가 다시 계속했다.

"다른 줄로 뭘 한 겁니까?"

"다른 줄이라뇨?"

"그 여자의 목을 조른 줄 말입니다. 당신은 무척 교묘했더군요. 우리가 홀에서 웃고 떠들던 바로 그 시간에 사건은 발생했습니다. 그것도 매우 순식간에. 메이벌은 우쿨렐레를 가지러 이 방으로 돌아왔습니다. 당신은 그 바로 전에 줄을 만지작거리면서 하나를 빼냈지요. 당신은 그 줄을 그녀의 목에다 감고 졸랐습니다. 그러고 나서 방을 나와 문을 잠근 다음 우리와 함께 어울렸지요. 나중에 한밤중에 내려와서 시체를 끌고 가서 방문에 매단 겁니다. 그리고 우쿨렐레에 다른 줄을 감아 놓았지만 그건 엉뚱한 줄이었습니다. 그래서 당신은 어리석은 겁니다."

잠시 침묵이 흘렀다.

"그런데 왜 죽인 겁니까? 도대체 왜죠?"

킬리는 소리 내어 웃었다. 낮은 소리로 낄낄거리는 괴상한 웃음이었기에 새터스웨이트는 약간 기분이 나빴다.

"정말 간단한 일이었지요. 그것이 이유요! 게다가 나를 본 사람은 아무도 없습니다. 내가 하는 일을 본 사람도 없죠. 나는…… 나는 사람들을 비웃어 주고 싶어서……."

킬리는 다시금 낮은 소리로 은밀하게 낄낄거리고는 새터스웨이트를 바라보았다. 하지만 그 눈은 이미 정상이 아니었다.

새터스웨이트는 바로 그 순간에 방으로 들어온 윙크필드 경감이 반가웠다.

그로부터 24시간 뒤, 새터스웨이트는 런던으로 돌아가고 있었다. 깜빡 졸다가 깨어 보니 객실의 맞은편 자리에 키가 크고 피부가 검은 남자가 앉아 있었다. 그는 크게 놀라지는 않았다.

"아! 퀸 씨!"

"안녕하세요."

새터스웨이트는 느리게 말했다.

"당신을 뵐 면목이 없습니다. 부끄럽습니다. 실패했어요."

"정말 그렇게 생각하십니까?"

"여자의 목숨을 구하지 못했으니 말입니다."

"하지만 진상은 밝혔잖습니까?"

"예, 그건 그렇죠. 그렇지 않았다면 그 젊은이들 중 누군가가 체포되었을지도 모르죠. 그리고 유죄 판결을 받았을지도 모르고. 그러니 어쨌든 한 사람의 생명은 살린 셈이네요. 그렇지만 그 여자, 사람을 매혹하는 이상한 여자는…….”

그의 목소리는 도중에 끊겼다.

퀸은 새터스웨이트를 바라보았다.

“죽음이 인간에게 일어날 수 있는 가장 나쁜 일입니까?”

“저…… 아마…… 그건 아니죠…….”

새터스웨이트는 상상해 보았다. 매지와 로저 그레이엄. 달빛을 받은 메이벌의 얼굴……. 잔잔하고 숭고한 행복감…….

퀸은 말했다.

“아닙니다. 죽음이 가장 나쁜 일은 아닐 겁니다.”

새터스웨이트는 새의 날개처럼 보였던 그녀의 주름진 청색 비단 옷을 기억해 냈다. 날개 부러진 새…….

고개를 들어 보니 새터스웨이트는 혼자였다. 퀸은 더 이상 거기에 없었다.

그러나 퀸은 무언가를 남겨 두고 사라졌다.

좌석에는 흐릿하게 파란빛이 도는 돌을 대충 조각해 만든 새 한 마리가 있었다. 예술적인 가치는 그다지 없어 보였다. 하지만 거기에는 무언가 다른 것이 있었다.

그것은 묘한 마력을 지니고 있었다.

그것이 미술품 감정가인 새터스웨이트의 판단이었다.

세상의 끝

새터스웨이트는 공작 부인 때문에 코르시카 섬(지중해에 있는 프랑스령의 섬—옮긴이)으로 왔다. 그의 취향엔 그다지 맞지 않는 장소였다. 리비에라에서는 확실히 편안한 기분이었다. 새터스웨이트는 마음이 편한 것을 매우 중요하게 생각했다. 그러나 그는 편안한 생활만큼 공작 부인도 좋아했다. 나름대로 악의가 없고, 예의 바르고, 구식인 것을 보면 그는 속물이었다. 그는 최고인 사람들을 좋아했다. 리스(영국 스코틀랜드 동남부의 항구, 현재는 에든버러의 일부—옮긴이)의 공작 부인은 신분이 확실한 틀림없는 공작 부인이었다. 그녀의 조상 중에 시카고에서 정육점을 했을 만한 사람은 없었다. 그녀는 남편도, 아버지도 모두 공작이었다.

그 반면에 그녀는 좀 볼품없는 노부인이었으며, 옷 테두리 장식에 검은 구슬을 주렁주렁 매다는 취미가 있었다. 그녀는 구식 다이

아몬드를 많이 지니고 있었고 예전의 자기 어머니처럼 몸 여기저기에 닥치는 대로 붙이고 다녔다. 공작 부인이 방 한가운데에 서 있고 하녀가 그녀에게 마구 브로치를 던진 것 같다고 누군가가 말한 적도 있었다. 그녀는 돈을 아끼지 않고 자선 사업에 기부했고, 하인이나 고용인들은 잘 보살폈지만 작은 돈에는 매우 인색하게 굴었다. 차를 탈 땐 친구에게 얻어 타고, 쇼핑은 지하 특설매장에서 했다.

이 공작 부인이 무슨 바람이 불었는지 코르시카 섬으로 간다고 했다. 칸에서는 무료하거니와 호텔 주인과도 숙박료 문제로 심하게 다투었던 것이었다.

그녀는 단호하게 말했다.

"당신도 함께 가시죠, 새터스웨이트 씨. 우리 나이가 되면 세상의 소문 따위는 신경 쓰지 않아도 되잖아요?"

새터스웨이트는 조금 기분이 들떴다. 지금까지 자신과 관련된 세상 소문을 얘기한 사람은 없었다. 그는 그런 면에서는 보잘것없는 인간이었다. 소문이 난다? 그것도 공작 부인과? 괜찮을 것 같았다!

"어이가 없어요. 완전히 날강도나 다름없어요. 게다가 아무렇지도 않게 값을 올려 받는 거예요. 마누엘은 오늘 아침에 정말 뻔뻔했어요. 그런 호텔 주인에겐 제 분수를 알려 줘야 돼요. 그런 식으로 하면 상류 손님들은 오지도 않을 거예요. 전 확실하게 그렇게 말해 주었답니다."

"아, 그러셨군요. 비행기를 타면 아주 편안히 여행할 수 있을 텐데요. 앙티브(남프랑스 리비에라 해안에 있는 휴양도시—옮긴이)에서 가면.”

“상당한 비용이 들 거예요. 비용을 알아봐 주시겠어요?”

공작 부인이 날카롭게 말했다.

“그렇게 하죠.”

새터스웨이트는 자신의 역할이 그녀의 잔심부름꾼이라는 사실이 분명해졌음에도 불구하고 마음이 들떠 어쩔 줄을 몰랐다.

항공료를 전해 듣자 공작 부인은 즉시 거절했다.

“내가 그렇게 터무니없는 값을 지불하면서까지 위험하고 요란한 걸 타겠다고 생각하다니! 정말 항공사도 뻔뻔하군요.”

그래서 그들은 배를 탔는데 새터스웨이트는 열 시간 동안 상당히 불편했지만 참았다. 우선 배의 출항은 7시여서 저녁 식사는 당연히 배에서 나오리라 생각했다. 그런데 그렇지가 않았다. 배는 작았고 바다는 거칠었다. 아침 일찍 아작시오(코르시카 섬의 항구 도시로 이 섬의 주도—옮긴이)에 닿았을 때, 새터스웨이트는 살아 있다는 실감이 나지 않을 정도였다.

그렇지만 공작 부인은 기운이 넘쳤다. 그녀는 돈을 절약했다는 마음이 들면 고생 따위는 조금도 개의치 않았다. 그녀는 야자수와 태양이 떠오르는 부두의 전망에 넋이 빠져 있었다. 주민들이 배가 도착하는 것을 보러 총출동했다고 생각될 정도였고, 배에서 뭍으로 비상계단을 내리려 하자 아우성과 탄성이 터져 나왔다.

“나 참! 이런 어이없는 대우를 받는 건 처음입니다.”

그들 옆에 서 있던 뚱뚱한 프랑스 인이 말했다.

공작 부인이 말했다.

"제 몸종은 밤새도록 멀미를 했답니다. 영 부실한 애라서요."

새터스웨이트는 창백한 얼굴로 웃음을 지었다.

"아무리 훌륭한 음식이라도 소용없다니까."

공작 부인은 거칠게 계속해서 말했다.

"그 아가씨에겐 식사가 나왔습니까?"

새터스웨이트가 부러운 듯 물었다.

"내가 배에 탈 때 비스킷 조금하고 초콜릿 한 개를 가지고 왔지요. 저녁 식사가 나오지 않는다기에 그걸 모두 그 애한테 줬답니다. 하인들은 식사를 건너뛰면 온갖 소란을 다 피우거든요."

공작 부인이 말했다.

육지에 비상계단을 내리는 작업이 끝나자 환호성이 터져 나왔다. 코미디 뮤지컬 「코러스」에 나오는 산적 같은 옷차림을 한 무리가 배 안으로 뛰어 들어와 승객들의 짐을 힘차게 받아 들었다.

공작 부인이 말했다.

"자, 가시죠, 새터스웨이트 씨. 뜨거운 물에 목욕을 하고 커피도 마시고 싶네요."

그건 새터스웨이트도 마찬가지였다. 하지만 모든 게 다 잘 되리란 법은 없었다. 호텔에 도착하자 지배인이 굽실거리며 각자의 방으로 안내했다. 공작 부인의 방에는 욕실이 딸려 있었지만 새터스웨이트는 다른 사람의 침실에 딸린 듯한 욕실로 안내받았다. 이런 아침 시간에 뜨거운 물이 나오리라 기대하는 건 아마 지나칠 것이었다. 그는 나중에 뚜껑 없는 포트에 나온 아주 진한 블랙커피를 마셨다. 그가 묵을 방의 셔터와 창문은 활짝 열려 있었고 향기를 실은 시원한 아침 바람이 불어 들어오고 있었다. 눈부실 정도로 파란 하늘과 녹색 경치가 창밖으로 내다보였다.

웨이터는 경치를 한번 보라는 듯 요란하게 손을 흔들더니 엄숙하게 말했다.

"아작시오! 세상에서 가장 아름다운 항구입니다!"

그는 이렇게 말하고 불쑥 나가 버렸다.

새터스웨이트는 군청색 바다와 그 너머의 눈 덮인 산을 내다보면서 웨이터의 말에 맞장구를 치고 싶은 기분이었다. 그는 커피를 다 마시고 침대에 쓰러져 잠에 곯아떨어졌다.

아침 식사를 할 때 공작 부인은 기분이 아주 좋아 보였다.

"이렇게 와서 바람을 쐬면 한결 나을 거예요, 새터스웨이트 씨. 궁상스럽게 아등바등 살다가 이렇게 나오니 얼마나 좋아요."

그녀는 오페라 관람용 안경 너머로 실내를 둘러보았다.

"어머나, 저기 나오미 칼턴 스미스가 있군요."

그녀는 창가 식탁에 홀로 앉아 있는 한 여자를 가리켰다. 거기에는 어깨가 둥근 여자가 웅크리고 앉아 있었다. 그녀는 갈색 삼베로 만든 옷을 입고 있었다. 검은 단발머리는 깔끔해 보이지 않았다.

"예술가입니까?"

새터스웨이트가 물었다.

사람들의 직업을 알아맞히는 데는 항상 뛰어난 그였다.

"맞아요. 자칭 예술가지요. 이 세상의 이상한 구석은 다 헤매고 돌아다닌다고 들었어요. 빈털터리지만 루시퍼(하늘에서 떨어진 오만한 반역 천사——옮긴이)처럼 자존심은 강하죠. 칼턴 스미스 집안사람들이 다 그렇지만 머리가 이상해질 정도로 한 가지 일에 집착한답니다. 나와 저 아가씨의 어머니는 친사촌 지간이에요."

"그러면 저 아가씨는 놀튼 무리인가요?"

공작 부인은 고개를 끄덕이더니 묻지도 않은 얘기를 했다.

"자신에게 손해되는 일만 하고 다녀요. 머리가 좋은 아이지만, 도무지 호감이 가지 않는 청년과 사귄답니다. 첼시(영국 런던 서남부 템스 강 북안의 한 구. 화가와 문인 거주지로 유명했던 곳——옮긴이)에 모여든 무리에 속한 사람인데, 희곡이나 시, 아니면 불건전한 걸 써대는 청년이죠. 물론 아무도 상대하는 사람이 없어요. 그런데 그 청년이 누군가의 보석을 훔쳐서 검거되었어요. 무슨 벌을 받았는지는 기억이 안 나네요. 5년 형이었던가? 당신은 기억하시죠? 작년 겨울 일인데."

"작년 겨울에 전 이집트에 있었습니다. 1월 말에 심한 독감에 걸렸지요. 의사들이 이집트로 가라고 해서 할 수 없이 그 말에 따랐는데, 상당히 손해를 봤습니다."

새터스웨이트의 목소리는 정말로 유감이라는 듯 울렸다.

공작 부인은 다시금 안경을 추켜올리며 말했다.

"아무래도 저 애가 우울한 것 같죠? 저렇게 내버려 둬선 안 되겠네요."

공작 부인은 일어나서 칼턴 스미스 양의 식탁으로 가더니 그녀의 어깨를 가볍게 두드렸다.

"애, 나오미, 날 기억하지 못하는 모양이구나."

나오미는 조금 마지못한 태도로 자리에서 일어섰다.

"어머, 기억해요, 공작 부인. 들어오시는 걸 봤어요. 아마 공작 부인께서 저를 못 알아보실 거라고 생각했죠."

나오미는 아주 태연하게 천천히 말했다.

"식사 마치고 테라스로 나가서 얘기나 좀 하자꾸나."

공작 부인은 명령하듯 말했다.

"좋아요."

나오미는 하품을 했다.

공작 부인은 돌아와서 새터스웨이트에게 말했다.

"어쩌나 예의가 없는지 두 손 들었어요. 칼턴 스미스 집안사람들이 모두 저래요."

잠시 뒤, 두 사람은 바깥에서 햇살을 받으며 커피를 마셨다. 그렇게 6분가량 지나자 나오미 칼턴 스미스가 호텔에서 어슬렁거리며 나와서 그들에게 다가왔다. 그녀는 털썩 의자에 앉더니 예의 없이 다리를 앞으로 쭉 뻗었다.

묘한 얼굴이었다. 턱이 튀어나오고 잿빛 눈동자는 움푹 들어가 있었다. 머리는 좋은 것 같지만 불행해 보이는 얼굴, 아름다움은 조금도 찾아볼 수 없는 얼굴이었다.

공작 부인이 활기찬 목소리로 말했다.

"근데, 나오미! 요즘 뭐 하면서 지내?"

"아무것도 안 하고 그냥 제자리걸음만 하고 있어요."

"그림은 계속 그리니?"

"조금요."

"언제 한번 보여다오."

나오미는 방긋 웃었다. 그녀는 독재자 앞에서도 겁을 먹지 않을 것 같았다. 그녀는 즐거워했다. 그녀는 호텔로 들어가 화첩을 들고 나왔다.

나오미가 미리 경고하듯 말했다.

"마음에 들지 않으실 거예요. 뭐든지 비평해 주세요. 기분 나쁘게 여기진 않을 테니까요."

새터스웨이트는 의자를 조금 끌어당겼다. 흥미가 끌렸던 것이다. 잠시 뒤 그는 더욱 흥미가 일었다. 솔직히 말해서 공작 부인은 그림이 그다지 마음에 들지 않았다.

"어디가 위인지 모르겠네."

그녀는 불평을 늘어놓았다.

"얘, 이런 하늘빛은 없어. 바다도 그렇고……."

"그건 제가 그것들을 바라보는 방식이에요."

나오미가 차분하게 말했다.

"어머! 이건 정말이지 소름 끼친다."

공작 부인은 또 한 장의 그림을 살펴보며 말했다.

"그걸 일부러 노린 거예요. 무의식중에 절 칭찬하시네요."

나오미는 말했다.

그건 선인장을 그린 이상한 소용돌이파(20세기 영국에서 일어난 미래파 학풍──옮긴이)의 습작품으로, 선인장인 걸 간신히 식별할 수 있었다. 강렬한 색을 얼룩처럼 흐트러뜨린 회녹색 땅에 선인장이 보석처럼 빛나고 있었다. 악의 덩어리가 소용돌이치며 짓이겨진 듯했다. 새터스웨이트는 몸서리를 치며 고개를 옆으로 돌렸다.

그는 나오미가 자기를 바라보며 알겠다는 듯 고개를 끄덕이는 것을 보았다.

그녀가 말했다.

"알아요. 정말 끔찍하다는 거."

공작 부인은 목청을 가다듬었다.

"요즘에는 예술가 되기도 정말 쉬운 모양이구나."

그녀의 말에 두 사람은 어리둥절했다.

"사물을 그대로 묘사할 시도는 하지도 않아. 그냥 물감을 퍼붓고 있어. 근데 뭘로 그린 거지? 분명 붓은 아닌 것 같은데……."

"팔레트 나이프예요."

나오미가 다시금 활짝 웃으며 말했다.

공작 부인은 말을 계속했다.

"한 번에 듬뿍 찍어 바르나 보구나! 그런데 이런 걸 그림이라고 내놓으면 모두들 '이거 정말 대단한데' 하고 말하지. 나는 그런 작품은 못 봐줘. 내가 좋아하는 건……."

"개와 말을 그린 에드윈 랜드시어(영국의 동물화가──옮긴이)의 작품 말이죠?"

"그게 어때서? 랜드시어가 뭐 어때서 그러니?"

공작 부인은 따지듯 물었다.

"그런 뜻은 아니에요. 사실 훌륭한 분이죠. 공작 부인도 훌륭하고요. 어떤 분야든 정상에 있는 분들은 항상 훌륭하고, 대단하고, 멋지죠. 전 공작 부인을 존경해요. 부인은 힘을 갖고 있어요. 삶에 당당히 맞서서 정상에 오르셨잖아요. 하지만 어설픈 사람들은 사물의 단점만을 캐려고 한답니다. 어떤 면에서 재미있는 현상이죠."

공작 부인은 그녀를 빤히 바라보며 말했다.

"무슨 말을 하는지 당최 모르겠네."

새터스웨이트는 아직도 스케치를 살피고 있었다. 공작 부인은 모르겠지만 그는 그림의 배후에 있는 완벽한 기교를 알아보았다. 그는 놀랐고 동시에 기뻤다. 그는 처녀를 바라보며 물었다.

"칼튼 스미스 양, 이 그림 가운데 한 장을 파실래요?"

"5기니만 주시고 아무것이든 마음에 드는 걸로 가져가세요."

처녀는 무심하게 말했다.

새터스웨이트는 잠시 망설이다가 선인장과 알로에가 그려진 작품을 골랐다. 그림의 전면에는 샛노란 미모사가 선명하게 채색되어 있었고, 주홍색 알로에 꽃이 그림 안팎으로 흔들리는 듯했다. 그것은 가시가 돋친 장방형의 선인장과 칼처럼 생긴 알로에가 기막히게 정확한 전체적 기조를 이루는 작품이었다.

그는 처녀에게 가볍게 고개를 숙였다.

"이러한 작품을 얻게 되어 정말 기쁩니다. 게다가 헐값에 귀한 작품을 샀습니다. 칼턴 스미스 양, 언젠가는 이 스케치를 매우 높은 가격에 팔 수 있을 것 같습니다."

처녀는 몸을 앞으로 숙여 그가 고른 그림을 살펴보았다. 그는 그녀의 눈에 새로운 빛이 떠오르는 것을 보았다. 그녀는 그제야 비로소 진심으로 그의 존재를 알아차렸던 것이다. 그리고 그를 힐끔 재빠르게 쳐다보는 눈빛에는 존경심이 어려 있었다.

나오미가 입을 열었다.

"제일 뛰어난 작품을 고르셨네요. 저도 정말 기뻐요."

공작 부인이 말했다.

"뭔가를 아시는 분 같군요. 옳은 판단을 하셨어요. 대단한 감정가시라더니. 그렇지만 이런 낯선 그림을 모두 예술 작품이라고 하시지는 않겠지요. 사실 예술은 아니잖아요. 아직 판단을 내리기에는 좀 이르죠. 그건 그렇고 저는 여기에서 며칠만 머물면서 섬을 좀 둘러보고 싶네요. 나오미, 차는 있겠지?"

처녀는 고개를 끄덕였다.

"잘됐다, 내일은 어디든 드라이브를 가자꾸나."

"그렇지만 제 차에는 두 사람밖에 못 타는걸요."

"보조석이 있잖아. 새터스웨이트 씨는 거기에 타면 되지 않을까?"

새터스웨이트는 몸서리를 치며 한숨을 내쉬었다. 그는 아침에 코르시카 섬의 도로 상태를 보았던 것이다. 나오미는 생각에 잠겨 그를 바라보았다.

"제 차는 적당하지 않을 듯 싶어요. 다 낡아빠진 고물차거든요. 중고차인데 헐값에 샀어요. 저 혼자라면 간신히 언덕을 오를 수 있지만 손님을 태울 순 없을 것 같아요. 마을에 가면 괜찮은 차를 빌려 주는 데가 있어요. 거기서 빌리는 게 나을 거예요."

"차를 빌리라고?"

공작 부인은 화가 나서 말했다.

"터무니없는 소리! 저기 안색이 좀 노랗고, 점심 식사 전에 4인승 차량을 몰고 온 미남은 누구지?"

"톰린슨 씨 말씀하시는 거 같은데 인도 사람으로 판사였다가 정년퇴임하셨죠."

"그래서 안색이 노랗구나. 나는 황달이 아닌가 했다. 상당히 점잖은 양반 같구나. 저 사람한테 한번 얘기해 봐야겠네."

공작 부인이 말했다.

그날 밤, 새터스웨이트가 저녁 식사를 하러 내려오다 보니 공작 부인은 검은 구슬과 다이아몬드를 화려하게 빛내며 4인승 자동차의 주인과 열심히 얘기를 나누고 있었다. 그녀는 위엄 있게 손짓을 했다.

"어서 오세요, 새터스웨이트 씨. 톰린슨 씨께서 재미있는 얘기를 해 주시는 중이었어요. 어때요? 내일 이분이 차로 구경시켜 주신다는데."

새터스웨이트는 감탄하는 눈길로 그녀를 바라보았다.

"식사하러 가야겠어요. 톰린슨 씨, 꼭 저희 식탁으로 오셔서 그 얘기를 계속해서 들려주세요."

조금 지난 뒤 공작 부인이 말했다.

"정말 멋진 분이네요."

"차가 멋진 거겠죠."

새터스웨이트가 대꾸했다.

"짓궂군요."

공작 부인은 항상 들고 다니는 검정색 부채로 새터스웨이트의 손등을 탁 하고 소리 나게 내리쳤다. 새터스웨이트는 따끔해서 몸을 움찔했다.

"나오미도 같이 갈 거예요. 자기 차로요. 그 애도 돌아다니고 싶어 해요. 매우 이기적인 애죠. 꼭 자기중심적이라고는 할 수 없지만, 남들의 일에는 전혀 관심이 없어요. 그렇게 생각 안 해요?"

"그렇지는 않을 겁니다. 누구나 뭔가에 관심을 갖고 있지요. 물론 자기 본위로 생각하는 사람도 있죠. 그렇지만 부인 말씀대로 그 아가씨는 그런 성격은 아닙니다. 자기 자신에겐 전혀 관심이 없는 것 같아요. 그렇지만 성격이 강하죠. 무언가가 있는 게 분명합니다. 처음엔 그것이 그녀의 예술일 거라고 생각했는데 그건 아닙니다. 저는 그처럼 삶에 초연한 사람을 만나 본 적이 없습니다. 그건 위험한 겁니다."

"위험하다고요? 무슨 뜻이죠?"

"자, 그건 이런 겁니다. 그건 일종의 강박 관념을 말하는데 강박 관념은 항상 위험한 겁니다."

"새터스웨이트 씨, 엉뚱한 말씀 마세요. 그리고 우리는 내일 일이나 의논해요."

새터스웨이트는 귀를 기울여 상대방의 얘기를 들었다. 얘기를 듣는 일은 그의 인생에서 커다란 부분을 차지했다.

그들은 이튿날 아침 일찍 도시락을 싸 들고 출발했다. 이 섬에 온지 6개월이 된 나오미가 길 안내를 맡았다. 새터스웨이트는 출발을 기다리며 앉아 있는 나오미에게 다가갔다.

"아가씨랑 함께 가면 정말 안 될까요?"

그는 간절한 마음으로 물었다.

그녀는 고개를 저었다.

"저 차 뒷자리가 훨씬 편할 거예요. 쿠션도 좋고 여러 가지로요. 이 차는 정말 털털거리는 고물차랍니다. 울퉁불퉁한 길에서는 마치 공중을 나는 것 같을 거예요."

"거기다 언덕길도 있고……."

새터스웨이트의 말에 나오미는 웃었다.

"어머! 그렇게 말한 건 다만 선생님을 보조석에서 구하기 위해서였어요. 공작 부인에게 있어 자동차 한 대쯤 빌리는 일은 식은 죽 먹기예요. 영국 제일의 짠돌이라니까요. 그렇지만 재미있어요. 좋아하지 않을 수 없는 분이세요."

"그러면 결국 저를 태워 줄 수 있다는 건가요?"

새터스웨이트는 간절한 마음으로 물었다.

그녀는 이상한 듯 그를 바라보았다.

"어째서 그토록 저와 함께 가고 싶어 하시는 거죠?"

"그건 물으나 마나지요."

새터스웨이트는 우스꽝스럽게도 고풍스러운 인사를 했다.

그녀는 미소를 지었지만 고개를 저었다.

"그건 아니시겠죠."

그러고는 생각에 잠겨 말했다.

"이상하시네요. 하지만 오늘은 함께 타고 갈 수 없어요."

"그럼 다른 날은 괜찮겠지요?"

새터스웨이트가 정중하게 제안했다.

"다른 날이라고요?"

그녀가 갑자기 웃음을 터뜨렸다. 새터스웨이트는 매우 기이한 웃음이라고 생각했다.

"다른 날이라……. 글쎄요, 한번 생각해 보죠."

그들은 길을 떠났다. 마을을 가로질러 가서 만의 기다란 곡선을 따라 돌았고 꼬불꼬불한 내륙의 길을 한참 달려 강을 하나 건너자 모래사장이 있는 수백 개의 작은 만을 거느린 해안이 나왔다. 그런 다음 그들은 오르막길로 접어들었다. 아찔한 커브 길을 꼬불꼬불 돌고 돌아 위로 끝없이 뻗은 언덕길을 올라갔다. 푸른 만이 발밑으로 아득히 보이고 반대쪽에는 아작시오 시내가 동화 속 마을처럼 햇살을 받아 하얗게 빛나고 있었다.

꼬불꼬불한 길을 한없이 도는데 한 번은 이쪽 편에 벼랑이, 또 다음 번에는 저쪽 편에 벼랑이 보였다. 새터스웨이트는 약간 현기증을 느꼈고 가슴도 울렁거렸다. 길은 그다지 넓지 않았다. 그들은 계속해서 언덕을 올라갔다.

이제 날씨가 쌀쌀했다. 눈 덮인 봉우리에서 곧바로 그들을 향해 바람이 불어 닥쳤다. 새터스웨이트는 코트의 깃을 세우고 턱 밑까지 단추를 단단히 채웠다.

날씨는 대단히 추웠다. 저 멀리 아작시오 시내에는 아직 햇살이 비추지만 한참을 올라온 이 부근에는 두터운 잿빛 구름이 떠돌며 태양의 얼굴을 가리고 있었다. 새터스웨이트는 경치를 보고 더 이상 감탄하지 않았다. 그는 공기가 훈훈한 호텔 방과 편안한 안락의자가 그리웠다.

그들 앞에서 나오미의 소형 2인승 승용차가 꾸준하게 달리고 있었다. 차는 계속해서 위로 올라갔다. 드디어 그들은 세상의 정상에 올랐다. 그들의 양쪽으로는 낮은 언덕들이 보였고, 언덕들은 그 아래의 골짜기로 이어져 있었다. 그들은 정면에 있는 눈 덮인 산봉우리를 바라보았다. 바람이 마치 칼날처럼 날카롭게 봉우리들 위로 불고 있었다. 갑자기 나오미의 차가 멈추더니 뒤돌아보았다.

"다 왔어요. 여기가 '세상의 끝'이라는 곳이에요. 날씨가 썩 좋지는 않네요."

그들은 모두 차에서 내렸다. 도착한 곳은 작은 마을로, 여섯 채 정도의 돌로 지은 오두막이 있을 뿐이었다. 30센티미터 높이에 마을 이름이 큼지막하게 새겨져 있었다.

'코티키아베리.'

나오미는 어깨를 으쓱했다.

"저게 정식 이름이지만 저는 '세상의 끝'이라고 부르는 편이 더 좋아요."

그녀는 몇 발자국 걸어갔다. 새터스웨이트는 그녀의 뒤를 따라갔다. 그들은 이제 오두막을 벗어났다. 길은 거기서 끊겨 있었다. 나오미가 말한 대로 거기가 끝이었다. 그들의 뒤에는 하얀 리본 같은 길이 나 있고 그들의 앞으로는 아무것도 없었다. 다만 아득히 먼 아래쪽에 바다가 보일 뿐이었다.

새터스웨이트는 깊게 숨을 들이마셨다.

"특이한 곳이군요. 여기에서 무슨 일이 일어날 것 같은 느낌이 듭니다. 어떤 사람을 만날지도 모른다는……."

그는 말을 멈췄다. 왜냐하면 그들의 바로 앞에서 어떤 남자가 바위에 앉아 바다 쪽을 바라보고 있었기 때문이었다. 그들은 바로 전까지 그를 보지 못했다. 그가 거기에 나타난 것은 마치 마술처럼 순간적인 일이었다. 그 사람은 주변의 경치 속에서 갑자기 툭 튀어나온 사람으로 생각될 정도였다.

"혹시……."

새터스웨이트가 말을 걸려고 했다.

하지만 바로 그 순간, 낯선 사내가 뒤돌아보았고 새터스웨이트는 그 얼굴을 확인할 수 있었다.

"아니, 퀸 씨! 정말 뜻밖이군요. 칼턴 스미스 양, 제 친구 퀸 씨를 소개하겠습니다. 정말 특이한 분이랍니다. 그렇죠, 퀸 씨? 항상 눈

깜짝할 사이에 나타나시는군요."

새터스웨이트는 자신이 뭔가 상당히 의미심장한 말을 했다는 기분이 들어 입을 다물었다. 그렇지만 그게 무엇인지 도무지 짐작이 가지 않았다.

나오미는 평소처럼 불쑥 손을 내밀어 퀸과 악수를 나누었다.

"저희는 이곳으로 소풍을 왔어요. 그런데 아무래도 이러다가 얼어 죽을 것 같아요."

그녀가 말했다.

새터스웨이트는 몸을 바르르 떨었다. 그는 불확실하게 말했다.

"그럴지도 모르겠네요. 몸을 피할 만한 곳을 찾을 수 있을까요?"

"그래요. 그렇지만 전망은 정말 멋지죠, 안 그래요?"

"정말 좋습니다."

새터스웨이트는 말하며 퀸을 바라보았다.

"칼턴 스미스 양은 여기를 '세상의 끝'이라고 부르는데 근사한 이름 같지 않습니까?"

퀸은 천천히 여러 번 고개를 끄덕였다.

"대단히 암시적인 이름이군요. 이런 곳에 오는 건 평생에 한 번뿐일 겁니다. 더 이상 나아갈 곳이 없는 장소죠."

"무슨 뜻이죠?"

나오미가 날카롭게 물었다.

퀸은 그녀를 향해 몸을 돌렸다.

"대개는 선택의 여지가 있습니다, 그렇죠? 오른쪽이냐 왼쪽이냐,

혹은 앞으로 가느냐 뒤로 가느냐. 그런데 여기서는 뒤에는 길이 있지만 앞에는 아무것도 없습니다."

나오미는 그를 빤히 바라보았다. 갑자기 그녀는 몸을 떨더니 왔던 길을 되짚어 다른 사람들이 있는 곳으로 갔다. 두 사람은 그녀의 곁에서 나란히 걸었다. 퀸은 말을 계속했는데 그 어조는 이제 편안한 투였다.

"저 작은 차가 댁의 겁니까, 칼턴 스미스 양?"

"예."

"손수 운전하세요? 이 주변을 달리려면 상당한 배짱이 필요할 것 같습니다. 커브 길은 정말 오싹할 정도던데. 잠시만 부주의하거나 브레이크가 잘 듣지 않으면 벼랑 아래로 한없이 굴러 떨어지죠. 그런 경우가 아주 흔할 겁니다."

이제 그들은 다른 일행과 합류했다. 새터스웨이트가 자기 친구를 소개했다. 그는 누군가가 팔을 끌어당기는 것을 느꼈다. 나오미였다. 그녀는 그의 팔을 끌어 남들에게서 좀 떨어진 곳으로 데려갔다.

"저분은 누구예요?"

그녀는 강하게 다그치듯 물었다.

새터스웨이트는 깜짝 놀라 그녀를 바라보았다.

"잘은 모릅니다. 알게 된 지는 몇 년 되었지만. 간혹 우연히 만나긴 했지만 실제로 제가 아는 건⋯⋯."

그는 말을 멈췄다. 말을 해 보았자 쓸모없었고 또 옆의 처녀는 말을 듣고 있지도 않았다. 나오미는 고개를 숙이고는 양옆으로 늘어뜨린 손을 꽉 쥔 채 서 있었다.

"그분은 알고 있어요. 분명히 알고 있어요. 그런데 도대체 어떻게 알았을까요?"

새터스웨이트는 딱히 대답할 말이 없었다. 그는 그녀를 마구 흔들어 대는 마음속의 폭풍을 이해하지 못한 채 멍하니 바라볼 수밖에 없었다.

"두려워요."

그녀는 중얼거렸다.

"퀸 씨가 말입니까?"

"저분의 눈이요. 저분은 여러 가지를 보고 있어요⋯⋯."

새터스웨이트의 뺨에 뭔가 차갑고 축축한 것이 떨어졌다. 그는 하늘을 올려다보았다.

"어, 눈이 오네요."

그는 놀라서 소리쳤다.

"소풍날을 제대로 잡았네요."

나오미가 말했다.

그녀는 간신히 자제력을 되찾았다.

어떻게 하면 좋을지 모두들 여러 가지 제안을 시끄럽게 쏟아 내기 시작했다. 굵은 눈발이 빠르게 쏟아졌다. 퀸이 한 가지 제안을 내놓자 모두들 그것을 반겼다. 나란히 서 있는 집의 끄트머리에 자그마한 싸구려 식당이 있었다. 모두들 우르르 그곳으로 몰려갔다.

"음식은 준비해 오셨죠? 아마 저곳에선 커피를 마실 수 있을 겁니다."

퀸이 말했다.

그곳은 작은 가게였는데 좀 어두웠다. 채광용으로는 별로 소용
이 없는 조그만 창문이 하나 있을 뿐이었기 때문이었다. 그러나 한
쪽 구석에선 따스한 온기가 전해져 왔다. 코르시카 출신 할머니가
마침 장작을 한 줌 벽난로 속으로 집어넣고 있었다. 불길이 확 일어
나면서 그 빛으로 그들은 자기들보다 먼저 들어온 사람들이 있다는
사실을 깨달았다.

아무것도 놓여 있지 않은 통나무 탁자의 저쪽 끄트머리에 세 사
람이 앉아 있었다. 새터스웨이트의 눈에는 그 광경이 꿈처럼 비쳤
고, 그 사람들은 더욱 비현실적인 사람들처럼 생각되었다.

탁자 끝에 앉아 있는 여자는 어딘지 공작 부인 같았다. 말하자면,
세상 사람들이 보통 생각하는 공작 부인 같아 보였다. 그녀는 연극
에라도 나올 법한 귀부인이었다. 그녀의 귀족적인 머리는 높이 틀
어 올려져 있었고, 우아하게 손질한 머리칼은 눈처럼 희었다. 옷은
회색이었는데 부드러운 주름이 단정하면서도 예술적인 선을 그리
며 그녀의 주위에 드리워져 있었다. 한편, 길고 하얀 손으로 턱을 받
치고 있었고, 다른 손엔 롤빵을 쥐고 있었다. 그녀의 오른쪽에는 새
하얀 얼굴, 새카만 머리카락에 뿔테 안경을 낀 남자가 있었다. 그의
옷차림은 멋있고 아름다웠다. 그는 머리를 뒤로 젖히고 왼팔을 앞
으로 뻗으면서 뭔가 열변을 토하는 듯했다.

백발 귀부인의 왼쪽에는 대머리에 쾌활해 보이는, 자그마한 사내

가 있었다. 사람들은 그를 한 번 힐끗 바라보고 나서 더 이상 주시하지 않았다.

망설이던 한순간이 지나고 공작 부인(진짜 공작 부인)이 말을 시작했다.

"이 태풍 정말 무섭지 않아요?"

그녀는 앞으로 나서면서 붙임성 있게 말하고는 일부러 만들어 낸 효과 만점의 미소를 지어 보였다. 그것은 복지 사업이나 그 밖의 위원회에서 일할 때 대단히 유용한 미소였다.

"그쪽도 우리처럼 태풍을 만나셨군요? 그렇지만 코르시카는 멋진 곳이에요. 전 오늘 아침에야 도착했답니다."

검은 머리의 남자가 일어서자 공작 부인은 우아하게 웃음을 지으며 그 자리에 미끄러지듯 앉았다.

백발의 귀부인이 말했다.

"우리는 여기에 온 지 일주일 되었어요."

새터스웨이트는 깜짝 놀랐다. 그 목소리를 한 번 듣고서 잊을 수 있는 사람이 과연 있을까? 감정으로 충만하면서도 형용할 수 없는 애수가 담긴 그 목소리는 돌로 만든 방에 메아리쳤다. 그녀의 말 속엔 뭔가 멋지고 잊을 수 없는 것이 듬뿍 함축된 듯 했다. 그녀는 가슴에서 울려 나오는 목소리로 말했다.

새터스웨이트는 재빨리 톰린슨에게 귀엣말로 속삭였다.

"저기 안경을 낀 사람이 바이스 씨입니다. 제작자(producer)죠."

퇴직한 인도인 판사는 굉장히 혐오하는 빛을 띠고서 바이스를 바라보았다.

그가 물었다.

"뭘 낳는데요(produce)? 아이들인가요?"('produce children'은 '아이들을 낳다'는 뜻이다 ─ 옮긴이)

새터스웨이트는 이렇듯 노골적으로 혐오하는 바이스의 말에 적잖이 충격을 받으며 말했다.

"아! 아닙니다. 연극이죠."

"전 다시 나가겠어요. 여긴 너무 더워요."

나오미가 말했다.

강하고 거친 그녀의 목소리에 새터스웨이트는 깜짝 놀랐다. 그녀는 앞도 보지 않고 무턱대고 나간다고 생각될 정도로 톰린슨을 옆으로 밀어제치고 문으로 걸어갔다. 그러나 문간에서 퀸과 마주쳤는데, 퀸은 그녀의 길을 막아섰다.

"돌아가서 앉으시죠."

퀸의 목소리에는 위엄이 있었다. 잠시 주저하다가 그 말에 순순히 따르는 그녀를 보고 새터스웨이트는 놀랐다. 그녀는 되도록 다른 사람들에게서 멀리 떨어져 식탁 한쪽 끝에 앉았다.

새터스웨이트는 총총히 앞으로 나아가서 그 제작자를 붙잡고 말을 걸었다.

"저를 기억하지 못 하실지도 모르겠는데…… 저는 새터스웨이트라고 합니다."

"아니! 어떻게 잊겠습니까!"

상대는 뼈만 앙상한 손을 뻗어 새터스웨이트의 손을 아플 정도로 꽉 잡았다.

"이런 곳에서 만나다니! 물론 이쪽의 로지나 넌은 아시겠죠?"

새터스웨이트는 깜짝 놀랐다. 그 목소리가 낯익은 데는 그만한 이유가 있었다. 영국 전역에서 수천 명이 그 멋지고 감정이 배어 있는 목소리에 감격했던 것이다. 로지나 넌! 영국에서 최고로 호소력 있는 여배우. 새터스웨이트도 그녀의 매력에 사로잡혔던 적이 있었다. 맡은 배역을 소화하는 것에서나 미세한 부분에 이르기까지 그녀에게 견줄 만한 사람은 없었다. 그는 언제나 그녀를 지적인 여배우, 자기 역할의 혼을 이해하고 그 내면에 심취할 수 있는 여배우라고 생각했다.

그녀를 알아보지 못한 것도 무리가 아니었다. 왜냐하면 로지나 넌은 취향이 자주 바뀌었기 때문이었다. 그녀는 태어나서 25년 동안 금발머리였지만 미국 여행을 하고 나서 새까만 머리로 돌아와서 열심히 비극을 연기하기 시작했다. 오늘날의 '프랑스 후작 부인' 같은 모습은 그녀의 최신 변덕이었다.

"아! 그리고 저드 씨는 로지나의 바깥분입니다."

바이스는 대머리 사내를 대수롭지 않은 말투로 소개했다.

로지나 넌이 몇 번인가 남편을 바꾸었다는 사실은 새터스웨이트도 알고 있었다. 그렇다면 저드는 분명 그녀의 최근 남편일 것이다.

저드는 자기 옆의 바구니에서 꾸러미를 펼치느라 정신이 없었다. 그는 아내에게 말을 걸었다.

"여보, 파이 좀 더 먹을 거야? 아까 것은 좀 얇게 발랐거든."

로지나는 롤빵을 남편에게 건네며 이렇게 중얼거릴 뿐이었다.

"우리 신랑은 아주 멋진 식사를 생각해 낸답니다. 난 음식은 모두 이이에게 맡기죠."

"고양이에게 생선을 맡기는 꼴이지."

이렇게 말하고 저드는 소리 내어 웃었다. 그는 아내의 어깨를 가볍게 두드렸다.

바이스가 새터스웨이트의 귀에다 대고 침울하게 속삭였다.

"자기 아내를 마치 개 다루듯 한다니까요. 여자한테 음식을 잘라 주기까지 하고. 아무튼 여자란 묘한 동물이에요."

새터스웨이트와 퀸은 도시락을 펼쳤다. 삶은 달걀, 햄, 그뤼에르 치즈가 식탁에 놓였다. 공작 부인과 로지나는 나지막한 목소리로 은밀하게 얘기를 나누느라 정신이 없었다. 여배우 로지나의 깊은 저음이 간간히 들려왔다.

"빵은 살짝 구워야 해요, 아시겠어요? 그리고 마멀레이드를 아주 얇게 바르고……. 그것을 말아서 오븐에 1분 동안만 넣는 거예요. 더 두면 안 돼요. 그러면 정말 맛있어요."

"저 여자는 오로지 먹기 위해 산답니다. 그것이 순전히 사는 보람이고, 그 밖의 것은 아무것도 생각 못해요. '바다로 간 기수(騎手)'를 공연할 때였죠. 아마 '즐겁고 조용한 시간을 보내는' 장면이었나 그랬는데 아무리 해도 노리던 효과가 나오지 않더군요. 결국 저 여자에게 박하가 든 과자를 생각해 보라고 했죠. 그걸 무척 좋아했거든요. 그랬더니 당장에 효과가 나타나더군요. 진심에서 우러나오는, 뭔가 먼 곳을 바라보는 듯한 눈으로 말입니다."

바이스가 중얼거리듯 말했다.

새터스웨이트는 잠자코 있었다. 그는 기억을 더듬고 있었다.

맞은편에 앉은 톰린슨이 대화에 끼어들 기세로 목청을 가다듬었다.

"듣자하니 극 연출을 하신다고요? 저도 훌륭한 연극을 좋아합니다. 「작가 짐(찰스 영의 통속적인 로맨스 극 — 옮긴이)」이야말로 연극이었지요."

"아이고, 맙소사!"

바이스는 말하면서 온몸을 부들부들 떨었다.

"마늘 한 조각만 건네주실래요? 마늘을 넣어 먹으면 정말 맛있거든요."

로지나는 공작 부인에게 말했다.

그녀는 행복한 듯 한숨을 내쉬더니 자기 남편을 돌아보고 구슬픈 목소리로 말했다.

"여보, 전 오늘 캐비아(철갑상어의 알젓 — 옮긴이)는 코빼기도 못 봤어요."

"바로 곁에 두고 무슨 소리야."

저드는 유쾌하게 대답했다.

"봐! 당신 뒤쪽 의자에 있잖아."

로지나는 캐비아가 담긴 접시를 얼른 들어 올리고선 탁자 앞에 앉은 사람들을 보고 계면쩍게 웃었다.

"우리 남편은 정말 빈틈이 없다니까요. 전 정신이 완전히 나갔나 봐요. 물건을 어디 두고서 절대 못 찾는다니까요."

저드는 익살맞게 말했다.

"진주를 세면도구 주머니에다 집어넣은 날도 있었지. 그러고 나서 그걸 호텔에 두고 나왔지. 그 때문에 그날은 여기저기 전보를 치고 전화를 걸고 한바탕 야단법석을 떨었지."

"그것들은 보험에 들어 놓았어요. 내 오팔하고는 다르다고요."

로지나는 꿈꾸듯 말했다.

예리하게 가슴을 찢는 듯한 경련이 그녀의 얼굴을 스치고 지나갔다.

새터스웨이트는 퀸과 함께 있을 때에 자신이 연극 속에서 배역을 맡고 있는 듯한 느낌이 몇 번 들었다. 지금 그러한 착각이 무척 강하게 작용하고 있었다. 이건 꿈이다. 모두 각자의 배역이 있다. '내 오팔'이라는 말이 그가 등장해야 된다는 신호였다. 그는 앞으로 몸을 기울였다.

"로지나, 오팔이라뇨?"

"여보, 버터 있어요? 고마워요. 예, 제 오팔 말이에요. 도둑맞았어요. 끝내 찾지 못했죠."

"그 이야기 좀 들려주시겠습니까?"

새터스웨이트가 말했다.

"그럴까요? 전 10월에 태어났어요. 그래서 오팔을 몸에 지니면 행운이 찾아온대요. 전 정말로 아름다운 걸 갖고 싶어서 오랫동안 기다렸어요. 사람들은 그게 가장 완벽한 것 가운데 하나라고 하더군요. 그리 크지는 않아요. 2실링짜리 동전 크기 정도 되는데. 그렇지만 색깔과 광채는 정말 아름다웠죠."

그녀는 한숨을 쉬었다. 새터스웨이트는 공작 부인이 안절부절못하면서 불편해 하는 것 같아 보였지만 이제 로지나의 이야기는 어느 누구도 멈출 수 없었다. 로지나는 얘기를 계속했고 그 목소리는 미묘한 억양 때문에 옛날의 어떤 구슬픈 무용담처럼 들렸다.

"알렉 제라드라는 젊은 남자가 훔쳐간 거였어요. 희곡을 쓰는 사람이었죠."

"매우 훌륭한 작품을 쓰는 사람이었지요. 한때 저는 6개월이나 그 사람의 작품 하나를 가지고 있었습니다."

바이스가 전문가답게 참견을 했다.

"그 작품을 연출했습니까?"

톰린슨이 물었다.

"아, 아닙니다! 그렇지만 언젠가 한번은 그럴까 생각한 적이 있었지요."

바이스는 당치도 않다는 듯 말했다.

"거기엔 제게 알맞은 멋진 역할이 있어요. '레이첼의 아이들'이라는 제목이지만 극에는 레이첼이란 사람이 안 나와요. 그 희곡과 관련해서 의논을 하러 그가 찾아왔었죠. 극장으로요. 전 그 사람이 마음에 들었어요. 얼굴도 잘생겼고, 수줍음 많고 가난한 청년이었어요. 지금도 기억나는데……."

로지나는 말했다. 그녀의 얼굴에 먼 곳을 바라보는 아름다운 표정이 살며시 나타났다. 그녀는 하던 말을 계속했다.

"박하 과자를 사 왔더군요. 오팔은 경대 위에 놓여 있었죠. 그 사람은 호주에 간 적이 있어서 오팔에 대해서는 정통했어요. 그걸 가져가서 불빛에 비춰 보더군요. 분명히 그때 주머니 속으로 슬쩍 넣은 것 같아요. 저는 그 사람이 가고 나서 오팔이 없어진 걸 곧 알았죠. 그리고 한바탕 소동이 벌어졌어요. 당신도 기억하죠?"

그녀는 바이스를 바라보았다.

"예, 기억하지요."

바이스는 신음하듯 말했다.

여배우는 계속 설명을 해 나갔다.

"그 사람의 방에서 빈 상자가 발견되었어요. 그는 매우 생활이 궁핍한 상태였어요. 그런데 바로 이튿날, 은행에 가서 많은 돈을 입금시켰더군요. 그는 자기를 대신해서 친구가 경마에서 딴 돈이라고 변명을 해댔지만 친구의 이름을 밝히지는 못하더군요. 그리고 그 상자는 어떻게 실수로 주머니에 들어간 게 분명하다고 말하더군요. 하지만 그건 구차한 변명이라고 생각해요, 안 그래요? 좀 더 그럴듯한 변명을 하던가 하지……. 전 법원에 가서 증언을 할 수밖에 없었어요. 제 사진이 신문이란 신문엔 모두 났죠. 제가 신문에 난 건 좋은 선전이 될 거라고 홍보담당자는 말했지만 저는 그보다도 오팔을 되찾고 싶었어요."

로지나는 슬픈 표정으로 고개를 흔들었다.

"파인애플 통조림 좀 먹지 그래?"

그녀의 남편이 말했다.

로지나의 표정이 밝아졌다.

"어디 있어요?"

"내가 아까 줬잖아."

로지나는 자기 앞뒤를 살피더니 잿빛 비단 핸드백을 바라보고는 자기 옆의 바닥에 놓인 커다란 자줏빛 비단 가방을 천천히 들어 올렸다. 그녀는 그 안에 들어 있는 것들을 천천히 식탁 위에 꺼내 놓기 시작했는데 새터스웨이트는 그 장면을 흥미롭게 바라보았다.

분첩, 립스틱, 자그마한 보석상자, 털실 한 타래, 또다른 분첩, 손수건 두 장, 초콜릿 크림 한 상자, 에나멜을 칠한 종이 자르는 칼, 거울, 작은 암갈색 나무상자, 편지 다섯 통, 호두 한 알, 조그마한 사각모양의 자줏빛 비단 조각, 리본 한 개, 그리고 크루아상 빵 조각. 제일 마지막으로 파인애플 통조림이 나왔다.

"유레카(아르키메데스의 일화에서 나온 말로 무언가를 깨닫거나 찾았을 때 쓰는 말 ― 옮긴이)."

새터스웨이트는 낮게 중얼거렸다.

"뭐라고요?"

"아무것도 아닙니다. 종이 자르는 칼이 상당히 귀엽군요."

새터스웨이트는 당황해서 재빨리 말했다.

"예, 그렇죠? 어떤 사람이 준 거예요. 누구였는지는 기억 안 나지만 말이죠."

"그건 인도제 상자군요. 무척 독특하네요. 안 그렇습니까?"

톰린슨이 말했다.

"이것도 어떤 사람한테서 받았어요. 아주 오래전에. 극장에 있는 제 경대 위에 항상 놔두곤 했어요. 그다지 예쁘지는 않아요. 그죠?"

상자는 그저 평범한 암갈색 나무로 만든 것으로, 옆으로 밀어서 열게 되어 있었다. 뚜껑에는 아무런 장식도 없는 나무토막이 두 개 붙어서 빙글빙글 돌게 되어 있었다.

"그렇게 생각할 수도 있겠지만 그런 걸 본 적은 없으실 겁니다."

톰린슨은 껄껄 웃으며 말했다.

새터스웨이트는 몸을 앞으로 기울였다. 그는 긴장하고 있었다.

"왜 독특하다고 생각하시죠?"

새터스웨이트는 물었다.

"글쎄요. 그렇지 않나요?"

전임 판사인 톰린슨은 호소하는 눈길로 로지나를 바라보았다. 그녀도 멍하니 그를 바라보았다.

"이 상자의 비밀을 사람들에게 가르쳐 주면 곤란하겠죠?"

로지나는 아직도 멍한 표정이었다.

"어떤 비밀 말입니까?"

저드가 물었다.

"이거 참 놀랍군요. 모르고 계셨습니까?"

톰린슨은 궁금해 하는 모두의 얼굴을 둘러보았다.

"이걸 모르셨다니! 잠깐 그 상자 좀 빌려 주시겠습니까? 감사합니다."

그는 그것을 밀어서 열었다.

"자 이제 누구든 이 안에 넣을 만한 걸 좀 주시겠습니까? 별로 크지 않은 것으로요. 여기 그뤼에르 치즈 조각이 있습니다. 이것으로 충분히 할 수 있습니다. 이걸 안에 넣고 상자를 닫겠습니다."

톰린슨은 잠시 손을 꼼지락거렸다.

"자, 보십시오!"

그가 다시 상자를 열자 안은 텅 비어 있었다.

"아니! 어떻게 하신 겁니까?"

저드가 물었다.

"아주 간단합니다. 상자를 뒤집어 왼쪽의 나무토막을 반쯤 돌립니다. 그리고 오른쪽 나무토막을 닫지요. 그런데 지금 치즈 조각을 본래대로 되돌리려면 그 반대로 해야 됩니다. 오른쪽 나무토막을 반쯤 돌리고 왼쪽을 닫고, 상자를 다시 뒤집지요. 그러면 자…… 야앗!"

상자는 미끄러지며 열렸다. 탁자 앞에 모여 있던 사람들은 일시에 숨을 멈췄다. 치즈는 거기에 들어 있었다. 그런데 그것뿐만이 아니었다. 무지개 빛깔을 반짝이는 동그란 것이 그 안에 들어 있었다.

"내 오팔!"

날카로운 목소리가 울려 퍼졌다. 로지나는 자리에서 벌떡 일어서서 양손을 가슴에 얹었다.

"내 오팔! 어째서 그게 거기 들어가 있는 거죠?"

헨리 저드가 목청을 가다듬었다.

"아무래도, 로시, 당신이 그걸 거기에 넣어 둔 것 같은데."

누군가가 탁자에서 일어나 터벅터벅 걸어 밖으로 나갔다. 나오미 칼턴 스미스였다. 퀸이 그녀의 뒤를 따라갔다.

"그렇지만 언제? 설마⋯⋯."

새터스웨이트는 로지나가 사건의 진상을 깨닫는 동안 가만히 지켜보았다. 그녀가 진실을 깨닫는 데에는 시간이 약간 걸렸다.

"작년⋯⋯. 극장에서라고 했죠?"

"로시, 당신은 손장난을 하는 버릇이 있어. 아까 캐비아도 그래."

그녀의 남편이 유감스럽다는 듯 말했다.

로지나는 머릿속으로 사건의 전후 상황을 골똘히 생각해 보고 있었다.

"저도 모르게 상자 안에 오팔을 넣고 상자를 뒤집어 두었나 봐요. 그렇다면⋯⋯ 그렇다면⋯⋯."

그제야 알 것 같았다.

"그러면 알렉 제라드는 아무것도 훔치지 않았군요. 아!"

날카로운 비명 소리가 터져 나왔다.

"끔찍해!"

"자, 이제 오해는 풀린 셈이군요."

바이스가 말했다.

"예, 그렇지만 그 사람은 1년이나 감옥에 들어가 있어요."

그런 다음 로지나는 모두를 깜짝 놀라게 했다. 그녀는 공작 부인을 향해 몸을 확 돌렸다.

"아까 그 아가씨는 누구죠? 지금 막 나간 그 아가씨는?"

"칼턴 스미스 양이에요."

공작 부인이 말했다.

"제라드의 약혼녀죠. 저 아가씨에겐 매우 힘겨운 사건이었죠."

새터스웨이트는 살며시 자리를 빠져나갔다. 눈발은 이미 그쳐 있었다. 나오미는 돌담 위에 앉아 있었다. 그녀는 손에 스케치북을 들고 있었고, 주위에는 몇 개의 크레용이 어지럽게 널려 있었다. 퀸은 그녀의 옆에 서 있었다.

그녀는 스케치북을 새터스웨이트에게 내밀었다. 거칠게 그린 것이지만 천재성이 나타나 있었다. 변화무쌍하게 소용돌이치는 눈발 가운데 한 사람이 그려져 있었다.

"정말 훌륭합니다."

새터스웨이트가 말했다.

퀸이 하늘을 올려다보며 말했다.

"폭풍이 그쳤군요. 길은 미끄러울 테지만 사고는 일어나지 않겠죠, 지금은!"

"사고는 일어나지 않을 거예요."

나오미가 말했다. 그녀의 목소리에는 새터스웨이트가 알 수 없는 어떤 뜻이 담겨 있었다. 그녀는 뒤돌아서서 그에게 미소를 지었다. 갑작스럽고 눈부신 미소였다.

"괜찮으시다면 돌아가는 길엔 새터스웨이트 씨와 함께 가고 싶네요."

이때 그는 그동안 그녀가 어느 정도로 절박한 상태였는지 알 수 있었다.

"그러면 이제 헤어져야겠군요."

퀸이 말했다.

그는 사라져 갔다.

"저 양반은 어디로 가는 거지?"

새터스웨이트가 퀸의 뒷모습을 바라보며 말했다.

"원래 있던 곳으로 돌아가는 걸 거예요."

나오미가 이상야릇한 목소리로 말했다.

"그렇지만, 그렇지만 저쪽으로 가면 아무것도 없는데요."

새터스웨이트가 말했다. 퀸은 그들이 처음 만났던 절벽 끝으로 걸어가고 있었다.

"당신도 저곳이 이 세상의 끝이라고 말했잖아요."

그는 스케치북을 돌려주었다.

"정말 훌륭해. 아주 비슷합니다. 그런데 어째서 그림에는 저 친구가 가장무도회 복장을 하고 있는 거죠?"

아주 잠깐 두 사람의 눈길이 마주쳤다.

"제겐 저분이 그렇게 보이거든요."

나오미 칼턴 스미스가 말했다.

할리 퀸의 오솔길

새터스웨이트는 자기가 왜 덴먼 부부의 집에 머물게 되었는지 도무지 이해할 수 없었다. 덴먼 부부는 그가 사귀던 사람들과는 질이 달랐다. 다시 말해, 그들은 고상한 세계에 속한 사람들도 아니고 흥미로운 예술계 인사들도 아니었다. 덴먼 부부는 속물, 그것도 아주 지루하기 짝이 없는 속물이었다. 새터스웨이트는 비아리츠(프랑스 남서부, 비스케이灣에 면한 휴양도시—옮긴이)에서 그들을 처음 만나, 한번 놀러 오라는 초대를 받아 방문했고 지루하기만 한 시간을 보냈는데도 이상하게 몇 번이나 잇따라 방문하게 되었다.

왜 그럴까? 6월 21일 오늘, 그는 자신의 롤스로이스를 타고 런던을 급히 빠져 나오면서 이러한 질문을 스스로에게 던지고 있었다.

올해 40세인 존 덴먼은 이제 자리를 확고히 잡은 인물로서 재계에서 존경받고 있었다. 새터스웨이트와는 사귀는 친구도 다르고 사고방식은 더더욱 달랐다. 그는 자신이 속한 분야에서는 해박했지만 그 밖의 세계에 대해서는 아는 게 별로 없었다.

왜 나는 이런 일을 반복하는 걸까? 새터스웨이트는 다시 한 번 자신에게 물어보았다. 그래서 얻은 유일한 대답은 너무 모호하고 바보스러워 제쳐두었다. 머리에 떠오른 유일한 이유란 쾌적하고 잘 설비된 그 집의 방 하나가 호기심을 자극한다는 사실이었기 때문이었다. 그 방은 덴먼 부인의 거실이었다.

그 방이 그녀의 개성을 잘 보여 준다고 하기는 힘들었다. 왜냐하면 새터스웨이트가 판단하건대 그녀에게는 개성이라곤 전혀 없었기 때문이었다. 그렇게나 표정 없는 여자는 지금껏 만나보지 못했다. 그가 알기로 그녀는 러시아 출신이었다. 존 덴먼은 진쟁이 발발했던 당시에 러시아에 있었다. 그는 러시아 군을 상대로 벌인 전쟁에 참전했다가 혁명 발발 때 간신히 탈출하면서 이 빈털터리 망명자인 러시아 아가씨를 데려왔다. 그는 부모님의 강력한 반대를 무릅쓰고 그녀와 결혼했다.

덴먼 부인의 방은 결코 뛰어나지·않았다. 그것은 멋진 헤플화이트 양식(우아하고 화려한 곡선미가 특징 —옮긴이)의 가구를 들여놓은 훌륭하고 중후한 방으로 여성스럽다기보다는 좀 남성적인 분위기를 풍겼다. 하지만 거기에는 어울리지 않는 물건이 딱 하나 있었다. 그것은 옅은 노랑과 푸르스름한 장미 빛깔의 중국산 자개 병풍으로, 어느 박물관이라도 흔쾌히 사 들일 만한 물건이었다. 그것은 골동품 수집가가 눈독을 들일 만큼 보기 드물고 아름답기도 했다.

그런데 그 병풍은 중후한 영국식 배경에는 도무지 어울리지 않았다. 병풍이 방의 중심을 차지해 그 밖의 것들은 전부 그것과 절묘한 조화를 이루도록 배치되어야 했다. 그래도 새터스웨이트는 덴먼 부부에게 미적 감각이 없다는 평가를 함부로 내릴 수는 없었다. 집 안의 다른 것들은 모두 완벽한 조화를 이루며 진열되어 있었기 때문이었다.

그는 머리를 흔들었다. 사소하긴 해도 그런 생각이 머리를 어지럽혔기 때문이었다. 그는 병풍 때문에 두 번, 세 번 그 집에 드나들게 되었다고 정말 믿었다. 아마 그것은 여자의 감성이겠지만 조용하고 위엄 있는 얼굴에 외국인이라고는 도저히 생각할 수 없을 정도로 영어를 완벽하게 구사하는 덴먼 부인을 생각하면 그러한 해답은 만족스럽지 않았다.

목적지에 도착해서 차에서 내렸을 때도 그의 마음은 여전히 자개 병풍에 쏠려 있었다. 덴먼 부부의 집 이름은 '애쉬미드'로 멜턴 히스 지역에 6000평이 넘는 대지를 차지하고 있었다. 런던에서 48킬로미터 떨어진 해발 150미터의 이 마을 주민들은 대부분 수입이 상당했다.

집사가 나와서 새터스웨이트를 따뜻하게 맞아 주었다. 덴먼 부부는 공연 리허설을 하러 밖에 나가고 없었고 자기네가 돌아올 때까지 편히 있길 바란다는 말을 남겨 두었다.

새터스웨이트는 고개를 끄덕이고는 부부의 당부대로 한가롭게 정원을 거닐었다. 화단을 대충 둘러본 그는 나무 그늘이 진 길을 따라 걷다가 이윽고 담에 붙어 있는 어떤 문에 이르렀다. 문은 잠겨 있지 않았는데 그 문을 통과하자 좁다란 길이 나왔다.

새터스웨이트는 좌우를 살폈다. 초록색 나무로 그늘이 진 멋진 오솔길이었다. 길 양쪽으로는 높다란 울타리가 이어져 있었다. 그윽하고 고풍스럽게 구불구불 이어진 시골의 오솔길이었다. 그는 그 길의 이름을 생각해 냈다. 애쉬미드, 할리 퀸의 오솔길. 그것은 한때 덴먼 부인한테서 들은 적이 있는 이름이기도 했다.

"할리 퀸의 오솔길이라…… 근데 왜……?"

그는 낮게 중얼거렸다.

그러면서 그는 모퉁이를 막 돌아섰다.

그리고 퀸과 마주쳤다. 그는 자신이 어째서 이 종잡을 수 없는 할리 퀸이란 친구를 만나고도 이번에는 그다지 놀라지 않았는지 조금 뒤에야 이상하게 여겼다. 두 사람은 손을 마주 잡았다.

"퀸 씨도 내려오셨군요."

"예. 같은 집에 묵게 되었습니다."

"저곳에서 말입니까?"

"예, 놀라셨습니까?"

"아뇨, 어디 한곳에 오래 머물지 않는 분이라서."

새터스웨이트가 느리게 말했다.

"필요한 동안만 머물죠."

퀸이 진지하게 말했다.

"그러시군요."

한동안 두 사람은 말없이 오솔길을 함께 걸었다.

"이 길은……."

말을 시작하려다가 새터스웨이트는 입을 다물었다.

"저의 길입니다."

퀸이 말했다.

"그럴 거라고 생각했습니다. 틀림없이 그럴 것 같더군요. 이곳에서는 달리 '연인들의 길'이라고도 부른다는데 아셨습니까?"

퀸은 고개를 끄덕이고 나서 부드럽게 말했다.

"그렇지만 '연인들의 길'은 어느 마을에나 있지 않나요?"

"그런 것 같습니다."

이렇게 말하고 나서 새터스웨이트는 짧게 한숨을 내쉬었다.

그는 자신이 갑자기 나이를 먹어 이제 기운도 없고, 쭈글쭈글한 구닥다리가 된 듯한 기분이 들었다. 길 양쪽의 울타리는 매우 푸르고 싱싱해 보였다.

"이 길은 어디서 끝납니까?"

새터스웨이트가 느닷없이 물었다.

"여기가 끝입니다."

그들은 마지막 모퉁이를 돌았다. 길은 버려진 땅에서 끝나 있었는데 그들의 발 바로 앞에는 커다란 구덩이가 하나 보였다. 구덩이 안에서는 깡통들이 햇빛을 받아 빛났는데 어떤 것들은 이제 너무 녹이 슬어 버려 아무런 빛도 반사하지 않았다. 그 밖에도 낡은 부츠, 신문지 조각, 그리고 아무짝에도 쓸모없는 온갖 잡동사니가 뒹굴고 있었다.

"쓰레기장인가 봅니다."

새터스웨이트는 그렇게 말하고 나서 찡그린 얼굴로 심호흡을 했다.

"쓰레기장에서도 무척 귀한 것을 발견할 때가 종종 있지요."

"하기야 그럴 때도 있죠."

새터스웨이트는 대꾸하고 나서 좀 멋쩍은 듯 다음과 같은 말을 인용했다.

"'도시에 내려가 가장 아름다운 것 두 가지를 가져오라고 하느님이 말씀하셨습니다(오스카 와일드가 지은 동화 「행복한 왕자」에서 인용—옮긴이).' 그 이야기 아시죠?"

퀸이 고개를 끄덕였다.

새터스웨이트는 벼랑 가장자리에 얹힌 낡고 작은 오두막을 올려다보더니 말했다.

"그다지 멋진 풍경은 아니군요."

퀸이 말했다.

"옛날엔 여기가 쓰레기장이 아니었을 겁니다. 덴먼 부부는 결혼하고 나서 처음에 저곳에서 살았죠. 노인들이 죽고 나자 큰 집으로 들어온 겁니다. 저 집은 여기서 돌을 깎아 낼 때 헐어 버렸지만 보시다시피 그다지 변함이 없습니다."

두 사람은 몸을 돌려 왔던 길을 되돌아가기 시작했다.

"이렇게 무더운 여름 저녁엔 이 길을 거니는 연인들이 많을 것 같습니다."

새터스웨이트가 빙그레 웃으며 말했다.

"아마 그럴 겁니다."

"연인들."

새터스웨이트는 생각에 잠겨 영국인 특유의 당황한 표정을 드러내지 않으면서 그 낱말을 뇌까렸다. 퀸의 영향을 받은 것이다.

"퀸 씨, 연인들을 위해 큰일을 하셨습니다."

퀸은 대답 대신 고개를 약간 숙였다.

"퀸 씨는 그들을 슬픔에서, 아니 그보다 더한 죽음에서 건져 주셨습니다. 당신은 죽은 사람들의 대변자 역할을 해 오셨습니다."

"그건 제가 아니라 선생님한테 들어맞는 말씀입니다."

"마찬가지입니다. 잘 아시지 않습니까."

상대가 말이 없자 새터스웨이트는 더욱 힘주어 말했다.

"나를 통해서 당신이 한 일입니다. 무슨 까닭에서인지 모르겠지만 당신은 직접 행동하지 않더군요."

"직접 행동할 때도 간혹 있습니다."

이제 퀸의 목소리는 새로운 느낌으로 다가왔다. 새터스웨이트는 자기도 모르게 몸을 조금 떨었다. 그는 분명 오후의 날씨가 점점 차가워지고 있다고 생각했다. 그래도 해는 여전히 밝았다.

그 순간, 어떤 아가씨가 모퉁이를 돌아 다가오는 모습이 보였다. 금발머리에 파란 눈을 가진 그 예쁜 아가씨는 분홍색 드레스를 입고 있었다. 새터스웨이트는 그녀가 몰리 스탠웰이라는 것을 알아보았다. 예전에 내려왔을 때 만난 적이 있었다.

그녀는 환영한다는 뜻으로 한 손을 흔들었다.

"존과 안나는 방금 전에 나가셨어요. 분명히 선생님이 오실 거라고 생각했지만 예행연습을 해야 하거든요."

그녀가 말했다.

"무슨 연습이죠?"

새터스웨이트가 물었다.

"이번에 있을 가장무도회 말이에요. 선생님은 어떻게 부르실지 모르겠지만. 노래하고 춤추고 뭐 가지가지 다 한대요. 이곳에 사는 맨리 씨 기억하세요? 그분이 테너를 맡기에 아주 적합한 목소리를 가지셨거든요. 그분이 피에로 역할을 맡고 제가 여자 피에로 역을 맡기로 했어요. 할리 퀸과 콜롬비나(희극이나 무언극에 나오는 어릿광대(Harlequin)의 애인 ―옮긴이) 역을 맡아 춤을 출 전문 무용수 두 사람이 런던에서 내려와요. 그 밖에 대규모 여성 합창단도 있고요. 레이디 로사이머가 아주 열성적으로 마을 여자들에게 노래를 가르치고 있어요. 그분은 이번 일을 준비하느라 정신이 없답니다. 음악은 감미롭지만 아주 현대적이라서 거의 선율이 없어요. 클로드 위컴이라는 분 아시죠?"

새터스웨이트는 고개를 끄덕였다. 전에도 말했듯이 모르는 사람이 없다는 것이 새터스웨이트의 장점이었다. 그는 야심찬 천재 클로드 위컴에 관해서라면 모든 것을 알고 있었고, 예술적 신조를 가진 청년을 선망하는 뚱뚱한 유대인 여인 레이디 로사이머에 대해서도 뭐든지 다 알고 있었다. 또 그는 레오폴드 로사이머 경에 대해서도 잘 알고 있었다. 그 사람은 아내가 즐거워하는 걸 아주 좋아해서 세상의 평범한 남편들과는 달리 자기 아내가 멋대로 즐기도록 내버려 두었다.

저택으로 돌아가 보니 클로드 위컴이 덴먼 부부와 차를 마시고 있었다. 그는 빠르게 지껄이는 동시에 가까이 있는 것을 닥치는 대로 입에 집어넣으며 남들의 두 배나 커 보이는 길고 하얀 손을 흔들었다. 근시인 그의 두 눈은 커다란 뿔테 안경 너머에서 사람들을 뚫어지게 바라보고 있었다.

얼굴이 약간 발그레하고 최소한의 세련미를 갖춘 덴먼은 꼿꼿하게 앉아 지루해 보이는 표정으로 얘기를 듣고 있었다. 새터스웨이트가 나타나자 음악가인 클로드 위컴은 화제를 그에게로 돌렸다. 안나 덴먼은 찻잔을 앞에 두고 늘 그렇듯 조용하고 무표정하게 앉아 있었다.

새터스웨이트는 슬쩍 그녀를 훔쳐보았다. 그녀는 수척한 데다 키가 커서 더욱 깡말라 보였다. 불룩 튀어나온 광대뼈 부근의 피부는 탱탱해 보였으며 검은 머리는 중간에 가르마를 탔고 피부는 풍상에 시달린 표시가 났다. 그녀는 항상 밖에서 생활하다시피 했고 화장품 따위에는 도무지 관심이 없었다. 네덜란드 인형처럼 무표정하고 활기라곤 찾아볼 수 없는 여자였다. 그렇지만……

'저 얼굴의 이면에 무슨 의미가 있다면 좋을 텐데, 그게 없단 말이야. 그래, 그 점이 마음에 안 들어.'

그는 생각했다. 그런 다음 클로드 위컴을 향해 말했다.

"미안합니다. 방금 뭐라고 하셨죠?"

자신의 목소리를 좋아하는 클로드 위컴은 처음부터 다시 말했다.

"러시아는 이 세상에서 흥미를 가질 만한 유일한 나라입니다. 그들은 실험을 했습니다. 인간의 생명을 희생해서였지만 어쨌든 실험을 했죠. 대단한 나라입니다!"

그는 한 손으로 샌드위치를 입에 우겨 넣고 다른 손에 들고 흔들어 대던 초콜릿 과자를 한 입 베어 먹었다.

"러시아 발레를 한번 보십시오."

입 안을 잔뜩 채운 채 그는 안주인이 생각난 듯 그녀를 바라보며 러시아 발레에 대해 어떻게 생각하느냐고 물었다.

이 질문은 클로드 위컴이 러시아 발레에 대한 자신의 견해를 펼치기 위한 서두에 불과했지만 그녀의 대답이 너무도 뜻밖이어서 그는 어쩔 줄 몰라 했다.

"전 한 번도 본 적이 없어요."

"예? 설마……."

그는 입을 딱 벌린 채 그녀를 응시했다.

그녀의 목소리는 높낮이도 감정도 없이 이어졌다.

"결혼 전에 저는 무용수였어요. 그래서 지금은……."

"집사람은 예나 지금이나 비슷한 일을 하고 있습니다."

그녀의 남편이 말했다.

"춤추는 일이죠."

그녀는 어깨를 으쓱했다.

"전 춤의 모든 기술을 알아요. 이젠 흥미도 없네요."

"아! 그러시구나."

클로드가 마음의 안정을 되찾는 데는 그리 오래 걸리지 않았다. 그의 목소리가 이어졌다.

"인간의 생명을 희생한 실험이라면 러시아는 값비싼 실험을 한 거로군요."

새터스웨이트가 말했다.

클로드 위컴은 그에게로 몸을 돌렸다.

"선생님이 하시려는 말의 뜻은 알겠습니다. 카르사노바! 불멸의 카르사노바! 그녀의 춤을 보셨습니까?"

클로드는 소리쳤다.

"세 번 봤습니다. 파리에서 두 번, 그리고 런던에서 한 번. 정말 잊을 수 없을 정도였지요."

그러자 클로드 위컴은 존경스럽다는 목소리로 말했다.

"저도 봤습니다. 열 살 때였죠. 삼촌을 따라 가서 봤는데, 아! 정말 못 잊을 것 같습니다."

클로드는 빵 부스러기를 화단 쪽으로 거칠게 집어던졌다.

"베를린 박물관에 그녀의 동상이 있는데 정말 멋지답니다. 너무 연약해 보여서 엄지손톱 끝으로 살짝 퉁기기만 해도 부서질 것 같지요. 죽어 가는 요정 콜롬비나 역을 하는 그녀를 백조극장에서 보았지요."

새터스웨이트는 그렇게 말하고는 고개를 흔들었다.

"천재적인 구석이 있었어요. 그만한 여성이 다시 태어나려면 아마 몇 십 년은 있어야 할 겁니다. 게다가 그 여자는 젊었지요. 혁명이 발발하자마자 곧 정체 모를 무리들에게 끌려가 까닭 없이 살해되었답니다."

"세상에! 미친놈들!"

클로드 위컴이 말했다. 그는 입안 가득 차를 넣고 캑캑거렸다.

"전 카르사노바와 같이 수업을 받았어요. 그래서 그 여자에 대해선 또렷이 기억하죠."

덴먼 부인이 말했다.

"멋진 여자였죠?"

새터스웨이트가 물었다.

"예, 그래요. 정말 멋졌죠."

덴먼 부인은 조용히 말했다.

클로드 위컴이 자리에서 일어나 가 버렸다. 그러자 존 덴먼이 안도의 한숨을 크게 내쉬었고 그 모습을 지켜보던 그의 아내는 소리 내어 웃었다.

새터스웨이트는 고개를 끄덕였다.

"생각하고 계신 건 잘 알겠습니다. 그렇지만 저 남자가 작곡한 것은 대단한 음악이랍니다."

"그럴까요?"

덴먼은 말했다.

"예! 확실히 그렇습니다. 언제까지 이어질지는 별개의 문제고요."

존 덴먼은 호기심이 생기는 듯 그를 바라보았다.

"무슨 뜻이죠?"

"제 말은 너무 빨리 성공을 거뒀다는 거죠. 그건 위험합니다. 항상 위험하죠."

그는 퀸을 건너다보며 말했다.

"제 말에 동의하시죠?"

"당신 말씀은 항상 옳잖습니까."

퀸이 말했다.

"이층에 있는 제 방으로 가시겠어요? 거기가 편할 거예요."

덴먼 부인이 말했다.

그녀가 앞장을 서고 그들은 뒤를 따랐다. 새터스웨이트는 중국 자개 병풍을 보자 숨을 깊게 들이마셨다. 그가 고개를 들자 덴먼 부인이 그를 바라보고 있었다.

그녀는 천천히 고개를 끄덕여 보이며 말했다.

"당신은 항상 판단이 정확하신 분이세요. 제 병풍에 대해서 어떻게 생각하세요?"

그는 그 말이 자신에게 도전하는 것처럼 들려 적당한 말을 찾느라 약간 당황했고 머뭇거리며 대답했다.

"예, 저…… 아름답습니다. 게다가 독특하고요."

"잘 보셨습니다."

덴먼이 그의 뒤로 다가서며 말했다.

"저건 저희가 신혼 시절에 산 겁니다. 본래 가격의 10분의 1정도로요. 그때만 해도 그 일로 1년 넘게 궁금하게 살아야 했답니다. 안나, 기억나지?"

"예, 기억해요."

"실제로 꼭 사야 될 이유는 없었습니다. 그 당시엔 말입니다. 지금은 사정이 다르지만. 언젠가 크리스티 경매장에 굉장한 고급 칠기가 있더군요. 이 방을 완벽하게 꾸밀 수 있는 물건이었죠. 몽땅 중국풍으로 말입니다. 다른 것들은 정리해 버리고. 그런데 새터스웨이트 씨, 아내는 아무리 말해도 듣질 않는 겁니다."

"전 이대로가 좋아요."

덴먼 부인이 말했다. 그녀의 얼굴에는 묘한 표정이 떠올랐다. 다시금 새터스웨이트는 도전을 받고 패배한 기분이 들었다. 그는 주위를 둘러보았다. 비로소 그는 그 방에 개인적인 특징이 전혀 없음을 깨달았다. 사진도, 꽃도, 장식품도 없었다. 전혀 여자의 방 같지가 않았다. 중국 병풍이라는 어울리지 않는 물건까지 없다면 그 방은 마치 어떤 커다란 가구점의 진열실로 생각될 정도였다.

덴먼 부인은 미소를 지으며 말했다.

"들어 보세요."

그녀가 앞으로 몸을 기울이는 순간, 그녀는 영국인이라기보다는 확실히 외국인처럼 보였다.

"이해하실 것 같으니까 말씀드리는 거예요. 저희는 돈 이상의 것, 즉 애정으로 저 병풍을 샀답니다. 아름답고 독특했거든요. 다른 것들은 없어도 저것만은 우리에게 없어서는 안 될 것 같았어요. 남편이 말한 다른 중국 제품들은 단지 돈으로만 사는 거지 우리 자신의 일부를 대가로 지불하는 건 아니에요."

그녀의 남편이 껄껄 웃었다.

"아, 당신 좋을 대로 해요."

그는 그렇게 말했지만 목소리에는 짜증스러운 감정이 깃들어 있었다.

"그렇지만 이런 영국식 배경에는 전혀 어울리지가 않아. 이 방의 다른 물건들은 나름대로 멋진 것들이고, 확실한 진품이고, 허황된 구석도 없어. 그렇지만 너무 평범해. 멋지고 평범한 후기 헤플화이트 풍이지."

그녀는 고개를 끄덕이면서 낮게 중얼거렸다.

"멋지고 확실한 진품 영국제라……."

새터스웨이트는 그녀를 빤히 바라보았다. 그는 이들이 하는 말의 속뜻을 파악할 수 있었다. 영국식 방……. 중국 병풍의 돋보이는 아름다움…….

"오솔길에서 스탠웰 양을 만났습니다. 오늘 밤 쇼에서 여자 피에로 역할을 맡았다더군요."

새터스웨이트는 지나가는 투로 말했다.

"그래요. 아주 잘한답니다."

덴먼이 말했다.

"그 아가씨는 발동작이 서툴러요."

안나가 말했다.

"바보 같은 소리 말아요. 여자란 모두 똑같다니까. 새터스웨이트 씨, 여자들은 남들이 다른 여자를 칭찬하는 꼴을 도저히 못 참는다니까요. 몰리는 아름다운 아가씨랍니다. 그래서 어느 여자든 그 아가씨에 대해 험담을 하죠."

덴먼이 말했다.

"전 무용에 대해서 말한 거예요."

안나 덴먼이 말했다. 그녀의 목소리는 약간 놀란 듯 들렸다.

"그래요, 그 아가씨는 아름다워요. 그렇지만 발동작이 서툴러요. 무용은 제가 잘 아니까 당신이 뭐라고 할 수는 없는 거예요."

새터스웨이트는 재치 있게 끼어들며 말했다.

"듣자 하니 전문 무용수 두 사람이 내려온다면서요?"

"예, 정식 발레를 보여 주기 위해서죠. 오라노프 대공이 자기 차로 직접 데리고 올 겁니다."

"세르지우스 오라노프 말인가요?"

안나 덴먼이 물었다. 그녀의 남편이 고개를 돌려 그녀를 바라보았다.

"그 양반을 알고 있어요?"

"옛날에 알았었죠. 러시아에 있을 때."

새터스웨이트는 존 덴먼이 혼란을 겪고 있다고 생각했다.

"그 사람이 당신을 알아볼까?"

"알아보실 거예요."

그녀는 소리 내어 웃었다. 낮고 약간 우쭐거리는 웃음소리였다.

이제 그녀의 얼굴에는 네덜란드 인형 같은 모습은 사라지고 없었다. 그녀는 남편을 향해 확신시키듯 고개를 끄덕였다.

"세르지우스. 그분이 무용수 둘을 데리고 오시는군요. 항상 무용에 관심이 많은 분이었어요."

"알아요."

존 덴먼은 퉁명스럽게 말하고 나서 몸을 돌려 방을 나갔다. 퀸은 그 뒤를 따라갔다. 안나 덴먼은 전화기가 놓인 곳으로 걸어가서 어떤 번호를 찾았다. 새터스웨이트가 두 남자를 따라 방에서 나가려고 하자 그녀는 나가지 못하게 손짓을 했다.

"레이디 로사이머 좀 바꿔 주세요. 어머, 당신이군요. 안나 덴먼이에요. 오라노프 대공은 도착하셨나요? 예? 뭐라고요? 세상에! 끔찍하네요!"

그녀는 잠시 상대방의 얘기를 듣고 나서 수화기를 내려놓았다. 그녀는 새터스웨이트를 향해 몸을 돌렸다.

"사고가 있었다네요. 세르지우스 이바노비치가 운전하던 차가! 정말 그 사람 세월이 지나도 하나도 안 변했네요. 여자는 중상은 아니지만 타박상을 입고 충격이 심해서 오늘 밤에 춤을 출 수 없대요. 남자는 팔이 부러지고요. 세르지우스 이바노비치는 무사하다고 해요. 악마도 자기 동료는 애지중지하는 모양이지요."

"그럼 오늘 밤 공연은 어떻게 되는 겁니까?"

"글쎄요. 어떻게든 조치를 취해야 되는데."

덴먼 부인은 생각에 잠겨 앉아 있었다. 이윽고 그녀는 그를 바라보았다.

"손님을 초대해 놓고 실례가 많군요, 새터스웨이트 씨. 즐겁게 해 드리지도 못하고."

"그러실 필요는 없습니다. 하지만 한 가지 꼭 알고 싶은 게 있습니다, 덴먼 부인."

"예?"

"퀸 씨와 어떻게 알게 되셨습니까?"

"그분은 종종 이곳에 놀러 오세요. 이 부근에 땅을 갖고 계신 것 같아요."

그녀가 천천히 말했다.

"예, 있습니다. 오늘 오후에 그렇게 말하더군요."

새터스웨이트가 말했다.

"그분은……."

그녀는 말을 멈췄다. 새터스웨이트와 그녀의 시선이 마주쳤다.

"그분이 어떤 분인지 저보다 당신이 더 잘 아실 텐데요? 새터스웨이트 씨."

"제가요?"

"그렇지 않나요?"

그는 난처했다. 깔끔하고 여린 마음을 가진 그는 그녀가 성가시게 생각되었다. 그는 이 여자가 예기치 않은 곳까지 자신을 밀어붙이려 하고, 그 자신도 인정할 수 없었던 사항을 발설하도록 강요하는 것처럼 느껴졌다.

"바로 당신이 아시잖아요. 새터스웨이트 씨, 당신은 이미 대부분의 사실을 알고 계세요."

덴먼 부인의 말은 찬사였지만 이번만큼은 그러한 말이 그다지 기분 좋게 들리지 않았다. 그는 평소와는 다른 겸손한 마음으로 고개를 저었다.

"인간이 무엇을 알겠습니까? 그저 조금…… 정말 아주 조금 알 뿐이지요."

그녀는 동의하듯 고개를 끄덕였다. 이윽고 그녀는 그를 보지도 않고 생각에 잠긴 듯한 묘한 목소리로 말했다.

"제가 어떤 말씀을 드리면…… 웃지 않으시겠어요? 아니, 당신은 웃지 않으실 거예요. 그런데 만일 당신이…… 자신의 사업이나 직업을 꾸려 나가기 위해 상상을 펼쳐야 한다면…… 존재하지 않는 것을 존재하는 것처럼 가장한다면…… 또 어떤 인물을 상상해야만 한다면…… 그것은 하나의 가장, 즉 속임수이지 그 이상은 아니에요. 그렇지만 어느 날……"

그녀는 말을 중단했다.

"그래서요?"

그는 대단히 흥미를 느꼈다.

"그 공상이 실현됐어요! 상상만 했던 일, 불가능하고 있을 수 없는 일이 현실이 된 거예요! 이게 착각일까요? 가르쳐 주세요, 새터스웨이트 씨. 정신이 이상해졌다고 하실 건가요? 아니면 당신도 그걸 믿으시나요?"

"전……."

그는 이상하게 말이 나오지 않았다. 낱말들이 목구멍 안쪽에 달라붙어 버린 듯했다.

"바보 같은 일이죠. 바보 같은……."

안나 덴먼이 말했다.

그녀는 얼른 방을 나가 버려 새터스웨이트는 아무 대꾸도 못 한 채 홀로 방에 남았다.

새터스웨이트가 저녁 식사를 하러 아래층에 내려가 보니 덴먼 부인은 키가 크고 살결이 검은 중년 남자 손님을 대접하고 있었다.

"오라노프 대공, 새터스웨이트 씨입니다."

두 사람은 고개를 숙여 인사했다. 새터스웨이트는 자신이 끼어들어 대화가 중단되었고, 이제 그 대화는 더 이상 이어지지 않을 거라는 느낌을 받았다. 그러나 긴장감은 없었다. 그 러시아 남자는 새터스웨이트가 가장 관심 있는 화제를 편안하고 자연스럽게 이야기해 나갔다. 그는 대단히 섬세한 예술적 취미를 가진 사람으로, 두 사람은 많은 공통된 친구가 있다는 것을 곧 깨달았다. 존 덴먼이 그들에게 합류하여 화제는 세세한 부분까지 들어갔다. 오라노프는 사고에 대해 안타까운 심정을 밝혔다.

"제 잘못이 아니었습니다. 저는 속력을 내서 달리는 것을 좋아합니다. 예, 하지만 전 운전이 능숙합니다. 그것은 운명…… 우연이었습니다."

오라노프는 어깨를 으쓱했다.

"우리 모두를 지배하는 운명이었죠."

"그건 당신 안에 있는 러시아 인이 하는 말이에요, 세르지우스 이바노비치."

덴먼 부인이 말했다.

"그리고 당신은 가슴속으로는 공감을 느끼고 있고요, 안나 미칼로브나?"

그는 재빨리 되받아 말했다.

새터스웨이트는 세 사람을 한 명씩 번갈아 가며 바라보았다. 존 덴먼은 금발에다 무뚝뚝하고 영국인 같았지만, 다른 두 사람은 머리도 검고 야위어 묘하게 어딘지 비슷했다. 그의 마음속에 어떤 생각이 떠올랐다. 뭐지? 아! 드디어 깨달았다. 발퀴레(바그너의 오페라—옮긴이)의 제1막이다. 서로 흡사한 지그문트와 지그린데, 거기에 이방인 훈딩. 그의 머릿속에서는 추측이 꿈틀거리기 시작했다. 이것은 퀸이 가까이에 있다는 의미일까? 하나만은 그도 굳게 믿었다. 그것은 퀸이 출현하는 곳엔 반드시 드라마가 펼쳐진다는 사실이다. 이 경우엔 어떤 것일까. 낡아빠진 진부한 삼각관계의 비극?

그는 막연한 실망을 느꼈다. 좀 더 나은 것을 기대했기 때문이다.

"안나, 어쩔 계획이에요?"

덴먼이 물었다.

"아무래도 다음으로 미뤄야 될 것 같은데. 로사이머에게 당신이 전화하는 걸 들었지만."

그녀가 고개를 저었다.

"아뇨. 연기할 필요는 없어요."

"하지만 발레 없이 할 수는 없잖아요?"

"물론 할리 퀸과 콜롬비나가 없으면 어릿광대 연극을 할 수 없겠죠. 제가 콜롬비나 역을 맡을게요, 존."

안나 덴먼은 아무렇지도 않게 말했다.

"당신이?"

새터스웨이트는 그가 깜짝 놀라며 혼란스러워한다는 생각이 들었다.

그녀는 평온하게 고개를 끄덕였다.

"존, 걱정 마세요. 당신을 부끄럽게 하진 않을 테니까요. 잊었군요. 저도 한때 전문 무용수였다는 사실을 말이에요."

새터스웨이트는 생각했다.

'목소리란 얼마나 신기한가. 그것이 말하는 것, 그리고 말하지 않고도 전달되는 뜻들!'

"흠! 그러면 문제의 절반은 해결되었군. 나머지 반은 어쩌지? 할리 퀸은 어디서 찾을 생각이에요?"

존 덴먼은 마지못해 말했다.

"벌써 찾았어요. 저기!"

그녀는 방금 퀸이 나타난 열린 문 쪽을 손으로 가리켰다. 퀸은 그녀를 보고 빙그레 웃었다.

"아니, 퀸 씨! 당신에게 그런 소질이 있었습니까? 나는 꿈에도 생각 못했는데."

존 덴먼이 말했다.

"퀸 씨는 전문가가 보증할 만한 분이세요. 그건 새터스웨이트 씨가 장담할 거예요."

그녀가 자신을 향해 미소를 짓자, 체구가 작은 새터스웨이트는 이렇게 중얼거렸다.

"예, 그렇습니다. 퀸 씨는 제가 보증할 수 있습니다."

덴먼은 주의를 다른 곳으로 돌렸다.

"나중에 가장무도회를 하기로 되어 있습니다. 정말 귀찮은 일이죠. 당신도 분장을 해야 됩니다, 새터스웨이트 씨."

새터스웨이트는 매우 단호하게 머리를 끄덕였다.

"저는 나이가 많으니 너그럽게 봐 주겠죠."

그는 문득 기발한 착상을 생각해 냈다. 그는 냅킨을 살짝 겨드랑이에 끼고서 말했다.

"한때 위세를 떨쳤던 나이 많은 웨이터 복장은 어떨까요?"

그렇게 말하고 나서 그는 킥킥 웃었다.

"흥미로운 직업이군요. 여러 가지 상황을 지켜볼 수 있을 테니까."

퀸이 말했다.

"전 바보 같은 피에로 복장을 입어야 되겠군요."

덴먼이 우울하게 말했다.

"어쨌든 좋아요. 근데 당신은 어떻습니까?"

그는 오라노프를 바라보았다.

"저는 할리 퀸 의상을 가지고 있습니다."

러시아 인이 말했다. 그리고 그는 잠시 안주인의 얼굴을 바라보았다.

새터스웨이트는 잠시 어색한 순간이 흘렀던 건 자신의 착각일까 하고 생각했다.

"우리 세 사람은 똑같은 옷을 가진 것 같군요. 제겐 신혼시절에 무슨 쇼인가 때문에 집사람이 만들어 준 오래된 할리 퀸 의상이 있습니다."

덴먼이 껄껄 웃으며 말했다. 그리고 잠시 말을 멈추고 입고 있는 셔츠의 가슴 부분을 내려다보았다.

"그런데 지금은 몸이 옷에 안 들어갈 것 같군요."

"그래요, 이제 못 입으실 거예요."

그의 아내가 말했다.

다시금 그녀의 목소리에는 쏟아 내는 말 이상의 어떤 것이 담겨 있었다.

그녀는 힐끗 벽시계를 올려다보았다.

"몰리가 빨리 안 오면 그냥 우리끼리 가야 할 것 같아요."

하지만 그 순간 그 아가씨가 도착했다고 알려 왔다. 몰리는 흰색과 녹색이 뒤섞인 얼룩덜룩한 여자 피에로 의상을 입었는데 그 모습이 참 매력적이라고 새터스웨이트는 생각했다.

그녀는 오늘 밤에 펼칠 연기로 매우 들떠 있었고 얼굴에는 생기가 흘러넘쳤다.

식사 후 커피를 마실 때 몰리가 말했다.

"무척 긴장이 되네요. 나중에 목소리가 떨리거나 대사를 잊어버
릴 것 같아요."

"당신의 목소리는 정말 고와요. 저라면 그렇게까지 걱정하진 않
겠어요."

안나가 말했다.

"그렇지만 전 걱정이 돼요. 다른 건 걱정이 안 되는데……. 춤 말
이에요. 틀림없이 잘할 거예요. 발은 틀리지 않으니까, 그렇죠?"

몰리는 안나에게 호소하듯 말했지만 나이 많은 안주인은 아무 대
꾸도 하지 않았다. 그 대신 그녀는 이렇게 말했다.

"이제 새터스웨이트 씨 앞에서 노래 하나 불러 보세요. 저분이 평
가를 해 주실 테니까 말이에요."

몰리는 피아노가 놓인 곳으로 걸어갔다. 오래된 아일랜드 민요
를 노래하는 그녀의 목소리는 생기가 흘러넘쳤고 아름답게 울려
퍼졌다.

셜라, 검은 머리 셜라, 당신은 무얼 보고 있나요?
무얼 보고 있나요, 불 속에 무엇이 보이나요?
나를 사랑한 남자, 그리고 나를 떠난 남자
그리고 또 한 사람, 나를 슬프게 하는 그림자 같은 남자가 보여요.

노래는 계속되었다. 마지막 구절에서 새터스웨이트는 힘차게 고
개를 끄덕여 찬사의 뜻을 표했다.

"덴먼 부인 말씀대로 아가씨의 목소리는 매력적입니다. 충분한 훈련을 받지 않았는데도 무척 자연스럽고 싱싱한 젊음이 깃들어 있습니다. 그런 건 어디서 배울 수 있는 게 아니지요."

"맞습니다."

존 덴먼은 동의했다.

"몰리, 그렇게 하면 돼. 그리고 무대에 오르는 걸 두려워해선 안 돼. 자, 이제 로사이머 댁으로 가는 게 좋겠네요."

사람들은 모두 일어나 코트를 입으러 갔다. 기분 좋은 밤이었다. 로사이머 저택은 고작 몇백 미터 떨어져 있었으므로 모두들 걸어가자고 했다.

새터스웨이트는 어느 사이엔가 친구와 나란히 걷고 있었다.

"이상한 일입니다만, 아까 그 노래를 들으니 당신 생각이 나더군요. '또 한 사람, 그림자 같은 남자'라는 가사. 거기엔 수수께끼가 있습니다. 수수께끼가 있을 때면 언제나 당신이 생각납니다."

"제가 그 정도로 신비로운 사람입니까?"

퀸이 빙그레 웃으며 물었다.

새터스웨이트는 고개를 크게 끄덕였다.

"예, 사실입니다. 사실 여태껏 당신이 전문 무용수라는 걸 전혀 몰랐습니다."

"그래요?"

"들어 보십시오."

새터스웨이트는 말하며 발퀴레의 사랑의 주제가를 콧노래로 불렸다.

"저녁 식사를 하는 동안 줄곧 그 두 사람을 바라보면서 이 노래가 머릿속에 맴돌았답니다."

"두 사람이라면?"

"오라노프 대공과 덴먼 부인이죠. 오늘 밤, 그 여자가 평소와 다른 걸 눈치 못 채셨습니까? 마치, 마치 덧문이 열리고 방 안의 불빛이 보이는 것 같았습니다."

"예, 그랬을 수도 있겠지요."

"옛날과 똑같은 드라마! 제 말이 맞죠? 두 사람은 연결되어 있습니다. 그 두 사람은 같은 세계에 살면서 같은 생각을 하고, 같은 꿈을 꿉니다. 전 어째서 그렇게 되었는지 압니다. 10년 전에는 덴먼도 틀림없이 꽤 잘생긴데다가, 젊고, 박력 있고, 낭만을 아는 남자였을 겁니다. 게다가 그 남자는 그녀의 생명을 구해 주었지요. 모두가 자연스러운 일이었죠. 그런데 지금은 어떻습니까? 착하고, 부유하고, 제법 성공을 거뒀습니다. 하지만 평범합니다. 착하고 정직한 영국인, 이건 마치 2층의 헤플화이트 풍 가구와 똑같습니다. 저 다듬어지지 않은 싱싱한 목소리를 가진 예쁜 영국 아가씨만큼이나 평범한 사람이죠. 퀸 씨, 당신은 웃을지 모르지만 제 말을 부정할 수는 없을 겁니다."

"전 아무것도 부정하지 않습니다. 당신은 항상 제대로 보십니다. 그렇지만……."

"그렇지만 뭔가요?"

퀸은 몸을 앞으로 숙였다. 그의 검고 우수에 젖은 눈동자가 새터스웨이트의 눈을 들여다보았다.

"당신은 인생을 그 정도로밖에 모르십니까?"

퀸은 낮게 중얼거렸다.

그 말에 새터스웨이트는 왠지 모르게 마음을 주체할 수가 없었다. 그는 깊은 생각에 빠져서 목에 두를 스카프를 고르는 데 시간이 걸렸고 그 바람에 사람들은 그를 내버려 두고 떠나 버렸다. 그는 정원으로 나와 아까처럼 그 문을 지나게 되었다. 그가 문을 넘어섰을 때 오솔길은 달빛에 젖어 있었고 어떤 남녀 한 쌍이 껴안고 있는 모습이 보였다.

그는 잠시 생각에 잠겼다.

그리고 그는 보았다. 두 사람은 다름 아니라 존 덴먼과 몰리 스탠웰이었다. 덴먼의 탁하고 고뇌에 찬 목소리가 들려왔다.

"당신 없이는 못 살겠어. 이제 우리 어쩌면 좋지?"

새터스웨이트가 방향을 틀어 왔던 길을 되돌아가려는데 누군가의 손이 제지했다. 덴먼 부인이었다. 그녀도 포옹하는 남녀를 보았던 것이다.

새터스웨이트는 그 여자의 얼굴을 힐끗 보고서 자신이 내린 결론이 얼마나 황당무계했는지 깨달았다.

그녀의 고통으로 떨리는 손은 남녀가 오솔길을 따라 걸어가 결국 더 이상 보이지 않을 때까지 새터스웨이트를 그곳에 붙들었다. 그는 위로를 한답시고 바보 같고 시시한 말들을 늘어놓았지만, 상대방의 고뇌를 달래기에는 턱없이 부족한 말들이었다. 그녀는 단 한 마디만 내뱉었다.

"부탁이니 저랑 같이 있어 주세요."

그는 그 말을 들으니 이상하게도 가슴이 아팠다. 그 순간 그는 남에게 쓸모 있는 존재가 되었다. 그래서 그저 가만히 있는 것보다는 나을 것 같아 이런 저런 의미 없는 말들을 늘어놓았다. 그들은 함께 로사이머의 저택으로 향했다. 때때로 그녀의 손이 그의 어깨를 단단히 붙잡았기에 그는 자기가 곁에 있는 것이 그녀에게 위로가 된다고 이해했다. 드디어 목적지에 도착해서야 그녀는 그에게서 손을 뗐다. 그녀는 머리를 들고 똑바로 섰다.

"자! 전 이제 춤을 출 거예요. 제 걱정은 마세요."

그리고 그녀는 휭하니 가 버렸다. 그는 다이아몬드를 치렁치렁 매달고 끊임없이 감탄사를 내뱉는 레이디 로사이머에게 인사를 했다. 그러고 나서 그녀의 손에 이끌려 클로드 위컴에게로 가게 되었다.

"엉망이군. 완전히 엉망이야. 항상 이런 일이 나한텐 벌어진다니까. 이런 시골 촌놈들은 모두 자신이 무용수라고 생각한단 말이야. 나한테는 의견도 구하지 않는군."

클로드 위컴의 목소리는 끊이지 않고 계속 이어졌다. 그러다가 춤에 대해 뭔가를 아는 사람, 자기 말에 공감해 줄 사람을 발견했다. 그는 끝없는 자기연민에 자신을 내맡기고 있었다. 그것은 음악의 첫 멜로디가 시작되자 겨우 끝이 났다.

새터스웨이트는 꿈에서 깨어난 기분이었다. 정신을 차려 다시금 비평가가 되었다. 위컴은 말로 형언할 수 없을 정도로 바보였지만 그런대로 음악은 쓸 만했다. 섬세한 거미줄 같은 것, 요정의 옷감같이 미묘하지만 요란스럽게 꾸민 곳은 결코 없었다.

무대장치는 훌륭했다. 레이디 로사이머는 아랫사람을 돕는 일에는 조금도 돈을 아끼지 않았다. 아르카디아(고대 그리스 오지의 이상향—옮긴이)에 있는 숲 속의 빈터에 조명 효과를 덧붙여 환상과 같은 적절한 분위기를 자아내고 있었다.

아주 먼 옛날부터 그랬던 것처럼 춤추고 있는 두 사람. 호리호리한 몸집의 할리 퀸이 요술 막대기를 들고 변장한 얼굴을 하고 있었다. 그의 옷에 붙은 장식들은 달빛을 받아 빛났다. 불멸의 꿈처럼 하얀 옷을 입은 콜롬비나는 발끝으로 무대 위를 돌아다녔다.

새터스웨이트는 똑바로 고쳐 앉았다. 이건 옛날에 한번 경험한 것이다. 그렇다, 확실히……. 지금 그의 몸은 레이디 로사이머의 응접실에서 멀리 떨어져 있었다. 그의 몸은 베를린 미술관에 있는 불멸의 콜롬비나 동상 앞에 있었다.

할리 퀸과 콜롬비나는 계속해서 춤을 췄다. 이 넓은 세계는 그들의 무도장이었다.

달빛, 그리고 어떤 사람의 모습. 숲 속을 거닐며 달에게 노래하는 피에로. 콜롬비나의 모습을 보고 이제 쉴 수 없는 피에로. 불멸의 두 사람은 사라져 간다. 그렇지만 콜롬비나는 뒤돌아본다. 그녀는 인간의 마음속에서 흘러나오는 노래를 들은 것이다.

피에로는 숲 속을 계속 헤맨다. 암전(막을 내리지 않고 무대를 어둡게 하여 그 사이에 장면을 바꾸는 것 ─옮긴이)…… 그의 목소리가 멀리 사라진다.

마을의 공터. 마을 아가씨들이 춤을 추고 있다. 남자 피에로와 여자 피에로들이다. 몰리는 여자 피에로가 되었다. 안나 덴먼의 말대로 그녀의 춤 솜씨는 형편없었다. 그렇지만 신선하고 성량이 풍부한 목소리로 자신의 노래인 '마을 공터에서 춤추는 여자 피에로'를 불렀다.

노래는 훌륭했다. 새터스웨이트는 흡족한 듯 고개를 끄덕였다. 위컴은 필요하다면 노래도 작곡하지만 그 이상은 하지 않는다. 그는 마을 아가씨들 대부분에게는 두려움을 느꼈지만 레이디 로사이머가 대단히 인정이 많은 사람이라는 걸 깨달았다.

여자들은 피에로에게 같이 춤을 추자고 조른다. 피에로는 그러한 제안을 거절하고 창백한 얼굴로 계속 방황한다. 자신의 이상적인 여성, 영원한 자기 짝을 찾아서……. 어둠이 내린다. 할리 퀸과 콜롬비나는 남들 눈에 띄지 않고 몰래 무리 속으로 춤추러 들어왔다가 나간다. 무대에 사람이 없어지고 피에로만이 지쳐서 풀이 돋아난 제방에서 잠이 든다. 할리 퀸과 콜롬비나가 그의 주위에서 춤을 춘다. 그는 눈을 뜨고 콜롬비나를 바라본다. 그는 그녀에게 구애하고, 호소하고, 간청까지 해 보지만 소용이 없다.

그녀는 망설이며 서 있다. 할리 퀸은 그녀에게 저쪽으로 가자고 손짓을 한다. 그러나 그녀에겐 이제 그의 모습이 보이지 않는다. 그녀는 피에로의 말, 그가 부르는 사랑의 노래에 귀를 기울인다. 그녀는 그의 두 팔에 쓰러지고 막이 내린다.

제2막은 피에로의 오두막이다. 콜롬비나가 난롯가에 앉아 있다. 그녀는 창백하고 지쳐 있다. 그녀는 귀를 기울인다. 무엇을 듣는 걸까? 피에로는 그녀에게 노래를 들려주고, 다시 그녀에게 구애를 한다. 밖은 점점 어두워져 간다. 천둥소리가 들린다. 콜롬비나는 물레를 옆으로 제쳐둔다. 그녀는 활기를 되찾는다. 이제 피에로의 노래에는 귀를 기울이지 않는다. 허공에 떠도는 것은 그녀 자신의 음악, 할리 퀸과 콜롬비나의 음악이다. 그녀는 깨어나 생각한다.

한 차례의 천둥소리! 할리 퀸이 문간에 서 있다. 피에로의 눈에는 그가 보이지 않지만 콜롬비나는 기뻐서 소리치며 자리에서 용수철처럼 튀어 오른다. 아이들이 달려오지만 그녀는 그들을 밀쳐 낸다. 또 한 번 요란한 천둥소리와 함께 벽이 무너지고 콜롬비나는 할리 퀸과 함께 폭풍우가 치는 밤 속으로 춤추며 나간다.

어둠 속에서 여자 피에로의 노랫소리가 울려 퍼진다. 천천히 빛이 들어온다. 다시 오두막집 장면. 피에로와 여자 피에로가 늙고 백발이 되어 난로 앞에 있는 두 개의 흔들의자에 앉아 있다. 음악은 행복감을 안겨 주지만 단조롭다. 여자 피에로는 의자에 앉은 채 꾸벅꾸벅 졸고 있다. 창문을 통해 한 줄기 달빛이 흘러 들어오며, 동시에 피에로가 오랫동안 잊고 있던 노래 소절이 들려온다. 그는 의자에 앉아 몸을 꿈틀거린다.

희미한 음악. 우아한 음악 소리. 할리 퀸과 콜롬비나가 밖에 있다.

문이 갑자기 확 열리고 콜롬비나가 춤을 추며 들어온다. 그녀는 잠든 피에로에게 몸을 숙여 입술에 입을 맞춘다.

우르르 쾅! 한 차례의 천둥소리. 그녀는 다시 밖으로 달려나간다. 무대 중앙에는 불 켜진 창이 있고, 그 안으로 할리 퀸과 콜롬비나의 모습이 보인다. 두 사람은 느리게 춤을 추면서 점점 멀어지다가 흐릿하게 사라진다.

장작이 떨어진다. 여자 피에로는 화가 나서 펄쩍 뛰며 창문으로 달려가 차양을 내린다. 갑자기 불협화음이 울리며 막이 내린다.

새터스웨이트는 박수갈채와 환호성 속에서 미동도 하지 않고 앉아 있었다. 마침내 그는 자리에서 일어나 밖으로 나왔다. 그는 얼굴을 붉히며 활기찬 모습으로 찬사를 받고 있는 몰리 스탠웰과 마주쳤다. 존 덴먼이 인파 속을 헤쳐 나가는 모습이 보였다. 그의 두 눈은 새로운 불꽃이 타오르고 있었다. 몰리가 다가갔지만 그는 거의 무의식적으로 그녀를 밀쳐냈다. 그가 찾는 사람은 그녀가 아니었다.

"제 아내는 어디 있습니까?"

"정원으로 나간 것 같은데요."

그러나 그녀를 발견한 사람은 새터스웨이트였다. 그녀는 삼나무 아래 돌 의자에 앉아 있었다. 새터스웨이트는 그녀에게 다가가서 이상한 행동을 했다. 무릎을 꿇고 그녀의 손을 들어 자기 입술에 갖다 댔던 것이다.

"아! 제가 춤을 잘 추었다고 생각하시는군요?"

그녀는 말했다.

"당신의 무용은 옛날 그대로입니다, 카르사노바 부인."

그녀는 숨을 날카롭게 들이마셨다.

"그러면……. 눈치 채셨군요."

"카르사노바는 오직 한 사람입니다. 당신의 춤을 한 번 본 사람은 절대 잊을 수 없죠. 그런데 어째서?"

"달리 어쩌겠어요?"

"그 말뜻은?"

그녀는 지금까지 솔직한 태도로 말을 했는데 지금도 그 태도는 여전했다.

"어머나! 그렇지만 아실 거예요. 모르는 게 없으신 분이니까. 유명한 무용가일 경우, 애인을 가질 수는 있어요. 그렇지만 남편은 다른 문제죠. 그런데 지금의 남편, 그 사람은 그게 소원이었어요. 제가 그 사람만의 것이 되길 원했죠. 카르사노바로서는 결코 허락할 수 없는 것이었죠."

"알겠습니다. 그래서 무용을 단념한 거로군요."

그녀는 고개를 끄덕였다.

"남편을 무척 사랑하셨나 봅니다."

새터스웨이트는 상냥하게 말했다.

"그런 희생을 치를 만큼 말인가요?"

그녀가 웃었다.

"꼭 그런 건 아니고. 그런 희생을 그렇게 선뜻 치를 정도라면."

"예, 그랬던 것 같아요. 아마 당신 말씀이 맞을 거예요."

"그러면 지금은?"

새터스웨이트가 물었다.

그녀의 얼굴이 심각해졌다.

"지금요?"

그녀는 말을 멈추고 목소리를 높여 어둠 속을 바라보며 말했다.

"세르지우스 이바노비치, 당신이에요?"

오라노프 대공이 달빛 속으로 걸어 나왔다. 그는 그녀의 손을 잡고 남의 이목을 의식하지 않고 새터스웨이트를 보며 빙긋 웃었다.

"10년 전, 전 안나 카르사노바의 죽음을 애도했습니다."

그는 솔직히 말했다.

"제게 그녀는 몸의 반쪽이었습니다. 오늘 저는 그녀를 다시 찾았습니다. 이제 우리는 더 이상 헤어지지 않을 겁니다."

"10분 뒤에 오솔길 끝으로 갈게요."

안나가 말했다.

"꼭 갈게요."

오라노프는 고개를 끄덕이고는 다시 사라졌다. 무용수는 새터스웨이트를 바라보았다. 그녀의 입가에 미소가 떠올랐다.

"그런데 당신은 불만스러우신 것 같군요?"

"아십니까, 남편이 당신을 찾고 계신 것을?"

새터스웨이트가 불쑥 말했다.

그는 그녀의 얼굴이 파르르 떨리는 것을 보았다. 그러나 그녀의 목소리는 여전히 차분했다.

"예, 저를 찾고 있겠죠."

그녀는 진지하게 말했다.

"그 사람의 눈을 봤는데 그건……."

그는 말을 뚝 멈췄다.

그녀는 여전히 차분했다.

"예, 그럴 거예요! 한 시간 정도는 그럴 거예요. 과거의 추억과 음악과 달빛에서 생긴 그저 한 시간짜리 마술에 불과해요."

"그러면 제가 전해드릴 말은 아무것도 없습니까?"

그는 자신이 늙고 초라한 기분이 들었다.

"저는 제가 사랑하는 남자와 지난 10년을 살았어요. 이제는 저를 10년 동안 사랑한 사람한테로 갈래요."

새터스웨이트는 아무 말도 하지 않았다. 마땅히 항변할 말도 없었다. 게다가 그것이 가장 간단한 해결책이라고 생각되었다. 다만, 다만 무슨 까닭인지 그것은 그가 원했던 해결책은 아니었다. 그는 자기 어깨 위에 닿는 그녀의 손길을 느꼈다.

"알아요. 당신의 마음은 알겠어요. 하지만 달리 방법이 없어요. 언제나 인간이 추구하는 건 단 하나, 즉 사랑하는 사람, 완벽하고 영원한 연인이에요……. 들리는 건 할리 퀸의 음악이에요. 사랑하는 사람도 상대방을 만족시키지는 못해요. 사람은 누구나 죽게 마련이니까요. 그리고 할리 퀸은 미신에 불과하고 눈에 보이지 않는 존재죠. 다만……."

"다만, 뭐죠?"

"다만…… 그 이름이…… 죽음일 경우에는 예외죠!"

새터스웨이트는 몸서리를 쳤다. 그녀는 그에게서 멀어져 가다가 결국 어둠 속으로 사라졌다.

그는 자기가 얼마나 오랫동안 거기에 앉아 있었는지 몰랐다. 갑자기 그는 귀한 시간을 낭비했다는 생각이 들어 자리에서 벌떡 일어났다. 그는 자기도 모르게 어떤 방향으로 서둘러 걸어갔다.

오솔길로 들어섰을 때 그는 비현실적인 이상한 느낌이 들었다. 마술, 마술과 달빛! 그리고 이쪽을 향해 다가오는 두 사람의 모습……. 그는 할리 퀸 의상을 입은 오라노프라고 처음에 생각했다. 그리고 그들이 옆을 지나갔을 때 자기가 잘못 알았음을 깨달았다. 그 부드럽게 흔들리는 모습의 주인공은 단 한 사람, 즉 퀸이었던 것이다.

그들은 오솔길을 걸어가고 있었다. 그들의 발은 마치 공중을 걷는 듯 가벼웠다. 퀸이 고개를 돌려 뒤돌아보자 새터스웨이트는 오싹 소름이 돋았다. 그건 이제까지 보아온 퀸의 얼굴이 아니었기 때문이다. 그건 낯선 사람의 얼굴이었다. 아니, 전혀 모르는 사람은 아니었다. 아! 그제야 깨달았다. 그건 인생이 순조롭게 풀리기 전에는 아마 그런 모습이었을 거라고 생각되는 존 덴먼의 얼굴이었다. 정열적이고 모험심이 강해 보이는 그 얼굴은 소년과 연인의 모습을 동시에 담고 있었다.

그녀의 웃음소리가 그에게로 흘러왔다. 맑고 행복한 웃음소리……. 그는 두 사람의 뒷모습을 바라보고 나서 멀리서 빛나는 작은 오두막의 등불을 보았다. 그는 꿈을 꾸는 사람처럼 그들을 가만히 눈으로 전송하고 있었다.

누군가가 갑자기 어깨에 손을 대는 바람에 정신이 번쩍 들었다. 휙 몸을 돌리자 세르지우스 오라노프가 눈앞에 있었다. 그 남자는 창백했고 넋이 나간 것 같았다.

"그 여자는 어디 있죠? 어디? 오겠다고 약속했는데, 안 왔어요."

"마님은 조금 전에 오솔길을 걸어가셨습니다. 혼자서."

그렇게 말한 사람은 덴먼 부인의 하녀였다. 하녀는 그들 뒤에 서 있는 문의 그늘에 몸이 가려져 있었다. 그녀는 여주인의 코트를 들고 기다리고 있었다.

"여기에 서 있는데 마님이 지나가던데요."

그녀는 덧붙였다.

새터스웨이트는 거칠게 질문했다.

"혼자서? 혼자였다고?"

하녀는 놀라서 눈이 휘둥그레졌다.

"예, 선생님. 못 보셨어요?"

새터스웨이트는 오라노프의 팔을 잡았다.

"빨리 가 봅시다. 걱정입니다."

그는 주절거렸다.

두 사람은 황급히 오솔길을 걸어갔다. 러시아 인은 빠른 말로 뭐라고 주절렸다.

"멋진 여자입니다. 아! 오늘 밤의 춤은 정말! 게다가 당신의 친구

도. 그 사람은 누굽니까? 아! 그 사람도 대단하더군요. 독특하기도
하고. 옛날에 그 여자가 림스키 코르사코프의 콜롬비나 역을 맡아
서 춤을 출 때도 완벽한 할리 퀸을 찾지 못했답니다. 모르도프나 카
스닌도 완벽하진 않았죠. 그 여자에겐 자신만의 상상이 있어요. 언
젠가 말한 적이 있답니다. 언제나 꿈속의 할리 퀸과 춤추고 있다고.
실제는 없는 남자와 말입니다. 할리 퀸, 그 사람이 다가와 함께 춤춘
다고 했어요. 그 여자가 연기하는 콜롬비나가 대단히 훌륭했던 건
바로 그러한 상상력 때문입니다."

새터스웨이트는 고개를 끄덕였다. 그의 머리에는 한 가지 생각밖
에 없었다.

"서둘러요. 제 시간에 닿아야 하는데. 아! 제발 제 시간에……."

그들은 마지막 모퉁이를 돌아 깊은 구덩이가 있는 곳에 다다랐
다. 그런데 거기에는 전에는 없던 것이 있었다. 팔을 양쪽으로 활짝
뻗고 머리는 뒤로 젖힌 채 아름다운 자세로 누워 있는 여자의 몸이
었다. 죽은 얼굴과 육체는 달빛을 받아 의기양양하고 아름답게 빛
났다.

새터스웨이트는 어렴풋이 퀸이 했던 말을 생각해 냈다.

'쓰레기 더미에도 멋진 것들이……'

그는 이제야 그 말뜻을 알 수 있었다.

오라노프는 띄엄띄엄 중얼거렸다. 그의 얼굴에 눈물이 흘러내리
고 있었다.

"전 이 여자를 사랑했습니다. 항상."

그는 새터스웨이트가 생각한 것과 거의 똑같은 말을 사용했다.

"안나와 나, 우리는 같은 세계의 사람이었습니다. 같은 생각을 하고, 같은 꿈을 꾸었죠. 저는 항상 안나를 사랑했습니다."

"어떻게 그것을 알았습니까?"

러시아 인은 새터스웨이트를 바라보았다. 언짢아하고 짜증을 내는 듯한 말투 때문이었다.

"어떻게 그것을 알았습니까? 연인은 모두 그렇게 생각하고 그렇게 말하는 겁니까……. 연인이란 한 사람밖에 없죠."

새터스웨이트는 말했다.

그는 몸을 돌리다 하마터면 퀸과 부딪힐 뻔했다. 새터스웨이트는 흥분한 상태에서 그의 팔을 잡고 길 옆으로 데리고 갔다.

"당신이었군요. 당신이 조금 전에 저 여자랑 같이 있었죠?"

퀸은 잠시 기다리다가 부드럽게 말했다.

"그렇게 말하신다면 그렇다고도 할 수 있습니다."

"그런데 하녀는 당신을 보지 못했습니까?"

"하녀는 절 못 봤습니다."

"그런데 저는 봤습니다. 어떻게 된 거죠?"

"아마 당신이 지불한 대가일 겁니다. 당신은 다른 사람들이 보지 못하는 것들을 볼 수 있습니다."

새터스웨이트는 한동안 뭐가 뭔지 모르겠다는 표정으로 그를 바라보았다. 그리고 갑자기 사시나무 이파리처럼 온몸을 부들부들 떨기 시작했다.

"여기는 어딥니까? 도대체 어디죠?"

새터스웨이트는 속삭였다.

"오늘 낮에 말씀드렸습니다. 여기는 제 오솔길입니다."

"연인의 오솔길, 사람들이 지나다니는 길."

새터스웨이트는 중얼거렸다.

"언젠가는 대부분의 사람들이……."

"그리고 길의 끝에서 사람들은 무엇을 발견할까요?"

새터스웨이트의 질문에 퀸이 빙그레 웃었다. 그의 목소리는 매우 부드러웠다. 그는 머리 위의 허물어진 오두막을 손가락으로 가리켰다.

"자신들이 꿈에서 본 집, 혹은 쓰레기 더미, 아무도 모릅니다."

새터스웨이트는 갑자기 퀸을 쳐다보았다. 미칠 것 같은 반항심이 밀려왔다. 그는 속았다는 기분이 들었다.

"하지만 전……."

그의 목소리는 떨렸다.

"저는 한 번도 당신의 오솔길을 지나간 적이 없습니다."

"그래서 후회하십니까?"

새터스웨이트는 기가 죽었다. 퀸이 갑자기 거대하게 보였다. 눈앞에는 어딘지 협박을 하며 공포심을 느끼게 하는 것이 보이는 듯했다. 기쁨, 슬픔, 그리고 절망이…….

그리고 그의 여린 마음은 깜짝 놀라 움츠러들었다.

"후회하십니까?"

퀸은 질문을 반복했다. 그에겐 어딘지 소름이 끼치게 만드는 구석이 있었다.

"아, 아닙니다."

새터스웨이트는 더듬거리며 말했다.

그러고는 갑자기 기운을 되찾고 소리쳤다.

"그렇지만 저는 여러 가지를 봤습니다. 저는 인생의 구경꾼에 불과한지도 모릅니다. 그렇지만 저는 다른 사람들이 보지 못하는 것들을 봅니다. 당신도 그렇게 말하지 않았습니까, 퀸 씨."

그러나 퀸의 모습은 이미 사라지고 없었다.

〈끝〉

옮긴이 │ 나중길

한국외대 영어과를 졸업하고, 전문번역가로 활동 중이다. 번역가들의 모임인 '바른번역' 회원이자 독자와의 만남 공간 '왓북' 운영진이기도 하다. 옮긴 책으로는 『희망과 지혜를 주는 101가지 이야기』, 『SMART QUESTION』, 『1등 마케터의 조건』, 『거대기업의 종말』, 『리더십의 본질』 등이 있다.

애거서 크리스티 전집

신비의 사나이 할리 퀸

2판 1쇄 펴냄 2017년 1월 18일
2판 2쇄 펴냄 2022년 2월 25일

지은이 │ 애거서 크리스티
옮긴이 │ 나중길
발행인 │ 박근섭
편집인 │ 김준혁
펴낸곳 │ 황금가지

출판등록 │ 2009. 10. 8 (제2009-000273호)
주소 │ 135-887 서울 강남구 신사동 506 강남출판문화센터 5층
전화 │ 영업부 515-2000 **편집부** 3446-8774 **팩시밀리** 515-2007
홈페이지 │ www.goldenbough.co.kr

도서 파본 등의 이유로 반송이 필요할 경우에는 구매처에서 교환하시고
출판사 교환이 필요할 경우에는 아래 주소로 반송 사유를 적어 도서와 함께 보내주세요.
06027 서울 강남구 도산대로 1길 62 강남출판문화센터 6층 민음인 마케팅부

© ㈜민음인, 2013. Printed in Seoul, Korea
ISBN 978-89-8273-723-7 04840
ISBN 978-89-6017-956-1 04840 (set)

㈜민음인은 민음사 출판 그룹의 자회사입니다.
황금가지는 ㈜민음인의 픽션 전문 출간 브랜드입니다.